YUNNAN DAXUE FAXUE WENKU

云南大学法学文库

杨临宏 总主编

产业政策法

姜昕 杨临宏 主编

CHANYE
ZHENGCEFA

中国社会科学出版社

图书在版编目（CIP）数据

产业政策法/姜昕，杨临宏主编．—北京：中国社会科学出版社，2008.10

ISBN 978-7-5004-7200-1

Ⅰ.产… Ⅱ.①姜…②杨… Ⅲ.产业政策—法律—研究—中国 Ⅳ.D922.290.4

中国版本图书馆 CIP 数据核字（2008）第 141435 号

责任编辑　王　茵
特约编辑　武　云　张　峰
责任校对　康鲁妍
封面设计　格子工作室
版式设计　戴　宽

出版发行　中国社会科学出版社
社　　址　北京鼓楼西大街甲 158 号　　　邮　编　100720
电　　话　010—84029450（邮购）
网　　址　http://www.csspw.cn
经　　销　新华书店
印　　刷　北京新魏印刷厂　　　　　装　订　广增装订厂
版　　次　2008 年 10 月第 1 版　　　印　次　2008 年 10 月第 1 次印刷
开　　本　880×1230　1/32
印　　张　12.125　　　　　　　　　插　页　2
字　　数　290 千字
定　　价　30.00 元

编辑委员会

总　序

法之兴废，国运攸关；学之展进，民智必昌。

自启蒙时代以来，法治思想逐渐深入人心，法治之弘扬促进了社会公正与和谐。19世纪末，西法东渐，法治、权利、民主等理念之风吹入我文明古国，经过先贤百余年之不懈努力，建设法治国家之理念终成上下之共识，成为共和国永久之基本国策。以各国经验观之，一国之法治水平与其发达程度相关，法治水平较高的国家或地区，其经济社会发展水平也较高；反之，亦然。而欲提高法治之水平，必然以开展法学研究和教育为前提。

云南大学虽地处西南边陲，然自1931年建立法科，20世纪40年代虽民贫国乱，但法科教育已颇具规模。其时，名师大家云集，鸿篇巨著纷呈，瞿同祖、杨鸿烈、陈盛清、王伯琦等先后执教于此，先进之法治理念、法律知识在国之西南得以广泛传播。50年代初，因国家调整大学之院系，法律系整体并入西南政法大学，云南大学之法科教育即告中断。70年代末，云南大学重建法律系，于1981年恢复招生，自此始，我院以培育人才为根本，以弘扬法治为己任，立足边疆，奋进不懈，旨在振兴法学、育才济世，建设社会主义法治国家。七十余年来，云大法科为国家和社会培养了数以千计的优良人才，声誉日隆，规模益大，层次更高。21世纪以来，云南大学法学院进入了快速发展期，教学、科研、管理等方面呈现出跨越式的发展态势，学院进一步拓宽了法学研究的视野，提高法学研究的质量，鼓励师生参与法学研究、重视学术交流，欣欣向荣之景象已然成风。

　　法学研究和法律实践不尽相同，前者具有前瞻性和创造性。概而言之，法学教育虽然关注现实问题，但并不拘泥于解决现实问题，更注重法治精神的传播和对法律实践的引导。正是基于此，我院组织出版"云南大学法学文库"。该文库以云南大学法学院师生的著作为选题范围，并由云南大学法学院学术委员会组成编委会，注重选题之前沿性与全新性，审慎选择其中的优秀成果编辑出版。期能够籍该文库之出版，促进云南大学法科研究的水平，激励师生积极参与法学研究，并为繁荣社会主义法学研究尽绵薄之力。

杨临宏

2007 年夏于昆明

目　录

总　论

分　论

总　论

第一章　产业政策法概述

第一节　产业与产业政策

一　产业概述

（一）产业的含义

在中文词汇里，产业"包括所有从事生产经营活动并提供同一产品或劳务的企业群体、行业、部门，外延是企业群体、行业和部门"。① 应该说，产业是一个不断发展的概念，是随着人们的认识水平和社会生活的发展而不断发展的。"产业"一词最早由重农学派提出，主要指农业。在人类迈入资本主义大生产时代后，产业主要是指工业。马克思主义政治经济学曾将产业表述为从事物质性生产的行业，成为唯一的定义。也正是因为"物质性生产行业"的定位，广电媒体始终没有被赋予产业的属性，而一直尊居"事业的宝座"。20 世纪 50 年代以后，服务业和各种非生产性产业迅速发展，使产业的内涵发生了变化，不再专指物质产品生产部门，而是指"生产同类产品（或服务）及其可替代品

---

① 参见刘文华等：《论产业法的地位》，载《法学论坛》2001 年第 6 期，第 10 页。

（或服务）的企业群在同一市场上的相互关系的集合"。人们也开始对广电媒体进行重新定位，把它当作一个产业进行经营，经营的内容包括"广告经营、节目经营、信息经营、技术经营、劳务经营、混合经营"。因而，可以从产业的角度给广电产业下个定义，即生产、制作、经营、播放以广播电视节目（信息）或提供广电文化服务为主的企业组织及其在市场上的相互关系的集合。同时，"'产业'是一个居于微观经济的细胞（企业）和宏观经济的整体（国民经济）之间的一个集合概念，它既是同一属性的企业的集合，也是根据某一标准对国民经济进行划分的一部分"。①

而在英文词汇中，产业这个词是用"industry"② 表示的，被解释成工业或制造业，或者指通常雇佣大批工人使用机械和现代方法的工业或商业中的某一行业。不难看出，在语义上，对产业一词的解释二者是没有太大差别的。

此外，从语境上来分析，产业主要是经济学上的概念，是对能够带来增加值（附加值）的社会经济领域的总称。

（二）产业的分类

产业分类，就是按照一定的原则和标准，对社会经济组织进行分解、组合、归类，又称国民经济部门分类。由于研究问题的角度不同，产业分类也不同，目前常见的分类有以下几种。③

1. 联合国产业分类法

---

① 参见：http://zhidao.baidu.com/question/2297028.html.

② 参见朗文《当代高级英语词典的解释》，第 778 页。Indusry — the production of goods for sale, esp. in factories, or of materials that can be used in the production of goods. a particular branch of industry of trade, usu. employing large numbers of people and using machinery and/or modern methods.

③ 参见：http://www.jx.cn/bussines/02View.asp? id=505 记载有关产业的分类。

联合国产业分类法,又称联合国标准产业分类法,是联合国为了统一世界各国产业分类而制定的标准产业分类法。它把国民经济分为十个部门:农林渔猎;矿业;制造业;电力、煤气、供水;建筑业;批发、零售、旅馆、饭店;运输、储运、通讯;金融、保险、不动产;政府、社会与个人服务;其他经济活动。每个部门下面分成若干小项,再将小项分解为若干细项,大、中、小、细共四级,并对各项都规定了统计编码。这种产业分类将全部经济活动不遗漏地给以分割,并使之规范化。基于这种分类法所做的统计有很高的可比性。联合国产业分类法的显著特点是和三次产业分类法保持着稳定的联系,其分类的大项可以很容易地组合为三部分,从而同三次分类法相一致。

2. 三次产业分类法

把全部经济活动划分为第一次产业、第二次产业和第三次产业。"第一产业"、"第二产业"两个名词最早流行于20世纪20年代的新西兰和澳大利亚。当时把农业、畜牧业、渔业、林业和矿业称为"第一产业",把制造业称为"第二产业"。1935年身为新西兰奥塔哥大学教授的英国经济学家阿·费希尔(A. B. Fischer),在其所著《安全与进步的冲突》一书中最早提出把第一、二产业以外的所有经济活动统称为第三产业;1940年英国经济学家和统计学家科林·克拉克(C. Clark)在其著作《经济进步的条件》中运用三次产业分类法,研究经济发展与产业结构变化之间的规律,把全部经济活动划分为第一次产业、第二次产业和第三次产业。由于研究产业结构的角度和目的多种多样,各国对三次产业的划分不完全一致,归纳起来有三种分类办法:① 澳大利亚和新西兰的分类办法。第一产业包括农业、畜牧业、渔业、林业、矿业;第二产业包括制造业、运输业;第三产业包括商业、金融和保险、不动产、个人服务业。② 日本的分类办法。日本于 1949 年制定了《日本产业标准分类》(其后大体上每五年修订一次),其分类方法采用了科林·克拉克的"三次产业分类法"。按照该分类标准,第一产业包括林业、渔业、水产养殖业;第二产业是制造业,包括矿业、制造业、建筑业、电力、煤气、自来水、运输业和通讯;第三产业指服务业,包括质量、金融、不动产、个人服务、商业、家务、职业服务、政府和国防。③ 中国的分类方法。在我国,第一产业指农业、林业、牧业、渔业等;第二产业指工业(含矿业、制造业、自来水、电力、建筑业等);第三产业则指商业、服务业、邮电通讯业、金融保险业及科研、文教、卫生等行业。另外,现已出现第四产业的说法。

所谓第四产业,是在对传统产业通常分为第一产业、第二产业、第三产业的基础上产生出来的某些新兴产业的概括称谓。它是资本主义国家中对产业结构的一种划分。主要包括:设计和生产电子、计算机软件的部门,应用微电子、光导纤维、激光、遗传工程等新技术部门,以及高度电子化和自动化的产业部门等。

也有人认为第四产业是知识产业,它由知识、智力密集型产业构成,包括高科技产业中的智力知识密集型子产业,如信息开发业、航天产业、生物产业、海洋产业以及服务业中的知识密集型产业等。①

3. 依据生产要素配合比例进行分类

亦称资源密集产业分类法、资源集约度产业分类法。这是在产业结构分析中,根据不同的产业在生产过程中对资源依赖程度的差异划分产业的一种分类方法。这种分类法把产业大致分为以

---

① 参见:《知识经济形态下的产业分类与计量研究》一文中的观点,引自 http://www.so100.cn/html/lunwen/jingji/qtjj/2006−3/13/20060631309474491259135999.htm。

下四种。

（1）资源密集型产业：亦称土地密集型产业，指在生产要素的投入中需要使用较多的土地等自然资源才能进行生产的产业。土地资源作为一种生产要素泛指各种自然资源，包括土地、原始森林、江河湖海和各种矿产资源。土地资源是人类进行生产活动所必需的物质条件和自然基础。与土地资源关系最为密切的是农矿业，包括种植业、林牧渔业、采掘业等。

（2）劳动密集型产业：指在生产要素的配合比例中，劳动力投入比重较高的产业。这是对资金技术密集型产业而言的。在社会发展过程中，随着生产的发展，科学技术的进步，资本有机构成的提高，出现了劳动密集型和资金技术密集型两种不同的产业类型。劳动密集型产业中物化劳动消耗比重较低，活劳动消耗比重较高。

（3）资本密集型产业：也称资金密集型产业，需要较多资本投入的行业、部门，如冶金工业、石油工业、机械制造业等重工业。其特点是：技术装备多、投资量大、容纳劳动力较少、资金周转较慢、投资效果呈现也慢。同技术密集型产业相比，资本密集型产业的产品产量同投资量成正比，而同产业所需劳动力数量成反比。所以，凡产品成本中物化劳动消耗比重大，而活劳动消耗比重小的产品，一般称为资本密集型产品。发展资本密集型产业，需大量技术设备和资金。

（4）技术密集型产业：又称知识密集型产业，在生产要素的投入中需要使用复杂先进而又尖端的科学技术才能进行生产的产业，或者在作为生产要素的劳动中知识密集程度高的产业。

4. 按产业是处于增长或衰退状态，可将产业分为朝阳产业和夕阳产业

（1）朝阳产业：随着新技术革命的进展和社会需求的变化，

在开发新产品、开辟新市场的竞争中处于兴盛状态的产业部门。主要指目前正在迅速发展的新兴技术、知识密集型产业，如微电子、激光、新材料、新能源、空间开发、海洋开发、卫星通讯、生物工程等产业部门。其特点是技术先进、知识密集、低能耗、高经济效益。近年来，随着各项新兴技术的发展和应用范围的扩大，朝阳工业对资本主义国家发展起到了巨大的推动作用，促进了世界经济结构的调整和国际分工的深化。由于这些产业的发展如早上初升的太阳，蒸蒸日上，故形象地被称为"朝阳产业"。

（2）夕阳产业：随着新技术革命的进展和社会需求的变化，在开发创造新产品、开辟新市场的竞争中处于衰亡状态的产业部门。它主要指发达国家的传统基础产业，如煤炭、纺织、钢铁、汽车、铁路等。其特点是主要以简单的电力机械原理为基础，消耗大量能源，产生大量废弃物和污染物，生产周期长，技术要求低，劳动作业重复，产品标准化，以及高度的集中控制。就世界范围来看，由于新技术革命浪潮的冲击，一些工业发达国家的传统产业正在明显衰退，设备利用率低，生产能力过剩，就业人员减少。因此，人们形象地称为"夕阳产业"。

在费希尔之后产生很多有关产业的分类方法，而我国采用的为三次产业分类法即"克拉克大分类法"①。对"克拉克大分类法"的中文的流行译法为"第一产业"、"第二产业"和"第三产业"，源自日文对它的翻译。

虽然许多国家也都采用三次产业分类法，但是，如前文所述，各国对第一、第二、第三产业各包括哪些业种，具体的划分标准并不一致。比如，有的国家划分的第一产业仅包括广义的农

---

① 严格地讲，产业的表述应为"第一次产业、第二次产业、第三次产业"，这样表述可更清楚地体现不同行业出现的历史顺序。

业（含种植业、林业、畜牧业、水产业等），有的国家划分的第一产业除广义的农业之外，还包括采矿业；有的国家划分的第二产业包括制造业与建筑业，有的国家划分的第二产业除制造业、建筑业之外，还包括采矿业。结合我国的实际情况，我国对产业的认识在一定时期、针对的对象表述上还是存在差异的，主要表现为对农业性质的认识上，因此还应对我国的农业加以说明。在计划经济时代，尽管认为农业属于第一产业，但其时农产品的商品化程度很低，基本属于自给自足型经济，由于农民自己生产的产品尚未进入交易市场（流通领域），农业基本没有被产业化；到改革开放时期，农村实行家庭联产承包责任制后，农产品才开始进入市场，局部地区出现农工商联合体即公司加农户的生产、供应和销售体系，政府开始支持、引导和推行农业产业化政策，农业也完全纳入产业范畴。可见，产业是于市场经济下才存在的。由此，计划经济时代的"工业"实际上指单纯意义的"工业生产"，即工厂管生产，销售由商业部门负责，实际上也没有形成现代产业。实行社会主义市场经济制度以后，生产、经营发生了革命性变化，强调公司化经营，产供销一体化，工业生产至此渐渐融入市场，从而成为现代产业。

二　产业政策

何为产业政策，经济学界目前尚没有统一的定论，但通常都认为，产业政策是附属于产业而形成的、为各国政府所执行的一项基本的经济政策。具体来说，产业政策是指政府通过相应政策手段，对资源配置和利益分配进行干预，对企业行为进行某些限制和诱导，从而对产业发展的方向施加影响的一系列政策。其表现形式分为两类：一类是法律法规等带有强制性的规制条款，企业必须执行；另一类是带有激励性的政策，对于相应的企业给予某些利益诱导，鼓励企业按照政府的意志去发展。①

　　也有学者指出，产业政策概念有广义、次广义和狭义之分。广义的产业政策是指国家用以调控经济的所有政策的总称；次广义的产业政策是政府以促进经济发展为目的，对资源配置和利益分配进行干预，对企业行为进行某些限制和诱导，从而对产业发展方向施加影响的各种政策措施和手段的总和；狭义的产业政策则指产业结构政策。并据此认为，产业政策有层次之分，从国家整体层面看，产业政策指国家从整体上对整个国民经济进行调控的政策；从行业层面看，产业政策是各行业的产业政策，如汽车工业政策等；从生产者层面看，产业政策指调整生产者之间关系的产业组织政策。②

　　应该说，产业政策不仅是经济学上的一个核心概念，而且也是经济法学研究的重要分支。产业政策虽然是 20 世纪 70 年代以来才为世界各国所广泛使用，但是通过考察经济发展史不难发现，产业政策的实践伴随着最古老的产业——农牧业的出现和国家的诞生就已存在了，如鼓励农牧业、抑制商业的政策，这是古代的产业政策。而现代意义上的产业政策始于现代大工业发展的时期。

　　关于产业政策的体系究竟由哪些部分组成，国内外的经济学界并无一致的说法。通常认为，产业政策由产业结构政策、产业组织政策、产业技术政策和产业布局政策四部分组成。③ 当然，这个体系不是封闭的、静止的，而是开放的、动态的，会随着社

---

① 参见汪同三、齐建国：《产业政策法与经济增长》，社会科学文献出版社1996 年版，第 16 页。

② 参见刘文华等：《论产业法的地位》，载《法学论坛》2001 年第 6 期，第 11页。

③ 具体内容详见本书其他章节。

会发展的需要而吸纳新的内容。

从经济学的角度来说，产业政策具有如下特征：首先，产业政策干预产业部门之间和产业内部的资源分配过程，干预和限制某些产业组织形式，力图弥补市场机制的缺陷与不足。其次，产业政策与经济发展息息相关。国家实施产业政策的目标是非常明确的，产业政策是国家的一种主观能动性的产物，目的就是获取较高的经济增长。再次，产业政策强调诱导并尽可能避免国家直接介入资源分配，其采取的方法和手段，往往是宏观指导和规划，明确远景目标的形式；另外，也采取立法手段来诱导企业将其活动纳入到经济活动的一定的轨道上。

第二节　产业政策法的概念、性质及特征

一　产业政策法的概念与发展

1. 产业政策法概念

产业政策法是调整产业政策制定和实施过程中发生的经济关系的法律规范的总称。学界目前对产业政策法这一提法还存有一定的争议。本书以为，争议的焦点主要集中在称谓上，持否定观点的人从政策和法本身本质属性的不同出发，指出二者不能同时出现，因此，反对产业政策法乃至经济政策法的提法。理由是其认为法律有特定逻辑结构为人们提供具体的行为准则，稳定性比较强；而政策多是原则性的，跟法律比起来，具有灵活易变的特点。而持赞成观点者则认为，产业政策法这一称谓本身并没有什么问题，是通过法律的形式来对产业政策进行调整。

应该说，产业、产业政策、产业政策法三者是密切相关、相互交织在一起的，产业政策依托于产业而来，而产业政策与产业

政策法二者也是既有区别又有联系的。一般说来，产业政策法的构成要素是产业政策以及相应的法律规范，而产业政策的构成要素则是有关产业政策的一些国家规范性文件。相对来说，组成产业政策法的法律规范都是产业法律规范，而组成产业政策的规范性文件则不一定是产业法律规范。二者之间的联系表现在：一是作为产业政策构成要素的产业法律规范，在现代国家大多数是通过调整产业经济关系的法律规范表现出来的，少数是通过其他规范性文件表现出来的；二是在现代国家建立产业经济体系要求建立调整产业政策经济关系的产业政策体系，没有调整产业政策经济关系的产业政策体系就不会有产业政策法经济体系。

2. 关于产业政策法的称谓

产业政策法的出现与产业政策的出现和发展是息息相关的。换句话说，没有产业政策就没有产业政策法，产业政策法的出现是以产业政策的存在和发展为前提的。很多人在提到日本等国产业政策的成功经验时，往往把产业政策的法律化作为一个重要方面。确实，日本非常重视对产业政策进行法律调整，日本也是第一个将产业政策法律化的国家。根据日本的理论和实践，产业政策法是调整产业政策制定和实施过程中产生的经济关系的法律规范的总称。简单地说，产业政策法就是规范和保障产业政策的法。它是经济法的一个分支，属于宏观调控法的范畴。

有学者基于法理学上关于法与政策的严格区别而对产业政策法的提法提出质疑，认为法与政策不能兼容。然而，我们认为使用产业政策法的提法没有什么不妥。政策在经济学领域中通常有两方面的含义：一是指国家经济发展的基本方针或原则；二是指干预社会经济活动的政府行为。作为基本方针或原则，政策对计划制定或市场活动、对政府行为和企业行为、对生产和消费等都具有指导作用；作为政府干预经济的行为，政策对资源和社会财富的分配或再分配产生影响。在西方经济学中，政策概念一般偏重于后一方面的含义。在前一种意义上，即产业政策是指产业发展的基本方针或原则，产业政策法的提法体现了产业政策与法之间的内在联系以及产业政策法作为产业政策的法律化方面的本质。在这种意义上，经济法的其他部分如竞争法、消费者保护法也可称为竞争政策法、消费者政策法，甚至整个经济政策都可称为经济政策法。在后一种意义上，产业政策主要是指政府利用所属的各种职能机构对产业发展或结构转换等的干预行为，产业政策法的提法体现了其对政府干预产业行为的规范和保障的实质。因此，产业政策法不仅有将产业政策上升为法律形式的问题，而且更意味着制定和实施产业政策的行为受到法律的规范和保障。在这里，姑且将前者作为第一层次的产业政策法，而将后者作为第二层次的产业政策法。

另外，还有人主张用产业法或产业经济法来代替产业政策法的称谓。但是，无论是产业法还是产业经济法，其所指的范围都超过了产业政策法的所指，实际上就是对产业经济进行调整的法。它除了产业政策法外，还包括了非由产业政策调整的但由法律直接调整的产业经济学中所包括的产业组织、产业结构、产业布局、产业技术、产业发展等经济内容。此外，还有产业调控法这一称谓，虽然产业调控法与产业政策法的含义比较接近，但由于产业政策的概念在国内外已是约定俗成，因此，没有必要去改称。因此，本书采用产业政策法这一称谓。

二　产业政策法的性质和特征

产业政策法作为经济法的一个组成部分，具有经济法的一般特征，但又有自己特有的属性。对产业政策法的特征，不同学者有不同的认识，但综合起来看，参照某学者的观点，① 产业政策法一般被认为具备以下几个显著特征：

首先，政策属性。由于产业政策法与产业政策的密切关系，可以说产业政策法的政策属性是产业政策法的内容方面的特征。有的学者认为："产业政策法是政策与法律相互交叉而形成的一种法律。在产业政策法中，政策是内容，法律是其形式，或者说产业政策获得了法律的表现形式，进而具有法律的一般性质，如规范性和约束力；或者说政策本身就具有法律性质。在这里，政策和法律融为一体。"② 此外，产业政策法的政策属性还表现在产业政策法从制定到修改，都与国家的经济政策密切相关，离不开国家经济政策，这也决定了产业政策法具有较大的变动性和灵活性。由于政策属于上层建筑，依附于经济基础，所以不同的国家的政策都会随各自经济基础的不同而不同，随着各自经济基础的变化而变化。也正是这个原因，很多法律在名称上也表现出了临时性和阶段性，如日本的《机械工业振兴临时措施法》、《电子工业振兴临时措施法》。另外，产业政策法在实施过程中往往也会受到政策变化的影响。

其次，社会本位性。这是产业政策法在实质方面的特征。产业政策法符合社会法的特征，其保护的既不是单纯的国家利益、政府利益，也不是完全的社会个体的利益，而是同这两者既有密切联系又有明显区别的社会公共利益。由于在产业政策的制定和实施过程中，一般说来，政府代表的是社会共同利益，但这并非在任何时候都能够自动实现，而需要在产业政策法中得到体现和保障。以社会利益为本位的产业政策法的调整，包括对某些行

---

① 王先林：《产业政策法初论》，载《中国法学》2003年第3期。
② 董进宇主编：《宏观调控法学》，吉林大学出版社1999年版，第212页。

业、企业进行规划、引导、扶持、保护和限制等，其所要达到的直接目的是为了维护社会整体利益，而不是为了某个或某些私人或企业的利益，尽管在客观上间接地会对个体利益产生某种积极或消极的影响。产业政策法的社会本位属性体现了经济法追求实质正义的基本价值。

再次，综合性。这是产业政策法在形式方面的特征。产业政策法的综合性依然离不开产业政策本身的综合性。产业政策是方方面面的，因此以产业政策为内容的产业政策法也必然具有综合性。另外，产业政策法的调整方法和实施手段也具有综合性。产业政策法由于其目的不同，调整方法也是多样的，不仅有民事、行政和刑事的，还包括奖励；在保障措施上也是多样的，如某学者指出的那样，可分为三大类：一是间接诱导的手段，包括财政、税收、金融、价格、外贸、政府采购等；二是直接管制手段，包括鼓励、允许、限制、禁止等方面，有时还有配额制、许可制、对工资与价格的直接管制等；三是行政、信息指导手段，以经济展望、劝告及提供信息为表现样式。①

最后，就法律形式而言，产业政策法的综合性表现在其既包括实体规范，又包括程序规范。

此外，按某学者的观点，产业政策法还具有如下特征。

第一，战略针对性。是对特定产业制定的，目的性很强，主要是对其进行扶持或调整。

第二，阶段性。产业政策法的这一属性是与产业发展的不稳定性联系在一起的。针对的产业被成功扶持或调整时，产业政策法的使命就告终，故而许多产业政策法都被冠以临时法的称呼。

第三，综合性。主要体现为：一方面，产业政策法调整的对

---

① 参见王健：《产业政策法若干问题研究》，载《法律科学》2002年第1期。

象具有综合性，它包括了产业结构政策、产业组织政策、产业布局政策、产业技术政策等；另一方面，产业政策法的实施手段具有综合性，通常由财政手段、金融手段、直接规制手段及行政指导手段等构成。①

第三节　产业政策法的立法模式与体系构成

一　产业政策法的立法模式

目前来看，国外在产业政策法的立法模式上主要有两种：一是倾斜型产业政策法立法模式；二是竞争型产业政策法立法模式。前者倾向于调整产业结构的经济法律关系，其通常在法律中规定国家集中必要的资源、资金和技术力量，实行倾斜性投入和扶持，以加快本国主导产业的超常发展，力求以最小的成本、最快的速度，达到缩短同发达国家之间的差距或增强国际竞争优势的目的，以日本、韩国为代表。后者集中调整竞争关系与防止垄断经济法律关系，倾向于调整产业组织的经济法律关系，以美国、欧盟为代表。②

1. 倾斜型产业政策立法模式

多见于后发国家，以日本和韩国为代表。

日本的产业政策很发达，以"全面干预"为核心，形成了独特的以赶超和结构转换为中心的产业政策理论，比如后发优势理论、结构转换理论、规模经济理论、技术开发理论。其特点是：

---

①　参见漆多俊：《经济法学》，武汉大学出版社 2004 年版，第 419 页。

②　参见彭春凝：《我国产业政策立法的路向选择》，载《淮北煤炭师范学院学报》（哲学社会科学版）2005 年第 6 期。

用动态比较利益方法来制定产业政策；根据经济发展的实际情况实行分阶段产业保护政策；后起国家在技术引进时要实行产业倾斜政策；利用市场机制，促进产业政策的实现；加强政府的宏观调控职能，充分发挥产业政策的调节作用。

日本是一个实行产业政策很成功的国家，在一定时期内，产业政策的成功对经济增长起到了良好的推动作用，日本的经济也因为实行产业政策而赶超了发达国家，跻身发达国家行列。总结日本实行产业政策的成功经验，不难看出，日本的产业政策既注重实用性，又不乏创新性，是实用和创新并重的模式。这从通产省所制定的产业规划就能看出来，比如1971年通产省产业结构审议会提出了《70年代通商产业政策构想》，开始以"知识密集型产业"为重点发展方向。1980年代又提出了《80年代通商产业政策构想》，将其产业结构调整方向进一步转向"创造性知识密集化"，提出了"技术立国"的战略。通过6年的努力，日本国民生产总值增长了26.5%，而原油进口却减少了30%，产业结构实现了高度节能型。

韩国的产业发展模式与日本相仿，在日本产业发展模式上又有所升华。韩国在"出口立国"战略指引下，已走上经济高速增长的道路。韩国在国际货币基金组织的152个成员国中，国民生产总值排名第13位，是亚洲地区乃至全世界"最有冲劲"的国家之一，主要原因就是韩国实行了动态经济计划—产业政策—技术创新体制。1961年开始韩国把经济建设作为"至上课题"，即以经济建设为中心，实现经济现代化，建立由政府指导的资本主义体制。

2.竞争型产业政策法立法模式

多见于市场经济先行国家，以美国和欧盟为代表。

美国十分重视反垄断这类产业组织政策及其法律化，而产业结构政策及其法律化被认为没有多大积极意义。1984 年 9 月美国《经济问题杂志》曾指出："一个世纪以来，反托拉斯法已成为美国的一项具有连贯性的政策。它被用来改善产业的行为——这是我们唯一的产业政策。"美国虽制定过一些有关产业结构方面的法律，如《农业贸易发展与援助法》（1954 年）、《产业复兴法》（1933 年），但这些产业政策法都是特殊的、偶然的、零碎的，因此，不具有典型性。

在欧盟法律体系中，由于《欧盟条约》的基础性质，所以它是产业政策和竞争法共同的法律基础。具体来说，在《欧盟条约》中与产业政策有关的制度，主要集中在《欧盟条约》第 3 条以及第 157 条的规定。

在《欧盟条约》中，与产业政策有关的一个值得关注的问题就是产业政策与竞争政策的关系。在欧盟法律体系中，产业政策与竞争政策都是欧盟条约的对象，二者有冲突也有协调，冲突表现在：产业政策并不总是积极的竞争政策。欧共体条约第 157 条就存在许多与欧共体竞争政策相冲突的地方，如该条约第 1 款规定，"欧共体的活动应当便利欧共体产业结构的调整"，这与第 87 条第 1 款存在矛盾；另外根据这个条款，共同体应当"对企业间的合作提供良好的条件"，这与第 81 条第 1 款禁止的卡特尔规定相矛盾。

此外，欧盟的产业政策是在欧洲不景气的情况下提出的，目的是提高欧洲企业的竞争力，扩大欧盟委员会的权限；但是欧盟的产业政策是以援助某个产业或企业为手段的，而这与欧盟的竞争政策是存在冲突的。

二　产业政策法的体系构成

与产业政策的构成相一致，产业政策法的基本制度体系也主要由产业结构政策法律制度、产业组织政策法律制度、产业技术政策法律制度和产业布局政策法律制度构成，其中，产业结构和产业组织政策法律制度是两个最主要和最基本的方面。①

产业结构政策是指政府依据本国的产业结构演化趋势，为推进产业结构优化升级而制定的产业政策。产业结构政策针对产业间的资源配置结构优化与调控问题，其实质在于从推动产业结构的合理演进中求得经济增长和资源配置效率的改善。产业结构政策按照政策目标和措施不同，可以划分为不同的类型，主要有主导产业选择和支持政策、弱小产业扶植政策和衰退产业调整政策。产业结构政策法律制度就是对这些方面的产业政策进行法律调控而形成的。

产业组织政策是指政府为了获得理想的市场绩效而制定的干预产业的市场结构和市场行为的政策。产业组织政策针对产业内的资源配置结构优化与调控问题，其实质是政府通过协调产业组织中规模经济与竞争活力之间的矛盾（即所谓的"马歇尔冲突"），以建立正常的市场秩序，提高市场绩效。产业组织政策主要包括竞争（反垄断）政策、直接归之政策和中小企业政策。产业组织政策法律制度就是对这些方面的产业政策进行法律调整而形成的。

产业技术政策是政府制定的促进产业技术进步的政策，是政府对产业的技术进步、技术结构选择和技术开发进行的预测、决策、规划、协调、推动、监督和服务等方面的综合体现。其主要内容包括产业技术发展的目标、主攻方向、重点领域、实现目标的策略和措施，是保障产业技术适度和有效发展的重要手段。产业间的技术结构是供给结构的一个因素，是产业结构的一个侧

---

① 王先林：《产业政策法初论》，载《中国法学》2003年第3期。

面。产业技术政策的一些方面可以在产业结构政策的框架中讨论，但是由于它尚不能完全包容在产业结构政策之中，并且由于在知识经济日现端倪的今天，产业技术的重要性日益显现，因此，产业技术政策完全可以构成产业政策中一个单独的部分。产业技术政策法律制度就是对这些方面的产业政策进行法律调整而形成的。

产业布局政策是指政府为实现产业空间分布和组合合理化而制定的政策。产业布局的合理化，实质上是地区分工协作的合理化、资源地区配置和利用的合理化。产业布局政策一般有经济发展、社会稳定、生态平衡和国家安全等方面的目标。虽然产业布局政策是国家社会发展政策的重要部分，确实不能完全包容在产业政策中，但其主要和直接的方面是涉及产业的经济因素，因此还是可以在产业政策的框架中加以讨论。例如，我国做出的西部大开发的战略决策虽然不能仅仅归为产业政策中，但确实带有明显的产业政策的性质。产业布局政策主要包括区域产业扶持政策、区域产业调整政策和区域产业保护政策等内容。产业布局政策法律制度就是对这些方面的产业政策进行法律调整而形成的。

第四节　我国产业政策法的构建与完善

一　我国产业政策及其法律化的现状

我国虽然在改革开放前也存在着产业政策，例如"以钢为纲"的政策、优先发展重工业的政策、鼓励发展地方工业和乡镇工业的政策等，但没有使用"产业政策"这个词，因此，也就谈不上严格意义上的产业政策法。

我国比较明确自觉提出和实行产业政策是从 20 世纪 80 年代

后半期开始的。1986 年在《国民经济和社会发展第七个五年计划》中第一次正式使用了"产业政策"的概念，并对产业发展提出了系统、具体的规划和政策。1987 年，党的十三大报告中提出："计划管理的重点应转向制定产业政策，通过综合运用各种经济杠杆，促进产业政策的实现。"1989 年 3 月 15 日《国务院关于当前产业政策要点的决定》颁布，这是我国第一个正式的关于产业政策的规范性文件。1993 年党的十四届三中全会通过的《中共中央关于建立社会主义市场经济体制若干问题的决定》，明确提出"制定和实施产业政策作为政府管理国民经济的重要职能和调控手段"。为贯彻党的十四大精神和十四届三中全会决定，根据我国经济发展的现状和趋势，1994 年 4 月，国务院颁布了《90 年代国家产业政策纲要》，作为今后制定各项产业政策的指导和依据。1996 年 4 月八届全国人大四次会议通过的《国民经济和社会发展九五计划和 2010 年远景目标纲要》，提出了一系列具体的产业政策。

自 20 世纪 90 年代以来，国家陆续制定了一些包含或体现相关产业政策性质的法律、法规、规章和其他规范性文件，例如《中共中央、国务院关于加快发展第三产业的决定》(1992)、《科学技术进步法》(1993)、《汽车工业产业政策》(1994)、《指导外商投资方向暂行规定》(1995，后被 2002 年《指导外商投资方向规定》所取代)、《外商投资产业指导目录》(1995，后相继被 1997 年和 2002 年发布的《外商投资产业指导目录》所取代)、《促进科技成果转化法》(1996)、《水利产业政策》(1997)、《中共中央、国务院关于加强技术创新，发展高科技，实现产业化的决定》(1999)、《关于当前调整农业产业结构的若干意见》(1999)、《鼓励软件业和集成电路产业发展的若干政策》(2000)、《关于加快发展环保产业的意见》(2000)、《中西部地区外商投资优势产业目录》(2001)、《"十五"期间加快发展服务业若干政策措施的意见》(2001)、《国家产业技术政策》(2002)、《清洁生产促进法》(2002)、《中小企业促进法》(2002)等。

值得一提的是,国务院于 2005 年 12 月 7 日颁布了《关于发布实施促进产业结构调整暂行规定的决定》,提出产业结构调整的八大方向和重点是:巩固和加强农业基础地位,加快传统农业向现代农业的转变;加强能源、交通、水利和信息等基础设施建设,增强对经济社会发展的保障能力;以振兴装备制造业为重点发展先进制造业,发挥其对经济发展的重要支撑作用;加快发展高技术产业,进一步增强高技术产业对经济增长的带动作用;提高服务业比重,优化服务业结构,促进服务业全面快速发展;大力发展循环经济,建设资源节约和环境友好型社会,实现经济增长与人口资源环境相协调;优化产业组织结构,调整区域产业布局;实施互利共赢的开放战略,提高对外开放水平,促进国内产业结构升级。

同日,经国务院批准,国家发改委发布了《产业结构调整指导目录》。《产业结构调整指导目录》是《关于发布实施促进产业结构调整暂行规定的决定》的配套文件,涉及农业、水利、煤炭、电力、交通、信息产业、钢铁、有色金属、石油化工、建材、机械、轻纺、服务业、环境和生态保护、资源节约及综合利用等 20 多个行业,其中鼓励类 539 条,限制类 190 条,淘汰类 399 条。从这一决定的颁布和配套文件的出台不难看出,产业结构调整成为中央和地方各级政府当前和今后一段时期的政策着力点,促进产业结构调整的政策体系也将进一步完善。

以上情况表明,我国在改革开放以来在经济管理活动中越来越重视利用产业政策,并且其法律化程度不断提高。这对调整我国产业结构,提高产业组织素质和产业技术水平,从而推进经济增长方式的转变起到了多方面的积极作用。但是由于种种原因，我国的产业政策在制定和实施过程中还存在一些问题。从法律的角度看，主要表现为我国产业政策的法律化程度不高，现有的很多产业政策并没有纳入到严格的法律调整中来。虽然并不是所有的产业政策都需要采取法律的形式，但是一些基本的、重要领域的产业政策还是有必要上升到法律的高度，特别是由最高国家权力机关制定的法律。而我国很多重要方面的产业政策仅表现为政府或其职能部门的法规或规章，有些甚至连规章的形式都没有采取，只是以某种规范性文件形式存在的"纯粹的"政策，缺少法律性质的责任制度作保障。那些尚没有得到任何法律调整的产业政策情况自不必说，那些在基本领域仅仅以法规、规章形式存在的产业政策也难以收到法律调整的应有效果，特别是难以达到前述产业政策法治化的基本要求：政府本身制定和实施产业政策的行为也要受到相应的法律约束。基于这种情况，有人认为我国不少领域中只有产业政策而没有产业政策法。从严格意义上讲，这是有道理的，尤其是就第二层次的产业政策法而言。

二　完善我国产业政策法的目标和努力方向

（一）我国产业政策立法模式选择

实践证明，我国在许多领域都有产业政策，且产业政策发挥了明显而积极的作用。建国初期，政府制定了优先发展重工业的决策（虽然当时没有正式使用"产业政策"这一称谓），以后每个规划阶段，政府都有相应的政策出台，比如20世纪80年代政府出台的关于能源、原材料和交通运输等基础产业的产业政策，"八五"期间实施的解决重复建设的产业政策，"九五"期间实施的大力推进经济结构战略性调整安排的产业政策，"十五"期间实施的强化对传统产业的改造升级、积极发展高新技术产业和新兴产业的产业政策，"十一五"期间强调低消耗的同时，要形成一批拥有自主知识产权和知名品牌、国际竞争力较强的优势企业的思路。

如此种种，说明我国在不同时期不同领域都有产业政策，但是也存在一些值得思考的问题。由于在制定和实施产业政策过程中，存在中央与地方利益的摩擦，局部与整体利益的矛盾，导致国家的产业政策无法完全实现预期目标，甚至出现了相违情况。严重时出现了重复建设导致地区产业结构同构化和低构化，以及生产要素不能完全实现合理配置的现象。这些都是产业政策局限性的表现，而产生这种情况的原因主要就是我国的产业政策从制定到实施的法律化程度不高。因此，我国产业政策立法任务很艰巨，而解决这一问题首先要考虑的是如何选择适应我国国情的立法模式。

综合国外经验，如前所述，在产业政策立法方面主要有两种模式，一是倾斜型产业政策立法模式，二是竞争型产业政策立法模式。我国有自己的国情，因此不能完全照搬国外模式。结合当前实际情况，笔者赞同我国的产业政策立法模式应当以竞争型产业政策立法为主，而以倾斜型产业政策立法为辅。[①] 具体说来，有以下几点。

第一，在竞争型产业政策立法方面，政府要逐步放松管制，构建宽松的法律环境。适用领域主要有基础设施和基础产业方面、自然垄断行业以及产业结构调整的援助政策方面。

第二，在倾斜型产业政策立法方面，政府要积极立法，发挥法律的促进作用，主要思路是实施产业结构优化的产业政策及相

---

① 参见彭春凝：《我国产业政策立法的路向选择》，载《淮北煤炭师范学院学报》（哲学社会科学版）2005年第6期。

关立法，建立以行业协会为核心的产业政策实施机制。

第三，结合 WTO 规则，在新的经济形势下要更突出新类型产业政策的立法思路。这也是我国今后产业政策立法的努力方向。

（二）新形势下我国产业政策立法的努力方向

经济全球化的今天，完善产业政策法还要注意国际与国内在竞争法、反垄断法以及反倾销法等方面的协调，保障经济的平稳快速运行。①

随着我国加入 WTO，以及对 WTO 规则的深度执行，我国面临着一个非常严峻而现实的问题，那就是如何在经济全球化的浪潮下，在遵守 WTO 规则的前提下，保护本国本民族的产业，提高产业竞争力。由于我国是市场经济晚发国家，市场经济机制还不完善，竞争法则还不健全，因此在充分发挥市场功能和作用的同时，离不开政府积极的政策引导；又由于 WTO 不禁止产业政策的使用，只要政府制定的产业政策能够贯彻 WTO 的非歧视原则，产业政策会在国际贸易中发挥着举足轻重的作用。因此，我国政府要高瞻远瞩，结合 WTO 其他成员国的做法，吸取经验和教训，通过积极利用产业政策，使其上升为法律，从而可以用法律手段保护产业发展。对以下 WTO 规则不限制政府有所作为的领域进行相关的政策指导和立法：一是政府投入资金用于提高中长期产业竞争力的技术开发；二是对本国经济落后地区进行扶持；三是对中小企业进行扶持（具体内容参见本书相关章节）。在这几个方面，目前来看，我国有《中小企业促进法》对中小企业进行规范和调整，但是由于缺少配套法规和规章进一步对之细

---

① 郭万明、李胜利：《经济全球化背景下竞争法、产业法与反倾销法的冲突与协调》，载《法学》2006 年第 2 期。

化，所以这部法律的执行还存在一定问题。另外，技术创新和产业结构调整等方面尚缺乏相关的法律和法规。可喜的是《反垄断法》已经出台，此法也对外资企业凭借资本和技术实力取得垄断地位，从而垄断我国市场而设防。随着我国某些领域向外资开放经营，势必面临市场主体的重组，要么是兼并，要么是合并，为此，应制定可行的法律依据来应对，比如《控股公司条例》、《企业兼并条例》。①

就国内来说，产业结构优化升级面临新的形势：实现产业结构优化升级的高增长行业发生了变化，将转向重化工业、高新技术产业、房地产业、基础设施产业；降低资源消耗和保护环境成为新的要求；服务产品是新的内容；缓和贸易摩擦、改善国际环境是当前的外部压力。就国际来说，自由贸易及与 WTO 规则融合的呼声日涨；国际直接投资更多地转向服务业，服务业外包成为产业跨国转移的新内容。面对这种国内外新形势以及我国产业政策法不足的现状，我国应进一步在协调一致的基础上完善产业政策法。② 2006 年我国制定了《国民经济和社会发展第十一个五年规划纲要》。这个规划纲要为产业的发展指明了方向。我国应比照这个纲要及我国参加的国际条约，重新审查我国的产业政策法，修改其中的不符合之处。另外，应把产业政策法进一步法律化，并要保持产业政策法的灵活性；在制定具体的产业政策法时，应根据产业的具体特色，具体规定实施办法，并要注意设立必要的法律责任。

---

① 王先林：《产业政策法初论》，载《中国法学》2003 年第 3 期。

② 李国平：《浅析产业政策法与外资法的关系》，载《企业家天地》（理论版）2006 年第 9 期。

第二章　产业组织法律制度

第一节　产业组织的基本理论

产业组织是指产业市场主体的构成和相互关系，以及由此影响的市场运行效率。产业组织理论主要研究产业内经济资源的组织方式及由此影响的市场绩效，并在此基础上提出有效组织产业资源的政策主张。

一　早期的产业组织思想

英国 16 世纪的著名经济学家亚当·斯密在《国富论》中，指出了市场这只"看不见的手"对经济资源流向的调节和配置作用。斯密崇尚自由竞争和贸易自由，同时也认识到劳动分工和生产的专业化对提高生产效率的作用，并且把专业化与一定的市场需求规模联系起来。

斯密之后，新古典经济学家马歇尔最早把"组织"作为生产要素提了出来。马歇尔把组织划分为企业内部组织形态、企业间的组织形态、产业之间的组织形态（产业结构）和国家组织形态。同时马歇尔论述了规模经济与竞争活力的关系，指出企业寻求规模经济会导致生产集中程度的提高，而较高的生产集中度反过来会抑制竞争活力。这就是所谓的"马歇尔困境"。它成为产业组织理论研究的基本命题之一。

20世纪初，垄断资本主义取代自由资本主义占了统治地位，在各国经济政策实践和经济学家的理论及实证研究基础上，美国经济学家张伯伦和英国经济学家罗宾逊在各自的著作中不约而同地提出了垄断竞争理论。这一理论纠正了竞争、垄断相互对立的旧的市场结构框架，构建了现代产业组织理论的完整的市场结构类型体系。其后的克拉克首次提出了"有效竞争"的概念，并探讨了有效竞争的指标和度量标准。梅森则进一步提出衡量市场有效竞争的市场结构基准和市场行为基准，为产业组织的实证研究提供了理论工具。

二　产业组织理论体系

（一）哈佛学派

哈佛学派从市场结构—市场行为—市场绩效这条线来分析研究产业组织。该学派认为市场结构决定企业的市场行为，而市场行为又决定某一产业的市场运行绩效。市场结构是市场中买者和卖者的数量、规模及相互之间的关系，通过市场集中度、产品差别化、进入障碍、规模经济、政府管制等反映出来。而企业的市场行为则指企业的价格行为、产品行为、市场营销行为和投资行为等。市场绩效指的是产业整体上的资源配置效率。该派认为企业由于竞争而追求规模经济，从而导致生产集中度的上升，而较高的生产集中度会导致垄断的产生，限制和排除竞争，最终使市场在生产成本、技术进步、产品满足需要等方面陷入低效率的运行状态。因此哈佛学派倾向于积极的反托拉斯政策，维护企业间的竞争活力，以充分发挥市场机制的作用。

(二) 芝加哥学派

芝加哥学派的切入点是企业的市场行为而非哈佛学派的市场结构。该学派认为效率可以分为资源配置效率和生产效率。企业如果只实现了生产效率,高效的低成本生产出来的产品并不一定能够满足消费者的需要。为了实现更大的收益,企业就要生产消费者需要的商品,调整生产要素在企业间的进出,这样就实现了资源的配置效率。因此该学派认为应将效率作为判断市场标准的尺度。该学派认为大企业的高利润率是大企业的经营活动高效率的结果,与市场结构无关。市场集中度有利于规模经济和提高生产效率。因此该派主张消极的反托拉斯政策,除了个别部门外原则上反对政府以各种形式干预市场结构,反对对长期存在的市场过度集中的企业实施分割或者控制企业之间的兼并。该派认为反垄断的目的是为了实现经济效率—社会福利的最大化,政府政策的目标应该是保护竞争而非竞争者,低效率的企业被淘汰是很正常的。该学派信奉自由企业制度和尊重竞争规律的作用。

(三) 可竞争市场理论

可竞争市场理论从分析完全可竞争市场及沉没成本等概念出发,来推导可持续、有效率产业组织的基本态势及其内生的形成过程。在完全可竞争市场条件下,企业退出市场是不存在沉没成本的,因此企业可以大胆决策进出市场,而不必担心决策失误造成损失。由此推断出,企业进出市场的唯一壁垒是沉没成本,因此一个市场的可竞争程度取决于企业退出这个市场的沉没成本的大小。在完全垄断和寡头市场条件下,垄断企业为了组织潜在竞争者进入与之发生竞争,只能制定超额利润为零的可维持价格。因此它们也是有效率的,并且这种效率是产业组织内生机制产生的。所以,在近似完全可竞争市场中,自由放任的政策比政府管制政策更有效率,提高市场绩效的关键不是反垄断或反兼并,而是应该尽一切可能来降低沉没成本。因此他们主张，一方面应该积极研究能够降低沉没成本的新技术、新工艺、新制度，另一方面应该排除一切人为的进入和退出壁垒。该学派的理论为20世纪80年代以来发达国家放松政府管制提供了理论基础。

三 产业组织理论的最新进展

20世纪70年代以来，随着博弈论和交易费用理论等新理论、新方法的引入，产业组织理论研究的理论基础、分析手段和研究重点等发生了实质性的突破，推动着产业组织理论的深入发展。一方面，博弈论的引入形成了新产业组织学的理论体系，使研究方向从传统的市场结构彻底地转变为市场行为，改变了传统产业组织理论单向、静态的研究框架，建立起双向动态的研究框架。另一方面，以交易费用理论为基础的新制度经济学派的崛起，彻底改变了只从技术角度考察企业和只从垄断角度考察市场的传统观念，为企业行为的研究提供了全新的理论视角，对产业组织研究的深化起到了直接的推动作用，使研究深入到企业内部产权结构和组织结构对企业市场行为和市场运行绩效的影响上来。

上述有关产业组织理论从不同的视角为人们研究产业组织的形态提供了理论基础，同时也为政府的产业组织和管制政策提供了理论支撑。但是并没有哪一种产业组织理论能够完全解释一个国家产业发展过程中的所有问题，特别是对于我国这样一个正向市场经济体制过渡转型的国家来说尤其如此。事实上在我国，一方面必须充分发挥市场配置资源的基础性作用，这是市场经济的基石；另一方面政府在经济运行的中观层面，也就是产业组织的层面，需要做的更多的是转变政府职能，打破行政垄断，制定并监督执行市场游戏规则。与此同时，我们也必须拓宽视野，把根据发达市场经济国家经济实践和经济政策而来的各种产业组织理论与中国经济发展的实践结合起来，更要放到入世后我国经济不断融入全球经济的大背景中来，为我国制定自己的产业组织政策提供理论基础。

第二节　产业组织与政府规制

一　政府规制的基础

自从 20 世纪 30 年代资本主义的经济大萧条和此后凯恩斯主义的崛起开始，市场经济国家以前那种政府不介入经济生活，只充当"守夜人"的认识纷纷转变，国家开始以各种形式和手段干预经济生活。从宏观层面来说，市场失灵和现代社会结构及功能的发展，使国家介入经济生活对经济运行实行宏观调控已经必不可少。从微观层面来说，国家不干预市场主体的内部行为及组织方式。但是在中观层面，一方面要克服市场带来的各种负效应；另一方面又要保证自由竞争的市场秩序和实现经济运行的宏观目标，因此单靠市场自身是无法做到的，政府介入经济运行的中观层面已成必然之势。

二　政府规制的特征

政府在宏观层面干预经济运行属于宏观调控的范畴，与产业组织没有直接的关系，而政府在中观层面上对经济生活的干预，调节产业内的资源配置，维护有效的市场竞争秩序则本身已经成为产业组织的问题。我们知道产业组织是指产业内市场主体的构成和相互关系，以及由此影响的市场运行效率。本来在经济自由主义的宗旨下，政府不介入经济生活，在中观层面更是如此，那么产业内的企业在市场机制下会自发调节经济资源的配置，实现产业发展。但是当政府介入经济生活的中观层面后，政府规制部分地替代了市场机制来更好地安排和调整产业内企业的市场行为和相互关系，调节经济资源的流向之后，我们应该怎样看待政府规制和产业组织的关系呢？这就需要我们进一步地对政府规制进行细致的梳理。

政府规制是指政府在经济运行的中观层面干预市场主体的市场行为，矫正或改善市场机制内在问题，实现产业发展而采取的一系列的政策手段的总和。

从这个概念可以看出政府规制有如下特征。

第一，整体性。政府规制在经济运行的中观层面干预市场主体的市场行为，并不具体针对产业内的某一个或几个企业，而是从产业整体上来规制产业内所有企业的市场行为以符合经济运行的政策目标。

第二，政策性。政府规制本身就是干预经济运行的各种经济政策的体现，但规制本身的政策性则来源于对经济干预的适应性和灵活性。

第三，法制性。政府规制经济运行往往要建立相应的法律制度，从而建立其长效机制，国内外已对许多具有自然垄断特性的产业建立制定了专门的产业法律制度，如铁路法、电信法等。

第四，手段多样性。政府规制既有经济手段又有行政、法律手段；既有各种直接规制政策，又有各种间接规制政策手段等。

第五，目的多样性。政府规制的目标呈多元化态势，既有竞争、效率上的经济性价值取向，又有安全、健康、环保等社会性的价值取向。

三　政府规制的目标

（一）有效竞争

竞争是市场经济中市场机制得以发挥作用必不可少的前提条

件。市场机制下的企业的自由竞争是经济活力的源泉，但是自发的盲目的竞争又会导致资源的浪费，或者是垄断，或者是不正当竞争对竞争的限制或排除，或者是对竞争秩序的破坏，或者是过度竞争导致的普遍性亏损或不能利用规模经济。所有这些都会对经济和产业的发展造成不利的影响。追求有效竞争就是在良好的市场竞争秩序下避免垄断或过度竞争而产生的低效率，从而保证资源配置的高效率。

（二）高效

市场经济条件下，在竞争机制的作用下，经济资源流向高效的企业和产业，实现资源整体上的优化配置是市场经济的核心价值取向。政府在中观层面对经济运行的规制就是要保障市场主体平等地遵守游戏规则，又要克服市场失灵、无规制带来的低效率。经济发展的实践表明，在规模经济显著的产业，政府的进入规制和在具有自然垄断特性的产业的效率规制，对促进企业和产业的高效率是有十分积极的作用的。当然政府规制本身也必须克服自身导致的负面作用。在政府失灵的情况下，受规制的产业往往不思进取，效率低下，消费者权益不能充分伸张。所以政府规制本身也存在适应性和效率的问题。

（三）社会福利最优化

这里的社会福利具有很大的概括性，既是指资源配置高效产生的帕累托最优带来的消费者剩余的增加，也是指在政府规制下追求的社会性目标的实现，诸如健康、安全和资源的合理利用与环境的可持续发展。这些经济性和社会性的目标融在一起，就成为政府规制所追求的社会福利最优的目标。

政府规制的这三大目标是相辅相成、有机联系的。没有有效竞争就不可能有经济上的高效，没有经济上的高效当然也不会有社会福利的增加。但是政府规制的社会福利更包含着社会性目标的实现，不过它们也必须在经济发展的基础上生产增长方式变革的前提下才得以实现。当然如果没有这些社会性价值的实现，那么经济的高效发展也就失去了意义并且也是不具有可持续性的。

四　政府规制的内容

（一）自然垄断性产业的政府规制

自然垄断性产业是指主要业务具有规模经济效益，需要大规模固定资本投资，边际成本不断下降，具有网络效益的产业，一般指公用事业和基础设施产业等。

自然垄断性产业多是一些关系国计民生和事关国民经济命脉的产业，这些产业的发展状况在一个国家的国民经济中占有举足轻重的地位。政府对自然垄断性产业的规制主要体现在一方面要防止过度竞争带来的重复投资和资源的低效配置，以及产品供给的不稳定，另一方面也要努力克服该产业内的企业利用垄断地位的不良价格、质量、服务等行为造成的负面效应。

对这些产业，政府一般都直接在市场进入退出、数量、质量、设备、价格等方面予以规制。一方面保护有资质的企业的利益，使它们能够长期规划和大规模投资，充分利用规模经济和范围经济，并引进技术，推动技术创新；另一方面又对它们提供的产品或服务在价格、质量等方面予以规制，保护消费者的利益。

需要注意的是，随着技术条件和社会经济条件的变化，这些产业的自然垄断特性也会随着变化，从而使一些产业的自然垄断特性下降而为竞争的引入创造了条件。如电信市场，现在欧盟已经基本上放开了电信市场，允许世界上其他国家的运营商进入欧盟市场与原有企业竞争，而且在市场准入方面已经大大降低了门槛。另外，对于这些自然垄断性产业，根据发达国家的经济实践，并不是整个产业链上的各个环节都具有自然垄断特性，有些产业的产业链经过分割后就会发现引入竞争能更好地促进该产业的发展。如电力产业，在输配电方面具有自然垄断特性，但在发电和售电环节就完全可以引入竞争机制。所以政府规制在时机适当的时候就要随之转变，能引入竞争的就要引入竞争，而不是一味地保护原有企业的垄断地位。

对于某些自然垄断性产业向社会提供着普遍性服务而导致亏损或低利润率的，政府规制则在目前倾向于建立相应的产业服务基金予以补偿，保证这些产业的正常发展和向社会提供优质服务，如邮政产业的普遍服务业务。

在我国这些具有自然垄断性产业的政府规制情况比发达市场经济国家要复杂得多。我国这些产业顺应市场化改革的潮流，有些产业已经或者较好地进行了一定程度上的市场化改革，而有些产业则一直没有进展。前者如电力、民航、邮政等产业，后者如铁路等。这些产业因为投资主体的单一国有制而造成了产权不明晰，现代企业制度尚未真正建立起来，同时又交织着部门、地方利益的错综复杂的关系。所以政府规制的重点又在于政企分开，破除行政垄断，建立和完善现代监管体系，投资主体多元化改革等。重要的是对这些产业应加快立法过程，以现代法治理念和市场化取向制定或者完善原有的相关产业法规。

（二）竞争性产业的政府规制

竞争性产业是指可以在市场机制的调节下自身能够得到充分的发展和服务社会的产业。一个国家除去那些具有自然垄断特性的产业和农业这样的基础性产业以外，可以说都是可以让市场去调节的竞争性产业。这些产业在市场机制的作用下，资源流向高效率的企业和产业。政府规制的重点是反对市场垄断和不正当竞争，维护公平有效的竞争秩序。

排除了垄断或者限制了竞争，垄断企业又利用市场支配地位制定垄断价格，获取超额垄断利润，扭曲价格机制，就会造成垄断企业的低效率和消费者剩余的减少。而不正当竞争则直接破坏了正常的公平竞争的市场游戏规则，是对正常竞争秩序的破坏。所以世界各国无不在经济实践中反对垄断和不正当竞争，并且基本上都通过立法的形式来建立和维护正常的市场竞争秩序。

但是正如产业组织理论的芝加哥学派和可竞争市场理论指出的那样，对垄断对市场竞争秩序的破坏这一问题，人们还存在着不同的理解；而且他们指出政府规制本身也存在着成本和政府失灵的问题。所以各国的反垄断政策和执行力度随着不同理论流派的兴替和经济发展的阶段性变化而变化。竞争和规模经济的"马歇尔困境"仍然是需要审慎考量的问题。

我国的竞争性产业内的企业普遍存在着企业规模偏小、研发投入不足、在国际市场上缺乏核心竞争力的问题。所以我国政府规制的重点还在于积极鼓励企业的兼并和重组，改善企业尤其是中小企业的投融资体制和创新机制，提升国际竞争力。当然反对不正当竞争在各国都是确凿无疑的，至于反垄断就要在全球化的背景下面对全球市场来加以考量。由于反垄断具有可操作性的措施往往是从市场结构入手来判断企业的市场控制支配能力，所以中国加入WTO后的市场在很多情况下应该是世界市场。

（三）农业等基础性产业的政府规制

农业是一个国家国民经济的基础，在国民经济中占有举足轻重的地位。但是由于农业的自然特性和边际报酬递减、技术进步缓慢、投入不足以及农业劳动力专业性不足等问题，农业往往成为国民经济中的薄弱产业。所以政府对农业规制的核心在于保护，保护农业的平稳发展和农民的利益。

发达国家的农业政策往往对农民实行各种补贴和对农产品的国际贸易设置各种各样的壁垒。随着WTO多哈回合关于农业谈判的进展，对农产品贸易的开放已经成为大势所趋。发达国家往往转向 WTO 的"绿色区域"对农产品实行各种软性的保护。我国除了借鉴发达国家的这些做法以外，对农业的保护还应该更多地体现在改善农业种植结构，发展工农贸一体化，加强农业基础设施建设，推广农业科研成果转化，培育农业高素质人才等方面。政府必须切实加强这方面的工作，制定长期的农业发展战略，并使之制度化、法制化。

五 政府规制的手段

政府规制有经济、行政、法律等方面的手段措施可以应用，但是规制手段要和规制要达到的目标以及规制的对象结合起来考虑，才可能产生良好的效果。一般说来政府规制主要有以下的手段。

（一）进入退出规制

进入规制是指对企业进入某一市场或某一行业进行的规制，它以社会总资源的合理配置为目的，限制企业的供给行为，影响卖方的签约机会。政府为了避免过度竞争和重复建设，或者为了保证行业的经济效率和规模经济效益等，对某些行业实行进入规制。进入规制是针对经济发展所需的产品行业结构和产品市场结构，以及企业进入某一市场的行为结构，来限制某些企业的进入行为，其规制目标在于确保规模经济效益和范围经济效益，有效遏制恶性竞争和重复建设，从而一方面减少社会资源的耗费，保证资源的充分利用；另一方面保证行业的合理利润水平和消费者的消费效用值，提高生产和消费的组织效率和市场效率。对行业的进入规制通常采取许可制、注册制、申报制等形式。各种形式的进入规制的规制力度不同，政府可以根据规制的目标来调整和改革这些规制形式的作业程序和实质要件。

退出规制是政府对于已经参加到某些产业内的企业退出市场的行为的干预。政府可以在固定资产折旧、设备更新改造、产权交易、企业劳工安置等方面对企业退出某一行业进行规制。一方面对于自然垄断行业，政府的规制主要倾向于企业的产品的供给责任，保证公众的消费利益不受到损害；另一方面对于其他的行业来说，政府的规制主要在于降低企业退出市场时的沉没成本。根据产业组织理论的可竞争市场理论我们知道，政府应该尽一切可能降低企业的沉没成本，实现经济资源的自由高效流动和合理配置。

（二）价格规制

市场经济条件下政府应尊重市场形成价格的机制，让市场价格引导资源配置。但是对于某些产业尤其是自然垄断性产业，政府为了保证资源配置的高效和服务供给的公平以及消费者的利益，有必要对产业价格体系和价格水平进行规制。价格规制的重点是确定价格规制的方法，政府要对产业内企业的价格行为确定一个合理的价格水平，既保障企业的合理的经济利益，又保证政府规制目标的实现。一般来说确定合理价格的方法主要有边际成本和平均成本定价法、投资报酬率定价法以及最高限价法等。这几种定价方法各有其缺点，或者是造成受规制企业的合法暴利，或者导致其投入不足从而影响产品供给，或者使整个产业陷入低效率等。因此，政府要在公平和可操作性上做出选择。

（三）投资规制

投资规制是政府对社会投资过程中的资金筹集、证券发行、交易规程、投资行为和信息披露等实施干预，既是对投资市场的规范，更是对投资市场的保护与促进。政府对产业的投资规制主要包括对被规制对象投资项目的、投资方向、投资规模和投资资金来源和项目可行性论证等的审核与批准。不论是自然垄断性行业还是竞争性行业，都是要防止投资过多而造成价格波动。特别是对竞争性产业，更是要防止因投资过多带来的过度竞争。

（四）服务规制

服务规制主要是指政府为了防止自然垄断性产业中由于竞争不足而导致企业提供的物品和服务质量出现下降，以及在信息不对称条件下督促企业建立有关产品和服务的质量标准和不同的档次体系，以保障消费者的权益。其主要措施有：第一，制定有关产品和服务的质量标准和质量规范制度，规定有关产品和服务所必须达到的最低限度的质量标准体系；第二，在有关产业中建立产品和服务的申报制度，只有达到一定质量标准的产品和服务才由政府发放许可证或以政府认可的方式在一定时期内获准生产；第三，建立并强化对有关产业产品和服务质量的专门检查和监督制度，实施对产品和服务质量的行政检查和监督，以防止有关产品和服务的质量出现下降，或不合格产品和服务进入市场。

（五）设备规制

设备规制主要是指政府出于维护受规制产业产品或服务的质量、性能、规格，以及安全外部性等方面因素的考虑，对有关生产设备和服务设备进行的以一定的标准体系和审核制度为基础的规制。其主要措施有：第一，制定有关生产设备和服务设施的标准体系，规定其质量、性能、规格、安全等方面的标准，以确保政府对有关产品和服务质量的有效控制；第二，建立关键设备的强制登记和审核制度，禁止将未能符合政府所颁布标准的设备投入生产；第三，在有关产业中统一有关重要设备的规格和性能标准。

以上讨论的主要是政府针对产业组织的经济性规制手段。而针对政府规制的社会性目标，政府规制的手段主要有以下几个方面。

（一）禁止特定行为

政府通过法规直接禁止那些被社会公认为有可能引起危害和不良后果的社会行为，例如对于武器、管制刀具、麻醉药品的交易和流通的禁止等。

（二）营业活动限制

政府通过批准、认可制度对提供特殊产品和有可能产生危害的社会经营活动予以限制，例如政府对危险毒害放射性物品的生产、销售、运输、存储等的种种强制性规定。对这些具有特殊属性的经营活动，政府要制定对其限制的法规，依据法规对其实施社会性规制，即实施对这些营业活动的分配、批准和认可的权力。

（三）执业资格制度

政府对从事与健康、安全、环境等联系密切的单位和个人，为了确保消费者的利益，而要对其专门知识、经验、技能等进行认定、证明并发给执业资格证明的制度。

（四）标准认证和检查制度

政府从确保产品的安全性、机械设备的安全运转等目的出发，对其结构、强度、性能等方面定出安全标准，特别是评估其爆炸性、易燃性特点。对没有打上符合标准的标志或者没有经过鉴定的产品，禁止其销售和使用。另一方面要规定主管单位对之进行各种例行的或专项的检查监督制度，以便发现问题，处理问题，消除事故隐患。

（五）信息公开制度

主要是指对那些存在信息不对称的企业（或者职业者），规制机构有权要求其向消费者尽量详细地公开与其所提供产品或服务有关的业务信息；或者按照法律规定，消费者有权向卖方索取自己应该知道的有关产品和服务的信息。

（六）收费补偿制度

主要是把外部性损害内部化的一种做法，即对有可能引起火灾、环境损害以及利用自然资源的经济行为征收定额费用和资源补偿费。通过收费补偿影响企业的生产成本，从而使企业尽量降低对环境、资源的破坏程度。

六　政府规制的问题与改革

在实践中政府规制往往由于各种原因而产生诸多问题，这就需要对规制本身进行探讨和加以改革。首先是政府规制可能导致受规制的企业或产业的低效率。由于政府对于一些具有自然垄断特性的产业往往在市场准入和价格等方面予以直接规制，当随着技术的进步，受规制的产业的自然垄断特性发生改变或者是成本下降时，受规制的企业却往往在所谓的公平报酬率下不思进取，缺乏技术引进和创新的动力，而且对成本的增加也尽可能地寻求报酬率的提高来弥补。其次是政府规制成本的不断上升。政府规制的相关机构在收集信息、协调受规制企业间的行为、处理企业和消费者的关系等方面不仅直接导致行政费用支出增加，而且由于政府规制的实施影响经济效率，如果不能保证规制政策按预期运行，就可能发生消费者剩余的净损失，或者导致再次的社会分配等问题。最后是政府规制会导致受规制企业的寻租行为。这些受规制的企业往往从自身的利益出发，千方百计地影响政府的相关决策。特别是在存在行政的自由裁量权的空间情况下，受规制企业的寻租行为甚至可使政策偏离其应有的核心价值取向。这些企业的寻租行为不仅导致政府官员的腐败，也会产生超额利润，造成整个社会福利的损失。

所以对政府规制本身进行不断的改革和自我完善已是不容回避的事实。改革的方向一方面是在规制的手段措施上尽可能地给予效率上的诱导，这就是所谓的激励性规制。目前国外比较成熟的有特许投标制度、区域间竞争和社会契约制度以及价格上限制制度。另一方面是尽可能地使规制法制化，使政府、受规制的企业和消费者在法律的架构下利益得到平衡。特别是在政府规制的社会性目标如安全、环保、可持续发展等方面，没有相关的法律法规是非常不现实的。

七　产业组织法的初步探讨

我们知道在市场经济条件下，市场在经济资源的配置中起着基础性作用。市场这只"看不见的手"通过竞争和价格机制引导着资源流向高效的企业和产业，实现资源的优化配置。政府规制则是政府为了矫正或改善市场机制的不足而采取的影响市场主体的市场行为的一系列手段政策的总和。所以政府规制实质上是对市场机制的替代，通过政府之手来引导资源的配置，实现经济持续健康发展的目标。

在经济运行的宏观层面当然也有国家对经济运行的干预，这就是国家的宏观调控。在经济运行的微观层面是企业的自主决策的市场行为。而在经济运行的中观层面是政府的规制和产业组织政策在经济的宏观和微观方面建立起传导机制，使企业的市场行为符合国家的产业政策和经济政策，实现国家宏观调控下市场经济的最优化经济发展目标。

我们既然把政府规制和宏观调控区别开来，那么也就可以说联系经济运行的宏观层面和微观层面的就是政府的规制了。在这个意义上可以说，它和产业组织政策几乎就是同义词，所以说产业组织法也就成为规范和调整政府对产业的规制而产生的法律关系的总和。政府规制的目标、手段措施、规制的对象和应用程序以及规制本身的问题等都成为产业组织法规范和调整的重要内容。

　　我国针对自然垄断性行业已经制定了《邮政法》、《电力法》、《铁路法》等单行的法律法规。这些法律法规制定的时期大都处于经济转型时期，其中的体制性、结构性矛盾还没有得到很好的解决，立法的某些价值取向已经不适应当代社会发展的潮流。所以对这些单行的法律法规进行修改和完善是十分必要的。此外，在维护有效的竞争秩序方面，我国已有《反不正当竞争法》、《反垄断法》等。再者针对市场机制自发运行产生的社会性问题，我国已有《产品质量法》、《消费者权益保护法》等。所有这些法律法规的上位法都是产业组织法。但是由此我们也可以看出，正如经济法和行政法没有统一的法典一样，产业组织法的内容对经济生活几乎无所不包，也不宜有一部统一的以"产业组织法"名字存在的法典，但是探讨这些法律法规的内在联系和指导原则——也就是产业组织法的原则，却是十分必要的。

第三节　产业组织政策与整体性规定

一　产业组织政策的概念和特征

（一）概念

　　产业组织政策是指政府为优化产业内资源的有效配置，保证公共利益，调整和干预产业内企业间关系和企业市场行为，推动产业振兴所采取的综合性公共政策。产业组织政策的实质是协调竞争与规模经济之间的矛盾，以维持正常的市场秩序，促进有效竞争态势的形成。

（二）特征

　　第一，产业组织政策的制定和实施的主体是政府以及政府所属的行政职能部门，体现政府对经济生活的国家干预。

第二，产业组织政策作用的对象是市场主体，主要是企业。政府通过产业组织政策来影响企业的市场行为，从而实现其政策目标。

第三，产业组织政策具有传导性。政府通过产业组织政策影响企业的各种市场行为，使之按预期的目标优化配置产业资源，所以产业组织政策必须是政府发出的能够为市场主体识别和接收的信息。这与政策本身的科学性和规范性有关。

二　产业组织政策的目标

（一）促进市场的有效竞争

这里的有效竞争是指产业组织政策能够较好地处理竞争活力与规模经济之间的关系。在产业内既能够充分发挥市场配置资源的基础性作用，形成充满活力的市场竞争环境，又能够防止过度竞争，促进企业利用合理的经济规模，充分发挥规模经济效益。

（二）规模经济

市场经济条件下，迫于竞争压力，企业必然追求规模的扩张，具有规模经济效益的企业就会比其他企业更有效率。所以政府的产业组织政策要处理好垄断和规模经济之间的两难问题。事实上在我国，单纯的由市场竞争导致的市场垄断并不明显，恰恰相反是企业规模普遍偏小，在与跨国公司这样的经济航母的竞争中处于明显的劣势，所以政府应鼓励支持企业兼并和重组，扶持和促进中小企业的发展。

（三）促进技术进步和创新

产业组织政策应该鼓励和支持产业内的企业采用新技术、新工艺，努力进行创新，开发具有自主品牌和知识产权的产品以获取竞争优势。企业达到一定的规模是采用和开发先进技术的必要条件，但政府的信贷政策、科技转化体制和知识产权保护等也是企业采用先进技术和创新的必不可少的环境条件。

（四）产业发展

政府的产业组织政策说到底是为了促进产业发展，但是这里的产业发展不仅是量的增长，更是质的提高，是健康可持续的发展，是产业发展和产业协调与优化的发展。政府的产业组织政策既要从产业结构政策出发，又要为实现产业结构政策的目标服务。

三　实现产业组织政策的手段

（一）经济手段

政府可以通过一系列经济手段来实现产业组织政策的目标。例如对不同产业实行差别税率来鼓励或抑制某些产业的发展，运用财政补贴对农业或者创新型企业予以支持，提高折旧率来帮助老企业的改造和发展等。

（二）行政手段

政府可以通过放宽或限制市场准入或者通过公开的信息发布和各种对企业的生产、销售价格、投资等行为的行政指导和建议与行政许可等来直接或间接地影响企业的市场行为，实现产业组织政策的目标。

（三）法律手段

政府通过专门的立法来影响企业的市场行为，实现其产业组织政策的目标。通过立法对市场结构、市场行为予以规制，平衡竞争与规模经济的冲突，限制垄断对市场竞争的排除或限制，抑制不正当竞争对市场竞争秩序的破坏。

四　产业组织政策的内容

（一）反垄断和反不正当竞争政策

垄断和不正当竞争对经济运行的负面影响是毋庸置疑的，这在前文已经论述过。需要指出的是，反垄断政策应该随着经济发展的阶段性变化和技术进步产生的结构性变化而变化，正如芝加哥学派认为的大企业的高利润率来源于高效率和可竞争市场理论，指出的政府规制的重点应该是尽一切可能来降低沉没成本一样，垄断对经济的消极作用并非简单地反映在高集中度上，更何况在经济全球化的背景下更需要经济航母来应对来自全球的竞争，所以反垄断政策一定要有适应性和灵活性。在我国，反垄断的重点应该是反对行政垄断。

（二）企业合并与兼并政策

企业的合并与兼并对于盘活存量资产，优化资产组合，提高经济效益和利用规模经济效益都有着直接的影响。但是在一些产业内的强强合并会引起集中度的上升产生垄断的问题。不过在我国今后相当长的时期内，合并与兼并政策的重点应该是鼓励企业之间的合并与兼并而非抑制。

（三）中小企业政策

世界各国的经济发展实践表明，中小企业在经济生活中占有十分重要的地位，各国一般都在税收、信贷、人才培养、政府采购和转包等方面给予中小企业一定的帮助和扶持，促进中小企业的发展。

第三章 产业结构法律制度

第一节 产业结构基本理论

一 产业结构的涵义与分类

(一) 产业结构的涵义

一般地讲，结构是指事物的各个构成部分的结合及其相互关系。产业结构是指国民经济中各产业的构成及其相互关系。产业结构作为一个经济范畴，在经济学发展史上是一个较新的概念。一般认为，产业结构概念的应用始于 20 世纪 40 年代。起初对产业结构概念的解释比较混乱，既可用来解释产业内部的企业关系，也可解释为各产业之间的关系结构。产业结构理论的创始人贝恩 (J. S. Bain) 在其 1966 年出版的著作《产业结构的国际比较》中，将产业结构解释为产业内的企业关系。在日本，产业结构的概念被用来概括产业之间的关系结构。随着对产业结构研究的深化，产业结构的概念和研究领域逐步得到了明确的界定。现在，一般认为产业结构专指各产业间的关系结构。对产业结构概念的研究有广义和狭义之分。狭义的产业结构是指产业之间的比例关系及其变化形态的对比，既指产业之间的关系结构，又指某个产业内部的行业关系结构，包括产业类型及其组合方式、各产业之间的本质联系、各产业的技术基础及其在国民经济中的地位和作用。广义的产业结构除了狭义产业结构的内容之外，还包括产业之间在数量上的比例关系以及在空间上的分布状态等。对产业结构的基本涵义的理解可以从质与量两个层面来考察，即产业结构是指国民经济中各产业之间、各产业内部各行业之间和各行业内部各产品之间生产力诸要素及其组合的数量比例关系和质量分布状态。从量的比例关系上考察，产业结构是指产值、劳动力和资产的比例关系，具体包括国民经济中三次产业之间的结构、三次产业各自内部各行业的结构、各行业内部各产品之间的结构。从质态上来考察，产业结构是指产业的素质即技术水平、经济效益、区域布局状态等。[①] 因此，通过对产业结构的质的组合及量的规定，构成了各产业间经济资源的分布结构，这种结构构成产业间的数量比例关系和质态联系的有机统一。

（二）产业结构的分类

按照一定的标准，可对国民经济的各项生产经营活动进行产业分类。其主要的产业结构分类方法如下。

1. 马克思的两大部类分类法

马克思根据社会产品的最终经济用途将社会生产划分为生产生产资料的第Ⅰ部类和生产消费资料的第Ⅱ部类，用于生产消费的就是生产资料，用于生活消费的就是生活资料。这种划分是对创造价值、生产有形产品的物质生产领域的划分，不包括非物质生产领域。但是在实践中对那些既可归入第Ⅰ部类，又可归入第Ⅱ部类的产品，划分起来有一定的难度。因此，这种分类方法不具有现实性。

2. 农轻重分类法

---

① 蒋昭侠：《产业结构问题研究》，中国经济出版社 2005 年版，第 1 页。

　　农轻重里的农业是指广义的农业，包括农、林、牧、副、渔业；轻重工业的划分最初是以工业产品的重量和容积为依据，把生产相对较轻、较小产品的部门称为轻工业，把生产相对较重、较大产品的部门称为重工业，随后又把生产消费资料的工业称为轻工业，把生产生产资料的工业统称为重工业。农轻重分类方法具有简便直观的特点，且有一定的实用价值。但是，农轻重的分类方法仍然具有很大的局限性，这种划分没有包括所有物质生产部门，不能全面地反映产品的多种使用价值。因此，农轻重分类法比较适合于工业化程度较低和科技水平不高的经济发展阶段。

　　3. 三次产业分类法

　　这种分类方法是 20 世纪 50 年代以来，资本主义国家在研究产业结构时普遍采用的最重要的方法。这种分类法最早由英国经济学家费希尔（Fisher）教授于 1935 年提出，他以社会生产发展阶段和资本流向为主要标准，把整个国民经济划分为第一、第二和第三产业。为了统一三次产业的划分标准，由英、美、法、日等 24 国组成的经济合作与发展组织（OECD）提出了统一的划分方法。我国三次产业的分类参照欧美的划分方法和联合国制定的《全部经济活动的国际标准产业分类索引》，于 1985 年首次规定了我国三次产业的划分范围，随后于 2003 年对原三次产业的划分范围进行了调整，制定了新的《三次产业划分规定》。在新制定的《三次产业划分规定》中，三次产业划分的具体范围是：第一产业包括农、林、牧、渔业；第二产业包括采矿业、制造业、电力、燃气及水的生产和供应业、建筑业；第三产业包括除第一、二产业以外的其他行业，具体包括：交通运输、仓储和邮政业，信息传输、计算机服务和软件业，批发和零售业，住宿和餐饮业，金融业，房地产业，租赁和商务服务业，科学研究、技术服务和地质勘查业，水利、环境和公共设施管理业，居民服务和其他服务业，教育卫生、社会保障和社会福利业，文化、体育和娱乐业，公共管理和社会组织，国际组织等。三次产业的分类方法使三次产业包含了国民经济中所有的产业和行业，既包括了所有的物质生产部门，也包括了所有的非物质生产部门，这有利于全面地分析研究各产业之间、各产业内部各行业之间以及各行业内部各产品之间的比例关系和质态分布，有利于全面研究产业结构变动的规律性，也有利于和国外产业结构进行比较分析。因此，三次产业分类法是研究产业结构的主要分类方法。

二　产业结构的理论研究

（一）产业结构理论的产生

英国资产阶级古典政治经济学创始人威廉·配弟早在 17 世纪就首先发现了世界各国国民收入水平的差距和经济发展阶段的不同，并分析其不同的关键原因是产业结构的差异。法国古典政治经济学的主要代表、重农学派的创始人魁奈分别于 1758 年和 1766 年发表了重要论著《经济表》和《经济表分析》，提出了"纯产品"学说和关于社会阶级结构的划分的理论。亚当·斯密在其 1776 年著作《国富论》中论述了市场机制以及这一条件下厂商的市场行为，例证了社会分工及专业化协作的经济效应。著名经济学家马歇尔发表了《经济学原理》（1890）、《工业与贸易》（1919）、《货币、信贷与商业》（1923）等一系列著作，在他的研究中首次提出了第四生产要素的概念，即"组织"的概念。马歇尔提出的四要素的理论观点近似于产业结构的概念，而且第一次提出了垄断、外部经济等有关产业结构的基本问题，他的理论观点具有很高的学术价值，他个人也被西方学者称为产业结构理论的先驱。到 20 世纪初，垄断资本主义已经取代了自由资本主义，以马歇尔为代表的新古典经济学关于完全竞争的传统理论受到了挑战，后来美国哈佛大学张伯伦的垄断竞争学说发展成为现代产业结构理论的主要来源。

（二）产业结构理论的发展

20 世纪 60 年代产业结构理论得到了进一步发展。在理论界的主要代表人物有里昂惕夫、贝恩、库兹涅茨、刘易斯、赫希曼、罗斯托、钱纳里、霍夫曼、希金斯、丁伯根等人。美国经济学家沃西里·里昂惕夫从 20 世纪 30 年代起着手从事投入产出分析，研究美国的经济结构和经济均衡问题。库兹涅茨在英国经济学家克拉克研究成果的基础上，通过对产业结构变动的实证分析，论证了经济增长与产业结构之间的关系。美国发展经济学创始人刘易斯在其著名论文《劳动无限供给条件下的经济发展》中提出了二元经济结构模型理论。美国发展经济学家赫尔希曼提出了著名的"不平衡"增长学说，罗斯托提出了主导产业理论，钱纳里提出了"发展型式"理论。德国经济学家霍夫曼通过研究工业化进程中的产业结构演进，提出了著名的"霍夫曼定理"。战后，日本产业结构理论的代表性人物筱原三代平、赤松要、小岛青、佐贯利雄和关满搏等人也提出了他们的独创性理论，具有较高的借鉴价值而为世界各国经济学家所接受。

第二节　产业结构整体规划

一　产业结构演进的一般规律

17 世纪英国经济学家威廉·配弟最早研究并发现了产业结构演进规律。后来英国经济学家克拉克、德国的霍夫曼、美国的罗斯托、里昂惕夫等人也分别对三次产业之间以及产业内部的变化规律进行研究，提出了一些具有代表性的发展模型。其中最具有代表性的是美国经济学家西蒙·库兹涅茨模式和钱纳里模式。库兹涅茨经过对西方主要资本主义国家经济增长的观察研究，比较各国国民经济核算项目，分析了许多国家在经济增长过程中生产部门的产值结构和劳动力结构的变动趋势，并进而论证了产业结构与人均国内生产总值的关系，提出了库兹涅茨模式。钱纳里侧重于研究许多发展中国家的实践，采用一般均衡结构变化模型分析经济增长过程中各部门之间的相互依存关系，提出了钱纳里模式。从库兹涅茨和钱纳里等人的研究中，可以发现产业结构变化的一般规律性：第一，三次产业变化的一般趋势。随着人均收入水平的提高，农业产值在 GDP 中的比重以及农业劳动力的比重处于不断下降的态势，而非农产业包括第二和第三产业的比重则不断上升。第二，需求收入弹性导致产业结构变化。一般来说，需求收入弹性高的产业发展速度较快，在产业结构中的比重上升也较快。农业的需求收入弹性低于工业和服务业。农产品消费需求比重降低导致其产值在国民经济中的比重降低，非农产业需求收入弹性大而带动其产值比重和就业比重上升。第三，产业间的相对劳动生产率差距随着经济发展而缩小。人均国民收入水平越低，第一产业的相对劳动率与第二、三次产业的相对劳动生产率差距就越大；随着人均收入水平的提高，农业的相对劳动生产率不断提高，三次产业间相对劳动生产率的差距逐渐缩小。

二　我国产业结构的现状

与农业经济和工业经济相比，知识经济时代对产业结构的合理性、科学性要求更高。然而，在目前的情况下，我国的产业结构总的现状是第一产业现代化水平低，不适应大市场的需要。第二产业的结构比较粗放和落后，内在质量不高，低水平重复多，高水平生产能力过小，缺乏成型的支柱产业，出口产品以量为主，优势和特长不明显，竞争力不强。传统产业科技含量低，结构不合理，知识化水平低，落后的、粗放式经营距现代农业相去甚远。我国是一个农业大国，农业是国民经济的基础，农业问题处理不好会影响到我国的长治久安。改革开放以来，我国农业经济得到了很大发展，但与现代农业相比还有很大的距离。主要表现在，农业的基础还很薄弱，抗御自然的能力还很弱。由于土地零星分散，单家小型经营难以进行机械化作业和产业化经营，土地经营的规模效益难以实现，致使劳动生产率和土地产出率偏低。科技对农业生产的贡献率与发达国家的 70%－80% 相比，我国只有 27%－35%。而且我国目前文盲、半文盲人数达 2 亿多，且 2/3 在农村。农民素质不高，农业科技人才少，进一步阻碍了现代化农业的发展。工业制造业结构知识化、集约化水平低，没有成型的高科技支柱产业群。从本质上讲，知识经济是一种集约型的可持续发展的经济，其以尽可能少的自然资源和最大可能的知识应用，实现经济的增长，满足社会日益增长的需求。在发达国家，一方面大力发展高新科技产业，另一方面以高新技术为杠杆推动传统产业包括材料、工业、基础器件和设施等方面的知识化。第三产业虽有较大发展，但水平低，内部结构也不合理，交通通讯、金融管理、科技开发、信息等产业严重落后。

三　我国产业结构整体规划

随着高新技术产业的迅速发展和经济全球化的不断深入，世界产业结构正在发生深刻的变化。发达国家为了抢占全球经济的制高点，在强化高新技术产业竞争优势的同时，通过国际生产网络的扩张推动了全球产业结构的调整；发展中国家也利用这个难得的历史机遇承接国际产业转移，推动产业结构升级。世界产业结构正在向高科技化、服务化的方向发展。世界产业结构的重心正在向信息产业和知识产业偏移，产业结构高科技化的趋势日益突出。以信息技术和生物技术产业为核心的高新技术产业将成为新一代的主导产业。未来世界经济增长的动力将主要源于高科技的发展，来自信息和知识在投资、贸易和生产等领域的高度运用。在科技进步的推动下，信息技术、生物技术、新材料技术、先进制造与自动化技术、资源环境技术、航空航天技术、能源技术和先进防御技术等一批高新技术产业正脱颖而出。在21世纪将形成一个以信息产业、生物技术产业及相关高科技产业为经济增长点的世界产业发展新格局。因此，在全球产业格局中，对我国产业发展做出整体规划意义重大。

（一）产业结构规划的目标与原则

1. 产业结构规划的目标

推进产业结构优化升级，促进第一、二、三产业健康协调发展，逐步形成农业为基础、高新技术产业为先导、基础产业和制造业为支撑、服务业全面发展的产业格局，坚持节约发展、清洁发展、安全发展，实现可持续发展。

2. 产业结构规划的原则

（1）坚持市场调节和政府引导相结合。充分发挥市场配置资源的基础性作用，加强国家产业政策的合理引导，实现资源优化配置。

（2）以自主创新提升产业技术水平。把增强自主创新能力作为调整产业结构的中心环节，建立以企业为主体、市场为导向、产学研相结合的技术创新体系，大力提高原始创新能力、集成创新能力和引进消化吸收再创新能力，提升产业整体技术水平。

（3）坚持走新型工业化道路。以信息化带动工业化，以工业化促进信息化，走科技含量高、经济效益好、资源消耗低、环境污染少、安全有保障、人力资源优势得到充分发挥的发展道路，努力推进经济增长方式的根本转变。

（4）促进产业协调健康发展。发展先进制造业，提高服务业比重和水平，加强基础设施建设，优化城乡区域产业结构和布局，优化对外贸易和利用外资结构，维护群众合法权益，努力扩大就业，推进经济社会协调发展。

（二）产业结构规划的方向和重点

1. 巩固和加强农业基础地位，加快传统农业向现代农业转变

加快农业科技进步，加强农业设施建设，调整农业生产结构，转变农业增长方式，提高农业综合生产能力。优化农业生产布局，推进农业产业化经营，加快农业标准化，促进农产品加工转化增值，发展高产、优质、高效、生态、安全农业。

2. 加强能源、交通、水利和信息等基础设施建设，增强对经济社会发展的保障能力

坚持节约优先、立足国内、煤为基础、多元发展，优化能源结构，构筑稳定、经济、清洁的能源供应体系。以大型高效机组为重点优化发展煤电，在生态保护基础上有序开发水电，积极发展核电，加强电网建设，优化电网结构，扩大西电东送规模。积极扶持和发展新能源和可再生能源产业，鼓励石油替代资源和清洁能源的开发利用，积极推进洁净煤技术产业化，加快发展风能、太阳能、生物质能等。以扩大网络为重点，形成便捷、通畅、高效、安全的综合交通运输体系。坚持统筹规划、合理布局，实现铁路、公路、水运、民航、管道等运输方式优势互补，相互衔接，发挥组合效率和整体优势。加强水利建设，优化水资源配置。加强宽带通信网、数字电视网和下一

代互联网等信息基础设施建设，推进"三网融合"，健全信息安全保障体系。

3. 以振兴装备制造业为重点发展先进制造业，发挥其对经济发展的重要支撑作用

装备制造业要依托重点建设工程，通过自主创新、引进技术、合作开发、联合制造等方式，提高重大技术装备国产化水平，提高研发设计、核心元器件配套、加工制造和系统集成的整体水平。坚持以信息化带动工业化，鼓励运用高技术和先进适用技术改造提升制造业，提高自主知识产权、自主品牌和高端产品比重。根据能源、资源条件和环境容量，着力调整原材料工业的产品结构、企业组织结构和产业布局，提高产品质量和技术含量。

4. 加快发展高技术产业，进一步增强高技术产业对经济增长的带动作用

增强自主创新能力，努力掌握核心技术和关键技术，大力开发对经济社会发展具有重大带动作用的高新技术，支持开发重大产业技术，制定重要技术标准，构建自主创新的技术基础，加快高技术产业从加工装配为主向自主研发制造延伸。按照产业聚集、规模化发展和扩大国际合作的要求，大力发展信息、生物、新材料、新能源、航空航天等产业，培育更多新的经济增长点。充分发挥我国特有的资源优势和技术优势，重点发展生物农业、生物医药、生物能源和生物化工等生物产业。加快发展民用航空、航天产业，推进民用飞机、航空发动机及机载系统的开发和产业化，进一步发展民用航天技术和卫星技术。积极发展新材料产业，支持开发具有技术特色以及可发挥我国比较优势的光电子材料、高性能结构和新型特种功能材料等产品。

5. 提高服务业比重，优化服务业结构，促进服务业全面快

速发展

坚持市场化、产业化、社会化的方向，加强分类指导和有效监管，进一步创新、完善服务业发展的体制和机制，建立公开、平等、规范的行业准入制度。发展竞争力较强的大型服务企业集团，大城市要把发展服务业放在优先地位，有条件的要逐步形成以服务经济为主的产业结构。增加服务品种，提高服务水平，增强就业能力，提升产业素质。大力发展金融、保险、物流、信息和法律服务、会计、知识产权、技术、设计、咨询服务等现代服务业，积极发展文化、旅游、社区服务等需求潜力大的产业，加快教育培训、养老服务、医疗保健等领域的改革和发展。规范和提升商贸、餐饮、住宿等传统服务业，推进连锁经营、特许经营、代理制、多式联运、电子商务等组织形式和服务方式。

6. 大力发展循环经济，建设资源节约和环境友好型社会

坚持开发与节约并重、节约优先的方针，按照减量化、再利用、资源化原则，大力推进节能节水节地节材，加强资源综合利用，全面推行清洁生产，完善再生资源回收利用体系，形成低投入、低消耗、低排放和高效率的节约型增长方式。积极开发推广资源节约、替代和循环利用技术和产品，重点推进钢铁、有色、电力、石化、建筑、煤炭、建材、造纸等行业节能降耗技术改造，发展节能省地型建筑，对消耗高、污染重、危及安全生产、技术落后的工艺和产品实施强制淘汰制度，依法关闭破坏环境和不具备安全生产条件的企业。调整高耗能、高污染产业规模，降低高耗能、高污染产业比重。鼓励生产和使用节约性能好的各类消费品，形成节约资源的消费模式。大力发展环保产业，以控制不合理的资源开发为重点，强化对水资源、土地、森林、草原、海洋等的生态保护。

第三节　产业支持与支柱产业

一　支柱产业的涵义和特征

我国关于支柱产业理论的讨论发端于 20 世纪 80 年代中后期，并且一直延续至今。理论界对支柱产业的定义没有形成统一的观点。我们尝试对支柱产业做一个比较全面的定义。所谓支柱产业，是指在一定时期内，构成一个国家或地区产业体系的主体，具有广阔的市场前景、技术密集度高、产业关联性强、发展规模大、经济效益好，能够对整个国民经济或区域经济起支撑作用的产业。通过对支柱产业的定义，我们认为支柱产业具有以下五个方面的特征。

第一，技术密集度高。支柱产业能够比较快地吸收高新技术，技术进步快，生产率上升快，生产成本不断降低。

第二，产业关联性强。支柱产业可以通过产业间的前向、后向、旁侧效应来带动整个国民经济的发展。

第三，市场前景好。支柱产业具有很强的市场需求弹性，能为产业发展提供广阔的市场发展空间。

第四，经济规模大。支柱产业的产业规模比较大，在国民生产总值中占有较高的比例，一般认为占 GDP 的 5％以上，对经济的贡献率比较高。

第五，经济效益好。支柱产业的经济效益好，能够发挥国民经济的支撑作用。

支柱产业在一国经济的发展中起支柱作用。加入 WTO 后，中国支柱产业的发展面临新的机遇和挑战。为了更好地培植和巩固支柱产业，需要区分支柱产业和主导产业的关系。第一，两者在概念内涵上不同。主导产业强调产业的增长率及其对其他产业的带动作用，而支柱产业则侧重于某产业的结构比重和产业关联效果。第二，两者处于产业体系的不同位置，对经济增长发挥的作用不同。支柱产业构成一个国家或地区产业体系的主体，提供大部分国民收入，是国民经济的支柱。主导产业在一国或地区产业体系中处于技术领先地位，代表了产业结构的演变方向或趋势，将带动整个产业结构走向高度化。第三，两者处于产业生命周期的不同阶段。一般情况下，主导产业处于产业的幼稚期到成熟期之间，而支柱产业则处于成熟期，有些则已经步入衰退期。从一定意义上讲，支柱产业的发展一方面要求通过技术改造和产业升级重组强化现实经济中的支柱产业；另一方面要求着眼于未来产业结构的调整，即正确选择主导产业，重点扶持，使其尽快成为新的支撑国民经济增长的支柱产业。

二　界定支柱产业的基准

（一）产业关联度基准

1. 赫希曼基准

美国发展经济学家艾伯特·赫希曼依据投入产出的基本原理，提出了依后向联系水平确定支柱产业的准则。赫希曼基准的理论含义是指政府应选择关联度较高的产业作为支柱产业，这样会对较多其他的产业产生较强的回顾效应、旁侧效应和前向效应，从而带动整个经济的有效增长和经济发展。

2. 罗斯托基准

美国经济学家罗斯托将支柱产业部门在经济起飞中的作用概括为三个方面：第一，后向联系效应，即新部门处于高速增长时期，会对原材料和机器产生新的投入需求，从而带动一批工业部门的迅速发展。第二，旁侧效应。支柱产业会引起其他产业的一系列变化，这些变化趋向于更广泛地推进工业化。第三，前向联系效应，即支柱产业可以通过增加有效供给促进经济的发展。

赫希曼基准和罗斯托基准都是依产业间的关联度大小来确定支柱产业部门的，其着眼点都在于支柱产业的带动或推动作用，这两个基准合称为产业关联度基准。

（二）筱原基准

筱原基准是日本经济学家筱原三代平提出的。该基准包括收入弹性基准和生产率上升基准。

1. 收入弹性基准。

所谓收入弹性，即需求的收入弹性，是一种对某一种产品的需求随着人均国民收入的增加或减少的相关关系，用来衡量需求量对国民收入变动的反应程度。收入弹性高的产品，其社会需求相对也高，收入弹性高的产业和产品应作为优先发展的产业。因此，收入弹性高应该是成为支柱产业部门的重要条件之一。

2. 生产率上升基准

技术进步是推动生产率上升的主要动因，产业在技术上的领先会带动整个产业部门的优先发展，生产率上升基准就具体体现为技术进步率基准。因此，要选择技术进步率高的产业部门作为支柱产业部门。

（三）比较优势基准

比较优势基准是以比较优势产业为重点发展对象，主张以生产要素密集度为基准来选择主导产业，进而发展为支柱产业。这种理论认为：从资源禀赋条件出发，资本充裕的国家应以资本密集型产业为主导产业，劳动力资源丰富的国家则应以劳动密集型产业为主导产业。在产业发展顺序上应遵循劳动密集型产业——资本密集型产业——知识技术密集型产业顺序发展。

（四）环境基准和劳动内容基准

1971 年，日本产业结构审议会提出，在原来的收入弹性和生产率基准之外，又增加环境基准和劳动内容基准，其实际上是一种可持续发展理论。环境基准要求优先发展环境污染少、不会造成过度集中环境问题的产业；劳动基准要求优先发展能提供安全、舒适和稳定劳动岗位的产业发展。

三　支柱产业的选择与扶植

20 世纪 80 年代中后期，随着我国改革开放的逐步深化，对经济增长方式的转变、结构调整以及支柱产业问题逐步提上日程。在国外主导产业理论研究的基础上，我国对支柱产业的理论研究不断深入。支柱产业理论既包括对支柱选择的研究，又包括对支柱产业内在的形成和转化机制的研究。需要说明的是：一般来说，发达市场经济国家在不同历史时期的支柱产业的形成和转化过程，主要是市场自发作用下的自然发展过程；但是以日本、韩国为代表的后发达国家对其支柱产业的选择和成功扶植，为后进国家支柱产业的发展提供了可以借鉴的典范。

（一）加强有关我国支柱产业的立法工作，为支柱产业形成和发展创造法制环境

支柱产业的形成和转化虽然是市场机制自发形成的，但在市场经济条件下，由于市场本身存在着"市场缺陷"（或曰"市场失灵"），存在着诸如盲目性、滞后性等弱点，难免引起经常性的比例失衡，诱发周期性经济危机，造成经济资源的浪费。因此，应加强有关支柱产业的立法工作，为支柱产业的形成和发展创造良好的法制环境。除了已经制定的《建筑法》、《汽车产业政策》外，应制定总体上的支柱产业促进法。支柱产业促进法应确定支柱产业的法律地位，对支柱产业采取倾斜和优惠政策，给予重点

管理和扶持，在财政补贴、银行贷款、税收优惠、投资优惠等方面给予支持，促进支柱产业的发展。此外，应规定在一定阶段后支柱产业的退出和新的支柱产业的认定条件。还应制定信息产业、机械电子、石油化工等其他支柱产业相应的配套法规。

（二）根据发达国家产业演进规律，政府正确选择适合我国的支柱产业体系

从发达国家产业结构演变历程上看，在工业化前期，农业、轻纺工业起支柱作用；在工业化中期，电力、钢铁、机械制造等产业起支柱作用；在工业化后期，以微电子技术、信息技术、航天技术、生物工程和新能源、新材料为代表的高新技术产业起支柱作用。可见，随着经济的发展，支柱产业不断地由劳动密集型产业向资本、技术密集型乃至知识密集型产业发展。根据产业演进规律和基本国情，对于我国支柱产业的选择，仍然需要根据需求收入弹性基准、生产率上升基准和产业关联度基准等，重点发展五大支柱产业，即发展以汽车工业为龙头的机电制造业；以钢铁工业为重点的材料工业；以农产品深加工为重点的轻纺制造业；以水电为重点的能源电力工业；以信息、金融、商贸、物流、旅游业等为特色的第三产业。

（三）加强基本建设投资，健全市场体系，为支柱产业发展创造宽松的外部市场环境

一方面，要优先发展基础设施和基础工业。主要的措施包括：① 加大能源、交通和通信基础设施的建设；② 鼓励和引导社会各方面资金参与基础设施和基础工业建设，股票和债券的融资要优先安排基础设施和基础工业的需要；③ 鼓励外商直接投资于基础设施和基础工业；④ 对基础设施和基础工业实行低价征用土地的办法，政府的土地资源出让收入要用于基础设施建设。另一方面，建立统一、完善、竞争、有序的市场体系。在市

场经济条件下，市场机制在配置社会资源上发挥基础性作用，而市场机制要想充分发挥作用，离不开健全的市场体系。因此，要彻底打破行业垄断和地区封锁，健全市场体系，为各种生产要素的自由流动创造宽松的市场环境。

（四）综合运用计划、金融、财政、对外贸易等各种经济手段以及行政指导手段，扶植支柱产业发展

计划可以存在于不同范围和不同主体之中，作为产业结构政策实施手段的计划除包括国家计划外，还包括行业、部门、企业的计划。作为产业结构政策实施工具的计划，也主要是指中期计划和短期计划。金融手段具体有贷款、再贴现、公开市场业务、存款准备金、进行直接投融资和设立基金等。财政手段主要有税收、发行国债、进行财政补贴、进行财政管理体制改革、确立转移支付制度、建立国家政策性金融机构提供投资或担保、预算及政府采购等。对外贸易措施主要包括关税、许可证制度和配额制度、进出口检验制度、反补贴、反倾销和采取保障措施等。另外，还可以采取指导、协商、激励、建议等行政指导方式，支持主导产业向支柱产业的转化。

第四节　产业调整与援助衰退产业

一　产业衰退与衰退产业

产业的发展有一个动态的过程。任何产业的发展都有其发展的上升期——朝阳阶段（主导产业阶段）、发展期——成熟阶段（支柱产业阶段）、衰退期——夕阳阶段（衰退产业阶段）。支柱产业的发展和衰退是和整个国民经济的发展和衰退保持一致的。衰退产业是指在持续的一段时间里产品的销售量绝对下降的产

业，或增长出现有规则减速的产业部门。衰退产业的基本特征是需求增长减速甚至停滞，产业收益率低于各产业的收益率平均值，且呈下降趋势。具体表现为以下特征：第一，从供求关系来看，衰退产业产品需求的价格弹性小，研究和开发投入下降等。第二，从市场竞争的角度看，衰退产业中的企业行为与经济学理论中的企业行为有差距。在衰退产业中整个行业的生产能力过剩，需求相对不足，很容易导致价格小于边际成本甚至平均成本，导致恶性竞争的发生。恶性竞争是衰退产业的一个显著特征。第三，从产业组织的角度看，垂直一体化是衰退产业的特征之一。在产业的衰退期，随着市场和生产规模的缩小，市场容量限制劳动分工。第四，从国民经济的角度看，衰退产业的产品是传统产品，其产业所提供的产值在国内生产总值中的比重呈下降趋势，产品市场不断萎缩。[①]

　　一般来说，产业衰退的原因主要包括：第一，收入水平的变化；第二，生产结构和生产方式的变化；第三，要素相对价格的变化；第四，环境保护和生态平衡的要求；第五，对外开放的相关产业冲击。[②] 衰退产业总是表现为生产率相对较低、技术落后、市场份额下降、产品的附加值很低甚至行业亏损。衰退产业不仅是产业发展周期的结果，而且也可能是比较优势转移、竞争力下降、环境保护等原因造成的。不论产业的衰退是基于何种原因造成的，都会引起生产要素的转移，而衰退产业生产要素的转移又可能会面对交易费用、资本壁垒、技术壁垒、垄断、地方保护、社会压力和利益刚性等障碍。因此，要实现衰退产业的顺利

---

　　① 陈一君、毛亮：《基于衰退产业的企业创新战略探讨》，载《商业研究》2004 年第 14 期。

　　② 蒋选：《面向新世纪的我国产业结构政策》，中国计划出版社 2003 年版，第229—230 页。

有序退出，并不是一件容易的事。克服阻止衰退产业退出的障碍，既需要市场机制的充分发挥，又需要政府通过制定和实施衰退产业的援助和调整政策来克服。

二 国外衰退产业调整援助政策与主要措施

衰退产业的出现早已不是新生事物。产业衰退是经济发展和产业结构演进过程中的正常现象，但它毕竟会对经济和社会发展带来一些不利影响。为了消除衰退产业的不利影响，推动经济发展和产业结构演变，国外发达市场经济国家都制定了其衰退产业调整援助政策。除对不可替代的、需求弹性小的衰退产业进行适度的援助之外，政府对其他衰退产业主要是进行调整，但目的不是保护延长其寿命周期。调整衰退产业的目的应该是帮助衰退产业实行有序的收缩和资本等生产要素存量向其他迅速成长的产业有效转移。也就是说，要克服障碍，帮助衰退产业将生产要素转移到新兴产业，要避免调整过程中的大社会动荡，并降低产业调整中发生的费用。日本、法国、美国、英国、德国等国家都通过实施衰退产业调整援助政策，减少或减轻了经济损失和社会的不稳定。这些国家的衰退产业调整援助政策以及所采取的主要措施，对制定适合我国国情的衰退产业调整政策有重要的借鉴意义。

（一）各国政府都制定了相应的援助政策，阻止和减缓了衰退产业的出现

在西方发达国家的工业化进程中，都遇到过产业衰退以及如何解决衰退产业的不利影响的问题。为了解决衰退产业的不利影响，这些国家先后都制定了一系列比较成熟的衰退产业调整援助政策。其中，日本是制定衰退产业援助政策比较系统和完善的国家。战后，日本先后确定煤炭业、纺织、造船、有色金属、石油

化学等产业为衰退产业，并制定了各种调整援助政策和专项法律。例如，1961 年制定了《产煤地区振兴临时措施法》，1967 年制定了《改造特定纤维工业结构临时措施法》，1978 年制定了《特定萧条产业安定临时措施法》、《特定萧条产业离职者临时措施法》、《特定萧条地区离职者临时措施法》和《特定萧条地区中小企业对策临时措施法》等。美国政府从 20 世纪 80 年代开始对衰退产业进行调整，制定了一些衰退产业调整政策措施及相关法律。例如，1962 年通过了《劳动力开发训练法》，1972 年批准了《综合就业训练法》，1980 年实施了《职业训练合作法》。此外，联邦政府还制定了针对特定衰退产业调整援助的法律及各种临时性的调整援助计划，如《地区性铁路改造法》和《地区性铁路重新组织法》等。英国政府针对产业衰退和地区衰退问题，也采取了一系列政策和措施。例如，在投资方面制定的《企业扩张计划》为中小企业提供资本和技术咨询；在金融政策上增加对中小企业的开发贷款额，扶持中小企业进行开发投资；在税收政策方面，通过减少所得税、投资特别税、法人税及附加税、资本让渡税、资本所得税等办法，有效地减轻中小企业的税收负担。

（二）针对不同类型的衰退产业，各国采取不同的宏观调控政策予以调整

按照衰退产业形成的原因划分，大体上分为两类：一类是有形衰退（主要是一些资源型产业），这类产业随着资源的日趋减少而走向衰退；另一类是无形衰退（主要是一些传统产业），这类产业随着产业结构的演进和升级且得不到及时更新改造而走向衰退。对于有形衰退产业，国家宏观调控的重点是调整，即促进接替产业的发展。如法国对洛林和加莱等老工业区采取改造与发展相结合的方针，使单一工业区变成拥有多种经济活动的现代化工业区，实现老工业区的再工业化。对无形衰退产业，宏观调控

的重点是援助，即推动技术进步。如 20 世纪 70 年代以来，美国政府不断修改和制定有关固定资产折旧的各项法律规定，加快机器设备更新改造等。

（三）对衰退产业的调整援助政策是一个包括多方面内容的政策体系

对衰退产业的调整援助政策是一个包括产业政策以及财政金融、对外贸易、再就业和社会保障等相关的宏观调控政策在内的政策体系。其中，财政金融政策主要是通过财政补贴、减免税收等来减轻企业负担，并鼓励发展替代产业和促进企业的技术改造。如英国先后废除了一百六十多项对经济活动的限制性规定，推行国有企业私有化，扶植私营部门的发展，有效地增强了衰退产业的经济活力。对外贸易政策主要是通过关税措施来限制或鼓励某些产品的进出口，从而达到对某些产业的保护和扶植。美国的贸易保护政策直接针对国内的衰退产业，设立了较高的进口配额、关税等贸易壁垒。再就业政策主要是通过对衰退产业的失业人员进行资助和培训，使其顺利实现再就业。日本的《特定萧条行业离职者临时措施法》旨在调整企业失业者的再就业援助，通过"公共职业安定所"实行介绍就业、职业培训、就业指导等。社会保障政策主要是通过特殊的政府补贴来保证衰退产业失业人员的基本生活，从而达到社会稳定的目的。国外的成功做法是：由政府设立或资助职业介绍机构和职业培训机构；录用调整行业失业职工的企业可以享受政府补贴；雇用特定行业失业职工达到一定比例的企业可以享受贷款、税收方面的优惠。

三　制定我国的衰退产业调整援助政策的建议

对不同类型的衰退产业，其调整援助政策不同。针对有形衰退产业，国家宏观调控的重点应放在调整上，即促进替代产业的发展壮大；对于无形衰退产业，其重点在援助，即推动产业技术进步。衰退产业的调整模式是指衰退产业调整的具体内容或方式，可以分为衰退产业产品结构调整、衰退产业技术结构调整、衰退产业资产结构调整、衰退产业组织结构调整和衰退产业空间区位调整模式。[①] 在我国，目前传统家用电器、煤炭等产业已经具有衰退产业的部分特征。我国应借鉴西方发达市场经济国家的相关调整援助政策，尽快制定适合中国国情的衰退产业调整援助政策体系。

（一）把对衰退产业的调整援助作为产业政策的一项重要内容

我国目前的产业政策侧重于对重点产业、主导产业的扶植和引导，对衰退产业的调整援助十分薄弱。国外发达国家把对衰退产业的调整作为产业政策的一个重要内容，我国应尽快将衰退产业调整援助作为产业政策的重要内容，帮助衰退产业进行有序调整，推动产业结构的优化和高级化。具体的政策应包括下列主要内容：第一，对衰退产业的界定；第二，对衰退产业识别的量化指标的选择；第三，对衰退产业的产业组织调整援助政策；第四，对衰退产业技术调整援助政策；第五，对衰退产业贸易调整援助政策等。

（二）建立专门的产业援助机构，强化政府部门的干预职能

在我国工业化进程中，产业衰退问题在全国很多省份和地区都存在，只是目前在中部地区更加突出。从长远来看，很多资源型产业和一些传统产业都会随着产业结构的不断升级而面临衰退问题，因此需要统一协调解决全国范围内的产业衰退问题。单靠市场机制的自发调节来实现衰退产业的调整，不能取得较好的效

---

① 陈刚：《论衰退产业调整的基本模式》，载《探索》2004 年第 2 期。

果。实际上，在市场机制运行中出现的各种壁垒已经严重制约着衰退产业的有序收缩和调整。借鉴英、美、德、日等国政府的经验，政府要在多方面对衰退产业予以政策支持，包括法律支持、体制改革、直接补贴、人力资源开发等方面的支持援助，均需要政府的直接干预。特别是在资金和劳动力方面，政府应给予支持和援助，帮助其缓解资金压力和就业压力。

（三）制定有关的法律法规和经济调控政策，扶植衰退产业发展

目前我国有关衰退产业调整援助的法律法规、地方法规几乎是空白。我国应制定衰退产业调整条例，在法律规定上给予其一定的援助。同时，国家应对衰退产业实行优惠的财政政策，设立调整援助基金，主要用于衰退产业的转产贷款贴息及失业人员安置。对于衰退产业及衰退地区实行适度的减免税费制度，缓解衰退产业资金压力。对于无形衰退产业，鼓励和支持企业运用高新技术和先进设备装备传统产业，对从国外引进的先进技术设备给予减免关税等优惠待遇。

（四）提供优惠贷款，支持衰退产业的企业进行技术更新和转产

对衰退产业实行特殊的贷款政策，把对衰退产业的贷款援助列入银行政策性贷款计划，设立专项贷款给衰退产业提供转产贷款及技改贷款。对特别困难的衰退产业的企业，可以采取银行借款停息挂账和债转股的办法，减轻企业资金负担。

（五）建立有关衰退的特殊的社会保障制度

衰退产业的失业人员的安置问题是一个关系群众切身利益和社会稳定的大问题。对于一些比较集中的失业行业和地区，仅仅依靠一般性的社会保障体系是远远不够的，政府应建立针对衰退产业的特殊的社会保障制度。具体做法有：制定衰退产业失业人

员再就业援助计划；在衰退产业调整援助基金中分立衰退产业社会保障基金，用于失业人员的安置费、生活补贴和再就业培训。

（六）优化投资软硬环境，鼓励衰退的企业创新发展

优化投资环境，创造有利于创新的外部环境，是衰退产业的企业得以创新发展的重要前提条件。从企业战略角度上看，导致产业衰退的最主要原因是技术替代和市场需求的变化。技术革新的加快，导致新的替代品的出现，技术进步的速度越快，技术替代越频繁，产业生命周期就越缩短，传统产业就随之走向衰退。因此，要完善投资环境建设，鼓励衰退企业自主创新发展。在衰退产业调整中，选择适当的时机进入一些新兴产业是企业战略创新的关键。针对不同类型的产业衰退，衰退产业的企业可以选择进攻型创新战略、防御型创新战略以及模仿和依赖型创新战略。对于发展中国家的衰退企业来说，模仿和依赖型战略可以说是一种基本的产业创新战略模式。

第四章 产业技术法律制度

第一节 产业技术基本理论

一 技术概述

技术是使用范围很广且使用频率很高的一个词汇，所以对技术的理解也应从广义的角度来认识。综合各种观点，本书对技术的理解总结如下。

（一）将技术作为经济学中一个重要的变量来理解

此种观点将技术理解为，所谓技术是指能够增加产出的组合方法、技能、手段和活动方式。技术是获得产出提高的根本性手段。技术只能用变动来反映。由于技术难以测度，所以经常用产出来间接表示；并认为在给定劳动数量、资本、土地和企业家的前提下，就可以对应给出要素组合的结果，即产出。当相同的要素得到了不同的产出结果时，就可知这个差异只能由那些附着在要素身上的技术变化而引起。如果技术不变化，就根本看不到技术的作用；只有变化时，它的作用才显露出来。正因为如此，在经济学中只强调技术进步或技术创新，而不过多强调技术本身，因为技术本身没有意义。如果它不变化，就不会对经济产生影响，所以对技术的研究关键是要从技术变化入手。

（二）以外延的形式对技术进行定义

这种认识大体又可以分为四种类型：一是"能力说"，即认为技术是人的一种能力。这种学说的落脚点是人，不仅指技术的原始涵义中所含的以体能为主的技艺能力，而且越来越多地包含运用知识技巧、有目的地进行创造活动的脑力劳动者的能力。二是"工具说"，即认为技术是为实现某一目的的工具或劳动手段的总和。三是"知识说"，认为技术是一类科学的应用知识，例如我国的《辞海》中的定义是："技术是人类在争取征服自然力量、争取控制自然力量的斗争中所积累的全部知识与经验。"世界知识产权组织（WIPO）起草并有 47 个国家讨论和审批的《供发展中国家使用的许可证贸易手册》中将技术定义为"生产某个产品，或应用某项工艺或提供某项服务的系统知识"。另外，按联合国经济发展组织所给出的定义："技术是在整个生产过程中所应用的知识，这个过程是由产品的研究一直到销售。"四是"综合说"。它概括了上面的三种说法，即认为技术是能力、手段、知识的综合，是人类能够按照自己愿望的方向来利用自然界所储存的大量原料和能量的技能、本领、手段和知识的总和。我国的另一部《辞海》（上海辞书出版社）也将技术解释为"泛指根据生产实践经验和自然科学原理而发展成的各种工艺操作方法与技能"及"相应的生产工具和其他物质设备，以及生产的工艺过程或作业程序、方法"。这种说法正在得到越来越多人的赞同。这是因为：在更多的情况下，技术是直接以原理、方法、技能或说明书、操作规程、工艺流程等知识形态存在的。为此，《美国大百科全书》（1980 年版）指出："技术是指创造东西的办法或做事情的办法。它涉及与材料打交道的一切过程。技术通常必须经过学习才能掌握，无论就其灵巧的手工操作形式而言，还是把它作为一种应用科学而言，都是如此。"

　　考察技术的发展过程可以看出,人和工具是相辅相成的。没有弓箭的出现,就不会发明以弓作为基本工具的钻孔技术,人也就没有能力钻木取火。人的能力只有凭借一定的劳动手段,才能得以发挥。同样,劳动手段只有被有一定能力的人掌握,才能实现某种目的。另外,在多数情况下,科学的发展推动着技术的发展。现在的经济发展明确说明,技术是人类在利用、改造自然的过程中取得的知识、能力和物质手段的有机集合,既是满足人类自身生存、发展需要的产物,又是实现更高层次和新的需要的手段。所以说,技术是一个综合性很强、内涵很丰富的概念。

　　另外,"综合说"的技术内涵也提示我们:知识形态的科学技术,要物化为现实的生产力,还要制造和革新生产工具、拓展劳动对象,抓"物"的因素。这里就需要我们处理好科学与技术的关系。科学和技术是两个不同的概念,具有不同的特征:科学是反映自然、社会、思维等客观规律的分科知识体。科学研究以发现自然规律和发展科学理论为目标,往往并不着意于取得有实用价值的结果。技术则不同,它是人类在完成其目的性的活动中创造出来的利用和改造自然的本领、能力和方法,是自然科学知识在生产过程中的应用。如果说自然科学主要研究自然界的规律性,着重回答自然现象"是什么"、"为什么"的问题,其成果一般以概念、定律、学说的形式出现;而技术则主要是对自然和自然力进行控制、调节和利用,着重回答社会实践中"做什么"、"怎样做"的问题,其成果一般以设计图、工艺流程、操作方法等形式出现。自然科学为技术提供科学的理论依据,开辟新的技术领域,为技术创新作各种各样的知识准备;同时,技术又是自然科学通向工程、生产的桥梁。科学通过技术,才能转化为新工具、新材料、新工艺,在生产过程中得到实际的应用,转化为现实的物质生产力。

二 产业技术概述

一般来说，产业技术是指在社会再生产活动中，将多种生产要素按产业的特点和市场的需求进行整合的技术，包括产业技术发展与进步、产业技术开发与引进、产业技术结构等内容。

(一) 产业技术的形成

产业技术的研究与开发的过程，也就是某项技术的创新过程。所谓创新，按照经济学大师熊彼特的解释，就是引入一种新的生产函数，就是将生产要素和生产条件进行新的组合。产业技术的创新，也就是提高对生产要素的整合效率和该产业的劳动生产率的过程。产业技术的形成，是在产业技术的研究开发成果基础上，研究与开发成果的商品化（社会化）。这就此完成了一个产业技术的形成过程，即从最初的基础研究到后续的应用研究到进一步的发展研究，再到产业技术的商品化的这么一个过程。

在产业技术的形成和创新机制的运行过程中，不同运行主体的作用是不一样的，如三个主要的运行主体——政府、科研机构和企业在产业技术的创新和形成过程中，发挥着各自不同的作用。政府的主要作用是制定有关产业技术的发展方向，营造有利于科学技术研究，并使成果尽快商品化的外部环境，做好一些重大科学技术研究的组织和协调工作，普及国民教育，提高国民素质等。科研机构在产业技术创新和形成过程中的主要作用是承担绝大部分基础研究和应用研究以及相当一部分开发研究的任务，培养具有产业技术创新能力的人才。企业在产业技术创新和形成的过程中有着特殊的地位，它是产业技术最终能否得以形成的关键。在产业技术的创新和形成的整个过程中，企业的主要作用是将研究与开发的成果加以商品化，以最终形成成熟的产业技术。此外，企业也负有一定的研究、开发以及人才培养的任务。如今，企业在这方面有加大比重和加速的趋势，越来越多的规模企业参与了技术的创新过程。

（二）产业技术的选择原则

一个产业在选择其产业技术时，一般应遵守以下一些原则。

1. 合理性原则

所谓合理性，是指经济上的合理性。产业技术作为一个产业对生产要素的一种整合手段，是为一定目的而服务的。这里的目的，从国家的宏观层次上看是为了获得该产业的一定产出和国民经济的不断增长，从企业的微观利益考虑是为了追求市场份额和获取经营利润。显然，采用什么样的产业技术只是手段而非目的，目的是通过对生产要素的整合而获取最大的收益。因此，无论是国家还是企业，在选择产业技术时，必须遵循技术的合理性原则。产业技术的选择要在能够获取最大收益的前提下实施。

2. 先进性原则

技术按其先进的程度，可以分为不同的层次，如尖端技术、先进技术、中间技术和初级技术。一般地讲，在生产要素的整合过程中，其整合所用手段越是先进，或者说采用的技术越是先进，整合的效率就越高。整合效率的高低，对企业来说将直接影响到企业经济效益的好坏，对宏观经济而言将关系到产业结构的升级和产业国际竞争力的强弱。因此，技术的先进性原则，也是在进行产业技术选择时所必须要遵循的一个重要原则。当然，有时在进行具体的产业技术选择时，先进性原则与合理性原则会发生冲突，这时一般应将合理性放在更为重要的地位。

3. 可行性原则

由于使用技术主体的外部环境和内部条件的不同，对于同样的产出和类似的生产要素，各主体所采用的技术就有可能不同，甚至会出现在同一产业中，适合于甲的技术却不适合乙的情况。在可行性方面还应注意的一个问题是，有些技术可能在小范围使用时已相当成熟，但一旦在较大范围内使用就会产生种种问题，或是某些具体的问题无法解决，或是由于使用成本过高而在市场上缺乏竞争力。产业技术的可行性原则，不但要求该技术在使用上是可行的，而且要求在市场上也具有一定的竞争力。

4. 协调性原则（可持续性发展原则）

协调性是指所选择的技术对社会经济的发展应保持协调。具体地讲，产业技术的协调性原则包括了以下几个方面的内容：对社会发展的有益性，即所选择的技术不应造成过大的外部不经济性；对资源利用的充分性，即所选择的技术应能充分利用各种资源，使资源得到较优的配置；对生态环境的保护性，即所选择的技术应充分注意到生态环境的问题，不能以牺牲生态环境作为选择某产业技术的前提。

第二节　产业技术发展进步

在经济全球化和知识化的态势下，技术进步是国家和企业取得竞争优势的关键。尤其是对于企业的策略性行为，由技术进步而导致的新产品的竞争，实质上比现存产品在价格上的边际变化的竞争更为重要。正如美国麻省理工学院斯隆管理学院教授詹姆斯·阿特拜克（James M. Utterback）所言："把现有技术开发得更精更细更好，也不能阻挡新企业采用新技术而抢占市场，并把反应迟钝的现有企业赶进产业历史的垃圾堆。"[①]

---

① James M. Utterback, 1994, *Mastering the Dynamics of Innovation*，中译本，高建军译，清华大学出版社 1999 年版，第 233 页。

一　技术发展进步的内涵

对于技术发展进步的理解，可以从不同角度来表述。在对技术发展进步的阐述中，目前学术界比较一致的看法是经济合作与发展组织（OECD）1988 年在《科技政策概要》中下的定义："技术进步通常被看作是一个包括三种相互重叠又相互作用的要素的综合过程。第一个要素是发明，即有关的新的或改进的技术设想，发明的重要来源是科学研究。第二个要素是创新，创新是发明的首次商业化应用。第三个要素是扩散，它是指创新之后被广泛地使用。"① 可见，技术进步的内涵比技术发明、技术创新或技术改造都要丰富。或者说，技术进步（技术变迁）包括了技术发明、技术模仿、技术改造、技术引进等。技术发明［通过研究与开发（R—D）或偶然获得］主要表现为技术原理或设计上的创意。技术创新包括产品创新和工艺创新及管理创新等，指与新产品的研制、新工艺过程或设备的开发以及与上述二者的首次商业化应用相关的研究开发、设计、试验、制造和商业活动。它除了表现为技术上有一定新颖性外，更注重技术成果的首次商业化（商品化或产业化）应用，强调技术与经济的结合。技术改造是技术扩散的重要手段，也是技术发展进步的关键环节，它使技术创新实现规模生产效益。在技术发展进步的三个阶段中，技术创新是核心，是科学技术由知识形态转化为物质形态、由潜在生产力转化为现实生产力的中间阶段。这种表述，实质上是从技术进步的过程来研究的。

从技术发展进步的内容来看，可以分为狭义和广义两个层次。狭义技术发展进步，主要是指生产领域劳动工具、劳动对

① 转引自庄卫民：《产业发展与技术进步》，立信会计出版社 2003 年版，第 24 页。

象、工艺流程、操作方法及劳动者的知识、技能等的改进更新和发展。广义的技术进步，除了上述内容外，还包括微观与宏观层面上组织管理技术（如管理方法、决策方法、计划方法、组织方法、推销方法、流通方法等）的改进与提高、发展和完善。

如果将影响着经济增长方式的技术进步从发挥作用的范围来研究，又可分为两个层次，即微观层次的技术进步和宏观层次的技术进步。其产生的机理、起作用的方式有所不同，但两者又有统一性和一致性。

微观层次的技术发展进步，是指企业的技术进步。企业是国民经济的基本单元，企业的技术创新活动是整个国民经济技术水平的提高、经济增长中科技含量加大的基础。全社会各个企业不断地进行技术创新活动，不断地开发新产品、改进技术装备、改革工艺、完善生产组织和管理，不但使生产领域的技术水平得到提高，而且会由于降低了成本、提高了产品附加价值，使得企业效益得到提高。经过长时间的积累和发展，使得国民经济的整个技术水平、整体素质和宏观经济效益得到提高。

宏观层次的技术发展进步，是指由产业结构，尤其是由工业内部的行业构成及其比例关系所决定的国民经济整体技术含量、技术密集程度及整体素质水平的提高，因此又称作结构性技术进步或结构高级化、结构升级。在国民经济各产业部门中，特别是在集中着制造技术、担负着为整个国民经济提供技术手段的工业内部，由于各行业、部门的产品性质有所不同，对加工技术、工艺装备的要求不同，各行业的加工深度、技术密集程度也大不相同。一般来说，在技术密集程度高的行业，其生产链条长、加工程度高，产品的价值主要来自技术含量，单位产品价值中物质性投入所占比重相对较低。例如，一卡车集成电路芯片的价值，也许抵得上一列火车甚至几列火车的煤炭、木材等产品的价值。从宏观的角度来看，在国民经济各部门构成及各部门的相对比例关系中，技术密集程度高的产业部门所占比重越大，国民经济整体技术含量和技术密集度就越能够提高，国民经济单位产出价值的物质资源消耗水平就会因此而大大降低，生产要素的使用效率就会上升，国民经济的总体经济效益也会因此而大大提高。

二　现阶段技术发展进步的特点

简单地讲，技术发展进步是指不断地用新技术取代老技术，用先进技术取代落后技术的过程。综观当代科学技术发展现状，可以看出技术进步具有以下几个方面的特点。

第一，高技术化、系统化和复合化。目前从世界范围看，新技术都是尖端技术，都是运用丰富的现代科学知识开发出来的，当代的科学研究已经走在了技术进步的前面。20世纪以来，每次基础研究上的重大突破都导致了技术上的重大进步，而且大多数是在多学科多领域的联合攻关中取得的，比如宇宙空间开发、电子计算机等新技术无不是知识密集型技术。技术发展越是向前发展，多学科多领域互相交叉的趋势也就越明显。

第二，软件化、信息化和智能化。过去的技术发展进步，主要依靠改进生产装备等硬件来实现。而现在，信息技术的使用日益增强，技术进步正在向软件方向发展，软件的作用日益增大。换句话说，以往的技术更新是一场体力革命，它把人类不断地从笨重的体力劳动中解放出来，是人的体力的延伸和扩大，如蒸汽机、各种电动机械代替的都是人类的体力劳动。而正在深入发展的以微电子技术为核心的新技术革命则是一场脑力劳动，它把人类从繁重的脑力劳动中解脱出来。随着软件技术和信息技术的发展，无须改进生产设备和工艺流程，通过改进软件设计就能引起技术变革。智能化趋势表现在用信息技术代替人的脑力劳动。这使得从事不同性质劳动的人的地位将随之发生两个变化：一是从事体力劳动的人的地位下降，因为生产过程更节约人力。在发达国家，低技能劳动力成本占生产成本的比重已经从 20 世纪 70 年代末的 25％下降到 90 年代初的 10％。二是从事脑力劳动的人的地位的上升。

第三，轻型化、效率化。20 世纪 70 年代的石油危机之后，世界经济步入第三次产业革命阶段，它的经济增长方式是质量效益型。与此相适应，技术进步的主流更着眼于物质资源消耗的减少、质量的改善、效益的提高以及三者的结合。该趋势首先表现在经济活动轻型化，出现了产品尺寸越来越小，重量越来越轻，性能越来越好的势头。如美国研制的轻型涡轮机，直径只有 650 微米，而转速达到每分钟 2.8 万转。技术进步效率化趋势反映在经济活动的运行速度即经济活动节奏加快。如电脑的运算速度将从每秒数百亿次提高到数十亿次。

第四，短周期化和科研生产一体化。技术进步具有周期性。周期性包括两方面：一是指一种新技术或技术体系从诞生到应用，然后被新技术淘汰的时间过程；二是指从技术创新到与市场结合转化为现实生产力并产生经济效益的时间过程。不论从哪一个角度上讲，技术的生命周期都在不断缩短，它表现为产品工艺开发的周期越来越短，技术进步导致经济发展的转化速度越来越快。与此同时，技术产品的寿命也越来越短。技术从实验室阶段转化为现实生产力的周期会进一步缩短，最终实现科研生产一体化。

第五，技术进步经济化。在社会劳动生产率的提高中，技术进步的作用越来越大，经济发展也越来越依赖于技术进步，技术进步与经济社会发展的关系也越来越密切。作为现代经济学的热点问题，技术进步和经济增长也越发受到各国经济学者的重视。

三　产业技术进步的过程

产业技术进步是指在一个产业内发生的新技术取代老技术、先进技术取代落后技术的现象。它按其变化的速率可以分为技术进步和技术革命两种形式。当技术进步主要表现为对原有产业技术体系的不断改进和完善，在原有的技术原理或产业组织形式的范围内进行创新和扩散，技术进步的速率不是很快时，这样的技术进步就称为技术的进化。产业技术进步的特点是技术进步反映为经常性的和渐进式的。而当技术进步表现为使原有产业技术体系发生了飞跃性的质的变革，突破了原有技术原理或形成了新的产业组织形式，产生了新的生产方式，技术进步的速率非常快时，这样的技术进步就称为技术的革命。产业技术革命的特点是技术进步反映为偶尔性和突变性。

一般来说，产业技术进步包括五个阶段：基础研究、应用研究、技术开发、开发成果商品化、新技术扩散。

基础研究是对科学原理、知识、规律的探索，一般没有特定的实用目标，其结果为普遍的原则、理论或定律。

应用研究是利用基础研究的成果，在技术上进行创新应用的研究。它与基础研究的主要区别在于其主要针对某一特定的实际目标或目的。应用研究根据基础研究所提供的新的科学原理，探索其在特定技术领域应用的可能性，发现新的技术原理。其主要功能在于对特定技术规律的认识和对技术开发的理论指导作用。其产出形式主要是技术论文和原始发明设想。

技术开发是在应用研究的基础上，将某些技术成果转化为新材料、新产品、新设计、新流程、新方法的创新活动。在这一阶段，从微观层次上，可具体表现为实验研制和中间实验。实验研制是在实验中制定出设计结构等技术性文件，或者是原理性样机。中间实验是为检验设计方案、工艺流程是否先进，经济上是否合理，生产上是否协调而进行的试验生产，以便向定型生产过渡，中间实验是科研和生产的结合部，是技术进步全过程的关键环节。

开发成果商品化是将技术开发出的新成果转化为一般工艺生产条件下的新产品、新工艺。在这一阶段，新产品、新工艺必须走出实验室，在现实生产过程中经受检验，看其是否能达到预定的技术要求和经济指标。

新技术扩散是指新技术的应用从一家企业扩大到其他企业（同一产业或其他产业），从一个领域扩大到其他领域。从全社会角度看，技术创新成果只有通过扩散，才能对一个产业或国家的技术进步、经济效益和经济发展产生巨大作用。扩散过程是技术以物质形式影响整个经济的过程，这种影响可以归纳为三个方面：第一，全新技术体系的出现而形成的高技术产业，主要集中在军事领域内。这类技术投资额大，完全由政府控制，如航天、核动力产业。这类技术扩散取决于政府的投资，其民用化程度直接决定着新产业的出现，有利于高技术产业的形成。第二，已经形成产业的高技术迅速扩散，影响和改造原有产业。这类技术群庞大、分散，能直接民用，投资额度也相对较小一些，如以科技园地为代表的高技术开发区。第三，传统技术的改造和更新。有相当数量的技术并不直接与高技术直接挂钩，但这些技术本身也要发展和进步。发明与创新活动中有相当的内容是为这一部分技术而进行的。宏观上主要体现在产业结构的变化上，微观上则体现在企业的更新改造上。

由此，从宏观层次来看，一个产业的技术进步的周期包括研究与开发、技术创新、新技术扩散、产业结构变动以及宏观政策引导等一系列过程。

四　技术进步与产业发展

技术进步是人类社会不断发展的永恒动力，也是各个产业得以发展的根本原因。技术进步对产业发展的作用可以从以下几个方面略见一斑。

（一）技术进步导致了劳动手段和劳动对象的改进，极大地促进了产业的发展

一方面，技术进步通过生产工具等的改进，大大地改进了劳动的手段，使有关产业获得了很快的发展。另一方面，技术进步还通过劳动对象的改进来促进有关产业的发展。新材料的发明和使用对一些产业发展的影响，就是这方面最好的例子。如核技术的出现，使人类获得了一种不同于传统的煤炭和石油的新能源，对能源工业的发展起到了巨大的推动作用。

（二）技术进步提高了劳动者的素质，并通过劳动力素质的提高促进了产业的发展

劳动力作为产业活动的投入要素之一，在整个产业活动的过程中起着重要的作用。劳动力素质的提高，可以提高产业的整合效率。而整合效率的提高，则使产业得到了发展。如战后日本之所以取得了经济的快速起飞、产业的快速发展，一个重要因素就是其非常重视对国民的教育，注意提高国民的素质。

（三）技术进步引起了生产方式和生产组织的变化，同样可以促进产业的发展

技术进步要求产业的生产方式与之相适应，而生产方式的改变，又促进了产业的发展。20世纪初，汽车工业的技术进步，导致了流水线的出现。而生产流水线的发明，则将汽车工业推向了一个新的发展阶段。与生产方式的变化相似的是技术进步引起的生产组织的变化，同样也将促进产业的发展。随着技术的进步，精益生产体制越来越显示出其优越性，正在逐步地取代大量

生产体制；而与之相适应的生产组织形式，也以其更具效率的组织和管理促进着有关产业的发展。

（四）技术进步开拓了新的市场和新的产业，从而促进了产业的发展

产业活动的发展最终离不开市场的需求。技术的进步可以创造新的市场需求，从而拉动着产业的发展。如石油工业是一个古老的产业，但长期以来一直未能在产业结构中占据重要地位。当技术的进步发明了石油的精炼技术时，就挖掘了石油产品新的市场需求，使石油工业获得了惊人的发展，成为一个时代经济发展必不可少的"血液"。同时，技术的进步也创造着新的产业。如真空管技术和半导体技术的发明，就创造了全新电子工业；而集成电路的不断进步，更在电子工业的基础上，又培育出了新一代的计算机工业。

第三节　产业技术引进开发

技术引进是促进一个国家科技进步和经济发展的有效手段，是赶超世界先进国家的一条捷径，这已被世界各国的技术引进实践所充分证明。近年来，引进先进技术已成为迅速发展本国经济的重要途径之一，是国际技术经济交流合作的一种主要形式，并受到各国的普遍重视。许多国家制定本国的技术引进政策，积极引进先进技术，作为推动本国经济高速发展的一个重要的战略部署。技术开发是企业（国家）开展技术进步活动的重要方式之一，它通过创造和运用新技术、开发新产品来提高企业的经济效益，更着重于本国的自主技术创新和发展。一个国家的技术引进和开发应完美地结合起来，共同带动经济的腾飞。

一　技术引进开发概述

(一) 技术引进的内涵

1. 技术引进的概念

技术引进是国际经济技术交流与合作的一个重要内容。它是指本国境内的公司、企业或个人，通过贸易或经济技术合作的途径，从国外的公司、企业或个人获得发展本国国民经济和提高本国科学技术与工农业生产技术水平所需要的技术和技术装备（即所谓"硬技术"引进和"软技术"引进）。①

一般讲技术引进的性质有两类：一类是非商业性质，指政府间的技术援助，科技合作与交流，无偿地获取技术；另一类属商业性质，指按照商业条件，有偿地获取技术。这里讲的技术引进是一种跨国界的行为，并且可实现技术向国内企业的转移。

2. 技术引进的原则

技术引进是一项重要而复杂的工作，政策性、技术性、业务性都很强，因而要遵循相应的原则。总体来讲，要遵循以下几项原则：引进的技术要在技术上先进可靠；经济上合理有用；国情上适用可行。具体应贯彻以下几点。

第一，从本国国力出发，循序渐进地引进技术。要做好技术引进工作，首先要对国内外经济发展的状况进行科学的分析和研究。即要分清国外技术的长处和短处，以决定取舍，更要立足于本国的实情，做到积极、慎重、全面安排，循序渐进，前后衔接，讲求实效。

第二，技术引进必须与消化吸收和国产化相结合。引进什么样的技术，既要根据国内的需要，又要考虑自身接受技术的消化吸收能力与条件；要注意循序渐进，立足于逐步形成自己的生产

---

① 张道宏：《技术经济学》，西安交通大学出版社 2000 年版，第 284 页。

技术体系。

第三，技术的先进性与适用性相结合。引进的技术当然应该是相对于本国来说先进的技术，但也并不是说技术越先进就越好，还应考虑技术的适用性问题，即与本国的科技水平、人力、物力资源、运输、能源、具体项目的一般技术要求等相适应。

第四，技术的先进性与引进技术的经济合理性相结合。在技术引进中，要进行可靠性研究和技术经济分析，使所引进的技术在技术上合理，加强经济核算，提高经济效益。

3. 技术引进的方式

技术引进的方式和途径是多种多样的，有以引进先进技术为主的，有以引进先进设备为主的，也有以引进人才为主的；有贸易型的，也有非贸易型的。按照不同的标准，有不同的分类形式。按照引进技术成果转移的形式，技术引进可以分为贸易形式和非贸易形式。按照技术成果转移的内容，可以把技术引进分为先进设备的引进和先进技术的引进。下面就主要的途径进行介绍。

第一，先进设备引进（硬件引进）。科技成果往往依附在技术密集型和知识密集型的产品上。先进设备的引进，包括整个项目的包建、进口成套设备、进口单机或进口关键设备等。这种的优点是见效快，但容易形成对技术输出国的依赖，不利于国家的可持续发展的独立性。

第二，软件引进。这主要指许可贸易、技术服务等方式的引进。许可贸易是技术贸易中常用的一种形式，即持有技术诀窍的一方，授予另一方使用这种技术秘密来制造、销售产品的权利。授权的一方称为输出方或许可方，受权的一方称为引进方或受方。国际上通用的许可贸易有专利许可、专有技术许可、商标许可三种。此种引进方式为"纯技术引进"，不利于直接形成生产能力。

第三，外商直接投资。外商直接投资包括独资、合资、合作建立生产企业或合作研究等形式。它具有可以引进技术、资金和管理经验等优点，作为获得技术的一种方式已为发展中国家普遍采用。

第四，技术咨询服务（智力引进与交流），即聘请国外的咨询机构解答一些技术专题或提供某些技术服务。这种方式的好处是，可以借助国外技术咨询机构掌握的丰富的科技情报及各方面的专业技术力量，使引进方获得先进适用、经济合理的技术。

第五，非贸易技术引进。这主要是外汇耗费很少而实现技术引进的活动，如通过人员交流、移居、参观考察和培训、科技讲座、文献交流等获得所需技术。

第六，补偿贸易。补偿贸易是目前国际技术贸易中常用的方式之一。引进方在引进技术、设备、材料或劳务时，不是使用现汇支付，而是等合同项目建成后用生产出来的产品或别的协议产品作价，在双方商定的期限内，分别清偿输出方贷款。目前国际上采用的补偿贸易有两种基本方式：① 产品返销方式，又称直接补偿。用进口的设备、技术所生产的产品（直接产品）返销给输出方来支付贷款。② 回购方式，又称间接贸易，即引进方用双方商定的其他产品偿还。

（二）产业技术开发简述

技术开发是企业开展技术进步活动的重要方式之一，它通过创造和运用新技术、开发新产品来提高企业的经济效益，更着重于本国的自主技术创新和发展。

1. 技术开发的定义

从技术进步角度来看，技术开发就是指企业（国家）利用基础研究、应用研究的成果或已有的科技知识，通过各种有实用目的的研究和试制，开拓出新产品、新材料、新能源、新设备、新工艺、新技术的各种技术进步活动。

2. 技术开发的方式

技术开发的方式主要有以下几种：① 独创型技术开发方式，此种开发方式一般有三种途径：一是从基础理论研究到应用理论研究，再到应用技术开发都靠自己的力量进行；二是在成熟的基础理论研究的基础上进行应用理论研究和具体技术及产品的开发；三是利用社会上的应用理论研究成果，只进行具体产品和技术的开发。第一条途径适用于资金雄厚的大型企业，第二、三条途径只适用于中、小型企业。② 引进型技术开发方式，既包括上文论及的技术引进方式，同时也包括引进本国国内其他企业的先进技术来开发新产品。这种方式的关键是要对引进的技术努力消化、吸收，然后仿制、创新。③ 科技协作型技术开发方式，是指企业和高等院校、科研机构合作进行技术并发。④ 综合型技术开发方式，此种方式既可以是引进和自主研制相结合，也可以是科技协作和自主研制相结合，还可以是引进、协作、自主研制三结合的方式。

二　产业技术引进能力的有效实现

在当代，对于包括发展中国家在内的许多国家和地区，技术引进和技术模仿成为一条改善其技术的有效供给、快速发展本国经济的捷径。

在大多数情况下，技术引进并非是一个单纯的技术或经济活动，而是一种融经济、技术、科学、文化甚至政治为一体的复杂过程。从世界各国的实践来看，一般可将技术引进过程划分为三个阶段：① 搜寻选择，包括搜寻、计划、选择和交易。② 引进实施，包括运进、安装、实现和适应。③ 消化改进，包括消化、推广、改进、创新。国际上普遍认为，能否进入到第三阶段是一个国家技术引进真正成功的关键。为此，联合国工业发展组织编写的《发展中国家技术引进指南》就特别强调："引进技术的国家必须在尽可能短的时间内有效地吸收外国技术，并使之适用于本地条件。总之，在整个技术引进过程中，引进者技术能力的形成十分关键。"

如何尽快地形成一国的技术能力呢？我们可以从战后日本的发展中得到一些启示。就日本而言，第二次世界大战后初期，无论是在传统产业还是在新兴产业方面，都明显地落后于欧美国家。从1950年代起，日本就大量引进技术，并在技术引进的基础上进行研究开发。经过20世纪50年代的引进、60年代的消化吸收、70年代的自主开发三个阶段，到80年代初，日本已在许多技术方面尤其是民用工业技术上方面超过了西欧，仅次于美国，在经济上也成为仅次于美国的大国。概括起来，日本在技术能力培育和技术发展上有如下特点。

第一，在技术引进上循序渐进，目的在于提高本国技术能力。起初，日本的引进重点在于传统产业上（钢铁、汽车、造船、机器制造等），随后逐渐转向新兴产业，并以先进技术彻底改造传统技术，为后来尖端技术的发展奠定了良好的基础。在引进方式上，其典型模式是：引进设备获得技术→消化吸收→改进提高→国产化。在这一过程中，日本追求的不是科学上的首创，而在于技术能力的积累，以便最终独立开发和创新，加速经济发展。

第二，在发展战略上，以技术贸易入超换取商品贸易出超。一般来说，技术出口是为外国创造就业机会，而商品出口，是为本国创造就业机会。直到1980年代，尽管在整体上日本已进入技术自主开发时期，但其购买专利技术的支出大于销售收入7.2

倍。该国大量引进技术后，凭借劳动力素质方面的优势，进入技术创新，生产具有竞争力的商品出口，以技术入超换取商品出超。

第三，把引进和开发研究结合起来，重视二次创新水平和投资。其特点为：① 研究费增加快，比例高。1984 年日本研究费占本国 GNP 的 2.6%，1990 年达 2.99%，跃居世界前列；② 研究开发由企业主导，使用效率高；③ 在基础研究、应用研究、开发研究中，更重视后者。在日本，民间研究经费在三个领域的投入比率依次为 5%、20%、75%。

第四，重视教育和全民文化素质程度的提高。从明治政府起，日本就十分重视教育；"二战"后，历届政府更是把教育作为经济政策的一环加以考虑。结果日本全民素质得以提高，优质劳动力辈出，促进了技术能力的提升和经济发展。

三　技术引进与技术创新的关系

（一）技术创新过程

创新（Innovation）这一概念是著名美籍奥地利经济学家熊彼特（J. A. Schumpeter）于 1912 年在其成名作《经济发展理论》（*Theorie der wirtschaftlichen Entwicklung*，1912）中首次提出的。按照熊彼特的观点，创新是指经济中的某种"新的组合"，它包括五种情况：① 引入一种新的产品或提供一种产品的新质量。② 采用一种新的生产方法。③ 开辟一个新的市场。④ 获得一种原料或半成品的新的供给来源。⑤ 实行一种新的企业组织形式，例如，建立一种垄断地位或打破一种垄断地位。①创新包括技术创新（产品创新与工艺创新）与组织管理上的创

---

① ［美］熊彼特：《经济发展理论》，商务印书馆 1990 年版，第 73—74 页。

新。按照经济合作与发展组织（OECD）的定义："技术创新指新产品或新工艺，以及产品或工艺的显著技术变化。"在我国，中共中央、国务院于 1999 年 8 月 20 日做出的《关于加强技术创新，发展高科技，实现产业化的决定》中对技术创新的定义为：是指企业应用创新的知识和新技术、新工艺，采用新的生产方式和经营管理模式，提高产品质量，开发生产新的产品，提供新的服务，占据市场并实现市场价值。

技术创新活动从技术发明和生产活动中脱离出来，对经济学产生了极大的影响。最大的影响莫过于发现了经济不连续运行的原因，也就是市场出现均衡的瓦解和重新建立均衡的过程。当创新发生时，新的产品以其新的品质和新的价格在市场中出现，将市场重新分割，原来的均衡价格体系中各商品的价格都要出现或大或小的变化，越是具有创新替代性的商品，价格变动的幅度越大。这种变动会通过商品的替代链条和关联链条波及所有商品，直到市场适应这一变化，形成新的均衡，价格才趋于稳定。

在市场上看，技术创新无非是新产品的成功上市，而这一结果却是企业家历尽风险获得的。一旦上市，技术本身也在不断被模仿、扩散。所以，技术创新的全过程是从企业家判断市场需求开始，孕育市场均衡的突破到技术完全成为市场上最普通的技术，不再是影响企业的垄断势力的因素为止。其中，在实现产品成功上市之前，技术创新活动主要以一个企业为核心来完成，在创新成功形成市场利润以后，技术活动就由多个企业共同完成。所以说，技术创新是一个周期性的技术经济过程。

（二）技术引进与技术自主开发、创新的关系

从理论上讲，技术引进虽是一个产业乃至一产业技术水平能够得到迅速提高的一条捷径，但技术创新却是任何一个产业技术水平得以发展的根本。技术引进之所以能对产业技术水平的提高

起作用，只不过是因为技术引进节省了本国从基础研究到开发研究的大部分工作，而不是产业技术发展本身可以跳过这些阶段。因此，在认识技术引进和技术创新的关系时，必须清晰地认识到这一点。

从实践上看，产业技术要真正有所提高，必须在技术引进过程中结合技术创新。这是因为：首先，产业技术存在着可行性和协调性等问题。引进的技术要适合于本国和本企业，可以原封照搬的外来技术为数不多，一般都要经过二次开发。而这样的二次开发就是一种创新，是一种自主开发，即引进技术加以改进创新的延续，也可以看成是创新的高级阶段。其次，通过技术引进得到的产业技术，都不可能是最新和最先进的技术。在本国的产业技术水平达到一定的阶段后，要进一步提高国际竞争力，就必须在原有产业技术的基础上进行技术创新。最后，当一个国家的技术水平迅速接近或赶上技术出口国时，就难以通过引进的方式获得更先进的技术，这一方面是由于出口国将采取技术上的保护，不愿再输出更先进的技术；另一方面是技术的进出口国之间在该技术领域已不存在较大的差距，不必继续引进了。

无论怎样，只要还想得到更新、更先进的技术，就必须自力更生，自主开发，自主创新，所以对引进的技术进行创新是必要的。因此，技术引进是技术创新的一个手段，是技术创新的一个基本来源，能迅速提高自主开发和创新的起点，为开发创造良好的条件和技术环境，进而推进技术引进向高级化发展。无论是对技术的引进，还是对技术的消化和吸收，最终都是为了本国或本企业的技术创新和发展，以提高本国或本企业的技术水平，从而提升整体的竞争力和适应力。

第四节　产业技术政策

在实践中，产业技术政策往往被寓于产业结构政策和产业组织政策。因为技术的进步不仅能节约资本和劳动力等资源，而且还能在一定程度上影响产业结构，加速某些产业的发展，从而推动经济增长。当技术进步节约了某些生产要素，就会促进该生产要素在产业间的重新配置。如果这种重新配置的要素量大，就会导致产业结构的变动。当有重大的技术进步或技术革命时，可能不只是节约了已有产品生产的生产要素，而是产生了新的产品供给或投入品供给。这通常意味着将产生新兴的产业部门，其影响将直接波及其他相关产业，从而对产业结构产生重要的影响。产业技术进步的这一特性使产业技术政策成为一种不可或缺的产业政策。

一　产业技术政策概述

（一）产业技术政策的概念

科学技术进步是推动产业发展的决定性因素，产业技术政策是政府制定的促进产业技术进步的政策。产业技术政策是指通过对技术研究、开发及创新实施强有力的支援，以实现产业在不断更新的技术支持下取得持续发展这一战略目标的一种政策，是政府对产业的技术进步、技术结构选择和技术开发进行的预测、决策、规划、协调、推动、监督和服务等方面的综合体现。其目的主要是促使那些处于开发研究阶段的技术应用与产品开发或改良，使其尽快转化为现实生产力，以推进经济持续不断增长。产业技术政策以产业技术为直接的政策对象，是保障产业技术适用和有效发展的重要手段。

（二）产业技术政策的主要类型

1. 技术发展规划

技术发展规划，即确定产业技术的发展目标和具体计划，包括制定各种具体的技术标准、技术发展规划，公布重点发展的核心技术和限期淘汰的落后技术项目清单，规定具体实施的步骤和时间安排，明确实现的方针和措施。

2. 促进技术进步政策

促进技术进步政策，包括技术引进政策、技术扩散政策、技术开发扶植和保护政策。技术引进政策是使后发国家通过直接引进别国的成熟技术赢得后发优势的重要手段。需要注意的是，仅有引进技术是不足以摆脱技术落后状况的，必须在鼓励技术引进的同时，重视对引进技术的消化、改造和提高。

3. 技术结构政策

其目的是为了安排好各种技术类型和技术层次之间的相互联系和数量比例，实现技术结构的合理化。合理的技术结构政策必须综合考虑一定时期本国的具体国情、资源状况和技术发展规律等各方面的因素。一般来说，根据劳动者的状况和技术发展水平，考虑是以先进技术为主，还是以中等技术为主；根据资源和环境状况，确立是以提高劳动生产率的技术为主，还是以节约原材料、能源和防治污染的技术为主；根据生产要素的丰度，决定是以劳动密集型技术为主，还是以资本密集型技术、知识密集型技术为主。

（三）产业技术政策实施的手段

产业技术政策实施的手段可分为直接和间接两大类。前者是政府依据有关产业技术进步的各种方式实行的直接干预，包括政府对引进技术实行鼓励和管制，直接投资产业技术开发和应用推广，主持或参与重点技术攻关、特定产业技术开发项目等，后者主要是政府对产业技术的发展前景、战略目标、项目重点等提供指导；健全和发展技术市场，发挥市场对技术进步的促进作用；完善企业技术进步的内在机制，鼓励企业建立内部技术开发体系，设立技术开发基金，重视技术设备的更新改造；对产业技术开发提供补助金、委托费、税制优惠和融资支持。

二　各国产业技术政策发展的基本趋势和重大举措

（一）各国产业技术政策发展的基本趋势

从总体上看，在跨世纪发展过程中，在竞争激烈的国际经济环境中，各国纷纷制定、调整或完善各自的产业技术政策。为夺取产业发展的技术制高点，强化本国的技术优势，美国等国家进一步强化政府研究开发体系，加强对研究开发的投资，加强政府与企业的研究开发合作。克林顿1993年上任后，美国政府增加了对民用产业技术和军民两用技术的研究开发投资，并从税收、金融等方面引导、鼓励和支持企业扩大对研究开发的投资。美国、德国、日本等发达国家每年用于研究开发的投资占当年国民生产总值的比重已达2.3％以上。

在有关国家政府政策的推动下，各国企业特别是大型跨国公司更加重视加强对研究开发的投资，以获取或保持技术竞争优势。大型跨国公司的研究开发投资一般都占年营业额的5％以上，有的甚至高达15％—20％。一个跨国公司有能力动员数十亿美元甚至上百亿美元的资金用于研究开发，都拥有数千项甚至数万项专利。例如，德国的一家大型化学跨国公司的专利达6.7万项。国外的统计数据表明，在当前产业结构日益知识化的背景下，一个研究开发投入占营业额的比重低于3％的企业是无法生存的。①

产业组织结构也在发生一些重要的变化。一是大企业越来越大，前不久美国波音公司与麦道公司合并，成为世界上最大的航空航天高科技公司。其他领域的合并浪潮也在世界范围内展开。企业规模的扩大增强了相关企业研究开发投资的能力，使产业技术竞争更趋激烈。二是中小企业的重要性空前提高。中小企业不仅是大企业的外围配套，更是新的经济增长点，特别是高科技风险小企业是转化科技成果、创立高技术产业的重要途径和方式。三是研究开发功能成为企业日益居核心地位的功能，不仅研究开发新产品，而且研究企业自身的组织再造。

总体来讲，冷战结束后，根据国际环境的变化和国家经济发展战略的需要，许多国家进行技术政策的调整，基本方向如下。

第一，由以军事需要为主的技术研究向重视民用研究的方向转变。俄罗斯已提出将发展军民两用技术作为国家科技政策的"重中之重"来抓。克林顿政府成立以来，美国的科技政策发生了相当大的转变，其核心内容是政府为加强产业竞争力的研究开发投入了更多的资金。克林顿总统1993年2月发表的"一揽子新技术主导方案"就清楚地提出了把政府研究开发的方向从国防转为民间，把研究开发的首要课题定为提高就业、保护环境和提高政府机构效率。克林顿总统指示美国726个原从事军事研究的联邦实验室将现有预算的10%－20%用于工业界兴办的民办企业。在国防技术研究开发方面，不仅政府投入比例在缩小，而且在研究内容上也从国防技术的开发方向向军民两用的方向转变。

第二，由侧重基础研究向重视应用研究开发的方向转变，或

---

① 参考国家计委规划司、科技司产业技术政策课题组：《产业技术政策的国际比较研究》（1998年）。

者使二者结合。"二战"结束后，美、德、英、法等国政府一直对基础科学研究给予有力的财政和政策支持，使这些国家的学术研究得到稳步发展，但是目前的情况已发生了变化，这些国家急于在科学技术上实施"战略优先项目"，基础研究的进一步发展不再得到政府的保障。美国舆论认为，主张科学应以社会和经济需要为方向的观点有可能占据上风。

日本则认为，面对其他国家对日本在众多技术领域领先地位提出的挑战，只有基础研究才可以使经济恢复活力。显然，日本是要使基础研究与研究开发结合起来，以保障其技术的进步具有坚强的基础。

在发展中国家，由于经济和科技水平低，在基础研究与开发应用两方面应更偏重于后者。除基础研究主要靠政府拨款外，政府和企业界对应用研究的资金投入相应要多一些。为发展高技术产业，一方面，先要从强化市场竞争能力开始，研究开发具有本国技术特色和在国际市场上有潜力的技术成果，并运用到生产过程中；另一方面，通过引进生产线和开展国际技术合作，在吸收和消化中掌握外国先进技术。因此，技术政策也主要体现在重视技术研究开发方面。

第三，由一般制造技术的研究开发向国家级的关键技术研究开发转变。当今的世界市场已经形成了以制成品为主（约占80％以上）的结构，一些发展中国家的制造业在国民经济中也占据了主要地位。20世纪80年代以来，随着全球化、一体化的迅速推进，世界市场竞争在不断加剧。在世界大多数国家基本拥有传统的、一般制造业的技术情况下，特别是技术创新的周期日益缩短的形势下，要在面向21世纪的竞争中站稳脚跟，就需要开发在未来具有竞争力和市场潜力、对国家的安定与繁荣、对人民福利的提高能起到至关重要作用的技术。因此，无论是发达国家还是发展中国家，技术的研究开发可以说都已经或正在上一个新台阶，各国都在强调抓具有长远意义的国家关键技术，并制定了国家关键技术计划，国家技术的研究开发也迅速围绕这些计划逐步展开，比如美国前不久确定的今后 10 年的 10 项战略性技术；日本与德国共同调查确定的未来 30 年最重要技术等。

（二）各国采取技术政策的重大举措

第一，通过产业界、学术界和官方的密切结合，制定具有前瞻性、实用性、复合性的具有较大市场潜力和能充分推动产业升级的一系列关键技术计划。

第二，改变过去过于依赖民间企业的状况，强化政府在研究开发中的宏观协调作用，并通过诱导性和鼓励性的政府税收政策来推动研究开发。

第三，增加研究开发的资金投入。在美、欧、日，政府研究开发支出约各占国民生产总值的 0.45％，日本在 2000 年就提高到了 5％，美国政府拨款虽会减少，但企业开发支出所占比重则会加大。[①]

第四，完善研究开发的基础设施环境，建立有针对性的、高效率的研究开发机构，同时采取有力措施加快技术成果的转化过程，以提高技术利用的效率和效益，并使研究经费的扩充呈现良性循环，同时还能刺激技术再生及催化、渗透、带动相关技术发展的效应。

第五，重视教育和职业培训，提高人的素质。一些国家提出了改革高等、初等教育的方案，确定了主要学科的标准和国家考试制度，制定了国家职业培训的具体计划，把培养具有综合素

---

① 参考国家计委规划司、科技司产业技术政策课题组：《产业技术政策的国际比较研究》（1998 年）。

质、创新精神和能够驾驭日新月异的新技术的人才作为教育与培
训的重要目标。

第六，重视国际间的技术合作、联合研究开发。如日本公司
在美国设立了 224 个研究开发机构，超过了任何其他国家。在美
国由日本提供资金的研究开发项目增加很快，其费用由 1987 年
的 3.37 亿美元增加到 1993 年的 18 亿美元。一些发展中国家加
强了与国外的联合研究，引进生产线，为吸收和消化新技术创造
了条件。①

第五节　产业技术政策法

一　产业技术政策法概述

产业技术政策法是产业技术政策在法律上的表现。产业技术
政策是指政府所制定的用以引导和干预产业技术进步的政策，它
与产业组织政策、产业结构政策和产业布局政策是并列关系，它
们在任何产业的发展过程中都不可或缺。而产业技术政策法正是
实现技术政策目标的必要的法律保障。

产业技术政策法的主要内容包括技术创新制度、技术成果转
化制度、技术引进制度、高新技术鼓励制度及技术设备的更新、
改造制度。

二　国外有关产业技术政策立法的现状

世界上很多国家也非常重视利用政策及法律手段推动产业技

---

① 参考国家计委规划司、科技司产业技术政策课题组：《产业技术政策的国际
比较研究》。

术进步。美国颁布了《1976 年美国国家科学技术政策、机构和优选目标法》，1993 年 2 月，美国总统克林顿发布了一份官方政策报告——《促进美国经济增长和增强美国经济实力的新方向》，阐述了其技术政策。并于 1993 年 11 月成立了内阁级的国家科技委员会，由克林顿担任主席，成员包括副总统、总统科技助理、内阁部长和各机构负责重要科技计划的负责人。通过国家科技委员会将成员单位的资源作为一个整体，确定国家的科技战略计划，为联邦政府的科技投资确定明确的国家目标，确保科技政策和计划的制定、执行能最大限度地促进国家目标的实现。相关的立法有：1980 年的《大学和小企业专利程序法》，创造了一项统一的联邦专利制度；1980 年的《技术创新法》，明确了政府在促进商业创新方面的广泛职责。1986 年《联邦技术转移法》，授权政府各机构与企业间形成合作开发的机制；通过制定 1988 年《综合贸易和竞争力法》，设立了政府与企业界合作的研究开发计划，即先进技术计划和制造业发展合作计划；1993 年克林顿签署了《1984 年国家合作研究法》修正案，消除了合作生产的反托拉斯障碍；1996 年 3 月 7 日，克林顿总统签署了《国家技术转移与进步法》，规定联邦政府若向工业部门转让技术，首先要拿出 2000 美元转让费给发明者，之后发明者再提成技术使用费的 15％。

　　在一些亚洲国家，比如日本，就非常重视产业技术政策方面的立法，日本有《高新技术密集区促进法》。此外，日本国会于 1995 年审议通过了《科学技术基本法》，是日本第一部有关科学技术的根本大法。为了支持研究开发，其他国家也颁布了一些法律，比如，以色列的《鼓励工业研究与开发法》，韩国的《研究组合法》。

三　我国有关产业技术政策立法的现状及完善建议

（一）立法现状

改革开放以来，产业技术在我国也越来越受到重视，国家先后制定了大量的产业技术政策和法律。其中比较重要的有：《科技进步法》、《科技成果转化法》、《技术引进合同管理条例》、《中共中央、国务院关于加速科学技术进步的决定》、《中共中央、国务院关于加强技术创新，发展高科技，实现产业化的决定》、《国家高新技术产业开发区若干政策的暂行规定》、《国家重点技术创新项目》、《近期行业发展重点》、《"九五"全国技术开发指南》、《关于加速实施技术创新工程形成以企业为中心的技术创新体系的意见》、《国家产业技术政策》，等等。

结合产业技术政策法的内容，我国的相关立法具体有以下内容。

我国现有的鼓励技术创新的政策与法规主要有：《中共中央、国务院关于加强技术创新，发展高科技，实现产业化的决定》、《关于加速实施技术创新工程形成以企业为中心的技术创新体系的意见》、《关于科技型中小企业技术创新基金的暂行规定》，等等。今后国家还将制定《技术创新条例》。

在技术成果转化方面，长期以来，我国的科技成果转化率偏低，这直接制约了我国的科技产业化进程。国家为了鼓励科技成果转化，曾颁布了《关于依靠科技进步振兴农业加强农业科技成果推广工作的决定》、《农业技术推广法》、《科技成果转化法》、《关于促进科技成果转化若干规定的通知》等法律法规，但效果并不显著。

技术引进对发展中国家的经济发展和技术进步具有特殊价值。我国对技术引进向来持积极态度，而且颁布了一些法律法规进行规范。这类法律法规主要是《技术引进合同管理条例》及其实施细则。

高新技术鼓励政策是建立在研究与开发政策基础上的一种产业技术政策，其主要政策目标是实现本国高新产业技术研究与开发成果的产业化、商品化和国际化。当前，所有的发达国家都把经济发展的重心放在高新技术产业上，把发展高新技术、实现产业结构升级作为发展的战略核心，并且非常重视这方面的立法工作。我国制定了《关于深化高新技术产业开发区改革，推进高新技术产业发展的决定》、《关于在国家高新技术产业开发区创办高新技术股份有限公司若干问题的暂行规定》、《关于以高新技术成果出资入股若干问题的规定》、《国家高新技术产业开发区若干政策的暂行规定》等法规。

推进技术设备的更新、改造的主要手段，是制定税收和金融上的支持措施。此外，对于落后技术和技术设备，一般采取限期强制淘汰、报废的政策措施。为此我国采取了一系列措施，主要包括《淘汰落后生产能力、工艺和产品的目录》（第一批、第二批）、《关于清理整顿小玻璃厂、小水泥厂的意见》等。

（二）完善建议

为了真正完善我国的国家技术发展体系并提高其效率，为了真正完善我国技术政策法律制度，我们首先要抓好根本性的市场制度与企业制度的建设；与此同时，还要兼顾其他支持技术发展的重大性制度与辅助性制度的建设。

1. 抓好根本性的市场制度与产权制度的建设

为了实现我国国家技术创新系统的整体绩效，一定要重点抓好企业、科研机构等组织外部的市场制度建设和内部的以产权制度为核心的企业制度建设。

第一，抓好企业内部以产权制度为核心的现代企业制度建设，是使企业成为创新主体和提高我国创新绩效的关键。所谓现代企业制度，是适应社会化大生产和市场经济的要求，以规范和完善的企业法人制度为主体，以有限责任制度为核心，以科学的组织管理结构为特征，以公司企业为主要形态的新型企业制度。它的特征可以概括为"产权清晰、权责明确、政企分开、管理科学"16个字。除了建立现代企业制度外，还要求确立企业家和科技人员的人力资本产权，并建立相应的人力资本产权实现机制。其中，主要是建立企业家和科技人员的年薪制和股票期权制。特别是股票期权，已成为发达国家对经营者和科技人员进行激励的一种普遍的制度形式。

第二，科研机构、金融机构等也要进行相应的产权制度改革，实现在我国技术创新系统的角色转换。抓好科研机构内部的制度改革，首先要对现有的科研力量重新布局，使科研力量呈合理的梯度分布；同时要进行分类管理，以区分出何种科研可以依靠市场调节，何种可以由国家引导，何种应全靠国家支持。其次要充分发挥市场在知识生产资源配置方面的作用；同时制定适应市场经济的产权制度、人事管理制度、社会保障制度等。最后也要将市场机制引入科研院所的管理中，以提高科研工作的效率。

加大金融系统改革的力度，使金融系统从游离于创新活动之外转变为创新活动的重要支持者，使商业银行真正能够按照市场规则运作。货币的存放和金融投资真正受利益驱动，而不再受行政的指派。同时逐步放开对民间投融资机构的限制，并通过法律法规来规范其行为。另外，要加快教育体制的改革，培养大量的创新人才，提高民众的教育水平。要大力发展技术培训。

第三，加强市场制度建设，形成竞争的市场环境。企业能否成为技术开发和创新的主体，还要看市场制度是否健全，市场能否在资源配置和经济活动的调节中起基础性的作用。因此，我们政策的出发点首先应该落在加紧市场的制度建设、法律建设，规范市场的行为准则，消除计划经济体制遗留下的不利于市场经济的各种限制和壁垒上，为企业的发展创造一个公正、公开、公平的竞争环境。

2. 进一步完善促进技术发展和创新的重大性制度

为了提高我国国家技术开发和创新系统的创新效率，除了要加快支持技术创新的根本性制度——市场制度与现代企业制度的建设外，还要进一步完善我国支持技术发展和创新的重大性制度，如知识产权制度、财政资助与税收制度、风险投资制度和政府采购制度等。

第一，知识产权保护制度。为了促进我国对知识产权的有效保护，完善知识产权制度，应采取一系列切实可行的措施和办法：① 全面普及与知识产权有关的各种法律法规的宣传教育，进一步提高全社会的知识产权意识和法制观念，使人们认识到侵权行为的危害性，自觉抵制侵犯知识产权的行为。要大力引导企业、科研机构和高等院校建立和完善知识产权管理制度。② 要制定统一、科学的知识产权法，做到有法可依、有法必依。要克服现有的法律体系零散、不统一的弊端。同时要针对新情况，及时立法，并与国际接轨，做到既适合我国国情，又力求知识产权法规水准的国际化，以便于国际交流与合作。③ 要改进和改善知识产权的保护方式，寻求最佳的保护措施。

第二，财政资助与税收优惠制度。在我国除了企业对技术的研究开发的投入不足外，我国政府的科技投入不足也是一个重要的原因。加大我国财政科技投入和税收优惠政策的建议如下：① 扩大财政来源，压缩行政开支。要坚定不移地推进政府机构改革，精简政府机构，以节省国家财力，为加大财政科技投入创造条件。② 改革财政对科技的投入方式，由对科研机构、科技人员的一般支持，改变为以项目为主的重点支持；科研计划要大力推行项目招投标制度。③ 在继续保持政府对企业技术创新活动的 R－D 补贴强度和规模（《国家高新技术产业开发区税收政策》、《关于促进企业技术进步有关财务税收问题的通知》）的情况下，逐步提高税收减免等间接措施的作用。

第三，风险投资制度。为了加快我国风险投资事业的发展，要抓紧营造促进我国风险投资发展的政策与制度环境。其中，主要是要抓紧构建风险投资退出渠道和加大政府的扶持力度，加快建立二板市场。二板市场又称创业板市场，是一个区别于传统的证券交易所主板市场的新兴的证券交易市场。其作用在于，既为新兴的高成长性的中小企业和高科技企业提供直接融资的渠道，又为风险投资基金退出提供了理想的渠道。

第四，政府采购制度。政府采购通过对高技术产品的巨大需求对技术创新起到"牵引"作用。我国近年来大力提倡政府采购，主要是为了完善财政支出管理制度，保证国家资金使用的效率和效益，减少腐败，但对于如何通过这一政策工具刺激创新注意不够。在这一方面，应予以更多的注意。

当今世界，科学技术日新月异，以信息通讯、生物技术、新材料和新能源等为主要内容的新技术革命的发展及新技术成果的开发应用，使世界经济进入了一个新的发展阶段，世界经济正经历着重大转变。加速推进的知识化进程，成为跨世纪世界经济变动的一个基本趋势。各国政府特别是发达国家政府都已经认识到，技术不仅是产业结构升级、经济发展的根本推动力，而且也是决定国际竞争能力的关键因素，各国政府普遍强化对研究的开发投资。同发达国家相比，广大发展中国家的产业技术与发达国家之间的差距呈扩大趋势，如果政府和立法机关不采取相应措施，本国在国际竞争中将处于不利地位。这一切都要求各国政府特别是发展中国家制定正确的产业技术政策，有力地推动本国的技术进步和发展。我国科技竞争力水平的差距是十分明显的，如今，我国正处于建立、完善社会主义市场经济体制的关键时期。因此，应确立国家产业技术政策的统一性、权威性以及各部门的协力配合，避免国家有限资源的分散，把建立新世纪产业的技术制高点作为国家战略的重点。避免重复、低效、浪费，对我国这样发展中的国家具有特别重要的意义。同时，要深入研究，深化改革，不断完善有关政策法规，将国家产业技术政策制度化、法制化，从根本上形成有利于科技成果转化的体制和机制，保证国家整体利益和战略目标的实现。

第五章 产业布局法律制度

第一节 产业布局基本理论

一 产业布局概述及其理论发展

(一)产业布局的概念

产业布局又称产业分布、产业配置,是指产业在一定地域空间上的分布与组合。具体来说,产业布局是指企业组织、生产要素和生产能力在地域空间上的集中和分散情况。产业布局的含义有狭义与广义之分。狭义的产业布局是指工业布局,广义的产业布局是指包括农业、工业、服务业在内的所有产业在地域空间上的分布与组合。

产业布局是一种具有全面性、长远性和战略性的经济布局,从产业的地区结构方面反映着一个国家产业发展的规模和水平,是人类从事社会生产和经济活动的地域体现和空间体现。在社会化大生产的条件下,合理的产业布局不仅有利于发挥各地区的优势,合理地利用资源,而且有利于取得良好的社会、经济和生态效益。产业在地域空间的分布与组合是存在着规律的,产业布局理论的主要任务就是研究产业空间分布规律,为合理布局产业提供理论和政策指导。因此,研究产业布局理论,探讨产业布局的一般规律和基本原则，对于了解产业布局的变化和战略，都具有十分重大的现实意义。

（二）产业布局的理论发展

第二次世界大战以后，随着殖民地国家走上独立自主的道路，落后地区产业布局理论开始受到重视。西方一些学者以后起国家为出发点提出了增长极理论、点轴理论、地理性二元经济理论等，大大丰富了产业布局理论的内容。20世纪50年代以来，着眼于区域经济活动的最优组织的区位理论得到迅速发展，形成了以普莱得（A. Pred）和邓尼逊（S. Dennison）为代表的行为学派以及社会学派、历史学派、计量学派和发展学派等。其中，尤以发展学派的有关理论引起后发国家的注意。他们重点研究工业布局、生产力布局、资本与技术集聚、城市化等一系列问题，使产业布局理论获得进一步发展。其主要代表人物及理论有法国经济学家弗郎索瓦·佩鲁的增长极理论、点轴开发理论、网络开发理论以及缪尔达尔的地理性二元经济理论。

1. 增长极理论

法国经济学家弗郎索瓦·佩鲁在1985年发表的《发展极概念在经济活动一般理论中的新地位》一文中，对增长极理论做了详细的阐述。① 其基本思想是：增长并非同时出现在所有的地方，它以不同的程度首先出现于一些增长点或增长极上，然后通过不同的渠道向外扩散，并对整个经济产生不同的影响。增长极概念作为该理论的核心，佩鲁认为，它是由主导部门和有创新能力的企业在某些地区或大城市聚集而形成的经济中心，这些中心具有生产、贸易、金融、信息决策及运输等多种功能，并能够产生吸引或辐射作用，促进自身并推动其他部门和地区的增长。因

---

① 范金、郑庆武：《应用产业经济学》，经济管理出版社2004年版，第94页。

此，佩鲁主张政府应积极干预区域布局，通过强有力的政府计划和财政支持来推进建立增长极而带动落后地区的发展。

在此基础上，经一些学者的研究，这一理论有了进一步的发展。如法国经济学家布代维尔将经济空间的概念进一步拓展到内容更为广泛的区域范围，它不仅包括了与一定地理范围相联系的变量之间的结构关系，而且也包括了经济现象的区位关系，增长极既可以是部门的，也可以是区域的，从而提出了区域增长极的概念。瑞典经济学家缪尔达尔在同一时期提出了"循环累计因果理论"。[①] 关于区域经济发展，他认为，发达地区（城市或增长极）产生两种效应：一种是发达地区（增长极）对周围地区的阻碍作用或不利影响，称为回流效应亦即极化效应；另一种则是发达地区（增长极）对周围地区经济发展的推动作用或有利影响，称为扩散效应。极化效应是指生产要素向增长极集中的过程，即资金、物资、能量、信息、人才等向发达地区集中的过程。这种集聚过程既造成周围地区因人力、物力、财力的减少而降低发展速度的极化效应；同时也产生发达地区经济实力增强发展到一定水平时带来的劳动力、资金、技术、设备、信息等要素在一定程度上从发达地区（增长极）向外扩散，而后流向落后地区，从而促进外围地区发展的扩散效应。美国经济学家赫希曼对区域经济不平衡发展的研究又深入一步，提出区际不平衡增长理论，[②] 认为经济进步并不同时出现在所有的地方，而一旦出现在某一处，则会使得经济增长围绕最初的增长点集中。这种增长点或增长极的出现，必然形成区域间的不平等，而增长极发展到一定程度时会产生一种力量扩展到其他地区。同时，赫希曼提出了与缪尔达

---

① 范金、郑庆武：《应用产业经济学》，经济管理出版社 2004 年版，第 94 页。
② 同上。

尔相似的增长极的两种效应，即极化效应和涓流效应。① 其认为增长中心（极）存在的高工资、高利润、高效率及完善的生产和投资环境，一方面不断吸引周围落后地区的资本、技术和人才，从而使得这些地区经济受到制约，两地区之间经济发展差距日益扩大；另一方面，发达地区（增长极）向周边地区的购买力或投资的增加，周边地区向发达地区移民，提高了落后地区边际劳动生产率和人均消费水平。从长期来看，由于经济增长到一定程度，发达地区会产生"聚集不经济"，从而促进产业向四周扩散，因而，地域上的涓流效应将超过极化效应，以缩小两地间经济发展差距。

增长极理论的演变和发展，无论作为一种区域发展理论，还是作为一种区域发展理论的应用，都已成为一些发展中国家广泛应用于区域经济发展战略的依据。

具体来说，增长极理论的主要内容可以归纳为以下几个方面。

第一，增长极理论是以区域经济发展不平衡的规律为出发点的。因此，无论佩鲁的增长极理论，还是缪尔达尔的"循环累计因果理论"、赫希曼的"区际不平衡增长理论"等，其共同的核心是：在区域经济发展过程中，经济增长不会同时出现在所有地方，总是首先在少数区位条件优越的点上不断发展成为经济增长中心（极或城市）。

第二，增长极的形成有赖于具有创新能力的企业和企业家群体的存在。所在地区既具有能集中相当规模的资本、投资、技术、人才从而形成规模经济的能力，又要有较好的区位环境条件，即周围交通、通讯、能源等基础建设条件较好，能吸引周围

---

① 范金、郑庆武：《应用产业经济学》，经济管理出版社 2004 年版，第 94 页。

厂商、投资、人才和技术，才能最终促成增长极的形成。

第三，增长极具有两种作用，即极化效应和扩散效应。从理论上讲，两者是相辅相成的，前者主要表现为生产要素向极点的集聚，后者主要表现为极点生产要素向外围的转移，二者都可以从不同的方面带动整个地区经济的发展，但在不同的发展阶段上，这两种效应的强度是不同的。一般来说，在增长极的初期阶段，极化效应是主要的，当增长极发展到一定规模后极化效应削弱，扩散效应则加强；再进一步发展，扩散效应逐渐占主导地位。极化和扩散机制互相作用，推动整个地域经济发展，同时也产生地区间的差距。

2. 点轴开发理论

点轴开发理论是运用网络分析方法，把国民经济看作由点、轴组成的空间组织形式，即"点"和"轴"两个要素结合在同一空间。点即增长极，轴线即交通干线，因此点轴开发理论是增长极论的延伸，它也是以区域经济发展不平衡规律为出发点的。

点轴开发理论是生长轴理论和中心地理论的发展。该理论的中心思想是：随着连接各中心地理的重要交通干线如铁路、公路、河流航线等的建立，会形成有利的区位，方便人口的流动，降低运输费用，从而降低生产成本。新的交通干线对产业和劳动力产生新的吸引力，形成有利的投资环境，使产业和人口向交通干线聚集而形成新的增长极。这种对地区开发具有促进作用、形成区域开发纽带和经济运行通道功能的交通干线被称为生长轴。点轴开发理论认为：在一定的假设条件下，经济中心在地域上呈三角形分布，其吸引范围为六边形。不同等级的经济中心依据市场最优、交通最优、行政区划最优原则体现了不同等级经济中心吸引范围的差异。因而点轴开发理论重点论述了经济的空间移动和扩散是通过点对区域的作用和轴对经济扩展的影响，采取小间距跳跃式的转移来实现的。这一理论与模式的基本思路可以归纳为以下几点。

第一，在一定区域范围内，选择若干资源较好的具有开发潜力的重要交通干线经过的地带，作为发展轴予以重点开发。

第二，在各发展轴上确定重点发展的中心城镇（增长极），确定其发展方向和功能。

第三，确定中心城镇（增长极）和发展轴的等级体系，首先集中力量重点开发较高级的中心城市（增长极）和发展轴，随着区域经济实力增强，开发重点逐步转移到级别较低的发展轴和中心城镇。

3. 网络开发理论

在经济布局框架已经形成，点轴系统比较完善的地区，进一步开发就可以构造现代区域的空间结构并形成网络开发系统。继而形成市场网络理论，然后又逐渐形成了网络开发理论。网络开发系统应具备下列要素：一是"节点"，即增长极的各类中心城镇；二是"域面"，即沿轴线两侧"节点"吸引的范围；三是"网络"，由商品、资金、技术、信息、劳动力等生产要素的流动网及交通、通讯网组成。网络开发就是已有点轴系统的延伸，提高区域各节点之间、各域面之间，特别是节点与域面之间生产要素交流的广度和宽度，促进地区经济一体化；同时，通过网络的外延，加强与区外其他区域经济网络的联系，或者将区域的经济技术优势向四周区域扩散，在更大的空间范围内，将更多的生产要素进行合理的调度组合。

网络开发一般适用于较发达地区或经济重心地区，它一方面要对已有的传统产业进行改造、更新、扩散、转移；另一方面又要全面开发新区，以达到经济空间的平衡。新区开发一般也是采取点轴开发形式，而不是分散投资、全面铺开。这种新旧点轴的不断渐进扩散和经纬交织，逐渐在空间上形成一个经济网络体系。

二　产业布局的基本原则

产业布局的基本原则反映了产业布局规律的内在要求，它包括以下几个方面的内容。

（一）经济效益优先原则

从经济效益角度出发，择优确定产业区位，就是产业布局的经济效益优先原则。产业布局对经济效益有较大影响，合理的产业布局能以最小的劳动消耗，获得最大的经济效益。不同的产业，其布局的合理性是有明显差别的。就第一次产业来看，农业布局必须立足于区域资源基础，因地制宜地选择农、林、牧、渔业最适宜发展的地区，既突出农业区域的差异性，又发挥各地区农业生产的比较优势，从而使农业获得最佳效益。再就第二次产业来看，工业布局应尽可能接近原料产地、能源（燃料、动力）基地、消费地（市场），减少物资运输和资金周转环节，节约社会劳动消耗，但在具体的工业部门（或企业）布局过程中，应根据技术、原料特征、产品生产方式、运输、市场供求与竞争、劳动力状况、区位等多种因素综合确定。产业布局的合理性还会受到政治、军事等因素的影响，在一般情况下，合理的产业布局应排除这些外生变量的干扰与影响，将经济效益放在首位。这样，产业布局就能做到经济效益优先，获得最大化的经济效益。

（二）全局性、长远性和预见性原则

国家的产业布局必须从产业发展、整个国民经济和社会发展的战略高度来认识与实施。该原则要求：从范围来看，确定产业布局的全局性，充分发挥各地区的比较优势，协调局部与全局的相互关系，在局部与全局存在矛盾时应做到局部利益服从全局利

益；从时期来看，确定产业布局的长远性，并根据各个时期经济建设的需要来进行产业布局，协调当前与长远的相互关系，在当前利益与长远利益存在矛盾时应做到当前利益服从长远利益；从变化来看，确定产业布局的预见性，在实施与规划存在矛盾时应做到实施服从规划。只有这样，才能使产业布局实现地区专门化生产与多样化发展的结合、重点建设项目与一般建设项目的统一安排、各地区自身利益与全国整体利益的兼顾，实现全国范围内产业布局的合理分工与协作、区域经济的协调发展；才能少走弯路，发挥比较优势，避免重复建设，减少资源浪费。

（三）分工协作原则

产业布局应以区域资源差异为前提，而区域资源禀赋既是区域分工的条件，也是产业发展的基础，同时，它还是形成区际产业协作和经济交换的前提条件，因此，产业布局应以分工协作为原则。该原则要求产业布局应立足于区域资源禀赋及差异，体现劳动地域分工与地区综合发展相结合、地区生产专门化与多样化相结合的关系。根据分工协作原则进行产业布局，不仅能充分发挥各地区优势，最大限度地节约社会劳动，促进商品的流通和交换，而且可以加速各地区经济一体化的进程，促进整个区域经济的快速发展。

（四）集中与分散相结合的原则

产业在空间上的集聚表现为集中与分散两种趋势，集聚经济的作用要求产业向条件优越的区位集中，集聚不经济的作用要求产业向其他条件优越的区位分散。因此，产业布局应根据集聚导向的要求在产业发展的不同阶段实施不同的布局，即在产业发展初期，通过产业布局增加产业集中，扩大集聚经济效益；在产业发展到一定阶段时，通过产业布局促使产业分散，防止或减少集聚不经济问题。当然，在防止产业过分集中的同时也应防止产业之间互不联系的过分分散倾向，应将集中与分散有机地结合起来，实现产业布局的适度集中和相对分散的统一。

（五）发挥地区比较优势原则

由于各地的资源禀赋不同，区域分工、技术发展等因素的作用使产业发展在空间分布与组合上表现出来的结果是地区差异性，可以说，地区比较优势使产业发展一般体现为由点到线、再由线到面的一个非协调的发展过程，这就要求产业布局应遵循产业自身非协调发展规律，促进少数优势地区的产业优先发展。因此，需要在一定时期调整产业布局，继续发挥地区比较优势，保持发达地区产业的快速发展。这种产业布局既遵循了产业自身的先发展与后发展的非协调发展规律，也体现了产业在空间布局上的相对差异性。这就是产业布局充分发挥地区比较优势的原则和要求。

（六）可持续发展原则

可持续发展（Sustainable Development）已经成为促进经济、人口、资源、环境、社会协调发展的一项长期性的重大战略，它既可以是国际的、区域的、国家的或地方的可持续发展战略，也可以是多个部门的可持续发展战略。人口、经济、环境是可持续发展中最重要的因素，人口与经济的可持续发展是总体可持续发展的基础，人口与环境的可持续发展是总体可持续发展的前提。① 而产业的可持续发展又是整个经济可持续发展的重要基础，只有实现合理的产业布局，才能实现经济效益、生态环境效益和社会效益的真正统一。从理论上看，产业布局的经济效益、生态环境效益与社会效益三者是统一的，而从实践上看，三者又

---

① 田雪原：《人口、经济、环境的可持续发展》，载《中国社会科学》1996 年第 2 期。

可能产生矛盾。因为产业布局的首要原则是经济效益优先，获得最大的经济效益，在实践中往往会出现片面重视经济效益、忽视生态环境效益和社会效益甚至破坏生态环境的现象。只有遵循自然生态规律，保持生态系统的平衡，才能合理开发和综合利用自然资源，合理的产业布局使地域的经济系统保持正常运转；反之，如果生态平衡被破坏，环境质量恶化，必然会造成巨大的经济损失。但是，要使产业布局同时实现经济系统、自然生态环境系统、社会系统的综合平衡，达到经济效益、生态环境效益、社会效益都最优，是有较大难度的，处理得不好，往往会顾此失彼。这说明，产业布局不仅应追求最佳经济效益，而且还要重视对生态环境的保护与治理，重视产业发展的社会效益。

三　产业布局机制

产业布局机制是指各种影响和决定产业空间分布和组合的因素的相互制约和作用的内在机理。产业布局机制可分为两大类型：产业布局的市场机制、产业布局的计划机制。

产业布局的市场机制是随着资本主义制度的建立而逐步发展起来的。其主要特点是：第一，产业布局的主体是企业。企业有权选择自己的区位而且不受国家产业政策和区域政策以外的非经济因素干扰。第二，产业布局的目标是利润最大化。企业在布局项目的选择上，总是倾向于风险小、利润大的项目；在布局区位的选择上，总是倾向于投资环境较好、能使资本边际产出效率高的地点。第三，产业布局的手段是经济利益导向。也就是产业布局主体依据价值规律和市场价格信号，从自身利润最大化出发，自觉地选择最优区位。

产业布局的计划机制是 20 世纪 30 年代由苏联首先确立的，第二次世界大战后，在中国和东欧一些国家比较流行。这种机制的主要特点是：第一，产业布局的主体是中央政府，产业布局的决策权、资产增量和建设项目在各个地区的分配权，乃至生产存量在各个地区之间的转移全都集中在中央政府手中；第二，产业布局的目标是国家整体利益，地区经济利益往往被忽视，或被置于次要地位；第三，产业布局的手段是行政命令，产业布局主要通过中央部门和各级地方政府执行中央政府的行政命令来实现。

产业布局的市场机制和计划机制各有长短，单纯依靠某一种机制都难以实现产业的合理布局。因此，世界各国先后认识到发挥市场机制基础作用的同时，必须有效利用国家干预或宏观调控的计划机制。

第二节　区域经济发展与产业布局

一　区域经济理论

20 世纪末，区域经济理论已成为一个具有多个流派、多种观点组成的理论总汇，对指导世界各国的区域经济发展起到了积极作用。尽管区域经济发展理论流派众多，但从区域发展战略的角度来划分，主要有平衡发展战略和不平衡发展战略两种战略理论。

（一）平衡发展理论

众所周知，平衡发展战略主要有两种代表性理论，即罗森斯坦－罗丹的大推进战略和纳克斯的平衡发展理论。

罗森斯坦和罗丹认为，发展中国家为迅速实现工业化，必须全面地、大规模地投入资本。他们主张发展中国家在工业化初期应将其全部投资的 30%～40% 集中用于基础设施建设，因为基础设施的完善是经济发展的前提，对其投资有着巨大的外部经济效应，可为其他投资创造出更多的机会。他们还主张在经济发展之初，不应将投资重点放在重工业部门，而应首先放到有相互联系的轻工业部门及其他产业部门，通过贸易来获得重工业产品。大推动理论的核心就是通过基础设施的优先发展和相关经济部门的协调发展，使落后国家迅速实现工业化。纳克斯认为，落后国家存在两种恶性循环，即供给不足循环（低生产率－低收入－低储蓄－资本短缺－低生产率）和需求不足循环（低生产率－低收入－低购买力－投资引诱不足－低生产率）。这两种循环互相影响，使得经济状况难以得到好转，经济增长无法实现。要解开恶性循环的死结，就必须采取平衡增长战略，即同时在广大的范围内对各工业部门进行投资，一方面可使各个工业部门协调发展，避免供给不足；另一方面又可在不同工业部门中形成相互支持性投资的格局，从而扩大市场规模，弥补需求不足。纳克斯的平衡发展理论和罗森斯坦－罗丹的大推进战略理论比较相似。

（二）不平衡发展理论

针对平衡增长理论的缺陷，以赫希曼为首的不平衡论者指出，不发达地区不具备产业和地域全面增长的资金和其他资源，因而理论上的平衡增长是不可能的。社会经济发展要根据不平衡发展规律，有重点、有差异、有特点地发展，而不是平均使用力量发展。并认为在不平衡系统中总是存在着支配性的因素。因此，在不同时期要选择支配全局的重点地区、重点部门发展经济，投资只能有选择地在若干区位条件优越的增长极地区进行，其他地区则可通过区域增长极的扩散效应而逐步扩散。

美国学者威廉姆逊提出的增长与平衡间的倒"U"形规律，进一步说明了落后地区的经济发展必须经历由不平衡到平衡的发展过程。他认为，一国或一地区经济发展的早期阶段，区域间成长的差异的扩大是经济增长的必要条件；之后，随着经济发展，区域间不平衡的程度将趋于稳定；当到达发展成熟阶段，区域间经济水平发展的差异逐渐趋于缩小，倾向于平衡成长，此时期区域经济发展差异的缩小，又构成经济增长的必要条件。区域经济成长从不平衡到相对平衡的演变过程是极化效应和扩散效应相互作用、相互转化的结果。在区域成长的初期，极化效应较扩散效应显著，区域经济差距呈拉大趋势，这种不平衡表现在生产要素首先集中在少数点或地区（增长极）上，可以获得较好的效益和发展。而在区域成长后期，扩散效应变得更为重要，聚集经济向周围扩散渗透，并导致区域经济差异的进一步缩小。

不平衡发展战略注重产业间的连锁关系和地区间的相互影响，强调应当将有限的资金投入到重点部门和重点地区，提高资源的使用效率，较快地增加区域的经济总量，被多数人认为是较好的发展战略。但也有人指出，该理论仍有不足之处，主要是由于忽视部门之间、地区之间的协调发展和整个国家总体功能的强化，可能导致地区之间经济发展水平差异过大而产生不利影响，也可能因某些部门发展不足而成为"瓶颈"，从而制约主导部门的形成和发展。

二　产业布局合理化与区域经济发展

产业布局合理化的主要标志是适应区域分工的要求，发挥地域资源的优势，充分利用各地资源，提高各地区经济效益，实现地区经济的协调发展。产业布局合理化的重要意义表现为：有助于促进区域分工与加强区域经济协作；有助于发挥地区资源的比较优势和绝对优势，充分利用各地资源，提高各地区资源综合利用效率和经济效益，促进各地区经济社会的协调发展；有助于产业结构的调整和优化升级，促进整个国民经济的协调、持续、快速发展。

产业布局不合理会对经济发展造成极为不利的影响，其不良后果主要表现为：对区域分工与区域经济协作起阻碍或破坏作用；不利于发挥地区资源的比较优势和绝对优势，不能有效利用各地资源，使得地区资源综合利用效率较低，各地区之间的经济矛盾不断激化；不利于产业结构的调整和优化升级，影响和制约整个国民经济的协调、持续、快速发展。

三　工业布局与区域经济

（一）合理工业布局的意义

工业布局也称工业分布、工业配置，是指工业生产力在地域空间上的分布与组合问题，具体说，是指工业固定资产综合生产能力的地区分布及与其他生产要素（劳动力、原材料、燃料、动力、市场、科技、运输、通信等）的结合情况。工业布局是一种具有全面性、长远性和战略性的布局，其正确与否，不仅关系到工业本身，关系到工业基建投资效果与投产后生产中一系列经济技术指标的优劣，而且对整个经济建设、技术进步、环境保护、民族团结、国家安全等方面，都产生重大影响。合理工业布局的意义主要有以下几个方面。

第一，能够充分有效地利用自然资源、人力资源和技术经济条件，促进全国及各地区经济协调发展，加快社会主义现代化建设。

第二，有利于建立合理的地区分工与协作，发挥地区优势，消除不合理的运输，提高社会劳动生产率和经济效益。

第三，工业向内地合理布局，能够促进各民族经济协调发展，加强民族团结，逐步缩小地区间的经济差距；有利于加强战略后方建设，有利于巩固国防。

第四，有利于合理使用和节约国家建设投资，加快建设进度，尽快发挥投资效益。

第五，有利于充分利用自然净化能力，维持生态平衡，有利于环境保护。

（二）工业布局战略

国家要正确选择各个时期重点建设区，妥善安排不同时期重点建设区域的转移和衔接。

1. 三个经济地区协调发展

我国是一个发展中国家，东部和中西部三大经济地区的发展很不平衡。从东部到西部，有很明显的梯度差异：就经济技术水平和工业生产的经济效益而论，呈阶梯下降；就空间的广度和资源的丰度而论，则呈阶梯上升。改革开放以来，我国经济发展重心又转向东部沿海，而且倾斜度偏大，使沿海与内地的差距迅速扩大。这个问题已引起各级政府的重视。党中央提出在"九五"期间，要更加重视中西部地区发展，积极朝着缩小差距的方向努力，即要把经济发展的重心由东部逐渐转向西部。这是又一次的工业布局战略转移。

2. 东部沿海地区布局的发展方向

我国东部沿海地区经济地理位置优越，交通便利，各类基础条件和基础设施较好，科学文化发达，技术力量雄厚，经营管理水平较高，资金相对充裕，城市规划和城市密度较大，城市化水平较高，有利于工业生产的配套协作。所以，经济效益也较好。但是矿产资源较贫乏，对外地资源依赖性强，大部分工业所需要的原料、燃料等都从外部输入。针对上述特点，东部沿海地区的发展方向是：第一，充分利用有利的地理位置，大力推进区域经济外向化，积极参与东北亚、东南亚地区的国际合作；第二，以技术导向为主，调整产业结构，大力发展对资源依赖性少的知识技术密集型产业；第三，加大改革的深度和广度，加快老工业基地改造和对传统产业的技术改造；第四，巩固农业的基础地位，加强对农业的投入和科技成果的推广应用；第五，按照公平互利的原则，积极与内地在资源开发、物资利用、资金融通、技术交流等方面开展广泛的协作与联合，把从国外引进并经过消化吸收的先进技术与管理经验逐步向中西部转移，带动内地工业发展。

3. 中部地区工业布局的发展方向

在全国工业战略布局中，中部地区处于重要的战略地位，起着"承东启西"的作用。中部地区的工业结构变动安排应以结构导向为主，实现从资源导向到结构导向的转换，从较单一的资源开发向开发与加工并重的方向发展，逐步提高加工工业在整个工业中的比重。为此，在充分发挥资源优势和现有工业、农业的潜力，加快能源、原材料基地建设的同时，要加快发展钢铁、有色金属、纺织、化工加工范围；在重点发展重化工业的同时，积极发展轻工业；积极发展农业的多种经营，将沿江平原和湖区建设成全国重要的农业生产基地；利用地理优势，加快对外开放，逐步缩小与东部的差距。

4. 西部地区工业布局的发展方向

西部地区在今后一个时期的发展方向是：以欧亚大陆桥为纽带，充分利用资源优势，以资源开发为其工业结构导向，建设成以水电开发和石油开发为龙头，以有色金属冶炼和石油化工、盐化工业为重点，以机械制造等有关加工工业相配合的能源和原材料生产基地；改善农业的发展环境，发展农牧业和林业，推进农牧业的深加工，相应地发展轻纺工业、食品工业和饲料工业；并适当积累资金，逐步进行以交通运输为主的基础结构建设。

第三节 产业布局政策及法律制度

一 产业布局政策

产业布局政策是指政府为实现产业空间分布和组合合理化而制定的政策。产业布局的合理化,实质上是地区分工协作的合理化、资源地区配置和利用的合理化。产业政策总是围绕一定的特定目标而制定。产业布局政策的目标一般可归纳为经济发展、社会稳定、生态平衡和国家安全四个方面。产业布局政策主要包括区域产业扶持政策、区域产业调整政策和区域产业保护政策等内容。区域产业扶持政策是通过采取创造良好的投资和发展环境、直接投资、给予各种优惠等措施,对区域拥有相对优势的产业实施产业扶持政策,促进区域重点产业的倾斜发展,能充分发挥各地区的比较优势,加速地区经济增长,增强地区经济实力。区域产业调整政策的内容包括对衰退产业进行区域转移和行业转移、对污染环境的产业予以限制、对资源消耗过多的产业实行改造、压缩长线产业、发展短线产业等,以优化区域资源配置,推动地区产业结构合理化。区域产业保护政策是采取设置壁垒、排除竞争的措施,保护本地区的幼小产业。当然,产业保护政策必须适度,否则会形成地方保护主义,引起地区产业结构趋同化,不利于整个国民经济的协调高效发展。产业布局政策的手段主要有以下几种。

第一,布局规则。即政府通过制定产业布局规划,按照发挥比较优势、合理分工协作的原则,根据各地区经济的实际情况和发展趋势,确定各地区产业发展的目标和重点,指导各地区产业的选择、调整、发展,避免重复建设,防止地区产业结构趋同,实现产业布局的合理化，充分利用各地区的资源，促进各地区经济的协调发展。

第二，直接投资。即政府通过财政拨款、发行国家债券、引进外资等方式筹集资金，根据产业布局的要求，恰当选择投资地区，直接投资兴建基础设备，发展高新技术产业，兴办必要的国有企业，以改变地区资源配置状况，调整产业分布的格局。

第三，限制手段。即政府通过法律制度、政策规定，采用行政方法，直接限制某些产业的发展和在某些地区的布点，强行收缩某些地区过度膨胀的产业，淘汰某些地区落后的过剩生产能力，促进产业布局的合理化。

第四，诱导手段。即政府采用税收、金融、采购、工资、就业等经济手段，通过影响各地区和企业的利益得失，间接地引导产业的扩张和收缩及其在某些地区的进和退，从而调整产业布局，实现产业布局政策的目标。

第五，信息手段。即政府通过及时收集、整理、发布有关各地区产业分布、发展现状、前景预测、国家规划、优惠或限制政策等各方面的信息，尽可能克服由于信息不充分、不对称带来的盲目性，提高地区和企业在产业选择上的自觉性，引导产业在各地区的合理分布和发展。

二　产业布局政策与产业布局法律制度的关系

产业法律制度，旨在解决产业布局政策与法的关系问题。政策是"国家或政党为实现一定历史时期的路线而制定的行为准则"。政策在宏观上指国家经济发展的基本方针和原则；在微观上指国家调控国民经济的具体政策。产业布局政策主要是指国家经济政策的产业政策。政策与法律是有区别的，但二者又有密切联系。我国《民法通则》第6条规定："民事活动必须遵守法律，法律没有规定的，应当遵守国家政策。"由此可见，在无法可依的情况下，国家政策可以起到法律的作用。一般来说，国家法律的一部分，来源于国家政策的法律化。对于基本国策而言，法律是其贯彻和实施的手段，是在它的指导下进行的，在没有法律的情况下，它相当于法律。建立产业布局法律制度是将产业布局政策法制化，其含义有以下几个方面。

第一，产业布局政策的制定、实施、监督主体法律化。依法确定哪些机关、组织、团体有权参加产业布局政策的制定，哪些机构有权监督产业布局政策的实施，哪些机构有权对产业布局政策的实施效果作出评价。

第二，主体行为确定化。通过依法对产业布局政策的行为主体的权力、权利、义务进行规定，来明确行为主体行为范围和行为方式，使权利的行使有法律保障，权力的运用受到法律的制约。

第三，实施手段的法律化。产业布局政策的实施手段包括法律手段、经济手段和行政手段三种。法律手段往往是将行政手段和经济手段披上法律的外衣，也就是说，法律手段的调整内容是行政手段和经济手段。但应注意的是，法律手段不能使经济手段原有的灵活性僵化，这要求一定的立法技术，法律可以规定应采用的经济手段的种类、该经济手段行使的上下界限，但应给予行为主体一定的自由度，使其能按照市场规律科学运作。

第四，法律责任明晰化。作为国家的一种经济政策，产业布局政策的规定大多是指导性和提倡性的，当然对于具体的鼓励、扶植、限制产业政策而言，它有明确的鼓励、允许、限制、禁止的规定，但对于违反这些规定应承担什么责任则很少论及。由于产业布局政策的这一特色，使得以它为调整对象的法律规范多为任意性、授权性的规范，禁止性、义务性规范较少。授权性和任意性的法律规范是不能施以法律制裁的，但它又明确表明了国家希望行为主体从事该行为的一种意图。为此，需要在法律中规定奖励性法律责任条款，以激励、诱导行为主体从事上述行为。

对具体的国家政策而言，它们的法律化是使其获得强制执行力、普遍约束性、稳定性、给予市场主体更大合理预期的重要方式。法律并不能、也不应完全取代政策，在一些领域，往往由法律规定总体框架，政策对法律的规定加以具体化以发挥政策的灵活性。

从法律的角度看，我国的产业布局法律制度领域的问题主要表现为，我国产业布局政策的法律化程度不高，现有的很多产业布局政策并没有纳入到严格的法律调整中来。虽然并不是所有的产业政策都需要采取法律的形式，但是一些基本的、重要领域的产业政策还是要上升到法律的高度，特别是由最高国家权力机关制定的"法律"。而我国目前很多重要方面的产业布局政策仅表现为政府或其职能部门的法规或规章，有些甚至连规章的形式都未采取，只是以某种规范性文件形式存在的"纯粹的"政策，缺少体现法律性质的责任制度作保障。那些尚没有得到任何法律调整的产业布局政策情况自不必说，那些在基本领域仅以法规、规章形式存在的产业布局政策，也难以收到法律调整的应有效果，难以达到法治化的基本要求。

经济法律制度的效率将直接影响国家的综合竞争力，影响竞争的成败。我国还处于转轨时期，与市场经济相关的法律制度体系尚未完善，经济运行中大量的非规范行为仍普遍存在，而这一法律制度上的缺陷已严重阻碍我国经济的高效发展。因此，尽快建立起符合国际规范的、符合市场经济要求的、健全的、开放性的经济法律制度就成为我国的当务之急。针对吸引外资方面存在的垄断市场、逃避税收等违法问题，可以通过制定符合国际惯例

的反倾销、反补贴、反垄断等法律，来规范市场竞争机制，限制
外商的不正当垄断行为，保护我们的利益。当然，政府本身制定
和实施产业政策的行为也要受到相应的法律约束。

三　产业布局法律制度

（一）现状和存在的问题

我国在改革开放以来的经济管理活动中越来越重视利用产业
政策，并且其法律化程度也在逐步提高，这对调整我国产业结
构，提高产业组织素质和产业技术水平，从而促进经济增长方式
的转变，起了多方面的积极作用。单从数量上来比较，最近二十
多年来我国推行的产业政策的数量和涉及领域，远远超过以产业
政策著称的日本。但是，我国产业政策在制定和实施中还存在一
些问题。从法律的角度看，我国产业政策领域的问题主要表现为
我国产业政策的法律化程度不高，现有的很多产业政策并没有纳
入到严格的法律调整中来。虽然并不是所有的产业政策都需要采
取法律的形式，但是一些基本的重要领域的产业政策还是要上升
到法律的高度，特别是由最高国家权力机关制定的法律。

当然，产业政策的法律调整和法治化的效果只是就其应然状
态而言的，能否在多大程度上收到效果还要取决于法律规定是否
完善。就我国 2002 年通过的《中小企业促进法》来说，它是我
国产业政策法中少有的高层次立法，其基本内容也是较为合理与
有效的。但是，它也有一个明显的不足，那就是缺少法律责任的
规定。尽管这类促进型的法律不像那些直接规范市场行为的法律
具有非常具体的法律责任制度，但也不至于连一个条款都没有，
甚至能够体现经济法特色的奖励条款也没有。这样的法律很难起
到对政府行为的约束和控制作用。这恐怕与我国经济立法由部门
起草的情况不无关系。或许这是一些学者所说的是由经济法与行

政法的分工和价值取向决定的：经济法主要是以实体规范（授予行政权力）的方式实现政府控制经济生活的目标，行政法则主要是以程序法规范（设定行政行为的程序）的方式实现政府控制经济生活的目标；经济法保障政府对市场弊端的控制，实现经济生活的秩序价值，行政法控制行政权力的滥用，保障政府经济调控的适度，确保经济生活的自由价值。但是，法治原则应该是所有部门法都应该贯彻的，在包括产业政策法在内的经济法中同样要得到体现。

（二）新形势下我国的产业布局法律制度

以市场经济为基础的产业布局法律制度，将在我国发展社会主义市场经济的过程中进一步得到发展和完善。在这一过程中，它无疑要受到多种因素的影响，其中加入世界贸易组织、知识经济和可持续发展将是最明显和最重要的三个因素，或者说构成了我国产业布局法律制度的新形势。

第一，我国已于 2001 年 12 月 11 日正式加入世界贸易组织（WTO），这标志着我国对外开放以及融入经济全球化大潮的进程进入了一个新阶段。在这种背景下，在遵守 WTO 基本规则的前提下保护民族产业，提高产业竞争力，是一个十分现实的问题。随着经济全球化、国际市场竞争日趋激烈，靠企业自身的力量来改变在国际分工和贸易利益中的不利地位是非常困难的，必须在充分发挥市场功能的同时，积极利用政府的力量引导企业行为，通过实施产业布局政策，并使其上升为法律，加快产业布局政策的立法，即用法律来保障产业发展。

虽然我国加入 WTO 以后，对许多领域政府不能再进行干预和"补贴"，对一些行业进行重点扶植的产业政策也将受到限制，但是根据已加入 WTO 国家的实例，在以下领域政府是可以有所作为的：一是政府投入资金用于提高中长期产业竞争力的技术开发；二是对本国经济落后地区进行扶持；三是对中小企业进行扶持。

这些方面也就是我国今后产业政策立法所要解决的主要问题。其中有些法律虽已出台，但不少问题还需要通过制定一系列配套的法规和规章来进一步细化。技术创新和西部产业结构调整等方面的法律、法规仍需要制定和完善。我国已经制定《反垄断法》，以防止外资企业凭借资本和技术实力，取得垄断地位，垄断我国市场；同时，加快制定《控股公司条例》等，为加入WTO后的企业兼并联合重组提供法律依据。

第二，21世纪是知识经济的时代，以现代科学技术为核心的知识将成为最重要的经济资源和最重要的生产要素，成为生产的支柱和经济发展的决定性因素。今天，许多国家都通过立法形式制定了自己面向知识经济的产业扶植和产业调整政策，力图有效地组织知识资源，推动结构升级，实现经济知识化的发展目标。在这样的背景下，原先建立在"知识、科技成果和技术创新"是经济增长的"外生变量"基础上的我国原有产业布局政策，要转变到"知识、科技成果和技术创新"是经济增长的重要"内生变量"方面上来。这要求我国在制定和完善有关产业布局法律制度时，在内容上必须体现增加无形资产、技术供给，促进高新技术产业化和传统产业高新技术化发展，提高人力资源素质，加强知识基础设施建设的政策导向。无论在主导产业的确定和选择上，还是在产业组织政策的确定上，都应体现知识经济的要求。

第三，可持续发展逐步在我国得到共识并确定为未来的发展战略之一。可持续发展是指"既满足当代人的需要，又不对后代人满足其需要的能力构成危害的发展"，具有全局的意义。它强调国内公平和国际间的公平，要求经济增长必须绝对建立在生态基础的发展背景下，这是完善我国产业布局法律制度应当遵循的基本原则。

四　完善我国产业布局法律制度的构想

（一）产业布局法律制度立法的原则和指导思想

立法原则是指立法主体据以进行立法活动的重要准绳，是立法指导思想在立法实践中的重要体现。它反映立法主体在把立法指导思想与立法实践相结合的过程中特别注重什么，是执政者立法意识和立法制度的重要反映。总的来说，中国整个立法的基本原则，主要是法治原则、民主原则、科学原则。立法指导思想是观念化、抽象化的立法原则，立法原则是规范化、具体化的主要的立法指导思想。立法指导思想要通过立法原则等来体现和具体化，立法原则须根据立法指导思想等来确定，两者紧密关联。但两者又有清楚的界限，具体表现如下：其一，立法指导思想是为立法活动指明方向的理性认识和重要理论根据；立法原则是立法活动据以进行的基本准绳。其二，立法指导思想主要作用于立法者的思想，通过立法者的思想来影响立法活动；立法原则主要作用于立法者的立法行为，通常直接对立法活动发挥作用。其三，立法指导思想与立法原则也有抽象与具体的区别，不能把两者完全等同起来，不能以立法指导思想代替立法原则或是相反。立法原则与立法指导思想构成一定立法的内在精神品格，它们的本质与立法的本质是一致的。只有在一定社会意识形态中占据主导地位、适合执政者需要、为执政者所信奉或推崇的思想，才能被奉为立法指导思想，并在实践中体现为立法原则。立法原则所体现的意志或立法意识，归根到底由作为立法主体的执政者生活在其中的国情所决定，尤其是由国情因素中的物质生活条件所决定。

立法坚持一定的原则，有利于立法主体站在一定的高度来认识和把握立法，使立法能在经过选择的思想理论指导下，沿着有利于执政者或立法主体的方向发展；有利于从大局上把握立法，将整个立法作为一盘棋来运作，集中地、突出地体现执政者的某些重要意志；有利于协调立法活动自身的种种关系，统一立法的主旨和精神，使各种立法活动有一种一以贯之的精神品格在发挥作用；也有利于实现立法的科学化，使立法活动按规律进行。在现代社会，立法指导思想和基本原则一般都注意包含科学立法、民主立法、按规律立法的内容。具体来讲，我国产业布局法律制度立法原则和指导思想具体内容有以下几个方面。

第一，坚持公有制为主体，坚持市场导向的原则，从战略上调整国有经济布局，必须坚持市场导向，这也是社会主义市场经济体制的内在要求。

第二，指导思想是：产业布局法律制度要以科学发展观为指导，走可持续发展之路，必须协调好发展与环境这一重大课题，在制定产业布局法律之初，就切实考虑环保问题。

第三，前瞻性原则。这是由产业布局规划的性质决定的，只有适当前瞻性规划，将来实施后才不至于落后。所以，在规划产业布局法律时，对现有的产业和企业，要进行提升改造，使之在管理水平、产品质量、经济规模和效益、发展潜力、市场竞争力等诸多方面都有质的提升。

第四，因地制宜原则。虽然在国家产业布局整体上需要全国一盘棋，但是根据全国或者地方及周边经济社会发展的实际、经济社会发展的现状和水平以及全球经济社会发展的趋势，各地在相应的权限范围内依照一定的程序合理规划产业布局，制定相应的规范措施。通过这种产业布局，统筹协调产业之间、区域之间、城乡之间的不平衡关系，从而实现经济社会的协调、快速、健康、平稳的发展。

第五，循环经济原则。创建节约型社会，就是要让全社会都来节能降耗，但关键还是产业和企业的节能降耗。在制定产业布局法律时，应当充分考虑循环经济的问题，使区域经济的节能降耗达到全国乃至世界经济发展的先进水平。

第六，高科技含量原则。科学技术是第一生产力，制定产业布局法律制度时，要充分考虑高科技含量原则。在现有产业和企业中，能采用高科技的要尽量采用。对新设产业和企业，要充分考虑这一原则。

第七，经济效益原则。经济效益是资金占用、成本支出与有用生产成果之间的比较。所谓经济效益好，就是资金占用少，成本支出少，有用成果多。提高经济效益，意味着生产更多产品和劳务，从而有利于人民不断增长的物质和文化生活需要的满足。提高经济效益，意味着增加企业盈利和国家收入，增加资金积累，从而有利于国民经济和社会的发展；提高经济效益，意味着提高投资效益和资源利用效益，从而有利于缓解我国人口多与资源相对不足、资金短缺的矛盾，提高经济增长的速度。

在坚持中国立法总的基本原则的前提下，中国各方面立法应注意坚持各自的具体原则。就国家或中央立法而论，应注意坚持以下三点：其一，最高立法原则。要注意国家立法在整个立法中居于最高地位，抓住与这一特点相适应的重大事项立法，并使国家立法成为其他立法的根据。其二，统揽大局原则。国家立法机关全国人大及其常委会，应站在中国整个立法的大局上规划和从事立法。其三，模范立法原则。国家立法无论在哪方面，都应为其他立法确立榜样。

就地方立法而言，应注意坚持：其一，需要实行地方立法与可能实行地方立法相结合原则；其二，本地特色与国家大局相结合原则；其三，自主立法与执行立法、补充立法与先行立法相结合原则。

此外，不同主体的立法，应注意坚持与本主体的性质、地位和职权范围相适应的立法原则，不同法的形式和不同部门法的立法，应注意坚持与自身特点相适应的立法原则。

(二)《产业布局法》的地位

《产业布局法》是产业布局政策的法律化，其追求的目标是社会经济的整体协调发展，强调社会性、公共性，具有政策性、社会本位性和综合性，在性质上属于经济法。我国经济法基本构成体系中，宏观调控法是其主要的组成部分，《产业布局法》是克服"市场失灵"确立国家干预产业结构调整和布局之法，也是防范"政府失败"规范国家干预的法律，属于宏观调控法的范畴，并且应该是宏观调控法的核心组成部分。

除此之外，《产业布局法》的地位问题还涉及它与经济法体系中其他相关法律的关系问题。正确理解《产业布局法》与产业法、计划法、金融法的关系，有助于说明《产业布局法》存在的理由和价值。产业法的调整范围包括产业结构、产业组织、产业贸易和产业技术等问题。相对于全国性的产业法，《产业布局法》更有利于专业化分工和区域布局。《产业布局法》可视为广义的计划法的范畴，但是《产业布局法》以制定和实施产业结构的合理化和高度化所产生的经济关系作为调整对象，计划法则以制定和实施计划的经济关系作为调整对象，而且计划法和《产业布局法》的指标体系和调整方式也不同。所以现代社会包含《产业布局法》在内的产业法已逐渐发展成为一个独立的经济法亚部门，与狭义的计划法律体系并行。

(三)《产业布局法》的主要内容

《产业布局法》的基本内容较为广泛，并随着社会经济的发展而不断拓展。主要包括：产业布局的基本政策和措施、产业布局政策委员会、政府在产业布局调控中的权利和责任。

　　《产业布局法》的立法目的是为了解决产业布局中存在的问题，促进产业布局合理化，充分发挥区域比较优势，实现资源合理配置，提高经济效益，促进区域经济协调发展。《产业布局法》以产业布局法律关系主体在制定和实施产业布局政策时的经济关系作为调整对象，与产业法一同作为经济法的子法，各相关职能部门和地方政府在与其不相抵触的情况下，可根据具体条件制定相关行政法规、地方法规和部门规章。

　　产业布局的基本政策和措施是《产业布局法》的主要内容，以实现产业布局合理化和高度化。在制定产业布局政策时应吸取过去的经验教训，必须考虑各产业的技术进步状况及不同产业技术进步快慢对经济的影响和制约，对于高新技术产业和一些新兴产业给予重点支持。不同的阶段，经济发展目标和任务不同，产业布局政策也应不同，及时调整与修改不合理和过时的产业布局政策，以充分发挥产业布局政策的作用。政府应当通过财政转移支付、税收、信贷、对外贸易和政府购买等手段来发挥对产业布局的调控。当然在必要时，各级政府也可以进行直接的行政干预，从而达到扶持和限制特定产业的目的。

　　产业布局政策委员会是《产业布局法》的制定和实施的重要主体，是产业政策委员会的内部机关。产业政策委员会隶属于国务院，并在各省设立分支机构。在法律性质上产业政策委员会为法律授权的组织，享有行政权、准立法权和准司法权。其主要职责为：制定相关的产业政策；对全国及各区域产业结构的调控和布局进行审查，纠正不合理的产业发展情况；监督、检查产业法律、法规和政策的执行情况；对区域经济和产业协同发展问题进行协调，对有关争议进行仲裁；对全国及各地区产业发展情况的相关指标进行监控。各分支机构在产业政策委员会授权的范围内对本区域的产业政策和相关法律进行落实。

（四）政府在产业布局调整中的权利与责任

地方政府作为一级行政机构，掌握着行政干预、经济杠杆、政策法规等调控手段，是宏观调控的中间层次，对产业布局调整负有重要职责。但是，我国是经济发展极不平衡的大国，由于各区域资源优势不同，各产业形成的历史不同，这就需要充分发挥中央政府的作用，使中央政府担当起调整产业布局的重任。中央政府可以通过制定与实施产业布局政策制定相关法律法规，对于需要扶持的产业实行各种优惠，反之则加以限制。中央政府和地方政府在产业布局调整中，要分工明确、相互补充，才能对产业布局进行有效调整。

（五）规范执法，加强监督促进产业布局法律制度的实施

制定一部科学合理的《产业布局法》固然重要，但更需要规范执法、加强监督才能促进产业布局法律制度的实施。

1. 严格依法行政

依法行政的基本要求是各级国家行政机关必须依照法定的权限和程序履行职责，其实质是对行政权力加以规范和约束。要求严格按规则办事、按程序办事，切实做到依法行政，规范执法行为。

2. 建立健全行政执法责任制

行政执法责任，是各级人民政府将已经公布的有关的行政法律、法规、规章的组织实施责任，按其性质、内容分别落实到有关行政执法部门，再由部门以岗位责任制的形式落实到具体执法机构和执法人员，由政府和部门分别提出目标要求，实行监督、考评的一项制度。实行执法责任制是推行依法行政、规范行政执法的基本途径，是落实行政机关各项工作任务的基本保证，是提高行政机关依法行政、规范行政执法的一项重要制度。

3. 增强相关执法制度建设

增强执法的透明度，执法要公开，行政执法机关还必须建立

健全行政执法程序制度、行政执法检查制度、行政执法过错责任
追究制度、行政执法投诉制度、行政复议和行政应诉制度、行政
赔偿制度、行政执法考核奖惩制度等。明确行政执法机关的执法
目标和执法责任，规范执法行为，不断提高执法水平与执法效果。

4.进一步完善行政执法监督机制

国务院及地方各级政府应该强化监督管理，同时，对于执法
机关在产业布局执法过程中执法不严的行为要给予严肃处理，严
重的要追究刑事责任。建立便于自然人、法人和其他组织监督的
制度。首先，政府相关职能部门要加大督查力度，强化监督管
理，坚决制止一切浪费资源的行为；其次，发挥行政相对人的监
督作用，政府要主动接受人民群众的评判和监督，使政府的行政
活动置于公众的监督之下，并在法律范围内活动；最后，要合理
利用新闻媒体的积极作用，积极引导新闻媒体准确、及时、真实
地宣传产业布局的各种政策、法规。

第四节　我国产业布局及调整

一　我国产业布局的历史沿革与现状

（一）我国产业布局的演进

新中国成立伊始即确立了"均衡布局"的经济布局调整战
略，强调内地和沿海均衡发展，投资重点指向中、西部地区。为
此，"一五"计划明确提出：为了改变原来产业地区分布不合理
状况，必须建立新的工业基地。以此为指导，中央政府通过向中
西部直接投资兴建企业，使产业布局开始由沿海向内地转移。
"一五"计划时期，国家在内地重点进行了以武钢为中心的华中
工业基地和以包钢为中心的华北工业基地建设；"二五"至"四

五"时期，国家在产业布局上更加强调了均衡布局的指导思想，产业布局政策的重心开始大规模西移；"三五"和"四五"时期（1966—1975 年），产业布局政策的目标是围绕国防和备战而确定的；第五个五年计划时期（1976—1980 年），我国产业布局政策失误的影响已明显表现出来，产业布局的重点开始向东部沿海地带转移，但对以往产业布局战略中的问题尚没有在认识上加以清理；"六五"以来，伴随经济体制改革和对外开放战略的实施，我国产业布局政策也发生重大改变，从强调"均衡布局"转向总体上实施"非均衡布局战略"。

（二）中国产业布局的现状与问题

第一，优势产业集中于东部地区，产业布局总体趋向分散。从我国东部、中部、西部和东北四大地区的产业优势和产业布局看（见下表），已形成两大基本特征：一是形成了四大板块各具特色的优势产业；二是相对于其他地区，中部缺乏具有明显优势的制造业。

全国四大板块优势行业分类

地区	行　业	区位商	阀值	优势度	优势分类
东部	电子及通信设备制造业	1.374	0.566	1.428	AAA
	化学纤维制造业	1.362	0.607	1.226	AAA
	仪器仪表及文化办公机械制造业	1.297	0.648	1.001	AAA
	金属制品业	1.276	0.676	0.888	AA
	电器机械及器材制造业	1.244	0.695	0.790	AA
	纺织业	1.221	0.7	0.745	AA
	造纸及纸制品业	1.118	0.816	0.371	A
	通用设备制造业	1.097	0.92	0.193	A
	化学原料及化学制品制造业	1.025	0.972	0.054	A
	专用设备制造业	1.003	0.971	0.034	A

地区	行　业	区位商	阀值	优势度	优势分类
中部	有色金属冶炼及压延加工业	1.931	1.414	0.366	A
	非金属矿物制品业	1.446	1.061	0.364	A
	造纸及纸制品业	1.043	0.816	0.279	A
	专用设备制造业	1.168	0.971	0.204	A
	黑色金属冶炼及压延加工业	1.459	1.213	0.202	A
	纺织业	0.800	0.7	0.148	A
	烟草加工业	1.555	1.362	0.142	A
	食品加工业	1.268	1.146	0.106	A
	食品制造业	1.161	1.063	0.093	A
	电气机械及器材制造业	0.698	0.695	0.005	A
西部	烟草加工业	2.045	1.362	1.236	AAA
	有色金属冶炼及压延加工业	2.333	1.414	0.650	AA
	饮料制造业	1.961	1.237	0.576	AA
	医药制造业	1.433	1.183	0.212	A
	食品制造业	1.145	1.063	0.077	A
	食品加工业	1.221	1.146	0.065	A
	非金属矿物制品业	1.111	1.061	0.047	A
东北	石油加工及炼焦业	2.652	1.452	0.825	AA
	交通运输设备制造业	2.219	1.268	0.750	AA
	医药制造业	1.429	1.183	0.208	A
	黑色金属冶炼及压延加工业	1.432	1.213	0.164	A
	食品加工业	1.221	1.146	0.066	A

注：AAA 为具有绝对优势的行业（优势度＞1），AA 为具有较大优势的行业（0.5＜优势度＜1），A 为具有优势的行业（0＜优势度＜0.5）。

按照优势度（区位商超过阀值部分与阀值的比值）进行分类，东部优势行业平均优势度为 0.673；中部没有具有绝对优势和较大优势的行业，具有相对优势的 10 个行业的优势度都在 0.366~0.005 之间，平均为 0.191；西部优势行业平均优势度为 0.409；东北地区优势行业平均优势度为 0.403。总体来看，东部地区已经形成较多具有明显竞争优势的行业，西部和东北地区部分行业竞争力突出，中部缺乏明显具有优势的行业。

第二，老工业基地改造已初步见效，同时形成一批新的产业基地，"增长极"、"增长带"地域分布格局也获改善，但是地区间盲目投资、重复建设，区域产业布局不协调问题依然突出。由于各级政府间的纵向横向协调机制紊乱，导致中央统一的产业政策（包括布局政策）难以有效实施。在这种情况下，各级政府主导区域间经济发展的作用十分明显。在地区利益最大化的驱动下，盲目追求高附加值的加工业，盲目追求地区的综合发展，地域间自我保护，实施经济割据，小规模、低水平重复建设、重复引进、重复布局加剧，造成地区产业结构趋同化，这既影响了地区比较优势的发挥，也损害了地区分工效率和规模经济效益，成为影响国民经济整体效益提高的重要原因。

第三，来自外国的投资与多方面参与对我国今后产业布局演变产生了深刻的影响，但是我国在产业布局政策实施的政府调控机制与市场机制进一步地有机结合、良性互动方面有所欠缺。我国市场引导企业的政府调控格局正在形成，随着中国全面融入全球经济体系的步伐加快及外资挟其巨大的资本、机制与全球化经营的优势参与，要求政府在产业空间布局的宏观指导和基础设施建设等方面发挥强大的支撑作用，要求进一步完善社会主义经济体制和宏观调控机制，并要求两者有机结合、良性互动。

二　我国产业布局的调整

正确引导和调整我国的产业布局，要遵循空间均衡、生态效应和因地制宜的区域调控原则。随着新一轮产业布局调整，我国加工贸易向中部地区梯度转移已成必然趋势，但中部地区对加工贸易的"承接战略"必须坚持环保和可持续发展的原则，不能走入误区，这是在第一届中国中部投资贸易博览会上与会的地方政府官员、专家学者和企业代表共同提出的建议。有关资料显示，目前沿海地区加工贸易已占全国出口总额的 80%。随着沿海地区土地、能源、劳动力等资源价格的上升，加工贸易综合成本大幅提高，加工贸易从沿海向外"梯度转移"已成必然。但是，在加工贸易梯度转移过程中，中部六省的"承接战略"不能走以资源、环境为代价的老路，这既有沿海地区发展加工贸易初期的前车之鉴，也有目前中部地区发展加工贸易过程中面临的现实问题。

从理论上分析，西部农业产业布局调整必须同时考虑生态适宜性、区域资源供求状况和区位合理性等复杂问题。但在具体操作中，可从以下四个层面展开。

第一，以退耕还林还草为中心，以增强农业资源基础及生态环境基础为目标，加快生态环境设施体系建设。特别是要针对水土流失、资源退化和环境污染等生态问题突出的情况，重点扶持沙漠边缘地区防沙固沙林草项目、黄土高原丘陵沟壑区水土流失综合治理项目、黄河中上游水源涵养林草及环境保护项目、长江中上游水源涵养林草及环境保护项目、青藏高原冻融保护区林草项目、草场退化及草原环境综合治理项目、西北荒漠化及盐碱化综合治理项目、城乡接合部及工矿业基地生态环境综合治理项目的建设。

第二，遵循集中化、集约化和标准化原则，强化商品农产品基地建设。特别是要针对各区域的资源特点及产业优势，重点扶持四川盆地及关中平原优质小麦基地、黄土高原特色杂粮和杂豆基地、新疆优质棉花基地、四川盆地及关中平原油菜基地、大中城市中远郊区蔬菜及副食品基地、云贵高原优质烤烟基地、渭北高原及陇东地区优质果品基础、新疆和河西走廊特色瓜果基地、秦巴山区特色林特产品基地、藏东南名贵药材基地、陕北及宁南和陇中苜蓿草基地、青藏高原草地畜产品基地、四川盆地及关中平原生猪基地的建设。

第三，按照市场经济原则，分层次制定中长期发展规划，调整农产品加工业和运销业布局。具体措施包括：一是促进农产品加工业项目从乡村地区分化出来，并向以县城为主的中心城镇集中，为农产品加工业布局实现规模经济化创造条件；二是在完善农村集市及农产品中心集散市场功能的基础上，针对西部地区棉花等农产品的商品量较大及欧亚大陆桥等国际贸易通道建设的情况，加快区域性、全国性乃至国际性批发市场的建设，为降低市场交易成本和农产品及其加工产品进入市场的门槛费用创造条件，进而提高农产品及其加工产品流动性和市场竞争力；三是促进农产品及其加工产品运销业逐步从分散和缺乏现代协作环境条件的乡村地区分化出来，并向以中心集散市场、批发市场为轴心的城镇地区集中，提高其运作效率和竞争力。

第四，从长远发展考虑，规划和建设区域规模效应显著的大型农业产业综合开发带。按照各区域的经济及资源结构、科技及投资实力、产业及产品集中程度、市场区位及运销条件等，以培育和形成拉动西部农业特别是农村经济扩展的增长极为目标，围绕主导产业（主要是农产品加工业）和农产品及其加工产品运销业，在经济、科技、信息、运输、贸易等较为密集、发达的关境沿线（如霍尔果斯口岸）、江河沿线（如自重庆万县市至四川成都市的长江沿线)、交通沿线(如陇海铁路和312国道沿线)地区和大中城市周围地区(如重庆、成都、西安、兰州和乌鲁木齐等城市周围地区),规划和建设各具特色,且集农产品生产、加工、贮藏、运输、营销等相关产业于一体的,功能可辐射西南和西北经济区域、全国各地、中亚地区乃至国际市场的大型农业产业综合开发带。

分　论

第六章 中小企业产业法

第一节 中小企业概述

一 中小企业的界定

中小企业，是指相对于大企业而言规模较小的经济单位。各个国家对中小企业进行界定时，所采用的标准是不一样的，比如美国在界定中小企业时采用从业人数这一标准，它指的是雇工人数不超过 500 人的企业。日本以从业人数或者资本额为标准：制造业，从业人员 300 人以下或资本额 3 亿日元以下；批发业，从业人员 100 人以下或资本额 1 亿日元以下；零售业，从业人员 50 人以下或资本额 5000 万日元以下；服务业，从业人员 100 人以下或资本额 5000 万日元以下。[①] 依照《中小企业标准暂行规定》，我国在对中小企业进行界定时，采用以下标准：① 工业，中小型企业须符合以下条件：职工人数 2000 人以下，或销售额 30000 万元以下，或资产总额为 40000 万元以下。其中，中型企业须同时满足职工人数 300 人及以上，销售额 3000 万元及以上，资产总额

---

① 彭从友、吴国蔚：《中小企业最新界定标准的国际比较》，载《经济论坛》2004 年第 20 期。

4000万元及以上；其余为小型企业。②建筑业，中小型企业须符合以下条件：职工人数3000人以下，或销售额30000万元以下，或资产总额40000万元以下。其中，中型企业须同时满足职工人数600人及以上，销售额3000万元及以上，资产总额4000万元及以上；其余为小型企业。③批发和零售业，零售业中小型企业须符合以下条件：职工人数500人以下，或销售额15000万元以下。其中，中型企业须同时满足职工人数100人及以上，销售额1000万元及以上；其余为小型企业。批发业中小型企业须符合以下条件：职工人数200人以下，或销售额30000万元以下。其中，中型企业须同时满足职工人数100人及以上，销售额3000万元及以上；其余为小型企业。④交通运输和邮政业，交通运输业中小型企业须符合以下条件：职工人数3000人以下，或销售额30000万元以下。其中，中型企业须同时满足职工人数500人及以上，销售额3000万元及以上；其余为小型企业。邮政业中小型企业须符合以下条件：职工人数1000人以下，或销售额30000万元以下。其中，中型企业须同时满足职工人数400人及以上，销售额3000万元及以上；其余为小型企业。⑤住宿和餐饮业，中小型企业须符合以下条件：职工人数800人以下，或销售额15000万元以下。其中，中型企业须同时满足职工人数400人及以上，销售额3000万元及以上；其余为小型企业。但必须注意的是，不管各国对中小企业如何界定，都必须遵循一些基本的原则，只有这样，在对中小企业进行界定时才会更加科学。在西方发达国家，主要遵循目的性原则、区别对待原则、动态原则。① 而我国学者有不同的看法，

---

① 俞世叶、池仁勇：《主要发达国家对中小企业概念的界定研究》，载浙江工业大学中小企业发展研究所编《中小企业与技术创新——西湖国际中小企业研讨会论文集》，科学出版社2004年版，第248—249页。

舒萍认为我国中小企业概念重新界定时应遵循以下原则：第一，以调查为基础，以政策为指导的原则；第二，多指标原则；第三，规模细分原则；第四，适时调整原则。①

二　中小企业的作用

中小企业在经济发展中的作用，各个国家都有深刻的认识，在我国，普遍认为中小企业有以下重要作用。

第一，中小企业是重要的经济增长点，是发展外向型经济的生力军。中国原本是个经济落后的国家，经济发展的起点低，企业的发展也是如此，在我国，中小企业占据了企业总数中的绝大部分，它们对我国经济的发展起着重要的作用，在国内，多数的轻工业品都是由中小企业生产出来的，而中小企业生产的产品也占我国出口产品总额的60％以上。

第二，吸纳了绝大多数的劳动力，是缓解就业压力的重要渠道。众多周知，我国是个人口大国，近年来，随着农村经济的发展，越来越多的农村人口游离出来成为闲散的劳动力，其中绝大多数都就业于中小企业。

第三，中小企业是技术创新的源泉。小企业利用自身小型、灵活、分散的特点，在许多领域对推动科技进步、开展科技创新发挥了大企业不可替代的作用。虽然我国中小企业在技术创新方面还存在着诸多的问题，但是中小企业必将成为技术创新的一个重要力量的趋势是不会改变的，而且由于中小企业多数是私营的，在效率上会更高一些，所花的成本也会更低一些。毋庸置疑，中小企业在技术创新方面拥有大企业所不具有的优势，最终

① 舒萍：《我国中小企业概念的界定原则》，载《南开经济研究》1998年第4期。

将成为技术创新的源泉。

第四，大企业的发展离不开中小企业。大企业和中小企业在发展的时候，各有不同的侧重点，这就使得它们相互之间可以互相配合，互相扶助，发挥各自的优势，从而共同发展。

第五，中小企业是活跃市场的基本力量。中小企业具有数量较大、种类繁多、地域广泛、行业齐全的特征。中小企业在转变生产力方向和更新换代方面有较大灵活性，能贴近消费者，很快地接收市场信息，调整经济方向、形式和力度。同为市场主体，如果说大企业是实力所在，那么，中小企业则是活力所在。没有广大中小企业的存在，就没有市场经济，中小企业是市场经济最活跃的主体。

第六，中小企业是化解金融风险的有利因素。在 1997 年亚洲金融风暴的袭击中，我国港台等地数量众多的中小企业显示出了抗风暴的韧性和顽强的生命力，令世人瞩目。在此次金融危机中，正是各国的中小企业对稳定本国的经济发挥了重要作用，也正是各国的中小企业发展不足，才对克服危机产生了不利的影响。在世界经济动荡不安的世纪之交，中小企业是一国经济的稳定器。①

三　我国中小企业的产生与发展

解放前，我国就存在为数不少的中小企业，那时候，中小企业主要集中在经济较为发达的一些大中城市。解放后，我国中小企业的发展经历了四个阶段。

第一，中小企业发展的起步阶段。从 1949 年到 1957 年，是

---

① 谭云霞：《切实重视和发挥中小企业的作用》，载《理论探索》2003 年第 2 期。

我国中小企业发展的起步阶段。这一时期，我国对手工业进行社会主义改造，到 1956 年初，91.7％的手工业劳动者和 99.9％的私营企业都转化为公私合营企业。到 1957 年底，小型工业企业数量已经达到了 17 万家，其中 90％是手工业合作社。这些企业对当时国民经济的发展作出了重要的贡献。

第二，中小企业在曲折中发展的阶段。从 1958 年到 1979 年，是我国中小企业在曲折中发展的阶段。1958 年到 1959 年我国经历了"大跃进"，从 1966 年到 1976 年，我国经历了"文化大革命"，国家通过这种运动的方式对中小企业进行所有制改造，一部分发展成为集体中小企业，另一部分发展成为国有中小企业。并且，国有经济的比重不断提高，国有企业的规模和数量也不断提高。但是，由于当时政府严格控制私营经济的发展，使私营的中小企业数量处于低水平徘徊阶段。从 1957 年到 1979 年，商业中小企业数量从 270 多万家，减少到 142 万家，商业中小企业的从业人员也从 761 万多人减少到 607 万多人。中小工业企业的发展同样处于低迷状态，从 1957 年中小工业企业 11 万多家，至 1979 年增加为 30 多万家，平均每年只增加 1 万多家。

第三，中小企业的快速发展阶段。从 1980 年到 1994 年，是我国中小企业的快速发展阶段，十一届三中全会之后，我国开始进入改革开放时期。这一时期，我国乡镇企业取得了很大的发展，多种类型的农村中小企业迅速发展起来，以不可阻挡之势冲击着农村自然经济的封闭体系，使全国农村迅速而广泛地卷入商品经济的涡流，迎来了我国农村中小企业创业的新高潮。

第四，中小企业的调整提高阶段。这一阶段从 1995 年开始，直到现在。乡镇企业一般是从低技术劳动密集型和投资少的行业开始创业，所以，同时也产生了以低价格过度竞争的问题，导致企业利润低，整个工业技术水平的提升受到限制，因而，也限制了参与国际市场竞争的能力。为了解决这个问题，很多学者认为通过组建集团企业可以加强国内企业参与国际竞争的能力。所以，从 1994 年开始国内掀起企业联合、兼并高潮，企业集团化一度成为一种时尚，许多地方把企业联合兼并，组成地方企业航空母舰看作是发展地方经济和提高企业市场竞争力的唯一途径。再加上从 1994 年开始，政府宏观经济紧缩，严格控制银行贷款规模，以缓和通货膨胀压力，导致市场需求下滑。所以中小企业的生存空间受到限制，中小企业生存再度处于困难时期，中小企业被兼并、关闭数量上升。于是，我国中小企业发展进入调整阶段。但是通过兼并组成大型集团公司并没有起到有效地提升它们市场竞争力的效果，相反，许多组建的集团公司遇到了严重的管理问题，导致它们经营失败，这使得各级政府及理论界转变了观念，提高了对中小企业在国民经济中地位的认识，开始大力推动中小企业的发展，这意味着我国中小企业的发展进入新的发展和提高阶段。①

四　我国中小企业发展的现状

我国中小企业自改革开放以来，取得了很大的发展，中小企业在规模数量上有了增长，2002 年国有及规模以上非国有企业单位数中，中小企业为 172805 家，比上年 162667 家中小企业增加 10138 家，增加了 6.2%，增幅比上年提高了 1.2 个百分点。在中小企业单位数量增加的同时，产出增长幅度也提高较多，2002 年中小企业产值为 59648.16 亿元，比上年的 50632.99 亿元增加了 9015.07 亿元，增幅为 17.8%，比上年的增幅 6.9% 增

---

① 浙江工业大学中小企业发展研究所编：《中小企业与技术创新——西湖国际中小企业研讨会论文集》，科学出版社 2004 年版，第 50—53 页。

加了 10.9 个百分点。同时，工业增加值增长幅度达到历史最高水平，2002 年，全部国有及规模以上非国有企业中小型企业工业增加值为 16262.32 亿元，比上年的 13842.84 亿元增加了 2419.48 亿元，增长 17.5%；产品销售收入连续两年大幅度增长，2001 年全部国有及规模以上非国有工业企业中小型企业产品销售收入 35252.90 亿元，比 2000 年的 28885.06 亿元增长 22.05%，2002 年中小型工业企业产品销售收入达 42508.63 亿元，比上年增长 20.6%。

但值得注意的是，中小企业在快速增长的同时，也存在着诸多的问题。比如，中小企业经营者、从业人员素质较低，无论在专业技能水平、质量管理水平，还是在销售服务水平等方面都存在较多问题，有待改善；中小企业技术装备水平较为落后，由于我国中小企业大多数为乡镇企业、城镇集体企业、私营企业和个体企业，而这些企业一般一次性投资小，购进的设备不够先进（很多是陈旧设备），使用的技术多为传统技术。因而，企业生产规模小，技术水平低，企业整体素质不高；中小企业管理水平较为落后，我国中小企业普遍采用传统的管理模式，一些现代化的管理理念很少被吸收、采纳，管理水平相对落后，这成为制约中小企业发展的一个重要方面；中小企业产品质量档次不高，中小企业的产品质量和技术水平缺乏竞争力。为此，在进军市场时，中小企业往往以低廉的加工费和低廉的产品价格为自己争得一席之地，因而产品附加值不高，企业利润也相应较低。地区专业化程度不高，我国中小企业的地区分布过于分散，缺乏统一安排，而且在部门内部，从事什么行业的都有，这不仅难以取得空间聚集优势效应而且也难以发挥企业的带动作用，从而影响整体企业的发展；国有中小企业亏损严重，在 1995 年亏损的 24 万户国有企业中，95% 以上是中小企业，一些县级国有中小企业的资产负债率高达 50％～300％。虽然国家采取了多种方法，想要改变这种亏损的状态，但是很多企业仍然处于瘫痪状态；商业信誉不高，很多消费者信不过中小企业的产品，这严重影响了中小企业的发展，这种情况急需改变。对中小企业来说，也必须深刻认识到信誉对企业发展的重要性，并积极提高它们。

第二节　国内外对中小企业产业的法律调节

国外对中小企业产业进行调节的法律政策体系一般包括中小企业基本法（对中小企业的基本理论，如概念、特征、原则、指导方针、组织形式或者管理体系等进行规范的法律）及中小企业专项法规（对中小企业的某一方面，比如技术创新、财政支持或者社会服务等进行调节的法律法规等）。我们分别以日本、美国以及欧共体为例来说明这一问题。

一　日本

日本调节中小企业产业的基本法就是《中小企业基本法》，该基本法颁布于 1963 年 7 月 20 日（1973 年 10 月修改），是战后日本有关中小企业的根本大法。它的制定有其深刻的历史背景。在 20 世纪 60 年代，日本的中小企业面临着严峻的形势：一方面，在企业间存在的生产率、企业收入、劳动工资等的差别日益明显，对于中小企业的稳定经营及其从业人员生活水平提高的限制越来越大；另一方面，伴随着贸易自由化、技术革新的进展以及生活方式的供应不足，使中小企业存在的经济、社会基础发生动摇。面对这种形势，既要考虑切实提高小规模企业从业人员的生活水平，又要在克服中小企业所受经济、社会的不利限制的同时，特别尊重中小企业者的创造精神，帮助其发挥自觉努力的积极性，使中小企业得以健康成长。这不仅是中小企业所负使命的根本所在，也是为使产业结构高度化、强化产业的国际竞争能力、实现国民经济平衡发展所赋予国民的实际任务。因此，为明确中小企业应走的道路，指明有关中小企业的政策目标，制定了《中小企业基本法》。[①] 它不仅是贯彻和实行各项中小企业政策的根本保证，同时也是日本政府对中小企业制定各项管理措施的依据，而且，它是战后日本所有的中小企业法律中具有母法地位的法律。从某种意义上说，20 世纪 60 年代以来的其他中小企业法律都是以它为核心展开的，或者说大都是它的子法。其内容可概括为以下几个方面：第一，规定了中小企业的政策目标；第二，明确了为实现国家政策目标的措施；第三，明确提出了实现中小企业结构高度化的具体措施；第四，明确了克服中小企业事业活动不利因素的途径；第五，明确地规定了中小企业和不同规模企业的定义和范围及对它们所实施的政策；第六，明确指出，为确保中小企业的资本，国家要采取必要措施，加强政府金融机构的职能，充实信用保险事业并指导民间金融机构对中小企业适当地融通资金；第七，明确地规定了中央政府和地方政府对中小企业的管理职能。

正因为如此，《中小企业基本法》对战后日本中小企业的发展具有重要作用。首先，它是实现中小企业政策的根本保证。《中小企业基本法》作为中小企业的根本大法，是 20 世纪 60 年代以来日本的中小企业政策法律化的重要标志，它以法律形式明确了国家对中小企业的政策目标和实现这一政策目标的政策措

---

① 国家经贸委中小企业司、北京国经中小企业发展战略研究中心主编：《中小企业政策法规指导与实践》，工商出版社 2002 年版，第 473 页。

施，从而大大增强了政策的约束力，迫使各有关部门必须为实现这一政策而努力。其次，《中小企业基本法》明确规定"为保证中小企业能够生存和发展，必须实现中小企业结构的高度化并克服其事业活动的不利因素"；同时，为了实现这个目标，规定了具体的措施、明确的奋斗目标和方向。最后，在大企业与中小企业并存的经济条件下致力于协调好中小企业与大企业的关系，在大企业发展的同时，保证中小企业也能有所发展。①

　　日本对中小企业产业进行调节的专项法律主要有：金融扶持方面的专项法律法规，如 1927 年颁布的《改善中小企业金融方法纲要》，1956 年颁布的《中小企业振兴资金助成法》、《国民金融公库法》、《中小企业信贷保护法》以及《中小企业信用保险法》等；技术扶持方面的专项法律法规，如 1985 年颁布的《中小企业技术开发促进临时措施法》，1986 年颁布的《特定地区中小企业对策临时措施法》，1988 年颁布的《关于融汇不同领域中小企业者知识、促进开拓新领域的临时措施法》，1996 年颁布的《关于促进中小企业的创造性活动的临时措施法》等。根据这些法律法规，日本不遗余力地推动中小企业在各个方面、各个领域的发展，并且取得了显著的成效。②

二　美国

　　美国是制定《中小企业基本法》最早的国家，1953 年《美国小企业法》正式颁布，奠定了美国小企业法律政策的基础，并在此基础上形成了庞大的中小企业法律体系。美国为促进中小企

---

　　① 朴秀豪：《日本〈中小企业基本法〉及其修改对我国的借鉴意义》，载《新疆学刊》2000 年第 3 期。

　　② 梅其君、文罡：《日本促进中小企业技术进步的法律环境及其启示》，载《乡镇企业研究》2000 年第 2 期。

业的发展，主要采取制定单行法律的办法，颁布了一系列专门的中小企业单项性法律，其立法主要有以下特点。

第一，中小企业立法体系的结构以确保自由竞争的市场经济环境为重点，以保护、扶持中小企业和反垄断为基础。作为世界上最大的经济实体，美国认为，自由竞争的市场环境是其灵魂，"任何企业或集团，一旦其市场占有率超过了一定的界限，形成垄断，它将直接侵害竞争对手的利益，侵害消费者的利益，并有可能威胁到整个国家的安全和利益"，这是美国不愿意看到的。2002年，美国对微软的裁决即是一例。"尽管美国有众多的大企业、大财团，但促进中小企业的发展，符合国家利益，符合市场经济规律。"美国制定《小企业技术创新法》，支持中小企业参与联邦政府拨款的研究与发展项目，并促进这种研究成果的商业应用，以"增强中小企业的科研势力和竞争力，促进中小企业的发展"。

第二，中小企业立法贯穿着保护和扶持经济弱者的思想，中小企业是国民经济的重要组成部分，但其地位和处境很尴尬，"中小企业在很大程度上既是大企业的原材料供应商，又是大企业的产品吸纳者，在很多时候还扮演大企业的实验室，使大企业得以稳健发展"。此外，中小企业被大企业视为竞争对手和潜在的威胁，极易受到排挤甚至被吞并。"所以，中小企业立法的突出特点就体现在对中小企业的保护和扶持。"如美国《小企业投资法》授权成立独立的联邦政府机构小企业管理局负责具体落实政府有关政策，同时又颁布一系列法律，从中小企业发展的各个方面加以扶助。

第三，中小企业立法较为精细，可操作性强，内容涉及中小企业经济生活的方方面面。"美国对中小企业的政策都是以法律的形式加以规定，并以法律规范来保持政策的连续性"，在财政资金、金融支持、税收优惠、信用担保、技术创新、创业扶持等方面都有具体的规定。如根据《小企业投资法》规定，美国国会给小企业管理局提供资本金，并授权小企业管理局向小企业提供长期固定利率贷款帮助；《小企业资助法》规定设立小企业基金、赈灾。① 正是基于上述特点，美国的法律极好地维护了中小企业的利益，促进了中小企业的发展，使中小企业成为促进美国经济发展的一支不可或缺的重要力量。

三　欧共体

基于不同于其他国家或地区的特色，欧共体在中小企业的立法方面也与其他国家或地区有很大的差异。为了加强欧共体及其成员国关于中小企业的政策的协调和立法步伐的一致，欧共体理事会在 1988 年 6 月 30 日通过了《关于改善欧共体内企业尤其是中小企业的经济环境和促进其发展的决定》。该决定对欧共体和各成员国关于"中小企业立法的指导方针及今后努力的方向和重点作出了规定"。为了给中小企业的发展提供一个良好的环境，今后政策的制定要与各成员国及欧共体委员会进行协商，并将以下列方针为基础：促进中小企业的发展必须通过加强其市场竞争力的方式来实现；中小企业遵守欧共体立法的成本达到最小化；必须免除不必要的规则；必须对现行的立法进行重新检查，并作适当的简化；欧共体采取的措施不能与各成员国采取的措施重复，尽可能地利用现有的法律结构，不要随便立新法；增加中小企业建设基金；积极利用欧共体研究与发展计划以及其他欧共体计划提供的机会；在欧洲范围内欧共体提供的特殊服务对中小企

---

① 董立：《美国中小企业立法的特点及其借鉴》，载《沙洋师范高等专科学校学报》2003 年第 3 期。

业具有重要作用，其中包括：信息的提供；中小企业之间以及中小企业与其他公私组织之间的前沿领域的合作的促进；在欧共体层面上，欧共体各组成部分的经验的交流和具体措施的解释说明，都将有助于提高支持中小企业发展的计划的效率，欧共体委员会今后将全力以赴地开展这些活动，促进这些活动向纵深发展，并给以鼓励；欧共体采取的措施必须与其他社会团体进行充分的协调；采取行动必须考虑到欧共体内各成员国因习惯和文化结构的不同而产生的不同需要。①

　　由于欧共体具有的超国家职能建立于成员国的共同利益基础和成员国为共同利益而提供的权力让渡之上，同时欧共体的立法必须受有《欧共体宪法》之称的《欧盟条约》中的从属性原则、民主监督原则、透明度原则、相称原则等的约束；由于欧共体的中小企业立法追求的经济利益与其承担的社会职能冲突以及欧共体各成员国在政治、经济等方面存在差异，欧共体的中小企业立法必须遵循一定的指导方针。欧共体中小企业法是欧共体经济一体化的产物，它是以《罗马条约》、《马斯特里赫特条约》的有关规定为基础，以一系列欧共体的决议、决定、建议、通信等形式而构成的一个法群。其宗旨就是通过加强欧共体各成员国有关中小企业的财政信贷、税收等政策的协调，运用经济的、技术的手段等，来改善中小企业的投资环境，增强其竞争力，促进其发展，最终实现中小企业的经济职能和社会职能，提高就业，稳定社会。

　　在这一法律体系中，对中小企业的各个方面进行了具体规定，其主要内容包括以下方面：第一，欧共体中小企业的信贷

---

　　① 张洪涛、周长城：《浅议欧共体中小企业法律制度的几个问题及对我国中小企业立法的启示》，载《法学评论》2001年第1期。

融资法律制度；第二，欧共体中小企业的税收法律制度；第三，欧共体中小企业简化行政管理的法律制度；第四，欧共体中小企业的技术创新法律制度；第五，欧共体中小企业转让法律制度。①

欧共体有关中小企业的条约、决议、决定等的产生，标志着欧共体中小企业的发展进入了一个新的阶段。作为由各个独立国家组成的国家的联盟，欧共体的中小企业法有其自身的特点，但在促进中小企业发展上与其他独立国家的中小企业法是一样的。它基于其特色而具有的某些独到之处，更是值得我们去学习和借鉴。

四　中国

（一）我国对中小企业产业进行调节的法律体系

我国对中小企业产业进行调节的法律、法规、政策等规范性文件比较多，以制定该规范性文件的主体及其效力的不同为标准，可以分为以下三类。

1. 法律、行政法规和政策性文件

其包括《中华人民共和国中小企业促进法》、《中华人民共和国公司法》、《中华人民共和国企业法人登记管理条例》、《中华人民共和国乡镇企业法》、《中华人民共和国合伙企业法》、《中华人民共和国个人独资企业法》、《中华人民共和国外资企业法》、《国务院办公厅转发国家经贸委关于鼓励和促进中小企业发展若干政策意见的通知》、《国务院办公厅转发科学技术部财政部关于科技型中小企业技术创新基金的暂行规定的通知》等近三十部。

---

① 张洪涛、周长城：《浅议欧共体中小企业法律制度的几个问题及对我国中小企业立法的启示》，载《法学评论》2001 年第 1 期。

2. 部门规章、规范性文件

其包括《国家经贸委等十部委关于加强中小企业信用管理的若干意见》、《中小企业国际市场开拓资金管理办法实施细则（暂行）》、《中国人民银行关于进一步改善中小企业金融服务的意见》、《劳动和社会保障部关于印发进一步深化企业内部分配制度改革指导意见的通知》、《农业部、建设部、国土资源部关于促进乡镇企业向小城镇集中发展的通知》等三十余部。

3. 地方性法规、规章及政策性文件

其包括《北京市城镇企业实行股份合作制办法》、《黑龙江省人民政府印发关于支持中小企业改革和发展若干规定的通知》、《河北省人民政府关于鼓励和促进中小企业发展的意见》、《山西省人民政府关于促进中小企业发展的若干意见》、《贵州省人民政府关于国有小型企业改革若干问题的补充通知》、《深圳市人民政府印发关于支持我市工业小企业发展意见的通知》等近五十部。

（二）我国调节中小企业的基本法律《中小企业促进法》

在《中小企业促进法》颁布之前，我国调整中小企业产业的法律非常混乱，国家虽然制定了多部调节中小企业产业的法律、法规和规章，但是很少是专门以中小企业产业作为调整对象的，比如《公司法》《企业法人登记管理条例》以及《乡镇企业法》等。但《中小企业促进法》的颁布改变了这种情况，《中小企业促进法》专门把中小企业作为调整对象，对中小企业进行了全面的规范。该法于2002年6月29日由第九届全国人民代表大会常务委员会第28次会议通过，自2003年1月1日起正式施行。该法共有7章45条，分别是总则以及对中小企业的资金支持、创业扶持、技术创新、市场开拓、社会服务等的规定。它不同于按企业的不同组织形式而分别制定的《独资企业法》、《合伙企业法》、《公司法》，而是本着对中小企业实行积极扶持、增强服务、保障权益、为其发展创造有利环境的方针，规定国家对中小企业扶持政策的法律。它有效地解决了中小企业发展中面临的突出问题，对我国中小企业的发展具有重要作用，促使我国中小企业产业走上了法制化、规范化的道路，促进了中小企业的极大发展。但该法也有明显的不足，主要表现在以下几个方面：法律规定抽象、原则，缺乏程序性规定，操作性不强；没有理顺中小企业管理机制；救济途径有缺陷，对中小企业权益保护不够；忽视对中小企业内部运行机制的调整；外部管理关系没有理顺；等等。[①] 这些都是我国《中小企业促进法》急需完善的地方。

第三节　加入 WTO 后我国中小企业面临的问题、对策及立法完善

一　我国中小企业面临的问题

加入世界贸易组织，对我国中小企业来说，既是一个良好的发展机遇，同时也是一个严峻的挑战。对于正在发展中的我国中小企业来说，加入世贸，主要面临着以下几个问题。

第一，竞争将更趋激烈。市场方面的竞争：国内市场空间有限，同时国外企业和产品将会大量涌入，这使得国内对市场的竞争将会更加激烈。相较于国外的企业来说，我国的中小企业在诸多方面都处于劣势，在这种情况下，想要有好的发展，就必须利用自身的优势，同时改善自己的不足，争取在竞争中立于不败之地。人才方面的竞争：如前所述，我国中小企业的从业人员素质

---

① 周显志、杨泽涛：《中小企业促进法的立法缺陷及完善》，载《乡镇企业研究》2004 年第 3 期。

较差，这反映在业务、管理等各个方面；同时，不可否认的是，从目前的情况看，由于国外企业在待遇、发展的机遇和环境等方面的优势，使得更多的中高级人才更愿意就业于国外的企业，这更加使得国内中小企业在人才方面与国外企业相比相形见绌。这也实际上影响了国内中小企业的发展，而且影响是长远而且深刻的。在资金方面的竞争：资金不足，融资困难从来就是制约我国中小企业发展的一个瓶颈问题。这一方面是由于中小企业自身的积累有限，无法积累起足够资金，另一方面是由于企业的规模小，信用担保能力差，较难通过银行贷款和证券市场进行融资。国外企业的涌入加大了这种难度。

第二，贸易规则的问题。加入世界贸易组织以后，我国的企业就必须按照世界贸易组织的规则进行经营，而我国的中小企业在此之前一直按照传统的中国自己的方式进行经营管理，这些方式与世界贸易组织的规则是有出入的，对于这些规则的掌握并熟练运用需要一段比较长的时间。而在此之前，在许多的交易中可能存在着诸多问题。

第三，国家扶持小企业的优惠政策将逐步丧失。一直以来，国家为了提升中小企业对外的竞争力，对中小企业采取了一系列的优惠措施，如出口退税，对企业的技术进步进行补贴等，这对于中小企业的发展起到了很大的作用。但是加入世界贸易组织后，根据《补贴反补贴协议》，这些优惠将逐步取消。这对中小企业来说，不能不说是一个很大的冲击。

第四，管理落后、技术装备落后等问题将会更加突出。管理水平落后，技术装备落后，一直制约着我国中小企业的发展。当国内中小企业都处在同一水平线上的时候，存在和发展还有可能，但一旦加入世界贸易组织，外国的具有先进管理水平和技术装备的企业一涌入，这其中的差距就显现出来。受其冲击，我国中小企业的生存将更为困难。

二　中小企业自身的对策

（一）建立健全明晰的产权制度，改革经营管理机制

产权不明晰是我国国有中小企业的一大弊端，它抑制了劳动者的生产积极性，而且，由于产权不清晰还造成了经营管理中的一系列问题，从而最终弱化了中小企业的竞争力。因此，明晰产权可以说是中小企业促进自身发展，增强自身竞争力的首要举措。在明晰产权的同时，还应该在管理上进行改革，主要是政企分开，给企业以经营自主权，政府的指令应逐步退出历史舞台。这是企业外部的改革，企业内部的管理制度改革也应着手进行，应着力提高经营管理者的素质，采用规范合理的竞争和激励机制，提高劳动者的积极性。加入世贸组织后，在新的竞争背景下，加强中小企业的管理制度改革与创新，摒弃一切与市场经济相悖的管理机制，吸纳优秀的管理人才，提高企业的经营决策水平和管理效率，是我国中小企业参与国际竞争的基本条件。

（二）调整产业结构、产品和服务结构

如前所述，中小企业在与大企业的共存与竞争中，既有优势也有劣势，就前者而言主要体现在中小企业自身的灵活性上，可以对市场的需要作出更快的反应。而后者，除了反映在技术、人才、资金的差距等方面外，还有一个重要的因素就是规模上要小得多，这就使中小企业不可能走大企业的大而全的套路，必须办出自己的特色来，走小而专的路子。在产业结构、产品和服务结构上有更为合理的布局，才有望获得更大的发展。[①]

① 潘娜伶：《中小企业如何应对 WTO》，载《经济师》2003 年第 3 期。

（三）加快技术创新

技术创新是企业保持旺盛生命力的源泉，通过技术创新不仅可以有效地降低现有产品的成本，提高产品的科技附加值，而且可以研制出更多性能更好的产品，满足新的市场需求，实现市场的多元化，增强抵御风险的能力。所以，中小企业应该建立有利于质量与品牌提升的技术创新机制。加大科研经费的投入，以此来创造更好更新的产品，参与市场竞争。

（四）切实提高管理者的素质

管理者素质的高低，直接影响着一个企业的生存和发展，一个好的管理者可以将陷入绝境的企业带活，一个不好的管理者也能使生机勃勃的企业陷入僵局，因此，在我国目前中小企业管理者素质普遍偏低的情况下，应进一步提高管理者的素质，为中小企业的发展提供可能。

（五）建立健全完善的人才引进、任用机制

人们常说，人才是一个企业的第一产品，只有高素质的人才才能办出第一流的企业，才能生产出第一流的产品。人才是一个企业生存和发展的根本，如前所述，我国中小企业，人才缺乏，在国外企业大量涌入的情况下，在竞争人才方面更是处于弱势，在这种情况下，中小企业就必须建立健全人才引进和任用机制，以进一步促进本企业的发展。[1]

三　国家的政策扶持

（一）通过立法保障政策扶持和促进中小企业的发展

立法是保障和促进中小企业健康发展的重要手段，立法保障

---

[1]　沈国琴：《中小企业发展中存在的问题及对策思考》，载《中共银川市委党校学报》2001 年第 5 期。

政策体系一般包括一系列保护和促进中小企业发展的法规和政策。比如，日本的《中小企业基本法》、《中小企业现代化促进法》、《国民金融公库法》、《国民金融公库业务方法书》、《商工组合中央金库法》、《商工组合中央金库法实施细则》、《中小企业金融公库法》、《中小企业金融公库法施行令》、《中小企业金融公库业务方法书》、《中小企业信用保险法》、《中小企业信用保险法施行令》等；韩国的《中小企业基本法》、《中小企业基本法施行令》、《中小企业振兴法》、《中小企业振兴法施行令》、《中小企业振兴法施行规则》、《中小企业事业调整法》、《中小企业事业调整法施行令》、《中小企业协同组合法》、《中小企业协同组合法施行规则》、《中小企业协同组合法施行令》、《中小企业系列化促进法》、《中小企业系列化促进法施行令》、《中小企业创业支援法》、《中小企业创业支援法施行令》、《中小企业制品购买促进法》等；法国的《支持中小企业对外投资与出口计划》等；美国的《机会均等法》等。这些国家无不利用完善的中小企业法律保护了本国中小企业的利益，促进了本国中小企业的发展。在我国，相应的扶持和促进中小企业发展的法规及政策是比较多的，比如《中小企业促进法》、《乡镇企业法》、《国务院办公厅转发国家经贸委关于鼓励和促进中小企业发展若干政策意见的通知》等等几十部。这些都在一定程度上保证了我国中小企业能在法律、法规及政策的保护下得到较为健康的发展。

（二）通过财政、税收优惠政策促进中小企业的发展

财政及税收向来是调节经济活动的重要手段。对于中小企业来说，财税优惠政策对其有极大的影响。这些政策措施主要就是各种形式的补贴以及税收减免等。目前，我国还采用出资建立中小企业信用担保体系、为中小企业贷款进行担保的方式，来促进中小企业的发展。

（三）通过鼓励技术创新、扶持科技型中小企业发展的政策，促进中小企业发展

技术创新是一个企业的生命，国家通过一定的政策鼓励技术创新可以增强企业的活力。目前，我国在这方面从事的工作主要有：第一，在一些城市进行区域性中小企业技术创新中心试点，培育中小企业技术创新基地。鼓励大专院校、科研机构利用现有技术、设备为中小企业提供技术服务。第二，为扶持科技型中小企业发展，国家建立了科技型中小企业技术创新基金，通过采用贷款贴息、无偿资助、资本投入等方式，支持科技型中小企业技术创新。第三，国家制定了《关于促进科技成果转化的若干规定》，给予政策扶持。[①]

（四）通过金融支持政策促进中小企业发展

中小企业由于其自身的一些不足，融资一直是一个很大的困难，而资金不足又严重制约着中小企业的发展，国家通过金融政策扶持中小企业的发展是极为必需的。这些政策主要体现在以下几个方面。政府的专门机构为中小企业提供信贷支持；由有关的机关为中小企业的贷款提供担保；贴息政策等。同时，政府还应尽可能地完善中小企业的融资渠道。借鉴其他国家的经验，建议建立国家政策性中小企业银行，并将现有的部分股份制银行、城市商业银行、农村信用社等改造为商业性中小企业银行，解决目前我国金融体系不能覆盖中小企业的问题。

（五）通过完善社会化服务体系来促进中小企业的发展

我国促进中小企业发展的社会化服务体系支持政策不健全，

---

① 肖运鸿：《中国中小企业的发展与政策扶持》，载浙江工业大学中小企业发展研究所编：《中小企业与技术创新——西湖国际中小企业研讨会论文集》，科学出版社 2004 年版，第 35—37 页。

这主要表现在以下三个方面：一是中央财政对中小企业信用担保体系的任何预算资助措施有限；二是如何通过政策导向发展各类为中小企业服务的中介机构，目前尚缺少相关的政策，需要加快发展的市场中介组织包括资产评估中介机构、投资咨询和融资中介机构、资产重组和改制中介服务机构、信用评价中介机构、信息和信用方面的中介机构、企业管理诊断和重组的咨询机构，等等；三是有些社会中介机构设在政府部门，而这些政府部门趁机构改革之机，将原有干预企业的行政权力转移给了所属事业单位或中介机构，并通过这些机构来间接调控企业以从中捞取好处，因此也需要有关政策来加以约束。①

　　为了建立健全社会化服务体系，可以从以下几个方面入手：各级政府转变对中小企业的管理职能，由管理变为服务，推动建立包括资产评估中介机构、投资咨询和融资中介机构、资产重组和改制中介服务机构、信用评价中介机构、信息和信用方面的中介机构、企业管理诊断和重组的咨询机构等市场中介组织；促进中小企业信息获取能力的提高，信息化可以增进信息交流，可以提高客户满意度，中小企业在完善发展自身的过程中，对外要迎接日趋激烈的市场竞争，对内要不断提高自己的管理水平，信息化对中小企业来说，是一个很好的途径，但是，我国的中小企业，由于诸多条件和观念的限制，大多数的信息化建设水平较低，政府应该利用自身的有利条件，为中小企业的信息化建设提供服务；加强对中小企业经营管理人员的培训，要把各类经营管理人才作为中小企业长远发展的战略任务，采取多种形式，积极

---

　　① 王记志：《完善我国中小企业扶持政策的对策研究》，载《湘潭工学院学报》2003 年第 2 期。

为中小企业提供各类培训服务。[①]

四　针对入世后的中小企业产业的立法保护

(一) 法律体系的完善

完善的法律体系是保障和促进中小企业健康发展的重要手段，在当今世界，经济发达的国家都较为普遍地建立了比较完善的中小企业法律体系，这极大地促进了这些国家中小企业的发展。我国对中小企业进行调节的法律规范很多，这对于我国中小企业的发展起到了极为重要的作用。但毋庸讳言，虽然调整中小企业的法律规范很多，但是专门调整中小企业的法律规范却比较少，并没有形成真正的体系。对这个问题，我们必须足够重视，它如果得不到解决，将严重影响我国中小企业的长远发展。就我国目前的法律来说，专门调整中小企业产业的就只有《中小企业促进法》，然后就是一些级别较低的部门规章、地方政府规章等，真正与《中小企业促进法》相配套的单行法律极为缺乏。因此，我们必须将制定专门调整有关中小企业的技术促进、税收鼓励、财政支持、社会服务、市场准入、信用担保、市场竞争、立法知情、公平执法等方面的单行法律的工作提上日程。但在制定这些法律的时候，必须处理好保护的力度，既要能保护小企业的发展又不能过度保护，防止小企业丧失依靠自身生存和发展的能力；处理好法律与法律之间的配套与衔接，不能让各部法律之间有冲突，最终影响法律实施的效果；还要处理好法律的稳定性和灵活性的关系，既要让法律在一定的时期内具有稳定性，不能朝令夕改，又要让法律能满足日益变化发展的社会现实，具有灵

---

① 　吴敬、罗保华：《信息化——中小企业发展的必由之路》，载《科技成果纵横》2005 年第 4 期。

活性。

（二）《中小企业促进法》的完善

如前所述，《中小企业促进法》的颁行，为我国中小企业的发展提供了一个良好的法律环境，但是，这却并不能改变《中小企业促进法》本身还存在着的一些亟须完善的地方，这主要体现在以下几个方面。

第一，《中小企业促进法》的许多条文规定过于抽象，原则又缺乏相应的程序保护，可操作性较差，应该尽量增强该法的可操作性。重实体，不重程序，向来是我国法律的一大特点，也是一大缺陷。我国许多的法律之所以缺乏可操作性也是由于这个原因，《中小企业促进法》之所以缺乏可操作性，我们认为，也主要是这个原因引起的。比如，该法许多条文规定"应当做什么"，却并没有规定由谁来做，怎么做，如何通过诉讼程序来保障最终的实现等。这使得该法在许多条文上都流于形式，成为一纸空文。因此，将条文具体化，并且补上程序性的规定，使该法具有更强的操作性就极为必要。例如《中小企业促进法》都规定了国家应该怎样（第6条、第11条、第12条、第16条、第17条、第18条、第20条、第21条等）这样的规定都应该具体化，因为国家是一个很空泛的概念，对于法律的实现来说更是如此。如果只是单纯的规定"国家应该怎样"，就很难让法律的条文得到真正的实现。所以，我们认为，要么将法律条文具体化，要么规定相应的配套措施，只有这样，中小企业才能真正因这些法律而受益。

第二，《中小企业促进法》忽视了对中小企业内部运行机制的调整。《中小企业促进法》整部法律都只涉及对中小企业进行扶持，为其发展创造良好的外部环境，却没有涉及对中小企业内部运行机制的调整。虽然，我国《公司法》、《乡镇企业法》、《个人独资法》对中小企业的内部运行机制有相应的规定，但那些法律并没有针对中小企业的特点以及所处的形势特殊规定，在适用上并不完全适应中小企业。因此，作为专门调整中小企业的法律，《中小企业促进法》对其应有相应的规定，这不仅仅涉及现实中中小企业的运作问题，而且也涉及《中小企业促进法》本身的完整性问题。

第三，《中小企业促进法》对中小企业的外部管理问题规定不科学。具体而言，就是《中小企业促进法》在对中小企业的外部管理进行规定时，比较模糊。比如《中小企业促进法》第4条规定："国务院有关部门根据国家中小企业政策和统筹规划，在各自职责范围内对中小企业工作进行指导和服务。县级以上地方各级人民政府及其所属的负责企业工作的部门和其他有关部门，在各自职责范围内对本行政区域内的中小企业进行指导和服务。"第7条规定："行政管理部门应当维护中小企业的合法权益，保护其依法参与公平竞争与公平交易的权利，不得歧视，不得附加不平等的交易条件。"这些规定，看似指明了对中小企业进行管理的机关，但因为其职责落实并不具体，因而所谓的"有关部门"到底是谁，不是很明确，这很可能导致有利时相互争夺、无利时相互推诿的现象发生，不利于对中小企业的管理。因此，作为专门调整中小企业产业的《中小企业促进法》，应当建立和完善中小企业管理机构，为中小企业提供服务和行使监督管理职能。目前我国在企业管理的宏观职能及机构设置上存在的突出问题，一是政府职能定位不科学，宏观管理不力，微观干预过多；二是政出多门，各部门只管各自系统内的企业，缺乏政策的统一性。因此，必须调整和理顺政府与中小企业的关系，变微观干预为宏观管理和服务。从近期看，可以主要由国家经贸委中小企业司承担中小企业政策制定和管理工作；从中长期看，应借鉴国外的成功经验，将有关部门中涉及中小企业的管理职能归并，组建具有综合协调能力的国家中小企业管理局，维护中小企业权益，保护小企业的发展。①

　　第四，《中小企业促进法》对中小企业权益的保护力度不够，对中小企业在权益受到侵犯时的救济途径规定不完善。在《中小企业促进法》中，只有一条规定涉及中小企业权益受到侵犯时的救济途径问题，那就是总则部分的第 6 条，该条规定："任何单位不得违反法律、法规向中小企业收费和罚款，不得向中小企业摊派财物。中小企业对违反上述规定的行为有权拒绝和有权举报、控告。"众所周知，对于权益受到侵犯的公民、法人或其他组织来说，最有效的救济途径就是诉讼，但是在该条中，却丝毫未见有关诉讼权利的规定，这不能不说是一个缺陷，对现实生活中中小企业权益的保护也极为不利。我们认为，应该在《中小企业促进法》中赋予中小企业通过诉讼保护自己权益的权利，增强对中小企业权益的保护力度。只有这样，我国长期以来中小企业利益常受侵犯的现象，才有可能真正减少。

---

① 　http：//www. cs. ecitic. com/news/NewsContent. jsp？docId＝837849.

第七章　交通运输产业法

第一节　交通运输产业法概述

一　交通运输产业的含义及特征

（一）交通运输产业的含义

交通运输是人类社会生产、经济、生活中一个不可缺少的重要环节。随着社会生产力的不断发展，人们对交通运输的需求迅速增长，从而使交通运输形成为一个产业。交通运输产业满足了其他产业生产和人民生活的需要，是保证人们在政治、经济、文化、军事等方面联系和交往的手段，也是衔接生产和消费的一个重要环节。

交通运输产业是提供人或物空间位置移动的行业的统称，是一种以持有、租赁或代理运输工具服务于他人而收取报酬的服务性产业，与邮政业、金融业、旅游业、房产业等同属于第三产业。具体来讲，就是从事运送旅客和货物的物质生产部门，运送旅客满足其工作和生活需要，运送货物并在运输的过程中不改变产品的实物形态，也不增加数量，而是使产品变动场所，实现其使用价值，满足社会的需要。① 交通运输产业按运输方式分为铁

---

① 水法主编：《第三产业实用大辞典》，中国国际广播出版社 1994 年版，第 11 页。

路运输业、公路运输业、水路运输业、航空运输业和管道运输业。

（二）交通运输产业的特征

交通运输产业是国民经济的一个必要的组成部分，并且具有不可替代性，具有不同于其他产业部门的特征。

1. 空间位移性

交通运输产业向社会提供的是一种无形产品——位移。交通运输的过程中不创造有形产品，不像工农业那样改变劳动对象的性质和形态，它只改变运输对象——货物和旅客在空间上的存在状态，即空间位置的移动。位移也即运输的过程可以增加被送货物的使用价值或满足被送旅客的服务需要。位移的计量不同于一般产品的计量，一般产品或劳动计量只需用一个单位（例如件、小时）即可，而位移的计量单位是复合指标（周围量）和单项指标（逗量），通常用"人公里"或"吨公里"进行计量。

2. 公益服务性

运输（行）与衣、食、住构成人类的四大需要，为生产和人民生活提供一种必不可少的服务，交通运输设施不仅是基础设施，而且是社会公益的需要。因此，运输设施的规划必须立足于社会大众的公共需要，运输服务的提供必须公平地为社会所有行业和所有成员服务，而不能像一般行业、企业那样，单纯地以获得最大盈利为目标。

3. 独占性

交通运输产业与一般产业不同，它所需的投资额度巨大，使其先天需要某种程度的独占，这样才能更好地发挥规模经济的利益。因此，各国大都对交通运输业加以管制，并限制经营单位的数量，赋予企业某种程度的独占地位。

4. 资本密集性与沉没成本性

交通运输业与一般工商业相比，属于需要大量投资的资本密集型行业，而且大部分交通运输业投资具有沉没成本的特性，即一旦投资后，设施很难转移为他用，如不继续经营交通运输业，则很多设施像车辆、港站、机场设施、铁路线路等的残值极其有限。因此，交通运输的设施投资后，一定要按原设想之用途用下去，若作他用，则难以收回投资，这是大部分交通运输投资具有沉没成本特性的重要原因。

5. 公共管制性

交通运输独占性和公益服务性的特点必然伴随而出的是公共管制性。由于政府赋予企业相当的独占经营地位，但独占对经营效率和消费者的利益可能产生不利影响，而交通运输业所具有的公益性与基础设施性又使得政府不得不采取措施，以确保使用者及其社会公众的利益。基于保护企业、保护使用者及满足社会公众的需要，将企业准入或中断营业、营业地区和营业项目、运价、服务水准、利润水平、设备等列为管制之列，实施严格的管制。其他的工商产业部门很少像交通运输业那样，受到政府广泛而又严格的管制。

6. 网络性

交通运输业具有网络性的特征是指交通运输产品中每一个客货位移都具有不同的运输对象、运距和起迄点等，交通运输生产过程又分别体现在可移动的载运设备、作为运输基础设施的固定网络、线路以及各个要素环节上，因此可以说，交通运输业是一种网络型产业。

7. 部分可替代性与互补性

在同一地区，同种交通运输工具之间，以及不同交通运输工具之间，存在相互代替的可能性。各种运输方式在计量其提供的产品时均采取复合指标和单项指标的办法，表明运输方式之间具有替代性，特别是铁路、公路和航海之间替代性很强。各种运输方式各有各的技术经济特点，如铁路运输适合于陆地中、长距离大宗运输；航空运输适用于远程、小批量、高价值、时间性强的商品运输；管道适用于气体和液体货物运输。各种运输方式既在一定范围内进行分工又相互配合，形成统一的运输体系。

（三）交通运输产业与物流产业

物流是指物品从供应地向接收地的实体流动过程，是运输、储存、搬运、包装、流通加工、配送、信息处理等基本功能的有机结合。

物流产业是通过物流资源产业化而形成的一种复合型或聚合型产业。物流资源包括运输、仓储、搬运、包装、流通加工、配送、信息平台等。这些资源产业化就形成了运输业、仓储业、装卸业、包装业、加工配送业、物流信息业等。

物流产业是社会生产力发展到一定阶段的必然产物，是流通领域一种全新理念的管理技术和组织形式。交通运输与物流有着紧密的联系，可以说，物流业包含了交通运输业的所有内容，运输业是物流的重要载体，又是物流最重要的组成部分。从产业的发展来看，交通运输业发展成为现代物流具有必要性也有可行性，物流业的发展必定会对交通运输带来变革性的影响，两者也将逐步走向融合。本书在这里提及物流产业，旨在阐明二者之间的关系，将不作深入探讨。

二　交通运输产业的地位及作用

交通运输产业在社会、经济发展中的地位和作用主要有以下几个方面。

（一）交通运输业是国民经济的重要基础设施

国民经济是一个庞大的系统，工业、农业、建筑业、交通运输业等各个产业部门是这个系统中的子系统。交通运输产业的地位毋庸置疑，由铁路、公路、水运、航空和管道五种运输方式及其干线和支线构成综合运输网，承载着为国民经济各生产部门源源不断地输送原材料和输出产品的重任，如果没有交通运输，整个国民经济就将陷入瘫痪状态。可见，交通运输业是其他子系统得以有效运转的主要载体，是各个子系统协调发展，使国民经济大系统具有生机活力的最基本的决定条件。

（二）交通运输业是现代工业的先驱

交通运输的产业关联度很大，它与能源产业、设备制造业等紧密相连，加上本身的需求很大，能刺激其他部门生产的扩大。例如，交通运输业的能源消耗，大大促进了煤炭和石油工业的兴旺发展；机场、港口码头等设施的修建，促进了建筑业的崛起与发展；铁路线路运输设备对金属材料的需求又促进了采矿业和冶金工业的迅猛发展。

（三）交通运输业是推动社会物质、精神、政治文明不断发展的重要条件

众所周知，一个民族或地区的文明程度，总是和它的交通运输发展程度成正比的。交通闭塞、信息不灵，新的观念、信息、技术和产品就很难传播和进入，交通发达就会有力地促进商品流通、人才交流、信息传递、政治参与等，其所带来的结果必然是生产力发展更快，经济建设的成就更大，物质文明、精神文明和政治文明的程度更高。

（四）交通运输业是巩固国防的重要手段

和平时期，交通运输是建设的大动脉；战争期间，交通运输又是决定战争胜负的生命线，尤其是现代化战争条件下，对运输的要求更高。交通运输业的发展战略目标，应做到平时战时双重考虑，平时能为社会与经济发展服务，战时能为保卫家园、巩固国防服务。

（五）交通运输业是加强国家之间政治、经济和文化交往的桥梁

国内综合运输网的建立沟通了地区之间政治、经济和文化的联系；国际铁路客、货联运，国际多式联运，国际航空运输和远洋运输的发展，能够沟通国与国之间的政治、经济、技术、文化等多方面的联系、交流与合作，增进世界各国的友谊，促进国际贸易的发展，推动全球一体化的实现。

三　交通运输产业的发展历史

交通运输产业的发展经历了四个阶段。

（一）水路运输阶段

水路运输是最早形成的运输方式之一，早期人类受水中漂浮物的启发，发明了将原木挖空的船，即独木舟；随后又出现以风为动力的帆船；到了 11 世纪左右，出现了跨洋运输的商船；工业革命以后，出现了使用蒸汽动力机械装置的帆船；19 世纪又出现了以煤为动力，以螺旋推进器为主要机械装置的轮船；后来又出现各种专业化的大型船舶。可以说在整个运输阶段都有水路运输，我们将水路运输作为主要运输方式的阶段划称为水路运输阶段。

（二）铁路运输阶段

1825 年，英国乔治·斯蒂芬森在斯托克顿和达林顿之间铺设了世界上第一条客货两用的铁路，铁路运输开始得到发展。以美国铁路发展为例，为了弥补当时公路运输的不足，美国开始大量使用铁路运输，政府非常鼓励各个运输公司开展铁路运输，经过几十年的建设，形成了四通八达的铁路运输网。到了 20 世纪 20 年代，美国铁路运输达到了鼎盛时期。可以说，从 1825 年到 20 世纪 20 年代是铁路运输阶段。

（三）综合运输阶段

随着社会的发展，出现了铁路和水路以外的交通工具，同时

集装箱的出现带来了运输史上的革命。由于运输方式和运输手段的增加，各种运输方式的竞争也越来越激烈。每一种运输方式在某种程度上都有自身的特点，人们在选择运输方式时也会随着自己的需要而变化，这样便出现了五种运输方式并存的局面。特别是集装箱的出现，使运输方式之间的衔接也变得越来越方便，即多式联运变得越来越普遍。从铁路运输阶段的结束到 20 世纪 80 年代这一时期，可以说是综合运输阶段。

（四）高速运输阶段

随着现代物流理念的加深，时间和速度成为企业竞争的焦点。由于产品地域的差异产生了运输需求，运输的速度在某种程度上又对企业的发展起到了关键的作用。五种运输方式的竞争逐渐由成本转向速度的竞争。各个国家都在积极地发展高速铁路，以法国为例，在 20 世纪 60 年代，为了提高铁路运输的运输速度，进行了一次破坏分子的实验；日本、中国、欧洲各国等都在积极发展磁悬浮列车。从世界范围运输的发展来看，20 世纪 80 年代以后进入了高速运输阶段。[①]

第二节　交通运输产业政策及立法现状

一　我国交通运输产业政策及立法现状

（一）产业政策

1.《当前国家重点鼓励发展的产业、产品和技术目录（2000 年修订）》

---

① 张旭凤主编：《运输与运输管理》，北京大学出版社 2004 年版，第 10—11 页。

　　国家发改委《当前国家重点鼓励发展的产业、产品和技术目录（2000 年修订)》中将 28 个领域，共 526 种产品、技术及部分基础设施和服务的发展列为国家重点鼓励的对象。对符合本目录的国内投资项目，在投资总额内进口自用设备，除《国内投资项目不予免税的进口商品目录（2000 年修订)》所列商品外，免征关税和进口环节增值税。其中涉及交通运输业领域的有 7 个部分，44 种产品、技术及基础设施和服务。

　　第一，铁路：铁路干线网建设；既有线路提速及扩能；高速铁路系统技术开发及建设；25 吨轴重货运重载技术开发；铁路行车安全技术保障系统开发；重型优质钢轨及新型轨枕制造；编组站自动化、装卸作业机械化及货场设备制造；铁路客货运装备制造；铁路客货运信息系统开发；铁路集装箱运输。

　　第二，公路：国道主干线系统建设；智能公路运输系统技术开发；公路快速客货运输系统开发；公路管理信息系统开发；公路工程新材料开发及生产；公路新型机械设备设计制造；公路集装箱运输；特大跨径桥梁修筑技术开发；长大隧道修筑技术开发。

　　第三，水运：沿海主枢纽港口建设；内河干线航道及码头建设；大型港口装卸自动化工程；海运电子数据交换系统开发；水运安全保障系统开发及设备制造港口新型机械设备设计与制造；水上集装箱运输；集装箱多式联运；水上高速客运；沿海船舶溢油监测及应急消除系统工程开发；水上滚装多式联运。

　　第四，航空运输：干线机场改造；高性能机场安检设备开发制造；航空特种车辆制造；航空计算机管理及其网络系统开发；航空货物检测设备制造；机场通讯导航系统开发；机场高性能消防设备制造；空中交通管制系统开发与制造等。

　　第五，石油天然气：原油及成品油管道输送及管网建设；天然气管道输送。

第六，城市基础设施及房地产：城市地铁、轻轨（设备国产化比例 70％及以上）及公共交通建设；城市道路建设；城市交通管制系统及设备制造；城市立体停车场建设。

第七，服务业：旅游交通、现代化配送中心、代理经营配套设施建设及连锁经营等基础设施建设。

2.《外商投资产业指导目录》

第一，鼓励外商投资产业目录。其中涉及交通运输业的有：铁路干线路网的建设、经营（中方控股）；支线铁路、地方铁路及其桥梁、隧道、轮渡设施的建设、经营（限于合资、合作）；公路、独立桥梁和隧道的建设、经营；港口公用码头设施的建设、经营；民用机场的建设、经营（中方相对控股）；航空运输公司（中方控股）；农、林、渔业通用航空公司（限于合资、合作）；定期、不定期国际海上运输业务；国际集装箱多式联运业务；公路货物运输公司；输油（气）管道、油（气）库及石油专用码头建设、经营；煤炭管道运输设施的建设、经营；运输业务相关的仓储设施建设、经营。

涉及公共设施服务业的有：城市封闭型道路建设、经营；城市地铁及轻轨的建设、经营（中方控股）。

第二，限制外商投资产业目录。涉及交通运输业的有：公路旅客运输公司；出入境汽车运输公司；水上运输公司；铁路货物运输公司；铁路旅客运输公司（中方控股）；摄影、探矿、工业等通用航空公司（中方控股）。

第三，禁止外商投资产业目录。空中交通管制公司。

第四，外商投资产业合资、合作和股权安排要求。定期、不定期国际海上运输业务：外资比例不超过 49％。国际集装箱多式联运：外资比例不超过 50％；不迟于 2002 年 12 月 11 日允许外方控股；不迟于 2005 年 12 月 11 日允许外方独资。公路货物运输公司：不迟于 2002 年 12 月 11 日允许外方控股；不迟于 2004 年 12 月 11 日允许外方独资。出入境汽车运输公司：不迟于 2002 年 12 月 11 日允许外方控股；不迟于 2004 年 12 月 11 日允许外方独资。水上运输公司：外资比例不超过 49%。铁路货物运输公司：外资比例不超过 49%；不迟于 2004 年 12 月 11 日允许外方控股；不迟于 2007 年 12 月 11 日允许外方独资。船舶代理公司：外资比例不超过 49%。货运代理公司（不包括邮政部门专营服务的业务）：外资比例不超过 50%（速递服务不超过 49%）；不迟于 2002 年 12 月 11 日允许外方控股；不迟于 2005 年 12 月 11 日允许外方独资。外轮理货代理公司：限于合资、合作。

（二）投资、融资、价格、技术和区域政策

1. 投资体制和政策

"十五"时期，中国将积极推进交通建设投融资体制的改革，实施投资分类管理，培育、完善交通建设市场。通过改革，实施交通运输投资主体、投资渠道与投资方式多元化政策，以筹措建设资金和推动运输经营主体多元化、市场化进程；建立和完善宏观调控体系，发挥市场对投资活动的调节作用，形成投资主体风险约束机制。

交通运输设施建设与经营按性质可分为经营性、公益性和既有公益性又有经营性三类。不同种类交通基础设施建设，都要采取市场竞争的办法，进行建设和运营管理。经营性建设项目，可以进入市场，直接招标，择优选择投资者；既有公益性、又有经营性的建设项目，政府应给予必要的资助或特许条件，招标选择投资和经营者；完全公益性的建设项目，在政府明确其承担投资并提出有关条件后，通过市场招标，择优选择建设者。对于交通设施的维护，也要采用市场办法。

在国家宏观调控指导下，逐步完善交通建设的市场管理机制。实行交通建设项目投资主体、项目法人以及项目设计、评估、施工建设全过程的招投标。建立必要的制度，强化交通建设项目管理，对交通项目建设全过程进行监督，确保建设质量。

2.融资政策

在交通基础设施建设中，各级政府应承担其相应的责任。完全公益性的基础设施建设，由政府承担投资；对于既有公益性、又有经营性的基础设施建设，政府承担必要的投资。政府投资的主要来源是预算内投资、政府性建设基金、政府财政债券等。"十一五"期间，要完善政府基金制，通过实施费改税，确立政府基金的稳定性。要避免在交通运输紧张状况有所缓解的情况下，削弱政府基金；费税改革后，要保证用于交通设施建设和养护的资金，并应有稳定的增长。要继续扩大"以工代赈"方式，加大贫困地区农村公路建设力度，发行必要的财政债券，用于西部地区和农村地区交通设施的建设。

充分发挥政府资金的调控作用，各类政府基金要纳入各级政府计划管理，按照发展计划、区域布局和建设重点，进行必要的调节，组织好建设项目的实施。中央政府投资主要用于中西部地区和农村地区交通设施建设，对于具有竞争力的建设项目，政府不再投资或给予资金补助。

在继续增加利用国际金融组织贷款、国外政府贷款以及国内金融机构贷款建设交通设施的同时，采取更为灵活的优惠政策，吸引国内外资金参加交通基础设施的建设与经营。"十一五"期间，改革外商投资的有关规定，扩大外商直接投资的范围，调整外商投资股比的限制，采取积极的引资政策，增加交通项目建设的直接投融资比重。同时，建立相应的反垄断机制，以保证经济安全。

建立产业投资基金和发行中长期建设债券，吸引社会资金和居民手中现金用于交通设施建设。建立产业投资基金投资，可以享受与外商投资相同的政策。对产业投资基金投向经济效益较差的项目，政府可以给予定额补助或设定可控上限的回报率。

3. 价格政策

交通价格改革的目标是建立符合运输市场体制的运价形成机制。改革的思路是：以市场形成价格为主，政府指导价格结合，分类指导，分类管理。对于竞争性运输价格，由运输企业根据市场自行确定；对于垄断性运输价格，由政府价格部门发布指导运价或最高限价，具体价格水平由企业根据市场确定。收费价格，如收费公路的收费标准等，由政府价格部门确定最高限价，允许企业向下浮动。运输企业要充分利用市场机制，建立多种价格形式组成的价格结构。在客运价格方面，可以用多种形式的浮动价、折扣价。

以市场为主的价格形成机制建立后，政府要加强监督和管理，制定反不正当竞争的具体措施，规范价格行为，创造公平竞争环境。为了更好地发挥价格机制的作用和有效管理，政府可以把一些监督工作委托相应的行业协会等组织承担。

4. 技术政策

铁路要着手建设时速在300公里的高速铁路，积极推进上海浦东磁悬浮铁路试验项目，掌握相关的设计、制造和建设技术；要应用信息技术，实现铁路信息化，发展行车安全保障技术，建立安全网络监控网络；公路运输要发展中高档客车，集装箱拖挂车及大型专用货车，全面提高公路运输车辆性能；运输船舶要重点发展远洋第四代以上集装箱运输船、大型散货船、沿海集装箱船、滚装船和特种专业船，以及推进内河船舶标准化；继续增加技术经济性能先进的运输飞机，重视使用国产新型支线飞机，积极采用当代最新飞机维修技术，增加安全可靠性；城市交通发展要广泛采用新技术、新工艺，大力推进技术进步。

积极推进交通运输智能化进程，目前重点做好电子商务在交通运输中的应用和 IC 卡、GPS 在公共交通系统以及不停车电子收费系统中的应用，加快港口口岸 EDI（电子数据交换）系统的建设，建成长江沿线的 EDI 系统。

"十一五"期间要引进、开发涵盖交通基础设施规划、建设与运营全过程的信息技术、网络技术、智能交通等现代最先进的交通运输技术，以及现代物流系统中成熟先进的技术，引进、开发当代最新科技，加速综合运输体系现代化建设。

经过二十多年的努力，中国交通科技已有了很大的进步，一些科技成果已达到或接近国际先进水平，在引进国外最新技术的同时，必须加强国内科技成果的转化，推动技术装备国产化。

5. 区域政策

交通是西部开发的基础和保障，西部交通设施建设要综合考虑经济效益、社会效益和开发效益，但也要因地制宜，少花钱多办事。为扶持西部地区交通运输发展，需要采取与其他地区交通建设有所差别的特殊政策。① 增加国家财政资金与政策性贷款向西部地区的投入，支持西部地区交通设施建设。② 采取更为灵活的政策，吸引国内外投资参与西部地区交通建设。在西部地区放开中外合资、合作建设交通基础设施与经营项目的股比限制；对投资者予以土地开发或利用其他资源开发的特许经营权，进行投资效益综合补偿；政府对投资者给予必要的投资回报补贴。③ 放宽西部收费政策的限制，如放宽西部地区公路收费标准限制等。④ 东部地区交通设施建设以扩大市场调节能力和范围为主，鼓励东部地区向西部地区投入。西部地区可通过加强与东中部地区的资源优势互补，加快交通基础设施建设。①

二　交通运输产业的立法状况

自新中国成立以来，特别是改革开放以来，我国交通运输业取得了很大的发展，国家先后制定了大量交通运输法律规范，使交通运输部门法律体系初步建立起来，交通运输管理逐步走向法制化、规范化，对保障交通运输安全，强化运输生产管理，维护运输生产秩序起到了积极的作用。

（一）交通运输产业概述

交通运输产业法是指在交通运输产业中，调整基于各种交通运输活动而产生的各种交通运输法律关系（如国家对交通行业的管理关系、各种运输方式之间的协作关系、各运输主体之间的关系及承运人与托运人、收货人或旅客之间的关系，等等）的法律规范的统称。它包括交通运输法律、交通运输行政法规、部门交通运输规章、地方交通运输规章、地方性交通运输法规、单行条例、国际运输公约和国际航运习惯等。

（二）交通运输产业的立法状况

1. 铁路运输及其立法概况

铁路运输是利用铁路线路、机车、车辆等运输设备和运输工具完成人与货物的空间位移的一种运输方式。铁路运输按运输对象可分为铁路旅客运输和铁路货物运输；按运输方式多少可分为铁路单一方式运输和铁路多式联运；按是否为民用，可分为铁路民用运输和铁路军事运输等。

为保证铁路运输生产的顺利进行，保障铁路运输的安全，维

---

① 国家信息中心中国经济信息网编著：《CEI 中国行业发展报告：交通运输业》，中国经济出版社 2004 年版，第 29—36 页。

护铁路运输生产秩序，各国都很重视对铁路的法律管理，制定了大量的铁路运输法律规范来调整铁路运输关系。综观各国的立法情况，美国应该是铁路交通运输法制最为完善的国家之一。美国铁路运输的法律规范主要有：《资助铁路法案》(1850)、《商务管理法》(1887)、《赫伯恩加强运输垄断管制法》(1906)、《交通运输法》(1920)、《紧急运输条例》(1933)、《运输条例》(1958)、《运输部条例》(1966)、《铁路旅客运输法》(1970)、《铁路重组法》(1973)、《铁路复兴和管理改革法》(1976)、《斯塔格斯铁路法》(1980)等；日本的铁路运输立法有：《铁路营业法》(1900)，《铁路改革法》、《铁路企业法》(1986)，《铁路发展基金法》(1991)等；加拿大的铁路运输法律规范主要有《加拿大国家铁路法》和《运输法》两部核心法律；此外，韩国、德国、英国等国家都对铁路运输进行了立法规范。

我国自建国以来，国家立法机关和铁路行政管理机关先后制定了大量的管理铁路的法律规范，初步形成了以《宪法》为基础，以《铁路法》为龙头，铁路法律和铁路法规为骨干，铁路行政规章为补充的铁路法规体系基本框架。据不完全统计，主要内容如下。

法律（狭义）方面的立法有《中华人民共和国铁路法》(1991)、《中华人民共和国合同法》(1999)等。

行政法规层次的立法有《铁路运输安全保护条例》(2004)、《国务院办公厅关于保障铁路公路等交通运输设施安全的通知》(2005)等。

部门规章层次的立法有《铁路货物运输规程》(1987)、《铁路货物保价运输管理办法》(1999)、《外商投资铁路货物运输业审批和管理暂行办法》(2000)、《违反〈铁路运输安全保护条例〉行政处罚实施办法》(2006)、《〈铁路运输安全保护条例〉确定的铁路管理机构职责规定》(2005)、《铁道部关于印发〈关于加强液化气体铁路罐车安全监管工作的规定〉的通知》(2006)、《铁路运输安全设备生产企业认定办法》(2005)、《铁路危险货物承运人资质许可办法》(2005)、《铁路危险货物托运人资质许可办法》(2005)、《铁路运输危险货物采用集装箱的规定》(1995)、《对外贸易经济合作部关于印发〈外贸出口货物铁路运输计划审批管理办法〉的通知》(1995)等。

地方法规、规章层次的铁路运输立法也有相当数量的存在。

国际公约有《国际铁路货物联运协定》(CMCC，简称《国际货协》)。

尽管存在着以上诸多法律、法规和行政规章，但是随着经济体制的转变，特别是运输市场的全面开放，铁路在迈向市场化过程中的法制建设明显滞后，难以适应铁路改革和发展的需要，一定程度上阻碍了铁路运输业的良性发展。现行铁路法律体系中，普遍存在着法律效力层次低，法律法规少而内部的部门规章、地方政府规章过多的现象。在市场经济条件下，铁路运输活动中各种关系的调整主要应依据法律（狭义），这才有利于铁路全面走向市场化经营。另外，现有的大量铁路法规和规章是在计划经济条件下制定的，已难以适应市场经济发展对铁路运输事业的要求，许多内容存在着矛盾和冲突。此外，在铁路建设方面，如面对国内合资、外商投资等铁路投资主体多元化的态势，对于确立各种主体的相互关系、法律地位；确认和保护各方合法利益等的相关铁路立法还是一个空白。因此，应当逐步予以补充、修订和完善。

2. 公路运输及立法概况

公路运输是指经公路将货物或旅客从一地运送到另一地，以完成旅客或货物空间位移的一种运输方式。公路运输按运输对象可分为公路货物运输和公路旅客运输；按管理公路的主体可分为国道运输、省道运输、县道运输、乡道运输及专用公路运输；以参加的运输方式的多少可划分为公路单式运输和公路多式联运；以起运地或到达地是否在国内划分，可分为国内运输和国际运输或国际联运等。

公路运输法律从广义上讲，是指调整发生在公路运输过程中形成的运输关系和车辆关系的各种法律规范的总称。包括横向的公路运输关系和纵向的公路运输关系。与此相应，公路运输法律也分为调整横向公路运输、车辆关系的法律和调整纵向公路运输、车辆关系的法律两类。前者如《合同法》、《公路法》、《公路运输货物运输合同实施细则》等，后者如《公路法》、《道路交通管理条例》、《机动车管理办法》等。

考察其他国家公路运输的立法情况，诸如像美国、德国等都很重视对公路的法律管理，制定了大量的公路运输法律规范来调整公路运输关系。在美国，联邦运输部公路总署，负责全美运输管理及公路网的建设、管理、维护、安全等。公路总署主要通过三个法案实施其职能管理：《联邦政府公路补助法案》、《汽车运输安全法案》和《公路征地法案》。美国公路运输相关的法律规范有《联邦补助公路条例》、《1935年汽车运输条例》、《联邦补助公路法案》等。在德国，无论是在调整涉及运输市场的纵向社会关系方面，即政府在宏观方面对交通运输市场实行宏观调控，在微观方面对运输经营者的各项管理；还是在调整横向社会关系方面，即运输经营者与货主、旅客之间的关系，都有相关法律规范进行调节。德国一直在大力加强和完善公路交通运输立法，建立健全公路运输市场法律体系。德国规范公路运输的法律规范有《联邦公路货运法》、《联邦公路客运法》、《短途交通法》、《联邦长途公路法》、《公路运输审批条例》、《公共交通法》等。

我国于 1997 年颁布了《公路法》，是调整公路方面各种关系的基本法。综观公路运输方面的立法，主要内容如下。

法律（狭义）层次的立法有：全国人大常委会 1997 年 7 月 3 日颁布的，并于 1998 年 1 月 1 日起施行的《中华人民共和国公路法》（1999 年修订）。

行政法规层次的立法有：《中华人民共和国公路管理条例》（1987）、《中华人民共和国道路交通管理条例》（1991）、《公路运输管理暂行条例》（1986）、《公路运输货物运输合同实施细则》（1986）、《中华人民共和国道路运输条例》（2004）、《收费公路管理条例》（2004）、《国务院关于收费公路项目贷款担保问题的批复》（1999）、《国务院关于扩大外商独资企业投资企业从事能源交通基础设施项目税收优惠规定适用的通知》（1999）、《国务院办公厅关于加强基础设施工程质量管理的通知》（1999）、《国务院关于固定资产投资项目试行资本金制度的通知》（1996）等。

部门规章层次的立法有：《省际道路运输旅客运输管理办法》（1995）、《高速公路旅客运输管理规定》（1998）、《道路旅客运输企业经营资质管理规定（试行）》（2000）、《道路货物运输业户开业技术经济条件（试行）》（1993）、《道路危险货物运输管理规定》（2005）、《道路大型物件运输管理办法》（1995）、《道路零担货物运输管理办法》（1996）、《汽车货物运输规则》（1999）、《道路运输车辆维护管理规定》（2005）、《汽车运输业车辆技术管理规定》（1990）、《道路运输服务业户开业技术经济条件（试行）》（1993）、《道路货物运输服务业管理办法》（1996）、《公路运输管理部门工作条例（试行）》（1987）、《出入境汽车运输管理规定》（1995）、《道路运输违章处罚规定》（1990）、《汽车货物运输规则》（1999）、《汽车旅客运输规则》（1980）、《中华人民共和国公路管理条例实施细则》（1988）、　《公路工程质量管理办法》

（1999）、《公路渡口管理规定》（1990）、《公路工程行业标准管理办法》（1999）、《公路工程施工招标评标办法》（1997）、《交通工程项目执法监察验收标准》（1997）、《国家重点建设项目管理办法》（1996）、《关于切实做好公路养路费等交通规费征收工作的通知》（1999）、《关于认真做好公路收费站点清理整顿的通知》（1999）、《关于发布〈交通行政执法检查制度〉等七项制度的通知》（1996）、《交通行政处罚程序规定》（1996）等。

作为地方性法规、地方规章的立法也有相当数量的存在。

在公路运输立法方面还存在着一些不足之处：如公路运输立法滞后；部门规章体系乱，数量多；有关条文规定本身不能体现国际道路运输立法的要求；地方道路运输立法较多，一定程度影响道路运输的畅通；《公路法》条文本身不科学，缺乏可操作性等。因此，应制定《中华人民共和国道路运输法》、《高速公路管理条例》以及与《公路法》相配套的行政法规及行政规章等；梳理现有的部门规章，消除其间存在交叉冲突的地方，使其协调统一；对于有关法律中存在的条文瑕疵予以修改，使之具有可操作性。

3. 水路运输及立法概况

水路运输是指通过江、河、湖、海等天然、人工水道或海洋航道，实现货物或旅客空间位移的一种运输方式。包括我国水域港口之间的国内水路运输和我国境内港口与境外港口之间的国际海上运输。水路运输按水域可分为海上运输、沿海运输、江河运输、湖泊运输、运河运输；按运输对象可分为水路货物运输和水路旅客运输；以参加的运输方式多少可分为水路单一方式运输和水路多式联运；按港口所在国可分为我国港口同国外港口之间的国际海上运输和我国港口之间的沿海运输；按营运方式可分为班轮运输和航次租船运输等。

　　水路运输法律是指调整发生在水路运输过程中形成的运输关系和船舶关系的各种法律规范的总称。它包括调整横向水路运输、船舶关系方面的法律（如《合同法》、《海商法》、《水路货物运输合同实施细则》、《水路货物运输规则》）和调整纵向水路运输、船舶关系方面的法律（如《水路运输管理条例》、《水路运输管理条例实施细则》、《水路货物运输管理规则》）。

　　考察其他国家关于水路运输的法律法规，美国的水运法规仍然是我们参考研究的重要参照物之一。美国现行的水运法律规范有《管理商务条例》、《巴拿马运河条例》、《航运条例》、《运输条例》等。另外，德国水路运输法律规范也是十分严密的。德国通过水运立法，来调节各种运输方式运量的负担比例，实现交通运输结构性的合理化，充分发挥综合运输体系的功能。德国的规范水路运输的相关法律有《联邦航海管理法》、《联邦内河航运任务法》、《联邦海运仕务法》等。

　　到目前为止，在水路运输方面，我国还没有一部统一的法律（基本法），只有一些具体的行政法规和部门规章，分别调整水路运输中涉及的不同关系。水路运输方面的立法，主要有如下内容。

　　法律（狭义）方面的立法有：《中华人民共和国合同法》（1999）、《中华人民共和国海商法》（1992）、《中华人民共和国港口法》（2003）、《中华人民共和国海上交通安全法》（1983）、《中华人民共和国内河交通安全管理条例》（2002）、《中华人民共和国海洋环境保护法》（1999）、《中华人民共和国海域使用管理法》（2001）等。

　　行政法规层次的立法有：《中华人民共和国航道管理条例》（1987）、《中华人民共和国航标条例》（1995）、《中华人民共和国国际海运条例》（2001）、《中华人民共和国水路运输管理条例》

(1987)、《中华人民共和国港口间海上旅客运输赔偿责任限额规定》(1993)、《关于中外合资建设港口码头优惠待遇暂行规定》(1985)、《港口口岸工作暂行条例》(1982)、《中华人民共和国内河交通安全管理条例》(2002)、《中华人民共和国船舶和海上设施检验条例》(1993)、《中华人民共和国海上交通事故调查处理条例》(1990)、《中华人民共和国对外国籍船舶管理规则》(1979)、《国际航行船舶进出中华人民共和国口岸检查办法》(1995)、《中华人民共和国外国籍船舶航行长江水域管理规定》(1986)、《特别重大事故调查程序暂行规定》(1989)、《中华人民共和国航道管理条例》(1987)等。

部门规章层次的立法有:《水路旅客运输规则》(1981)、《水路货物运输质量管理办法》(1992)、《水路运输服务业管理规定》(1996)、《老旧船舶运输管理规定》(2006)、《水路运输管理条例细则》(1987)、《中华人民共和国航道管理条例实施细则》(1991)、《船闸管理办法》(1989)、《中华人民共和国船舶签证管理规则》(1993)、《高速客舱安全管理规则》(1996)、《中华人民共和国船舶交通管理系统安全监督管理规则》(1997)、《船舶交通事故统计规则》(1999)、《中华人民共和国内河交通事故调查处理规则》(1993)、《港口货物作业规则》(2001)、《港口道路交通管理办法》(1996)、《海港引航工作条例》(1980)、《港口治安管理规定》(1989)、《港口消防监督实施办法》(1988)等。个别省、自治区、直辖市的人大常委会通过了《水路运输管理条例》。

国际公约有《国际货运代理业管理规则及实施细则》和《统一提单的若干法律规定的国际公约》,即海牙规则;《修改的统一提单的若干法律规定的国际公约议定书》,即海牙—维斯比规则;《联合国海上货物运输公约》,即汉堡规则及《联合国多式联运公约》。(以上三个国际公约虽然我国并未加入,但《海商法》已采纳了其中的不少内容，比如说，承运人责任与免责的内容基本就采纳了海牙规则的规定。）此外还有《联合国海洋法公约》、《1972 年国际海上避碰规则公约》、《经 1978 年议定书修正的 1973 年国际防止船舶造成污染公约》、《海上旅客及其行李运输雅典公约》、《国际海上人命安全公约》、《国际油污损害民事责任公约》、《国际救助公约》等。

　　在水路运输方面还存在着一些不足之处：水路运输立法工作滞后，如法律（狭义）方面的《中华人民共和国水路运输法》至今未能列入全国人大常委会的立法规划，同时酝酿中的《中华人民共和国航运法》也迟迟不能进入立法程序；现行的《中华人民共和国水路运输管理条例》，制定或修改的年代太久，其内容比较陈旧，亟待加以修改；部门规章体系乱，数量多，难以掌握；水路运输法律条文规定本身不能体现市场经济的要求，地方水路运输立法较多，影响水路运输的畅通无阻等。因此，应当尽快出台《中华人民共和国水路运输法》或《中华人民共和国航运法》，将水路运输纳入法治化、规范化的轨道，以调整水路运输中的各种社会关系，发挥水路运输作为天然运输的巨大优势；制定《中华人民共和国船舶法》、《航道法》等；同时修改《中华人民共和国航道管理条例》、《中华人民共和国海上交通安全法》的有关内容；梳理现有的部门规章，消除其间存在交叉冲突的地方，促其统一协调。

　　4. 航空运输及立法概况

　　航空运输是指以飞机为运载工具，通过空中航线完成货物或旅客空间位移的一种运输方式。航空运输是现代运输方式中发展最快的运输方式，在发达国家已成为客运市场的主体。航空运输以是否为民用划分为民用航空运输和非民用航空运输（包括军用航空运输、警用航空运输等）两类。这里只探讨民用航空运输。

民用航空运输是指公共航空运输企业利用航空器经空中将货物或旅客从一地运送到另一地的运输方式。航空运输具有速度快、时间短、距离长、运费高的特点。民用航空运输按运输对象可分为航空旅客运输和航空货物运输；按营运方式可分为航班运输（班机运输）和不定期运输；以运输的出发点、目的地和经停地点是否在国内可分为国内航空运输和国际航空运输；以参加的运输方式多少可分为航空单式运输和航空多式联运。

考察国外的航空运输立法，美国的立法是相当成体系的。航空运输起源于美国，航空立法也起源于美国，它的航空立法是很值得借鉴的。主要的法律规范有：《航空商业条例》，1926 年通过，这个条例对安全管理、飞机登记、飞机飞行性能评定等方面给予了规定；1936 年规定航空适用《铁路劳动条例》；1934 年通过《航空邮件条例》，1935 年修定，该条例给予邮政部和州际商务委员会对航空运输邮件的某些管理权力；《民用航空条例》，1938 年通过，建立了航空承运人的管理体系，并赋予了民用航空局部分权力。此外还有《联邦航空站条例》(1946)、《运输部条例》(1966)、《联邦机场法》(1946)、《机场和航路发展法》(1970)、《航空站与航空线发展条例》(1970)、《放松管制法》(1970) 等。可见，美国的民航运输法律规范在航空补贴、资金供给、航空收支、航空业务、航空管理体制、航空运价、航空竞争等方面，都给予了十分周详的法律规定。

我国目前关于调整民用航空运输活动最基本的法律是 1995 年颁布的《民用航空法》。据不完全统计，调整民用航空运输的法律，主要有如下内容。

法律（狭义）方面的立法有：《中华人民共和国民用航空法》(1995)、《中华人民共和国合同法》(1999)、《全国人民代表大会常务委员会关于批准〈统一国际航空运输某些规则的公约〉的决定》（2005）。

行政法规层次的立法有：《关于通用航空管理的暂行规定》（1986）、《关于通用航空器适航管理条例》（1987）、《民用航空运输不定期飞行管理暂行规定》（1989）、《外国民用航空器飞行管理规则》（1979）、《航空货物运输合同实施细则》（1986）、《国务院关于〈国内航空运输承运人赔偿责任限额规定〉的批复》（2006）、《民用航空运输销售代理业管理规定》（1993）、《国务院关于开办民用航空运输企业审批权限的暂行规定》（1985）等。

部门规章层次的立法有：《中国民用航空货物国际运输规则》（2000）、《货物国内运输规则》（1996）、《中国民用航空旅客、行李国内运输规则》（1996）、《国内航空运输承运人赔偿责任限额规定》（2006）、《外国航空运输企业不定期飞行经营许可细则》（2006）、《公共航空运输企业经营许可规定》（2004）、《定期国际航空运输管理规定》（1993）、《国际航空货物运输公共航空运输承运人运行合格审定规则》（1999）等。

航空运输国际公约：《关于统一国际航空运输某些规则的公约》（简称《华沙公约》，我国 1958 年加入）、《修改 1929 年 10月 12 日在华沙签订的统一国际航空运输某些规则的公约的议定书》（简称《海牙议定书》，我国 1975 年加入）。

我国目前民航运输立法仍存在着一定的缺陷，如与《中华人民共和国民用航空法》相配套的法规规章等不够完善；现行的法律法规对航空市场主体地位、权利义务规范不够；对航空市场秩序宏观调控的法规缺乏。因此，应当予以补充、修改和完善。

5. 管道运输及立法概况

管道运输是我国继公路、铁路、水运、航空后的又一大运输方式，在国民经济中起着越来越大的作用。管道运输常见于城市生活和工业生产的自来水输送系统、污水排放系统、煤气或天然气输送系统及工业石油输送系统等。在一些国家里，管道运输已成为一个独立的交通运输部门——管道运输业。

管道运输是指使用管道设备、设施来完成物质资料（如石油、天然气）空间位移的一种运输方式。管道运输按管道的材料可为分为金属管道运输、塑料管道运输、玻璃钢管道运输和其他管道运输；按输送的物质可分为液体管道运输、气体管道运输和固定管道运输等。管道运输的优点在于：由于基本上没有可动部分，所以维修方便，费用低；是一种连续运输技术，每天 24 小时都可连续不断地运输，效率高；管道一般埋在地下，可节省人力和土地；环境效益好，封闭式地下运输不排放废气粉尘，不产生噪声，减少了环境污染等。缺点在于：适用于液体和气体的输送，不适宜于固体物资的输送；一般用于连续性运输的物资，对于运输量较小或者不连续需求的物料（包括液体和气体物资），也不适合用管道运输，这类常采用容器包装运输；管道运输路线一般是固定的；管道设施的一次性投资也较大。

管道运输法是调整管理运输社会经济关系的法律规范的总称。管道运输法所调整的社会关系如下：管道运输行政管理关系、管道运输企业和管道运输企业内部的协作关系和管道运输企业与其他企业、事业单位和公民之间的经济关系。由于管道运输资产专用性十分强烈，且资产流动性比较弱，跟其他运输方式的竞争不是十分激烈，因此，世界各国和我国的管道运输立法规范都不是太多。

考察其他国家管道运输方面的立法，主要有：美国的《爱尔京斯条例》和《克尔条例》，它们是关于管道管理方面的法律规范；俄罗斯的《油气管道运输法》，其对油气运输、出口等做了详细规定；俄罗斯的《干线管道保护条例》，英国的《管道法》、《天然气安全（管理）条例》、《管道安全条例》，西班牙的《配送、贸易、供应和授权程序条例》等都是关于石油天然气管道保护的法律规范。

我国管道运输方面的法律法规主要有：行政法规层次的立法有：《石油天然气管道保护条例》（2001）、《铺设海底电缆管道管理规定》（1989）等；部门规章层次的立法有：《国家质量监督检疫总局关于加强压力管道安全监察工作的意见》（2006）、《海底电缆管道保护规定》（2004）、《锅炉压力容器压力管道特种设备事故处理规定》（2001）、《国家计委关于调整原油管道运输价格的通知》（2001）、《化工企业压力管道管理规定》（1995）、《原油、天然气长输管道与铁路相互关系的若干规定》（1987）、《关于处理石油管道和天然气管道与公路相互关系的若干规定（试行）》（1978）等。

鉴于管道运输立法的不足，我国应尽快出台管道运输的基本法《中华人民共和国管道运输法》、《石油天然气管道法》、《管道安全法》等；同时制定、补充、修改相关的法规、规章等，保障管道运输的安全，促进管道运输业的发展。

6. 其他交通运输法规

交通运输法律规范除了以上五种交通运输方式的法规之外，还有其他交通运输法规。① 联运法律体系，如《铁路和水路货物联运规则》等内容；② 综合运输法律体系，如《商业运输管理办法》等。

第八章　邮政产业法

第一节　邮政概述

一　我国邮政的沿革与发展

1. 古代邮驿

中国邮驿通信历史源远流长。早在殷商时期（约公元前1400年）就出现了有组织的通信活动，后历经周秦直至清朝等19个朝代，前后延续达3300年左右。公元前221年，秦始皇统一中国后，大修弛道，使我国古代邮驿开始具有全国规模。秦代颁布的《行书律》对传递文书的时间要求、处理手续、择员条件、生活待遇、机构管理和奖惩办法等都做了明确规定，对后世影响颇大。它是中国第一部有关通信的法令。汉代邮驿不仅用于国家管理，还用于对外联系。据《后汉书·西南夷传》记载，汉永宁元年（公元120年），中国邮驿已通达缅甸、印度、波斯等国。唐朝的邮驿设置遍及全国，规模宏大，有陆驿、水驿和水陆兼办，并利用丝绸之路对外联系远达欧洲南部。它订有完善的管理制度和规定，具有很高的组织水平。唐玄宗开元年间（公元713－714年），邮驿开始传递"邸报"。公元806－820年，又兼递"飞钱"（汇兑上用的证券）。这是我国邮政传递报纸和开办汇兑业务的开端。宋代邮驿战时设置"急递铺",每十里设一铺,日夜兼程,加快了传递紧急公文和军情的速度。驿卒由民夫改为兵卒担任,强化了邮驿的军事性。元朝的疆域扩至欧亚两洲。它在欧亚两洲版图内设的急递铺多达 2 万余处。明朝邮驿大多沿用旧制,但驿律更趋完善。由于海上交通发达,郑和七下"西洋",航行到印度、阿拉伯、东非等地,使海路邮驿一时间发展很快。公元 1403-1424 年间,我国南方沿海、沿江商业比较发达的城镇,出现了专门收寄商民邮件、办理汇兑等业务的民信局,并陆续扩设于内陆各地。随着沿海居民出海者日众,又出现了专门办理华侨书信、汇款的侨批局。这两个民间通信组织弥补了邮驿只递官府文书不传民信的不足,在一段时期内形成了与国家邮政并存的民间通信系统。清朝沿承历代邮驿制度。晚清年间,由于政治腐败,外犯频临,邮驿制度开始废弛,驿递迟缓,继之而起的有客邮、工部局书信馆、太平天国邮政、麻乡约、文报局、送信官局和华洋书信馆等各种传邮组织。在当时,各类传邮组织各自经营,各自制度,自成体系,先后并存,互不统一,直至 1896年才正式开办大清邮政。作为国家专事通信的邮驿,全部淘汰是在 1912 年成立中华邮政之时。① 这一时期邮政的主要特点是:① 规模宏大,联系宽广;② 组织水平高,传递速度快;③ 法规严密,制度完善。

　　2. 近代邮政

　　中国近代邮政是从中国官方开办新式邮政后开始的。这种新式邮政既与以往的"官办官用"的邮驿不同,又与当时"民办民用"的民信局有异,它具有引自外国的新制度,利用新的交通运输工具运输邮件,以及"官办民用"三个特点,并带有鲜明的半

---

　　① 杨海荣:《邮政概论》,北京邮电大学出版社 2005 年版,第 4 页。

殖民地半封建的烙印。中国近代邮政的产生、形成与演变大体上可分为大清邮政和中华邮政两个阶段。解放区邮政作为近代邮政的一部分，则是在极其艰苦的条件下发展起来的面目全新的邮政通信。

3. 现代邮政

中华人民共和国的成立，开创了中国邮政事业的新纪元。1949 年 11 月 1 日成立了邮电部，主管全国邮电工作。新中国邮政是以解放区交通邮政组织为基础，接收改造中华邮政创建发展起来的，是社会主义全民所有制公用企业。1950 年 1 月 1 日，邮电部成立邮政总局，全国除台湾省外，普遍建立了统一的分级邮政机构。邮电部设邮政司和邮政总局，分别实施对邮政的行政、行业管理和对邮政企业的业务经营管理。新中国成立初期，中国邮政通信网的基础很差，网点稀少，设备陈旧。1949 年底，全国（除西藏和台湾）只有邮电局所 26328 个，每个邮电局所平均服务面积 364.6 平方公里，平均服务人口 2.1 万人，业务种类仅有函件、包件、汇票等几种，每人平均函件量仅有 1.1 件，全年邮政业务总量 1.35 亿元，邮政业务收入 6208.44 万元。

建国 50 多年来，中国邮政始终坚持"人民邮电为人民"的根本宗旨和"迅速、准确、安全、方便"的方针，使邮政事业取得了飞速的发展，邮政业务总量 2003 年是 1992 年的 8.45 倍，业务收入 2003 年是 1992 年的 8.78 倍。尤其是改革开放以来，中国邮政持续、快速、健康发展，邮政网络四通八达，覆盖全国，联通世界，整体实力不断增强。为满足社会用邮需求，业务种类形成多品种、多层次、多元化的格局；技术装备实现自动化、机械化和现代化；服务质量有了极大提高，逐步走出了一条具有中国特色的邮政发展道路。主要表现在：通信能力明显增强；技术装备水平显著提高；业务经营成效显著；服务水平不断提高；对外合作交流日益增强。

这一时期邮政的特点是：① 发展迅速，与世界同步；② 服务项目不断拓展，以满足公众日益提出的多种需要；③ 大量采用新技术，加快邮件传递速度。

二　我国邮政的发展状况

1998 年邮电体制改革后，邮政事业取得了显著成就，实现了历史性的突破，邮政业务总量 2001 年比 1998 年增长了 175.2%；业务收入 2001 年是 1998 年的 1.6 倍，业务收入年均增长 23.5%；经济效益显著提高，2001 年中国邮政扭亏为盈，实现盈利 6085 万元。特别是通过体制改革、管理创新、技术进步和强化经营，中国邮政发展的外部环境明显改善，基本满足了社会用邮需求，基本建成"三流合一"的服务网络，建成了独立、完整的邮政运行体系。今天，一个沟通城乡、覆盖全国、联通世界、具备多种运输手段、拥有先进信息传输平台的邮政网络已经基本形成，邮政信息传递、物品运送、资金流通"三流合一"服务功能的内涵和外延正不断丰富和拓展。

2000 年，全国实现了国内信函、包裹、印刷品等邮件的全面提速。提速后省会城市之间的函件时限平均加快 1—2 天，包裹、印刷品时限平均加快 2—4 天。特快专递实现了京、沪、穗之间和东部地区之间的次日递，7 个一级中心局之间次日递率达到 80%。各类邮件妥投时限准时率达到 90% 以上。基本实现了全国县级以上城市城区包裹投递到户。

邮政部门在办好邮递、集邮、金融三大类数十种传统业务的同时，根据市场需求，不断开发新业务，拓宽服务领域。积极利用现代信息技术，发展电子邮政，建立了"183"电子商务网站和"111858"客户服务系统，开办了网上购物、网上订报、网上集邮、网上汇款等业务，向社会提供了信息和物流配送服务。2000 年，中国邮政已与 150 多个国家和地区保持和发展了业务关系，函件和包裹可以递送到世界各地，特快专递通达 200 多个国家和地区，国际汇兑业务覆盖 20 个国家和地区。

到 2003 年底，中国邮政加大网络对经营的服务保障力度，强化全网运行管理，使网络规模和网络资源的配置更加适应邮政市场竞争和提高企业经济效益的需要。全国邮政有 30 个省会已成立邮区中心局并开始投入运行，29 个省会城市之间实现信盒封发运输。全国已有生产用汽车（邮运汽车）3.9 万辆，邮运飞机 10 架，邮船 10 艘。全国已有邮政信函分拣机 115 套，信函分类理信机 113 套，商业信函制作系统 585 套，印刷品及包裹分拣机 143 套，报刊分发流水线 55 套，ATM 自动柜员机 5831 台，邮资机 6422 台。

全国邮政营销网点 6.4 万处，其中设在农村的 4.6 万处，提供邮政全功能服务的局所 3.6 万处，电子化支局 1.8 万处。邮政报刊图书销售点 5.1 万处，集邮品销售点 2 万处。邮政储蓄点 3.4 万处，邮政储蓄联网网点 2.8 万处，邮政储蓄异地存取网点 3 万处。全国邮政信报箱群 28.7 万处，邮政妥投点已达到 3445.1 万处。全国开办邮政储蓄业务的乡镇 2.2 万个，开办"11185"客户服务中心的地市 305 个。①

回顾过去，中国邮政有了长足进步，展望未来，中国邮政将进一步深化内部运行机制的改革，促进邮政通信的组织、管理与经营由粗放型向集约型转变，继续保持较快的发展速度，积极发展新业务，不断提高整体服务水平，努力提高企业经营效益，加快邮政通信网的建设，以崭新的姿态跨人 21 世纪。

---

① 有关数据参考中国邮政网，网址：http://www.chinapost.gov.cn/。

三　邮政的性质及特点

（一）邮政的性质

1. 邮政具有社会公用性

几乎在所有的国家里，邮政都是由政府直接兴办，为全社会服务，为社会的每一个成员服务，具有明显的社会公用性质。我国《邮政法》也把邮政部门的性质定为"公用企业"。邮政的基础业务——信件传递业务，属于向全社会提供的公用性服务。邮政通信作为社会的基础设施为全社会提供服务，必须达到服务普遍、使用平等、价格低廉的要求。邮政通信是人们最普遍使用的通信手段，是发展社会主义市场经济的重要媒体和渠道。邮政的公用性具有三大特征：① 服务的普遍性，主要表现为服务地域的广泛和服务对象的普遍，全社会人人处处都能使用邮政设施寄递信件；② 使用的平等性，凡邮政用户的通信自由和通信秘密都受法律保护，所有用户都必须缴纳邮资并遵守邮政法规的各项规定；③ 经营的非盈利性，信件传递实行低资费政策，以社会效益为首要目标，同时按邮政所付出的活劳动和物化劳动取得相应的补偿，不以盈利为目的。

2. 邮政具有服务性

邮政不生产新的实物产品，只为社会提供劳务，其生产过程就是用户的消费过程，这是服务业所具有的共同特征。按照我国对第三产业的划分办法，第一产业是直接与自然界打交道的产业，如农业、矿业；第二产业是生产物质产品的加工制造业，如工业、建筑业；第三产业是指除第一、第二产业以外的非物质生产部门、服务业。我国将第三产业分成四个层次：第一层次，流通部门（包括邮电通信、交通运输和商业等）；第二层次，金融保险公用事业；第三层次，科学教育文化事业；第四层次，国家机关、社会团体等。由此，邮政通信被明确定位为服务业、流通部门。

3. 邮政属于通信行业

近期，根据有关部门对服务业的分类，服务业分成商业性服务、通信服务、建筑服务、分销服务、教育服务、环境服务、金融服务、健康及社会服务、旅游及相关服务、文化、娱乐及体育服务、交通运输服务及其他等 12 大类。

通信服务主要指所有有关信息产品、操作、储存设备和软件功能等服务。通信服务由公共通信部门、信息服务部门、关系密切的企业集团和私人企业间进行信息转接和服务提供，主要包括邮政服务、信使服务、电信服务（其中包含电话、电报、数据传输、电传、传真）、视听服务（包括收音机及电视广播服务）及其他电信服务。而邮政属于通信服务的范畴。

（二）邮政的特点

1. 以实物为载体

在邮政通信过程中，不论传递的是信函、报纸、汇票还是包裹，都是具有实物形式的信息。与电信的即时通信相比，邮政传递的不仅是相关物体的表面信息，如形状、尺寸、颜色、重量等，而且还包括相关物体的质感、意念等用语言、文字难以表达的内在素质的全部信息，所以，邮政通信传递的信息所包含的内容具有广泛、丰富和完整的特点。而且，邮政可弥补其他信息交流的不足，在信息社会成为满足人们获得全部信息通信需求的主渠道。

2. 以交通运输路线和工具为媒体

既然邮政通信传递的是实物信息和物品，那么它必然要利用交通路线和运输工具将具有一定体积和重量的信息实物载体及物品进行空间位置的转移。以交通路线和运输工具为媒体，是邮政通信不可缺少的条件。正是交通运输路线和工具把分散在全国各

地的邮政局所联结成邮政通信网，才使任何两地的邮政企业得以
实现信息的传递。

3. 网点遍布全国城乡各地

邮政通信的开始和结束一般都要与用户直接接触，因为它要
接受用户委托，将实物信息和物品进行空间转移，最终完成传递
任务，所以凡是有人生活的地方就有通邮的可能。邮政通信网点
遍布全国城乡各地，几乎覆盖全国的每一个地方。通信网点的广
泛性正是邮政通信的优势所在，这是任何形式的通信手段都无法
比拟的。邮政企业要充分利用点多、面广、线长的特点，不断开
发新业务，为邮政通信的发展创造更有利的条件。

第二节　邮政业市场监督法律制度

一　邮政法概述

法律是社会关系的调节器，邮政法是调整邮政关系的法律规
范。具体说，邮政法规是有关邮政通信活动的法律、法规、规章
等的总称，是国家邮政部门据以组织管理和经营邮政事业、用户
据以使用邮政业务以及有关方面据以调整邮政企业与社会关系的
规范性文件。

（一）邮政法的性质

《邮政法》是根据《中华人民共和国宪法》制定的，用以调
整邮政部门与用户之间，以及邮政部门同其他部门之间在邮政事
务中所发生的社会关系的法律规范的总称。

《邮政法》的性质是由邮政机构的性质所决定的。邮驿制度
下的邮政属于国家的行政部门，邮政律令自然也属于国家的行政
法范畴。那时，邮政的任务是传达官府公文、信息，邮政人员被

称为官员和使役。因此邮政律令的内容基本上都是行政法令，并无经济内容，如遇邮件丢失、毁损，不谈赔偿或罚款，只规定政治责任加以刑罚；如误军机，往往规定处以极刑。旧中华邮政时期，邮政属于国家的行政部门和事业单位，邮政法也属于行政法。

世界各国的邮政部门过去基本都属国家的公共行政部门，邮政法也都属国家的行政法，被称为行政法中的公共法。随着形势的发展，经营邮政的方式有了很大的变化。20 世纪 70 年代，加拿大首先把邮政总局掌握的邮政改为公司经营，称为邮政公司，聘请私方代表当公司经理，并与劳方工会订立合同。从此，开始了邮政企业化的步伐。英国邮政也早已改为公司，实行企业经营，自负盈亏。由于邮政由国家的行政部门转化为企业，成为一个经济组织，因此，邮政法不能不逐步由行政法的性质而过渡到经济法的范畴。

我国《邮政法》第 3 条第 1 款规定："国务院邮政主管部门所属的邮政企业是全民所有制的经营邮政业务的公用企业。"这就对邮政企业的性质作了非常明确的规定，指明邮政是企业，而不是行政事业单位；是全民所有制企业，经营邮政业务，不是政府机关。其次，阐明邮政是公用企业，是提供通信服务的第三产业。因此，邮政企业被定为经济组织，属于经济实体，我国《邮政法》已被列为经济法的行列。但是，邮政是国家的通信部门、人民的通信工具，虽然经营方式是企业化、商业化，但为社会传递信息、保障公民的通信自由的任务大大超过了经济任务。所以，我国的《邮政法》既属于经济法范畴，又具有一定的行政法性质。

（二）邮政法的立法目的

立法目的是指立法所要达到的目标。《邮政法》第 1 条明确规定，为了保护通信自由和通信秘密，保障邮政工作的正常进行，促进邮政事业的发展，以适应社会主义建设和人民生活的需要，根据宪法，制定本法。由此可以看出，现行《邮政法》的立法目的主要有三：① 保护通信自由和通信秘密；② 规范邮政企业的行为；③ 保障邮政工作的正常进行，促进邮政事业的发展。

（三）邮政法的效力

法的效力，即法律的约束力，指人们应当按照法律规定规范自己的行为。通常，法的效力分为规范性法律文件的效力和非规范性法律文件的效力。规范性法律文件的效力，也叫狭义的法的效力，即指法律的生效范围或适用范围，即法律对什么人、什么事、在什么地方和什么时间有约束力。

《邮政法》明确规定了其适用范围，一是空间范围，指在中华人民共和国境内，一般是指在我国海、陆、空立体全境范围内。按照国际惯例，还包括我国的驻外使馆、航行他国领空领海飞行器、船舶以及停靠在他国机场、码头的我国飞行器、船舶等我国领域的延伸部分。二是对象范围，包括从事邮政事务或者从事与邮政有关的活动两种。从事邮政事务，是指在中华人民共和国境内直接从事邮政活动的行为。这种行为主要表现为邮政企业所进行的各种邮政业务活动。如国内和国际邮件寄递、国内报刊发行、邮政汇兑、邮政储蓄等。从事与邮政有关的活动，主要是指与邮政有关的其他活动，如邮件的运输、验关和检疫等活动中其他有关部门的配合。

（四）邮权

邮权是指一个主权国家在其领土范围内独立自主地办理本国邮政的权力。这种权力是国家的主权之一，不受任何外来势力的干扰和侵犯。邮政是国家的通信部门和基础设施，邮政业务涉及公民的通信权利和国家机密，因此世界各国的邮政都由国家办理。

邮权作为国家的主权之一，体现在以下几个方面：① 只有国家有权发行本国邮票；② 只有国家有权派代表参加国际邮政会议；③ 国家有权在本国领土上设立邮局。

1989 年在万国邮政联盟华盛顿大会上，阿根廷、英国、智利、美国、澳大利亚等国家在签署法规时，都声明其在南极地区设立的邮局是"建立在自己的领土上的"，以象征其在南极地区的主权。我国于 1985 年在南极设立"中国南极长城站邮政局"。

（五）邮政法与宪法及其他法律的关系

《中华人民共和国邮政法》是根据《中华人民共和国宪法》制定的。宪法是国家的根本大法，所有国家法律、法规都是根据宪法制定的。宪法明确规定保护公民的通信自由和通信秘密，保护国家、集体的财产所有权和公民的合法收入、储蓄、房屋和其他合法财产的所有权，以及保护公民所有财产的继承权等，邮政法都相应地作了贯彻实施的规定。

民法、民事诉讼法、刑法、刑事诉讼法、行政诉讼法、合同法以及其他若干专业法等，都在不同程度上作出对邮政法实施提供支持的规定，当邮政法以经济手段或一定行政手段无法调整某种社会关系时，就能运用这些法律予以调整。如发生侵犯公民通信权利或破坏邮政通信的行为时，可依靠刑法、刑事诉讼法或治安管理处罚条例予以制裁。发生用户违法案件引起邮政企业损失时，则用民事法规予以追究民事责任等。因而，邮政法只有与其他法律、法规紧密结合，才能发挥法律的整体作用，切实保障邮政通信工作的正常进行。

二　邮政法的内容

《邮政法》主要内容包括：邮政企业同用户之间各自的权利

义务，同社会各有关部门之间各自承担的责任，以及邮政应享有的社会保障和邮政部门、邮政职工应尽的职责。

（一）邮件的寄递、运输、验关和检疫

邮件的寄递，从法律上讲，是邮政企业和用户之间形成的明确的合同法律关系。其中，合同的主体是邮政企业和用户，合同的标的是邮件传递行为，合同的内容则是双方当事人各自的权利和义务。《邮政法》对邮件寄递所作的相关规定，实际上就是在明确双方当事人的权利和义务。

1. 邮政企业的权利和义务

邮政企业的权利包括以下三点。① 验视权。《邮政法》规定，用户交寄除信件以外的其他邮件，应当交邮政企业或者其分支机构当面验视内件。拒绝验视的，不予收寄。② 收费权。邮政资费是邮政企业为用户提供各项服务的收费标准，是邮政服务应收的劳务报酬。邮政企业有权按规定要求用户付足资费。③ 对无着邮件的处理权。《邮政法》规定：无法投递的邮件，应当退回寄件人；无法投递又无法退回的邮件，在国务院邮政主管部门规定期限内无人认领的，由地区邮政管理机构负责销毁；无法投递又无法退回的进口国际邮递物品，在国务院邮政主管部门规定的期限内无人认领的，由海关依法处理；无法投递又无法退回的其他邮件的处理办法，由国务院邮政主管部门规定。

邮政企业的义务包括以下三点。① 尊重用户用邮权。这是指邮政企业应依用户的意志，由用户自由选择用邮时间、交寄方式、邮政业务种类。② 严格执行投递时限。《邮政法》规定：邮政企业及其分支机构应当按照国务院邮政主管部门规定的时限投交邮件；③ 接受查询和给予赔偿的义务。

2. 邮政用户的权利和义务

邮政用户的权利有以下三点。① 用邮权。用邮权即邮政用户有权使用邮政企业经营的国内和国际邮件寄递、国内报刊发行、邮政储蓄、邮政汇兑以及国务院邮政主管部门规定的适合邮政企业经营的其他业务，有权选择用邮种类和方式，有权要求邮政企业及其分支机构提供迅速、准确、安全、方便的邮政服务。邮政企业及其分支机构应当在规定的营业日和营业时间内办理邮政业务。除法律规定外，对用户按规定交寄的邮件，不得拒绝收寄，不得擅自停办或变更国务院邮政主管部门和地区邮政管理机构规定的必须办理的邮政业务。② 通信自由和通信秘密权。《邮政法》规定：通信自由和通信秘密受法律保护。除因国家安全或者追查刑事犯罪的需要，由公安机关、国家安全机关或者检察机关依照法律规定的程序对通信进行检查外，任何组织或者个人不得以任何理由侵犯他人的通信自由和通信秘密。邮政企业和邮政工作人员不得向任何组织或者个人提供用户使用邮政业务的情况，不得泄露因工作职务之便而得悉的通信秘密。邮政工作人员私自开拆或者隐匿、毁弃邮件的，要追究刑事责任；窃取邮件内财物的，要按贪污罪从重处罚。③ 邮件、汇款、储蓄存款所有权。《邮政法》规定：邮件和汇款在未投交收件人、收款人之前，所有权属于寄件人或者汇款人。这就是说，邮政用户对交寄的邮件、汇款，可以行使其对邮件、汇款的所有权，包括委托投交给指定的收件人、收款人，如有需要，可以提出解除契约或变更契约，向邮政机构申请将邮件或汇款撤回，或更改收件人的姓名、地址。

　　邮政用户的义务包括以下三点。① 用户交寄邮件，必须遵守国务院有关主管部门关于禁止寄递物品、限量寄递物品的规定，这是为了维护国家利益、社会公共利益、邮政企业利益和其他用户合法权益。交寄出口国际邮递物品，还须遵守我国海关关于禁止和限制出口物品的规定以及寄达国关于禁止和限制进口物品的规定。② 用户交寄邮件应当遵守国务院邮政主管部门关于邮件准寄内容、封装规格和书写格式的规定，并正确书写邮政编码。③ 用户使用邮政业务应按规定费率交纳资费，并应使用符合规定的邮资凭证。

（二）邮件的运输

《邮政法》规定：铁路、公路、水运、航空等运输单位均负有载运邮件的责任，保证邮件优先运出，并在运费上予以优惠。邮政企业在车站、机场、港口转运邮件，有关运输单位应当统一安排装卸邮件的场所和出入通道。港口、渡口对带有邮政专用标志的邮政车船和邮政工作人员应当优先放行。带有邮政专用标志的邮政车辆需要通过禁行路线或者在禁止停车地段停车的，由有关主管部门核准通行、停车。邮件通过海上运输时，不参与分摊共同海损。

（三）邮件的验关

海关依照法律规定对进出口邮递物品所进行的查验即为验关。《邮政法》规定：国际邮递物品未经海关查验放行，邮政企业不得寄递；国际邮袋出入境，开拆和封发，应当由海关监管，邮政企业应当将作业时间事先通知海关，海关应当按时派员到场监管查验。

（四）邮件的检疫

《邮政法》规定：依法应当施行卫生检疫或者动植物检疫的邮件，由检疫部门负责拣出并进行检疫；未经检疫部门的许可，邮政企业不得运递。

（五）邮件的查询

《邮政法》规定：用户对交寄的给据邮件、交汇的汇款，自交寄、交汇之日起一年内，持据可向收寄、收汇的邮政企业查询，并规定邮政企业应在规定的期限内将查询结果通知查询人。

（六）违反《邮政法》的法律责任

《邮政法》、《邮政法实施细则》对违反邮政法的行为和法律责任进行了规定。

（1）因邮政企业的责任造成给据邮件丢失、损毁、内件短少的，要按规定给予赔偿。

赔偿的具体要求是：① 挂号信件，按国务院邮政主管部门规定的金额赔偿；② 保价邮件，丢失或全部损毁的，按保价额赔偿；③ 没有保价的邮包，按实际损失价值赔偿，但最高不超过国务院邮政主管部门规定的标准。

（2）隐匿、毁弃或者非法开拆他人信件，侵犯公民通信自由权利，情节严重的，依照《刑法》第 149 条的规定追究刑事责任；尚不够刑事处罚的，依照《治安管理处罚条例》的相应规定处罚。

（3）邮政工作人员私自开拆或者隐匿、毁弃邮件的，依照《刑法》第 191 条第 1 款的规定追究刑事责任。犯前款罪而窃取财物的，依照《刑法》第 191 条第 2 款的规定，按贪污罪从重处罚。

（4）故意损毁邮筒等邮政公用设施，尚不够刑事处罚的，依照《治安管理处罚条例》第 25 条的规定处罚（现应该依照《治安管理处罚法》相应条款处罚）；情节严重的，依照《刑法》第 156 条的规定追究刑事责任。

（5）邮政工作人员拒不办理依法应当办理的邮政业务的，故意延误投递邮件的，给予行政处分。邮政工作人员玩忽职守，致使公共财产、国家和人民利益遭受重大损失的，依照《刑法》第 187 条的规定追究刑事责任。

（6）违法经营信件和其他具有信件性质的物品的寄递业务的，由工商行政管理部门责令其将收寄的信件和其他具有信件性质的物品及收取的资费退还寄件人，处以罚款。当事人对处罚决定不服的，可以在接到处罚通知之日起十五日内向人民法院起诉；逾期不起诉又不履行的，由工商行政管理部门申请人民法院强制执行。

（7）妨害邮政工作正常进行的行为，包括：① 损坏邮政设施；② 在邮政企业及分支机构门前或者出入通道设摊、堆物，妨害用户用邮或者影响运邮车辆通行；③ 在办理邮政业务的场所无理取闹或者扰乱正常秩序；④ 阻碍邮政工作人员依法执行公务或者寻衅滋事；⑤ 拦截邮政运输工具、非法阻碍邮件运递或者强行登乘邮政运输工具；⑥ 非法检查或者截留邮件；⑦ 其他妨害邮政企业及分支机构或者邮政工作人员正常工作的行为。

妨害邮政工作正常进行的，由有关部门按照国家有关规定根据情节轻重，予以处罚；违反治安管理有关规定的，由公安机关依照《中华人民共和国治安管理处罚条例》处罚。

（8）寄递或者在邮件内夹带爆炸性、易燃性、腐蚀性、放射性、毒性等危险物品，尚未造成严重后果的，由公安机关依照《中华人民共和国治安管理处罚条例》进行处理。

（9）伪造或者冒用邮政专用标志、邮政标志服或者邮政日戳、邮政夹钳、邮袋等邮政专用品的，由邮电管理局或其授权单位处以 1500 元以下罚款，并没收有关物品。

（10）以营利为目的，伪造邮资凭证，未经许可仿印邮票图案或者印制带有"中国人民邮政"字样明信片的，由邮电管理局或其授权单位处以 5000 元以下罚款，并没收非法所得和非法物品。

（11）由于用户的故意，交寄的邮件使用不符合规定的邮资凭证的，邮政企业或者分支机构不予发寄，通知寄件人限期撤回，并处以应付邮资 10 倍的罚款；无法通知寄件人或者逾期不办理撤回手续的，作为无着邮件处理。

第三节　国外邮政立法的启示

一　国外邮政立法的情况

世界各国的邮政通信都由政府部门经营。有些国家的邮政经营体制发生变化，改为邮政公司，采取商业化经营，但仍由国家掌握、由政府部门领导。为了确立邮政通信的地位，强制社会给邮政通信提供保障，多数国家制定了邮政法或邮电法规，大体上有三种情况：制定单独的邮政法；制定邮电法，分为邮政法与电信法两部分；按邮政经营的业务种类，分别制定邮政法（邮件法）、邮政储金法、邮政汇兑法、邮政保险法、邮件运输委托法等。

大多数国家的邮政法具有一些共同的特点，主要体现在以下几个方面。

第一，邮政法条文只作原则性规定，授权国家邮政主管部门制定邮政法实施细则或邮政规则等文件。

第二，各国邮政法中一些重要的原则有：① 关于邮件保护问题，各国宪法均规定通信自由和通信秘密为人民的基本权利，各国邮政法对此也都有相应的规定；② 关于信函、明信片专营问题，对信函、明信片的专营或独占，各国邮政法都规定得比较明确；③ 关于邮件运输问题，各国邮政法规定对邮件运输给予保证，对邮件运费给予优惠，对邮件发运给予优先，保障邮件运输车、船和邮政工作人员优先通行。

第三，邮政立法的目的是使公共邮政能够实现政府的社会和经济目标。社会目标为普遍服务和其他社会义务；经济目标主要是由于目前多数邮政部门仍然是国有的，为了实现国有资产的保值和增值，有的政府规定邮政部门要收支平衡，有的则要求邮政部门取得一定的资产收益率，并且分给政府一定的红利。

第四，邮政法主要是针对公共邮政制定的。

第五，作为政府部门和公共企业主要遵循邮政法，其他相关立法显得次要一些。

随着生存环境的不断变化，世界各国邮政都相继重新制定或修改了邮政法，以便明确或转变公共邮政的法律地位、主要职能、权力、义务和特权等；而各国邮政立法或修订原有的邮政法的出发点，以及邮政法中一些热点问题的进一步明确也都有趋同的倾向，主要表现在以下几点。① 邮政立法的目的转变为使得邮政行业的规制（行业管理和调控方面的法制）有益于国家整体实力的发展。这是近二三十年来由于私营运递公司在邮政领域的激烈竞争出现之后，各国为了使邮政行业健康有序地发展而制定的。② 从 20 世纪 90 年代开始，出现了针对邮政行业制定的邮政法，如 1991 年出台的马来西亚邮政法和 1997 年出台的德国邮政法；而且，从立法的高度在邮政领域引入竞争已日趋明显。③ 邮政法律地位不再像原来一样只是单一模式，如新西兰邮政公司主要在国有公司法、邮政法和新西兰邮政公司章程 3 个法律框架下经营。④ 在许多邮政部门实行政企分开的国家，政府将一些需要经常发生变动的指标或一些需要根据情况作出决定的政策以与邮政部门签订合同的方式予以体现。这一合同虽然是低于法律层次的文书，但在邮政逐步实现真正意义上的政企分开的过渡阶段，这是政府补充邮政法相对不足的一种很好的方式。

二　我国的邮政立法现状

我国的邮政法规以《中华人民共和国邮政法》为纲领性文

件，并根据《邮政法》制定了一系列的法规、规章及实施细则，构成了我国的邮政法体系。相关法则主要有：《中华人民共和国邮政法实施细则》、《国内邮件处理规则》、《国际邮件处理规则》、《国内邮政汇兑业务处理规则》、《国际邮政汇兑业务处理规则》、《邮政储蓄业务处理规则》、《报刊发行业务处理规则》、《国内特快专递邮件处理规则》、《国际特快专递邮件处理规则》、《邮政业务视察规则》、《邮资票品管理规程》、《集邮管理办法》、《仿印邮票图案管理办法》，还有大量有关邮政业务的规定、通知和通令。另外根据我国《立法法》和相关部门的授权，省级地方权力机关和政府还制定了大量的有关邮政、通信的地方法规、政府规章以及其他规范性文件。随着社会经济的发展、市场的变化、邮政职能的多样化，邮政立法也进一步发展和完善，并逐步形成了以中央立法为指导，地方立法为补充的邮政法律体系。

三　我国邮政立法的不足及修改建议

（一）我国邮政立法的不足

1. 邮政立法不适应社会主义市场经济发展的客观要求

市场经济客观上要求企业成为自主经营、自负亏盈的市场主体，以市场为导向合法追求利润最大化是一切市场主体经营活动的出发点和立足点。我国《邮政法》一方面承认邮政经营企业性质，另一方面又政企不分，行政干预邮政企业的生产经营活动。如《邮政法》第 2 条、《邮政法实施细则》第 42 条规定：铁路、公路、水运、航空等运输企业负有运载邮件的义务，保证邮件的优先运出且在运费上给予优惠；《邮政法实施细则》又按行政级别划分邮政企业并赋予其行政执法权，可以对其他市场主体行使行政处罚权；把邮政企业的生产经营活动视为"执行公务"。显然，邮政立法的上述规定反映了旧体制下的政企合一、行政干预企业正常生产经营活动的特征。这种规定是不符合市场经济发展的客观要求的。

2. 邮政立法过于粗疏，可操作性差

《邮政法》作为邮政通信领域的基本法，具有很强的实践性，本应规定得周详具体，以便使各主体的相关行为皆能有法可依。我国《邮政法》是在 20 世纪 80 年代中后期制定的。当时在缺乏相应立法经验的情况下，立法遵循"宁简勿繁"、"宜粗不宜细"的原则。于是，我国现行邮政法就无法对广泛复杂的邮政活动及与此相关的行为进行周详地规范，失之粗疏，乃属必然。从粗的方面看，有些内容虽然也作了规定，但过于原则、抽象，有关主体在实际活动中往往遇到问题时无所适从。从疏的方面看，有些重要内容缺乏相应的规定。

3. 法律体系被人为分割，体系内部缺乏协调性

法律体系有广义和狭义之分。前者指一国内以宪法为基础由各法律部门所组成的有机整体，后者指在同一法律部门内部以基本法律为基础，由法律、行政法规、地方性法规、行政规章等组成的有机体。作为邮政通信的基本法，《邮政法》本应对邮政通信领域的基本业务关系的主要问题作出具体规定。然而，目前它基本上是对国内邮件寄递关系的规范，而对其他诸如邮政储蓄、汇兑、运输、报刊发行、国际邮件寄递等基本业务关系仅一句带过，授权国务院邮政主管机关以行政规章的形式予以规范，因此导致整个邮政法律关系被人为地分割，也为体系内部的不协调甚至冲突埋下了隐患。从我国现行邮政法律体系的条文数量上看，《邮政法》仅 44 条，《邮政法实施细则》也只有 65 条，而国务院邮政主管机关制定的邮政规章就有几千条，加上地方性邮政法规、规章，其低位阶立法过于繁杂。这些低位阶立法因欠缺公开性，一般公众难以知晓且权威性低。同时由于"法"出多门，立

法者各自为政，因此，法律体系内部相互抵触的现象普遍存在。之所以如此，究其原因主要有两个：一是授权立法被广泛使用，甚至达到泛滥的地步；二是立法权的行使缺乏有效的监督制约机制。

所谓授权立法，又称委托立法、委任立法，是指有关国家机关依据有权立法的国家机关通过授权规定等形式，在授权范围内进行的立法活动。从我国《邮政法》及其细则的规定来看，有关授权国务院邮政主管机关行使立法权的规定各占其总条文数的2/5 和 1/7。具体而言，我国邮政立法中有关授权立法的规定主要存在的问题有以下六点。① 部委规章和地方规章中仍存在大量授权立法规范。如邮电部 1987 年发布的《邮政通信设备管理办法》第 40 条规定："各省局要结合实际情况制定设备安全管理办法，认真组织贯彻实施。"② 授权法规范自身存在一定的问题，缺乏授权的目的、范围、内容、期限、程序等。如《邮政法》第 15 条中的"非基本资费由国务院邮政主管部门规定"，其中，何谓"非基本资费"，其内容、范围及制定程序等都缺乏明确限定，使国务院邮政主管机关的"非基本资费"立法权不受任何限制。③ 授权违宪、违法的现象较为普遍。如全国人大常委会对专属自己的立法事项，即涉及主体基本权利义务及基本邮政业务中的主要问题，授权由国务院邮政主管机关进行立法的有关规定，就违反了宪法第 67 条的有关规定。④ 越权立法的现象普遍。如按《邮政法》规定，邮政所属企业单位，无权行使行政执法权，而《邮政法实施细则》则规定邮政企业经授权可行使行政执法权，并对相关主体的行为进行处罚。⑤ 授权立法文件对授权法律规范的援引不规范。⑥ 授权立法缺乏有效的监督制约机制。

在立法权的行使上缺乏实际有效的监督制约机制。从我国整个邮政立法的过程来看，邮政主管机关的立法权限大，且缺乏应有的监督制约机制。因此，在邮政立法的起草、制定、解释的过程中，邮政主管机关不适当地强调本行业、本部门、本地区的利益，甚至借机谋求非法特权的现象自然也就难以避免。由此导致了我国邮政法律体系被人为地分割、内部不协调甚至相互冲突的现象普遍存在，损害了我国邮政法的统一性和权威性。

4. 邮政立法与其他现行有关法律之间不协调

从我国邮政立法的内容来看，除宪法、民法外，与此有关的法律主要有刑法、行政处罚法、海关法、检疫法、金融法、交通运输法、诉讼法、治安管理处罚条例等。因此，协调好与这些法律之间的关系不仅是邮政立法的重要内容，同时也是邮政执法、司法和邮政业务活动正常进行的前提条件。由于我国现行邮政立法多颁布于20世纪90年代中期以前，而与之相关的法律、法规有些已经重新修订，于是便出现了相互之间不协调和冲突的现象。这些冲突的存在不仅已经影响到我国法制的统一性和严肃性，而且也妨碍了执法、司法和邮政业务活动的正常进行。

（二）对我国邮政立法的建议

1. 我国邮政立法的使命

邮政立法主要规范邮政业务关系及与此相关的管理关系。其中，前者主要涉及邮政企业与用户、其他主体、邮政企业相互之间的权利义务关系，其核心是邮政企业与用户间的关系，后者主要涉及国家与邮政企业间的监督管理关系。邮政立法必须反映和体现市场经济的客观要求，尊重和保障人权，尤其是主体的信息自由与信息秘密权。体现法治理念，反对特权和不公平现象，必须彻底摒弃政企不分的传统经济体制。改变政府职能，实现政企分开，使其与邮政企业间由传统的通过行政手段直接进行微观管理的关系转变为通过法律手段间接进行宏观管理的关系，以确保邮政企业能够从政府肆意干预的樊篱中解放出来，真正成为自主经营、自负盈亏的独立法人实体。

2. 关于邮政立法的指导思想和基本原则

邮政立法的指导思想作为邮政立法的重要理论依据，应当也必须反映社会经济体制的客观要求和邮政通信的客观规律。邮政作为现代通信的基本方式是以实物形式实现人们之间的信件传递和交换的，因此，客观上要求邮政立法必须适应市场经济对市场主体的信息自由与信息秘密保障的需要，如把邮政作为公用企业，则应为所有市场主体提供普遍公平的邮政服务；对邮政企业应按照现代市场经济的要求采用现代企业运行机制进行构筑，且适当引入竞争机制。只有这样，才能促进邮政通信业的健康发展，真正为市场主体提供优质服务保障主体的通信自由与通信秘密。据此，我国邮政立法必须遵循以下基本原则。

（1）保障通信自由与通信秘密。邮政立法应以保障通信自由与通信秘密为基本原则。据此要求，邮政立法必须首先确保主体的通信自由权，如把邮政视为公用企业，只要主体依法用邮，邮政企业就不能拒绝。其次，对主体的通信秘密应予以切实保障，非由司法机关在法定情况下经法定程序，任何组织或个人均不得对主体的通信进行检查和扣押，任何组织或个人，包括邮政企业及其工作人员均不能以任何理由或借口对主体的信件进行拆阅、验视、公开；邮政人员不仅在职时应严守主体的通信秘密，离职后亦然。

（2）为主体提供普遍公平的邮政服务。普遍服务是指国家应为国内任何地方的主体提供方便的邮政服务，以确保为主体的通信自由提供物质基础。作为一种政策性原则，它反映了立法机关一定时期内的政治选择。因此，我国邮政立法仍应确立和遵循这一原则。同时，邮政立法还应使邮政企业与用户之间不仅在法律地位上是平等的，而且，在实质上也是平等的，即双方的权利、义务、责任应大致平衡。为做到真正的公平，应取消国务院邮政主管机关在邮政资费和损失赔偿上的立法权。

（3）垄断经营与适度竞争相结合。邮政通信是高度集中统一的社会化大生产，它需要由两个或两个以上的邮政企业相互配合、协同作业，并在铁路、公路、水运、航空等运输企业的积极配合下，按照收寄、分发、运输、投递的顺序不间断地运行才能完成，因此它具有全程全网联合作业的特征。从经济意义上讲，它更适宜于规模经营。同时，由于邮政通信，尤其是函件通信攸关国民基本权利和社会公共利益，由国家控股公司垄断经营，既可发挥规模效益，有利于保障通信自由与通信秘密，为主体提供普遍公平的邮政服务，又能筹集大量资金，改善企业经营机制，有利于邮政业的健康发展。对非函件业务，适当引入竞争机制，既能克服垄断经营带来的机构庞大、效率低下、官商作风、服务质量不高的局面，提高企业的经济效益和服务质量，又能保证邮政服务的普遍公平和通信自由的实现。

3. 健全邮政立法体制和立法监督机制

立法体制主要是有关立法权限的划分及其运行的体系和制度。作为对社会影响最直接、最有力、最深远的社会制度，它具体回答法律是通过谁的活动、怎样产生的问题。① 日前，我国立法体制实际上受行政体制制约，尤其是邮政立法更为突出。我国邮政立法体制上存在的缺陷主要表现在两方面：一是授权立法泛滥，二是邮政主管机关在立法中的权力过大，而且不受任何实际监督制约。为此，应从两个方面完善我国邮政立法体制。

（1）对授权立法进行限制和监督。凡涉及基本邮政业务的主要问题和用户基本权利义务关系等重要事项均应由全国人大常委

---

① 李步云、汪永清：《中国立法的基本理论和制度》，中国法制出版社 1998 年版，第 91 页。

会以基本法律——《邮政法》的形式统一加以规范，而不能授权由国务院邮政主管机关行使立法权，因为该种立法事项是全国人大常委会作为立法主体存在的根据，一旦将该事项的立法权授予行政机关行使，必将造成立法权的旁落。凡应由国务院以邮政法规规范的事项，不能授权由国务院邮政主管机关或省级政府、人大行使立法权；而应由国务院邮政主管机关行使立法权的，则不能授权由地方邮政主管机关行使立法权。为此，需要对授权立法进行有效的监督制约。首先，应在全国人大设立与全国人大常委会平级的专门法律监督委员会，对全国人大常委会及其他立法主体的立法活动包括授权立法行为进行监督制约。其次，国务院法律监督机构应对邮政规章、地方性邮政法规中的授权立法规范的合法性进行切实有效的监督、审查，而不能走形式主义的审批。只有这样才能对授权立法进行有效的监督制约，维护邮政立法的统一性和权威性。

（2）对国务院邮政主管机关及地方性邮政法规、规章的立法主体的立法权进行切实有效的监督制约。在邮政立法上应充分发扬民主，实行立法公开，建立听证、公告制度，充分发挥专家在立法中的作用，对法律、法规的起草应由专家负责而不能由邮政主管机关负责；同时，对邮政主管机关、地方政府行使立法权包括解释权，应由全国人大、国务院建立的由法学专家组成的法律监督机构，通过对立法文件进行事前审查，对群众、机关团体有关邮政立法的意见进行事后审查，行使立法监督权。另外，应发挥司法监督的能动性，确立最高司法机关在司法过程中对有关邮政的法律、法规、规章进行司法审查，对其中的违法现象进行司法监督。①

①　刘德良：《我国邮政立法的现状与对策》，载《北京邮电大学学报》2000年第4期。

第九章　能源产业法

第一节　能源产业法概述

一　能源及能源产业概述

（一）能源及能源产业的定义

能源是人类赖以生存所不可或缺的资源，目前，关于能源的讨论正随着能源危机的加深而日趋白热化，可以说，"能源"对每一个人来说都是耳熟能详的词汇。而能源到底是什么？怎样给出"能源"的定义才算比较科学？目前关于"能源"的定义有很多，《科学技术百科全书》认为"能源是可从其获得热、光和动力之类能量的资源"；《大英百科全书》认为"能源是一个包括着所有燃料、流水、阳光和风的术语，人类用适当的转换手段便可让它为自己提供所需的能量"；《日本大百科全书》认为"在各种生产活动中，我们利用热能、机械能、光能、电能等来作功，可利用来作为这些能量源泉的自然界中的各种载体，称为能源"；我国的《能源百科全书》则把能源定义成为"可以直接或经转换提供人类所需的光、热、动力等任一形式能量的载能体资源"。可见，能源是一种呈多种形式的，且可以相互转换的能量的源泉。综合以上几种较为权威的观点，我们不难看出能源能为人类生产生活提供方便，是不可替代的资源，而这种资源又是主要来自于自然界，据此，我们给出能源的定义是："能源是自然界中能为人类提供某种形式能量，从而满足人类生产和生活的物质资源。"

从《大英百科全书》给出的"能源"定义中我们不难看出，能源是为人们生产生活所提供的所需的能量，而这种能量是需要人们用适当的手段来进行转换的，这些转换方式通过个别人或是无具体形式的小群体是无法实现的，而必须由所有从事能源生产经营活动并提供能源产品或劳务的企业群体、行业、部门来进行，因此，便产生了能源产业。据此，我们认为能源产业的定义就是具有一定的技术力量、人员组织，能够把光、热、动力等转换成为人们生产生活所需资源的企业群体、行业、部门。

（二）能源及能源产业的外延

有学者认为能源的外延是一个历史范畴，认为宇宙和自然界中的能源是无限量的，人类社会是不断发展的，在人类文明的发展历史上，能源的开发和利用在量上是不断增大的，是随着人类对自然的认识程度、知识积累而不断增加的。[①] 就目前来看，关于能源的外延，学术界存在的差异并不是很大。世界能源委员会推荐的能源类型分为：固体燃料、液体燃料、气体燃料、水能、电能、太阳能、生物质能、风能、核能、海洋能和地热能。这些都是现在被人们所认识和利用的基本能源类型，而且通过这些基本能源类型，还可以衍生出许许多多相关的能源类型。因此，我们不难看出能源产业的外延也就是和这些能源类型相对应的。以

[①]　韩民青：《能源新论——兼论树立科学的能源观》，载《广西经济管理干部学院学报》2005 年第 3 期。

上面给出的能源外延为基础，我们不难看出，根据能源的认识和利用，以及转换对象的不同，能源产业可以分为固体燃料产业、液体燃料产业、气体燃料产业、水能产业、电能产业、太阳能产业、生物质能产业、风能产业、核能产业、海洋能产业和地热能产业。

二　能源产业法概述

（一）能源产业法的定义

法律的定义必须从主体、客体、调整对象和内容等几个方面来考察。在能源产业法中，我们不难看出能源产业法的主体是有权制定能源产业相关具有法律效力规范的机关，以及能源产业中从事具体能源工作的能源企业、行业和部门；能源产业法的客体是在能源开发与利用过程中所形成的能源主管机关与能源产业、能源产业内部所形成的相互关系；能源产业法的内容则是能源在上述的能源开发与利用所形成的关系中的能源主管机关以及能源行业部门的权利和义务。据此，我们给出如下定义："能源产业法就是由有权机关制定的，用以调节在能源开发与利用过程中所形成的能源主管机关与能源产业、能源产业内部所形成的相互关系的具有法律约束力的规范总称。"

（二）能源产业法的特征

1. 能源产业法的法定性与政策依赖性

由于能源产业是关乎人民群众具体的生存、生产和生活的基本问题，是关系到其他产业是否能够正常进行的重要环节，所以必须由国家法律对其进行规定，以体现国家对待能源产业的审慎和严谨的态度。同时，由于能源产业的特殊性，使得法律在调整能源关系的时候显得比政策机械，不灵活，难以适应灵活的能源产业的变化。而且能源产业政策在国内根深蒂固，要全盘改革是不现实的，所以就目前来看，能源产业法对能源产业政策具有相当的依赖性，只有将能源产业法与能源产业政策相配合，才能真正发挥能源产业的作用和价值。

2. 能源产业法的经济性与行政性兼备，经济性重于行政性

产业法是经济法中不可或缺的组成部分，而能源产业法属于产业调节法的一个分支，这从很大程度上证明了能源产业法是属于经济法系列的，其调节的方式和调整的对象主要是与经济法相同，但是由于能源产业的特殊性，能源产业是属于国家高度重视的、人民赖以生存的基本资源，所以国家对于能源产业的管理也相当严格，因此，又使得能源产业法具有相当程度的行政性色彩，所以我们认为，能源产业法的另一个特点是经济性与行政性兼备，经济性重于行政性。

3. 能源产业法的社会本位性

能源产业法追求的目标是社会经济的整体协调发展，它强调社会性、公共性。能源产业的发展是关系一个国家是否强盛和是否有足够能力持续发展的基本问题，而不是简单的某一国对本国政府利益的维护。能源产业的发展与整个社会的利益紧密相关。在能源产业法中，强调的是国家利益和个体利益以及社会利益和环境利益、经济效益的平衡协调。政府本身不能从能源产业中得到什么直接好处，政府制定和执行能源产业法的目的是发展整个国民经济，促进社会的可持续发展。有学者认为"在产业政策的制定与实施过程中，政府代表的是社会共同利益，而不是某种政府利益"①。因此，我们不难看出能源产业法与其他法律相比较具有相当的社会本位性。

---

① 陈淮：《日本产业政策研究》，中国人民大学出版社 1991 年第 3 版，第 38 页。

第二节 能源开发现状与能源的战略意义

一 能源开发现状

我国能源储量相当丰富，分布广泛，品种多样，生产增长迅速，已建成相当规模的能源工业体系。到目前为止，我国是世界上能源生产第三大国，煤炭生产第二大国，煤炭消费第一大国。我国常规能源煤炭、石油、天然气及水电储量相当丰富，为半个多世纪以来我国经济的发展和人民生活水平的提高提供了有力保证。然而，我国自身的能源开发也存在着问题，现已探明，我国煤炭储量占能源资源总储量的 98% 以上，而石油和天然气所占比例很小，不到 2%。我国能源储量、生产和消费以煤炭为主，煤炭品质不高。在我国煤炭总储量中，含硫量低于 1% 的优质煤占 17%，含硫量大于 3% 的高硫煤占 25%，而含硫量为 1%－3% 的中硫煤占 58%。我国煤炭资源中含硫量高于 2% 的煤比较多，这给我国的环境保护带来了不小的压力。石油和天然气在能源生产、消费中所占的比例太低。我国能源储量构成以煤为主，从根本上决定了我国能源生产和能源消费以煤为主的基本格局，奠定了我国能源自给政策的基础。我国能源分布广泛，但能源种类及储量分布极不均衡，差异很大，华北、西南及西北地区是我国煤炭、水力、石油和天然气储量丰富的区域，人均能源丰度较高，东北地区石油及天然气的储量也占有重要的地位。我国煤炭资源分布广泛，但分布极不均衡。现有储量中，80.2% 集中在华北和西北，而且以燃料煤为主，其中山西、内蒙古和陕西分别占 28.2%、23.0% 和 18%，加上贵州、新疆、宁夏和安徽共四个省和三个自治区的储量，共占全国的 85.2%。东北和中南分别只占 3.1％和 3.7％，华东也只占 6.5％。如果以京广铁路为东西分界线，东边储量占 15％，西边储量占 85％；若以秦岭—大别山划分南北，北部储量占 94％，南部仅占 6％。煤炭资源分布偏西北部，而经济发展重心偏东南部，东南部煤炭资源短缺，煤种单一，造成西煤东调、北煤南运的格局。把新疆、陕西、宁夏、山西、河北、内蒙古等省和自治区的煤炭运输到东南，再运输到广东、广西、海南，最长运输距离达 1800－3000 公里。目前煤炭运输量占铁路总运输量的 40％以上，全国煤炭大"旅游"，煤炭运输困难，给运输系统造成了愈来愈大的压力。同样，西北石油、天然气储量丰富，造成西气东输的局面；西南地区水电资源极为丰富，造成西电东输的格局。与此同时，我国在能源开发过程中，还付出了污染环境的惨重代价。如今我国是当今世界上大气环境污染最严重的国家。我国大气污染属煤烟型污染，主要是由原煤直接散烧造成的。据 1999 年中国环境状况公报统计，338 个城市中有 137 个城市空气质量超过国家大气质量二级标准，占统计城市的 40.5％。目前，大气环境污染问题已成为我国可持续发展的重要制约因素。据国家环保总局统计，中国环境问题所造成的经济损失占国民生产总值的 10％左右。可见，虽然我国能源储量丰富，看似十分有利，但是分布不均匀、发展不平衡的现实，以及不科学的开采，还是不容我们乐观的，能源的开采和利用仍然存在很大问题。

二　能源危机

"能源危机"这个词汇我们也并不陌生，它真正开端于 20 世纪 70 年代。特别是 20 世纪 50 年代到 20 世纪 70 年代初，世界工业发达国家在石油廉价的有利历史背景下先后完成了以煤为主到以石油为主的能源转变，这种能源转变使得发达国家的经济得以突飞猛进的发展，然而经济的发展又增加了对能源的消耗量和需求量。由于开发、开采和运输不能满足现实需要，20世纪70年代，世界范围内曾经先后爆发过两次以石油为主的能源危机。在20世纪80年代所爆发的海湾战争被直接称为能源战争。进入21世纪，由于能源消费结构的改变等原因，在世界范围内再度爆发能源危机，这次危机不仅包括了主能源石油，同时也包括了许多国家的煤炭和电力等重要能源。

我国也曾经先后出现过两次能源危机。第一次是在1970年到1984年，当时全国处于经济复苏时期，能源需求不断增长，但是能源生产却是相当落后，致使全国连续14年严重缺乏能源。据统计，大约缺少煤炭2000万吨，石油1000万吨，电力500亿千瓦时。工业生产能力约有25％主要因缺能源而不能发挥作用，影响工业产值近1000亿元。全国许多地区经常都是轮流停电，给人民生活造成了极大的不便。第二次能源危机出现在1988年，当时全国范围内煤炭供应紧张，因缺乏能源和原材料，全国25％的工业能力开工不足，农业用电短缺1/3，造成年损失近4000个亿。① 目前，随着世界性能源危机的爆发，我国在进入21世纪以后，又面临着第三次能源危机的爆发。随着各个行业的迅速发展，能源的需求量逐渐递增，有限的能源已经很难满足需求，于是全国各地经常限制能源供给，例如，南京每到夏天用电高峰就会限制空调使用，昆明每到寒冷季节就会限制煤气供应等等，举不胜举。更有人预测，全球石油储量照目前消费速度，仅够开采10年。可见，能源危机为什么令我们那么熟悉，是因为我们在现实生活中对其有深切的体会，而且能源危机正面临加

---

① 数据来源参见白惠仁、焦有梅：《能源危机与缓解能源危机的探析》，载《山西能源与节能》2005年第3期，第15页。

剧的趋势。

三　能源的战略意义

随着能源危机的升级，目前，国家综合实力的竞争也在逐渐地向能源竞争转变，能源在国际政治、经济舞台上扮演的角色也日益重要，可以说，拥有能源的国家就是强盛的国家。所以，科学地认识能源，合理地开发和使用能源，无论是现在还是将来都具有相当重要的意义。

第一，能源需求仍然在不断增长。随着世界范围内工业和经济的不断发展，加之世界范围内人们生活水平的不断提高，人类对能源的需求量正在不断的增加。据估计，到 2020 年，世界能源需求仍将继续保持以往的增长趋势，将增长 60％，增长需求主要来自发展中国家，而这些国家都是工业和经济相对比较落后，人民生产和生活饱受能源危机折磨的地区。能源的缺乏使得这些国家和地区越来越向落后发展，不但不利于这些国家和地区保护其自身的经济利益和安全，也不利于其内部稳定。所以，对发展中国家而言，能源具有关乎政治、经济等多个重要因素的战略意义。

第二，石油、煤、天然气和核能将继续在能源结构中占主导地位，而且很多国家还在集中使用石油和天然气。不合理的能源消费结构使得许许多多的国家仍然在大量地消耗石油、煤、天然气等不可再生资源。由于这些资源的有限性，使得这些资源成为了各个国家竞相争夺的对象，而这些资源的存在也成为了影响世界和平与稳定的不安定因素，20 世纪 80 年代后期至今延续的海湾战争、伊拉克战争等就是佐证。我们甚至可以这样说，得能源者得天下，谁具有能源储备，谁就可以跻身世界强国之列，这种说法是一点都不夸张的。

第三，可再生能源的发展具有相当战略意义。可再生能源由于其可循环使用性和环保性，正为各个国家的研究机构所重视，开发可再生能源已经成为国际竞争中的战略重点。可再生能源的发展可以从很大程度上缓解能源危机，也可以降低能源开发和利用过程给环境带来的压力。另外，可持续发展已经成为各国经济发展过程中所要解决的问题。对我国而言，改革开放后，为适应经济的快速持续增长，我国能源工业也有了较大发展，长期以来存在的能源"瓶颈"得到基本缓解。党和国家提出全面建设小康社会的目标后，全国各地经济增长速度进一步加快。从 2002 年以来，能源的供需矛盾也进一步凸显出来，煤电油运显著紧张，全国出现了大面积拉闸限电，煤炭供应吃紧，石油进口激增，且石油进口又主要偏重在中东。能源供应不足已成为当前限制我国经济发展的重要因素。从中长期来看，能源不足仍将是我国经济发展面临的最重要课题。[①] 可见，我国乃全世界各国的可持续发展都有赖于能源的充足和可再生资源的发展。可再生能源对于经济的可持续发展具有相当重要的战略意义。

第三节　国外关于能源产业的立法状况

自 20 世纪 80 年代开始，国外特别是工业发达国家就开始重视自身的能源保护以及可再生能源的开发，也针对不同程度的能源危机颁布了适合于其各自的政策和法律，而由于国外以法律为重的原因，所以工业发达国家的政策大都是通过法律体现的。不

---

① 李明芹：《可再生能源的发展势在必行》，载《商业现代化》2005 年第 13 期。

论是强制性手段，还是经济激励手段；不论是国家采购手段，还是市场激励手段，都是以法律的形式确立的。而国外的能源立法，除常规能源法，多数体现为可再生能源产业的立法。因此，国外的能源立法也是围绕鼓励和促进能源产业发展进步这一中心的。这些针对能源产业的立法为我国的能源产业立法实践，提供了很好的借鉴。

一　美国能源立法

美国是能源需求大国，其能源产业的发展也具备相当水准，而且美国对待能源的态度也可属全球之最，所以谈到能源立法不能不谈到美国。美国除基本能源的立法外，尤其重视可再生能源的发展，美国通过立法促进可再生能源发展的基本思路是国家或政府制定政策，通过市场机制的自由运作使这些政策得以实现。尤其是配额制的机制，这种机制实际是在强制性的宏观目标条件下，充分利用市场竞争机制，根据资源有效分配原则，以较低的成本实现高成本的发展目标。如美国于1978年通过的公共电力管制政策法案，鼓励电力公司购买可再生能源发电，以预测电力价格，或可避免成本电价以及价格补贴提高和激励发电商和供电商的积极性。此项法案的实施使发电商和供电商签署了一大批上网电价在每千瓦时10美分以上的购电合同。因此，我们不难看出竞争机制的引进在很大程度上激发了能源产业自身的积极性和创造力，这样就实现了政府、能源产业、整个社会多赢的局面，充分地实现了美国能源立法的战略目标。

二　英国能源立法

英国也是工业大国，能源需求量大，所以英国也是相当重视能源立法的。和美国一样，能源危机后的英国很重视能源产业的保护和发展，同时也重视可再生能源的促进和发展。英国通过立法促进能源产业发展的基本思路是：政府制定具体的发展计划，在政府的监督之下，利用市场竞争的机制实现其具体目标。实际上其具体的措施是：能源发展以政府采购的形式为主，同时强迫用户接受可再生能源。其名称虽与美国实施的配额制不同，但其实质是相同的。因此，英国也在积极探讨实施配额制计划，希望能够发展竞争机制来实现能源产业在英国社会中的共赢。

虽然英国很重视能源产业法，但是英国在可再生能源方面起步较晚，通过其《非化石燃料公约》（简称 NFFO）的政策促进了可再生能源的稳步发展。其主要内容是：英国的地区电力公司有义务或责任，保证在其所供应的电力中，要有一部分来自于非化石燃料资源。它为应用非化石燃料资源生产电力提供了一种有保障的市场机制，其目的是要建立一个初级的可再生能源市场，以便在不远的将来，在不需要政府的财政支持下，可再生能源发电具有与常规能源发电相竞争的能力。《非化石燃料公约》实施机制的最大特点是由政府发布，通过招标和投标选择可再生能源项目开发者，竞标成功者将与项目所在地的主管电力公司按中标价格签订购电合同，合同期限在每次《非化石燃料公约》中都有明确规定。由于可再生能源发电成本目前仍高于常规能源发电成本，地区电力公司所承受的附加成本，即中标合同电价与平均电力交易市场价格之差，将由政府补贴，补贴则来源于政府征收的"化石燃料税"。这一措施有效地吸引了诸多的公司和企业来投资可再生能源发电项目，使得英国的能源产业，特别是可再生能源产业在很大程度之上得以促进和发展。

三　法国能源立法

法国作为欧洲的核电大国，对于能源产业法的促进和发展一直是走在世界前列的，进入 21 世纪以后，法国出台了一系列的能源立法以促进本国的能源产业发展。尤其应该指出的是，法国于 2003 年制定了今后 30 年间的能源政策。2003 年 3—5 月又召开了全国性的能源研讨会，并于 11 月发表了能源白皮书。白皮书中以加强自主能源和环保为目标，强调要推进节能工作，发展可再生能源，早期建设欧洲压水型核反应堆（EPR），今后还要根据白皮书的精神制定相关能源的法案。在第一次石油危机后，法国大力发展核电工业，核电占总发电量的比例由 1973 年的 8％上升到 2001 年的 77％，向其他国家的电力出口占总发电量的 13％。法国能源自给率也由 1973 年的 20％上升到 2001 年的 50％。目前温室排放指标在 2050 年须比现在削减 25％。节能问题上，面对 2％的经济增长率，能源消费量不能再增加。2010 年的风力发电设备容量达到 1000 万千瓦（2002 年末为 14.7 万千瓦）。2015 年要提高包括水电在内的可再生能源发电比例（由 15％提高到 21％）。[①] 法国立足现在，展望长远的能源战略为其他国家提供了很好的典范，更有力地发展了本国的能源产业，起到了保护本国能源产业的作用。

四　日本能源立法

众所周知，日本是世界上的能源稀缺大国，但日本同时也是在能源产业保护和发展中比较有前瞻能力的国家。对日本而言，能源产业最大的问题是石油。日本是贫油国，日本原油基本依靠进口，现在日本对石油的需求依然占一次能源总需求量的一半以上。从经济性、便利性的角度考虑，石油依然是新世纪主要的能源。因此，日本将确保石油的稳定、高效供应作为其能源政策的

---

① 参见：《简讯》，载《国际电力》2005 年第 2 期，第 21 页。

重要内容。日本的原油具有相当大的依赖性，尤其依存于中东产
油国家。同其他发达国家相比，日本的石油供应体系也非常的脆
弱。因此，对日本来讲，实施石油储备、自主开发、同产油国合
作等措施，以保证非常时期石油供应体制的完善是当务之急，首
先要维护和推动石油、天然气的储备。石油储备是日本能源安全
的重要支柱。日本的石油储备制度分为国家储备和民间储备两部
分。其中，国家储备由石油公司独立完成，1978 年开始实施，
到 1998 年 2 月完成了储备 500 亿升的目标。民间储备从 1971—
1974 年是在行政干预下实施的，1975 年后开始根据《石油储备
法》实施民间石油储备。具有民间储备义务的包括石油精制业、
石油买卖业以及石油进口业的从业者。1981 年，民间储备推动
石油、天然气的自主开发。日本的石油几乎完全依赖进口，其中
仅从中东的进口量就达到 88％。因此，日本为保证石油的稳定
供给而在可能的情况下积极推动自主开发就显得尤为重要。同
时，日本还通过能源产业的立法来优化能源结构，引导本国能源
产业快速而健康的发展，通过《产业活力再生特别措施法》等一
系列法案来引导、激励和促进能源产业的发展，使自己也步入能
源产业强国的行列。

五　韩国能源立法

韩国在能源产业发展和促进上也是相当积极的，韩国致力于
发展本国的经济，使自己变成亚洲新的经济主轴，为自己定下了
成为世界贸易强国和能源产业强国的目标，对能源产业的立法持
积极态度。其中，尤其值得一提的是韩国于 2002 年提出的产业
政策七大方针，这七大方针中的第七项就是稳定能源供需即开发
新能源。可见韩国对于能源产业的定位是相当准确的，把能源产
业作为自己强国之路所要解决的必然问题，将能源的保护和发展

提高到了其应有的高度。

第四节　我国关于能源产业政策存在的问题及立法构想

一　我国能源产业相关政策存在的问题

尽管我国对于能源产业配套有很大一批政策加以调控，但是事实证明，我国的能源产业政策仍然存在很大的不足，不能满足现实需要，不能够协调好投入与产出、能源与环境等相关问题。具体表现为以下几个方面。

（一）能源浪费严重，节能政策不能得以真正实施

我国面临的能源浪费形式相当严峻，如长期这样发展则必然会在快速的经济发展中碰到能源瓶颈，在很大程度上制约我国经济的发展。据统计，我国30％的煤炭消费量只创造了4％的生产总值。据相关资料显示，我国当前电煤紧缺状况日益严重。2004年一季度全国有20多个省级电网被迫实行拉闸限电，超过去年全年拉闸限电的省网数；同时，在国际市场原油价格持续走高的不利条件下，一季度我国进口原油超过3000万吨，原油成品油出现近80亿美元的贸易逆差。依此推算，全年原油进口将可能首次突破1亿吨大关，石油贸易逆差有可能超过300亿美元。我国对进口原油的依存度，将在目前已超过1/3的水平上，加速提高。资源限制、能源限制、环境限制，对迅速扩大规模的中国经济来说，已经成为一个严酷的现实。目前，世界上发达国家人均原油消费水平为1吨，日本为2吨，美国则达到4吨；我国有13亿人口，国内原油产量即使到10年后，也只有约2亿吨，即使不按"发达水平"计算，距离我们"人均原油需要消费水平"

也相差太遥远。因此，中国的现代化建设，只能以大大低于发达国家水平的能源投入来实现。可见，节能政策的实施现状是不容我们乐观的。

（二）能源产业所需的一种竞争性制度的调控政策尚不完善

如前所述，对于能源产业的发展，美国成功地建立了竞争机制，辅之以国家的宏观调控，英国等其他发达工业国家也都相当重视，然而我国的竞争机制调控政策还很不到位。石油工业被认为是天生的竞争能源产业，但在 1999 年国务院办公厅转发国家经贸委等部门《关于清理小炼油厂和规范原油成品油流通秩序的意见》之后，中石油及中石化的现行格局便被以政策的形式加以确定。该意见赋予了两者及中海油有关石油的开采、炼制、进口、批发和零售的几乎所有方面的垄断权。该意见只看到了小规模经营者在技术上的问题，却全然没有看到垄断所带来的社会成本要高得多。尽管在国内市场上存在中石油、中石化两家石油企业，但它们之间基本是没有竞争的。这种由于行政效力产生的双方井水不犯河水的形式，使两家企业充分享受到了垄断的特权。在企业获得超额利润的同时，所产生的必然是消费者剩余的极大损失。政策不但没有加强竞争，反而是制造垄断，这种违反经济规律的政策必然将成为未来中国经济发展中的一个不安定因素。

（三）对能源开发与可持续发展战略的政策重视不够

我国在发展能源产业的同时，面临着巨大的环境压力，这种压力不仅来自于国际，也有国内压力。能源的消耗从很大程度上破坏了生态平衡，给人民生活带来了不便。尽管国家已经一再强调环境保护问题，但是政策的执行度也得打问号。虽然能源消耗破坏生态的势头得到遏制，但是如今污染还是到处可见：以煤炭为燃料的工业锅炉和民用炉是大气中产生二氧化碳、烟尘排放的主要来源；各种机动车的废气污染空气；燃用高硫煤和高硫油形成酸雨；锅炉排放的粉煤灰污染江河与大地；煤炭和石油的开采给周围的生态环境带来影响。因此，在开发和利用能源的同时，必须重视污染的治理，实行能源开发、利用与环境治理同步发展的方针。国家在出台政策的时候应该考虑到引进成功经验，综合考虑能源开发和利用与环境保护的和谐。我们现在已经有了许多成熟的经验，例如使用高效率电气除尘装置可以把锅炉除尘效率提高到 99％；粉煤灰可以作为建筑材料、公路以及填海造地的材料；高硫油和高硫煤在使用前或使用中经过处理可以减少硫的排放。这样做，可能增加发电厂和石化厂的建设投资，为了保护环境，是必要和值得的。机动车要使用无铅汽油，同时要研制和采用对环境危害较小的电动汽车。要大力开展治理能源污染的科研工作，促进能源环保技术装备的配套和产业的形成。对于这些方面，我们认为国家能源产业政策所给予的重视是很不够的，能源政策应充分地重视可持续发展在整个国民经济发展中的地位。要知道能源资源是宝贵的财富，必须十分珍惜，矿产资源即使地下蕴藏量丰富，也要注意节约使用。何况我国有的矿产资源至今发现的蕴藏量有限，更要注意节约使用。对于可再生资源，如水力发电、风力发电、太阳能等，应加大科研开发和使用的力度。在开发和使用能源的时候，必须兴利除弊，保护环境和生态平衡，实行可持续发展战略。我们不仅要考虑当代人对能源的利用，而且要把一个可持续利用的能源条件留给子孙后代。

（四）能源产业政策对于转变能源结构的推动力度不够

如前面所述，我国能源储量丰富，但是能源结构并不合理。目前，应该建立以煤炭为主体、电力为中心、油气和新能源全面发展的能源体系，优化能源产业结构。首先应该提到的是优化电力结构，我国虽然是第二电力大国，但电力供应仍存在很大的缺口，因此，就目前来看应该将电力发展作为中心，这样可以为新能源的商业运用赢得大量时间。其次，还要争取石油、天然气和新能源全面发展，这是我国彻底解决能源问题的根本出路。无论节能还是优化结构，资源的承载能力都是有限的。两者仅是延迟我国能源饥荒的手段，要想彻底解决能源问题，必须发展以可再生能源为主体的新能源。可见，优化能源结构是个急需解决的问题，而我们的政策所给予的推动作用是不足的。

二　我国能源产业的立法构想

关于能源的立法就我国目前来看，已经有《煤炭法》、《节约能源法》和《可再生能源法》等法律法规，但一直缺少一部全面体现能源战略和政策导向的基础性法律，难以解决能源结构、能源效率、能源安全保障、能源开发利用、能源与环境的协调等综合性问题，也缺少能源安全和应急的规定。所以我们认为，基础的《能源基本法》应该尽快出台，《能源基本法》应建立起能源节约和综合利用、提高能源利用效率的法律规范，以实现保障能源供给、促进能源开发、优化能源结构、维护能源安全、规范资源利用以及加强能源合作等多方面并重的目标。然而，从另一个角度来看，我国的能源立法也是一个庞大的工程，国家政府部门对能源产业法的立法也很重视。据曾培炎副总理介绍，我国除了将要修改原有的《煤炭法》、《电力法》和《节能法》外，还将准备起草新的《石油天然气法》、《石油天然气管道保护法》和《原子能法》。这样，我国在石油、电力、煤炭三大主要能源行业都具备了完整的法律体系，并针对部分特殊的行业，如原子能和石油天然气管道，起草制定专门的法律。除此之外，当然还要制定作为基础和龙头的《能源基本法》。

总而言之，我们对于我国能源产业的立法构想就是，首先制定统一的《能源基本法》，该法作为能源产业的基本性法律应充分地体现优化能源结构、提高能源效率、能源安全保障、能源开发利用、能源与环境的协调等综合性问题，以及鼓励新能源的开发等问题。在制定统一《能源基本法》的前提之下，完善原有的《煤炭法》、《节能法》等能源法律，起草相应的与新能源开发和利用有关的法律，在修改和起草这些法律时要注意这些法律与《能源基本法》在基本原则和立法指导精神上的一致和协调。同时，在具体的执法过程中，根据现实需要，完善能源产业法的法规和规章体系，并且将政策尽可能地上升成为法律，使整个能源产业领域都尽可能地处于法律的控制和调整之下。真正地使《能源产业法》实现节能与高效的统一、严格控制与积极鼓励的统一、合理开发与研究创新的统一。从根本上解决我国的能源问题，使能源产业与我国的其他产业共同协调发展，促进我国经济快速而健康地发展。

第十章　农业产业法

第一节　现代农业与农业产业化

一　现代农业的含义及中国农业的基础地位

（一）现代农业的含义

现代农业和农业现代化是密不可分的概念。农业现代化是现代农业的奋斗目标，农业现代化描述的是一个过程，而这个过程的实现，实际上就是现代农业的归宿。所以，农业现代化一词偏重对农业发展过程和方向的描述，而现代农业一词侧重于一种静态和结果的描述，二者实际上是同质的。正因为如此，在很多场合，现代农业和农业现代化是通用的。

农业现代化最早是在发达资本主义国家从传统农业向现代化工业大生产的转变中，为解决农村剩余劳动力和农业生产率低下、城乡差距急剧拉大等工业化的社会问题而提出的。20世纪50年代以后，获得民族独立和解放的广大发展中国家，如同中国的情况一样，面临着发展社会经济的巨大历史任务，而这些国家多为落后的农业国，为了缩小与世界发达国家的差距，尽快摆脱贫穷落后的局面，这些国家纷纷效仿发达资本主义国家，都把农业现代化作为本国农业发展的重要目标。随着"循环经济"、

"绿色农业"、"生态农业"等农业发展理念的提出，农业现代化的内涵不断丰富和深化，现代农业的概念也随之有了更加丰富的含义。一般来讲，今天所说的现代农业，至少包括以下几个方面的要素。[①]

1. 农业基础设施和生产技术的现代化

农业现代化首先要看生产设备和生产技术是否现代化，这是农业现代化的物质基础。农业基础设施的现代化要求与农业生产相配套的交通、灌溉、田间设施、电力等基础条件要达到较完善的水平，这些基础设施的建设需要一个较长的时期，主要是靠国家投资作为资金来源，大量发展中国家的基础设施建设滞后和其国家的经济能力及支持农业的力度直接相关。同时，农业生产的技术手段现代化要求农业生产基本实现机械化、电气化和自动化水平，广泛使用环保和节能的现代生产设施和生产资料，如大棚、温室、有机肥料、低污染农业等；广泛采用先进的农业科学技术、生物技术和优良品种，不断改善农产品的品质。在此基础上，因地制宜地进行适当规模化、集约化、高效率的农业生产。

2. 农业生产者的专业化

劳动者是生产力发展的关键性因素，也是生产力中最活跃的因素。劳动者的素质在很大程度上决定着农业发展的软实力。现代农业需要培养大批具有较高素质的农业专业人才。现代农业生产者须具备掌握先进的农业技术手段，并且能够对农业生产过程进行科学的管理。这就要求现代农业的生产经营者必须经过专业的农业职业教育培训，较熟悉地掌握所进行的现代农业生产技能，充分利用现代农业的先进技术和设备，才能及时了解相关行

---

① 陈晓华、张红宇主编：《推进农业结构调整与建设现代农业》，中国农业出版社 2005 年版，第 14—18 页。

业市场和科技信息，及时调整生产经营方向和控制农产品数量。懂科学生产、又懂农业经营的农业专业人员才是现代农业合格的生产者。

3. 农业经营的产业化

农业现代化意味着必须打破自给自足的小农经济分散经营的传统，实现农业的产业化发展。农业只有实现产业化发展，从农业生产的产前组织、生产过程，到产后农产品的销售或加工形成比较完整紧密联系、有机衔接的产业链，才能真正做到以市场为导向进行生产，农产品才能变成商品。农业产业链越长，农产品的附加值越高，农业效益才会越好。同时这也要求农业专业户必须结成统一的组织或联盟，只有这样才能因地制宜地发展规模化的特色农业，才有利于形成一个统一的市场主题参与市场竞争，共同面对生产和经营的自然风险和市场风险。世界上实现农业现代化的国家，都具有完善的农产品市场体系。当然，农业的产业化经营实际上是以农业基础设施和技术设备的现代化为基本物质前提，同时也需要劳动者的专业化素质作为智力保障。

4. 农业发展的可持续化

在农业发展过程中，农业资源已成为评价和衡量农业可持续发展的重要指标，是农业可持续发展的基础。所以，节约和合理开发利用农业资源，解决农业资源日益尖锐的供需矛盾，实现农业资源的可持续利用，是实现农业可持续发展的关键，是现代农业必然要走的一条可持续发展的道路。随着人们生活品质需求的不断提升和环境污染的日益严重，在"绿色农业"、"生态农业"等理念的影响下，现代农业正朝着一条绿色、生态和可持续的道路迈进。由于农业本身的生态功能，可持续发展农业包括两个方面的内容，即农业资源的可持续发展和区域生态环境的改善。农业的可持续发展离不开农业科学技术的创新和进步，只有实现农业的可持续发展，一方面农产品才能不断改善品种和质量，生产绿色和无公害产品，以适应市场对农产品优质化的需求；另一方面农业产业才能承担应有的环境生态改善的责任。

（二）中国农业的基础地位

农业是国民经济的基础，农业的现代化，是建设有中国特色社会主义的有机组成部分，这是被人类社会发展史证实的一条客观规律。《国民经济和社会发展第十一个五年规划纲要》再次强调指出："坚持把发展农业生产力作为建设社会主义新农村的首要任务，推进农业结构战略性调整，转变农业增长方式，提高农业综合生产能力和增值能力，巩固和加强农业基础地位。"农业丰则基础强，农民富则国家盛，农村稳则社会安。我国人口多，无论什么时候都必须首先解决吃饭问题，而解决吃饭问题必须靠我们自己，农业的基础地位在相当长的时期内都不会改变。众所周知，世界粮食市场每年仅提供 2 亿吨粮食，而中国每年的需求就接近 5 亿吨，把世界粮食市场的全部粮食都卖给中国，也解决不了中国粮食需求的一半。因此，尽管我国经济生活中还存在很多问题，但是中国经济要出大问题，很可能从农业特别是粮食生产开始。

从我国历史看，19 世纪前期，精耕细作的农业，养活了不断增殖的人口，容纳了不断扩大的市场系统，除少数几次例外，还成功地防止了长期的、普遍的饥荒。然而，清王朝的腐朽、辛亥革命的妥协、北洋军阀的混战、国民党的反动统治，使农业和农民的境况一代不如一代。这就不难理解，为什么以毛泽东为代表的中国共产党人领导的民主革命，会走农村包围城市的道路；也不难理解，为什么以邓小平为总设计师的中国改革的头浪，会发端于农村并取得成功；为什么以江泽民为核心的党的第三代领导人，不断深化农村改革并取得累累硕果；为什么以胡锦涛为总书记的党中央，反复强调"三农"问题，不断推进新农村建设。反观历史，没有农业现代化，社会主义现代化就无从谈起。

在全面建立社会主义市场经济体制的今天，农业的基础性作用表现在以下几个方面。第一，农业的产品贡献。"民以食为天"，相当一部分工业原料要靠农业来提供，这一点，无论社会性质如何，无论在发达国家还是发展中国家，都不可能改变。在我国，农业的产品贡献显得尤为重要。从食品消费看，目前城乡居民食品消费占生活消费支出的比重高达50%以上；从农业提供的工业原料来看，目前以农产品为原料的轻工业占轻工业总产值的比重仍然高达60%以上。在发展社会主义市场经济条件下，由于农业为社会提供食品和原料的基础性作用是通过市场交换来实现的，因此，它对宏观经济运行的影响表现得更为突出，农产品供给状况如何，将直接反映到市场物价上，进而影响整个经济和社会的稳定。第二，农业的市场贡献。目前国内市场的扩大主要依赖于农村市场的扩大，而且农村购买力又主要指向中低档工业品，扩大农村市场能刺激大批生产中低档产品的工业企业健康发展。因此，千方百计增加农民收入，扩大农村购买力，既是广大农民奔小康的需要，又是促进和保证整个国民经济持续、快速、健康发展的需要。第三，农业的劳动贡献。在经济发展过程中，非农产业大量吸收农业劳动力，这既解决了一部分农村富余劳动力的出路问题，同时农村劳动力又为整个经济的发展做出了重大贡献。之所以这样说，是因为这种转移能够抑制非农产业部门工资成本的上升，增强其竞争能力，有利于总体劳动生产率的提高。第四，农业的资本贡献。对于大多数工业化处于起步阶段的发展中国家来说，工业自身积累和再投资能力十分有限，就我国而言，农业为工业化提供的资本积累是巨大的。如20世纪90年代初期农业为国家提供的资金积累高达1000亿元以上，为

1952 年的 20 多倍。第五，农业的外汇贡献。过去 40 多年里，我国农业的外汇贡献是巨大的。1952 年农副产品及其加工品占出口总额的比重在 80％以上，到 2004 年仍高达 30％以上。第六，稳定社会的贡献。在未来的几十年内，我国绝大多数人口在农村的基本国情不会发生大的变化。稳定农业、稳定农村，才能稳定社会。邓小平同志多次谈到，中国 80％的人口在农村，中国稳定不稳定，首先要看这 80％稳定不稳定。城市搞得再漂亮，没有农村这一稳定的基础是不行的。[①]

历史的经验证明，什么时期重视农业、农村和农民问题，我们的事业就向前发展；反之，就停滞甚至倒退。新中国成立以来，国民经济几次大上大下，都是由农业的大起大落引起的。每一个经济发展顺利的时期都以农业形势好为前提，每一次国民经济发生困难也都首先从农业开始，每一次经济调整也总是首先加强农业。历史的经验教训，我们务必牢记，任何时期都要坚持农业的基础地位不动摇，坚定不移地把农业放在经济工作的首位。

二 我国农业发展的必然途径：农业产业化

（一）农业产业化的含义与特征

农业产业化经营是以市场为导向，以家庭联产承包为基础，以龙头企业或合作经济组织为依托和核心，千家万户组成专业农产品生产基地，以市场牵龙头、龙头带农户的形式，实行农业专业化生产、企业化经营、社会化服务的农工商或农商有机结合的产业链和利益共同体的经营组织。农业产业化经营能实现农业生产的市场化、专业化、现代化，有利于变弱质农业为高效、盈利

---

① 石扬令、常平凡等编著：《产业创新与农村经济发展》，中国农业出版社 2004 年版，第 163—169 页。

性农业，有利于实现农业生产的社会化，是解决农业深层次矛盾的有效途径。大力推进农业产业化经营是党中央、国务院的重要战略决策。发展农业产业化经营，是提高农民进入市场的组织化程度，增强农业竞争力、建设现代农业的重要措施。

根据我国农业产业化经营的现实和发展趋势，我国农业产业化经营，应具备以下几方面的特点。

第一，由一大批承包农户组成小规模、大群体式的农民专业合作组织，共同组建农产品商品生产基地。这是农业产业化经营的基础。只有这样，农产品生产基地才能根据市场需求，生产原料，发展主导产业；才能进行专业化生产、区域化布局、集约化经营和社会化服务。只有组成了各种不同类型和规模的互助合作组织，才便于协调生产，克服一家一户的局限性，发挥群体的优势，加强对龙头载体及市场的联系。

第二，在农产品商品生产基地附近，有一个或几个具有较强经济实力和带动能力的龙头载体作为依托。这是农业产业化经营的关键。龙头企业可以是以农产品生产基地生产的原料为加工、经销对象的企业、专业市场、合作、中介组织、科技团体等。龙头企业可以是规模较大、数量较少，也可以是规模较少、数量较多的群体。龙头企业担负着开拓市场、科技创新、带动农户和促进发展的任务。这样就会出现以龙头企业为核心或者辐射点的某个或几个农业产品的生产基地，保证特色农业的适度规模化经营和深度发展。

第三，龙头载体和基地农户之间应建立起相对稳定的联系，形成相对稳定的产业链和一定程度的利益共同体。这是农业产业化经营的纽带。龙头载体和基地农户之间的联系方式和利益机制，可以是较松散的信誉型市场交易利益共同体，也可以是通过书面契约或章程建立起紧密型合同制和合作制利益共同体，从而形成有机结合的农工商或农商型产业链，并形成各种不同程度的利益共同体。这个利益共同体的利益分配机制是否完善和合理直接决定基地农民是否增产增收，也是维持农业产业化经营稳定发展的核心内容。

第四，形成产业化经营的管理模式。这是农业产业化经营的基本功。农业产业化经营中，对农业基地的生产、农业产品的加工、流通和服务各个环节的管理制度是否完善科学，决定着农业产业化经营的效率和效益。农业产业化经营应该采用企业化的经营模式，进行严格的成本管理，实行成本预算和成本控制制度；进行质量标准化管理，明确技术标准和质量标准，提高农产品质量和加工产品的质量；进行资金管理，建立健全财务管理制度，管好用好资金，作好资金风险的预测和防范；进行用工管理，严格用工制度和劳动纪律。

（二）农业产业化的重要意义

推进农业产业化进程，其目的就是加强我国农产品及其加工产品在国内外市场上的竞争能力。通过我国农业科技攻关中产业化技术的集成示范与辐射带动作用，目前我国农业产业整体技术水平快速提升。根据优势农产品产业布局和特色资源生产区域的特征，我国开展了现代奶业发展、畜禽水产优质高效养殖、特产资源高效利用、园艺作物现代化生产等重大关键技术的综合集成和大面积示范应用，快速提升了各产业生产的技术水平。

但是，在新形势下，相对于发达国家来说，我国农业竞争力是相当薄弱的。实现农业产业化有利于解决目前我国农业内部存在的农户小规模经营与社会化大市场、农业生产效益低与提高农业劳动生产率及农业科技含量低、剩余劳动力转移等农村深层次的矛盾。农业产业化经营提供了符合我国国情的重要现实途径，对于促进农业现代化和农村社会主义市场经济的发展，有着深远的意义。

具体来说，中国实行农业产业化有以下重要意义。一是有利于解决小生产与大市场的矛盾。我国农业生产分散、规模小，一家一户的农民难以应对自然风险和市场风险。农业产业化经营将企业的资金、技术、人才和信息等优势与农民的生产积极性相结合，形成利益共同体，有效地解决了这一矛盾。二是有利于促进农民增收。在农业产业化经营中，农民可以获得规模效益、加工增值效益、利润分红效益和务工效益。三是有利于应对国际贸易壁垒。应对国际贸易壁垒，一家一户的农民是无能为力的。农业产业化经营组织在国际贸易维权方面发挥着主力军作用。四是有利于提升农业整体素质。农业产业化经营是专业化、规模化、标准化生产的载体，是新品种、新技术的推广应用者，是农产品品牌战略的实施主体，能够有力提升农业整体素质。五是有利于实现农业生产城乡一体化。农业产业化能有效地填补"二元经济"鸿沟，形成牢固的风险共担、利益均沾的产业链，为我国乡镇企业的发展及农村工业化开辟新通道。农业产业化使生产、加工、销售等环节紧密衔接；工业和城市中的资金、技术、人才等源源不断地流向农村，与农村的土地、能源、劳动力等生产要素合理组合，也使得农村剩余劳动力向城市非农产业转移成为可能，促进了城乡之间的融合，加快了城乡一体化的进程。实践表明，产业化经营具有旺盛的生命力，将成为现代农业的基本经营形式。

三　推进我国农业产业化的措施

在我国家庭联产承包制度下的农户分散经营和在规模很小的条件下实行农业现代化，唯一的出路就是农业产业化经营。国内外农业现代化的实践表明，土地家庭经营这种方式，以及家庭经营规模的大小，与实行农业现代化之间并不存在必然的矛盾。①因此，我国在稳定土地家庭承包经营的前提下，是可以实现农业产业化经营的，关键是要采取以下一些措施。

（一）优化农业产业结构

近几年来，我国主要农产品供求关系发生了重大转变，由长期全面短缺为总量大体平衡，已为农产品的升级创造了条件和前所未有的机遇。随着加入 WTO，我国农产品的生产已面临着由资源单一约束型转变为资源和国内与国际市场三重约束型。因此，主要矛盾更多地集中在农产品的质量上，这是市场经济发展的必然趋势。为解决这个问题，我们可以采用以下措施。① 转变传统高产观念，发展优质农业。我国农产品虽然品种多，但优质品种少，已不能满足人民由"温饱型"向"营养型"转变的要求。市场上过剩的都是大路货，优质产品仍很畅销，甚至供不应求。目前，我国农产品的优质率还相当低，稻谷等粮食产品的优质率为 10％左右，农产品综合优质率约为 15％。因此，适应市场需求，发展优质产品大有可为。② 以市场为导向，发挥地区优势，形成特色农业。特色越强，身价越高，市场空间越大，这是提高单位面积收入、增加农产品收入的重要途径。

（二）发展设施农业

设施农业是在人为控制环境条件下，按工厂化方式进行生产，是农业生产过程从顺应自然的低级阶段向改造摆脱自然的高级阶段发展，具有高技术、高投入、高产出、高效益、反季节、反地域、安全优质生产的特点，也是农业现代化发展的重要标志。各地可根据当地的生产特点，因地制宜发展设施农业，通过

---

① 陈晓华、张红宇主编：《推进农业结构调整与建设现代农业》，中国农业出版社 2005 年版，第 34 页。

生产受市场欢迎的名、特、优、稀、新及一些反季节性瓜类、蔬菜、种植在本地露地条件下不易成功的珍稀果类品种和适销对路的高中档名贵花卉及集约化提供蔬菜、瓜类、花卉等的优质种苗，以获得更高的经济效益。

（三）提高农产品科技含量

我国人多地少，要想提高固有土地上农产品的收益，必须加大科技投入与推广转化力度，不断为农民提供新的优质品种和适用的先进生产技术、科学管理技术和信息技术，使传统农产品经营由粗放型转变为集生产—加工—销售为一体的集约型，实现产业化，提高产品科技含量，降低生产成本，增加产品附加值，提高市场竞争力，增加总体效益。如果能把农产品成本降低到发达国家水平，那就可以使我国农民的农产品收入有一个显著提高。

（四）大力发展农产品加工业

我国农产品初级产品多，加工产品少，直接消费多，间接消耗少，积极发展农产品加工业不但能够更大规模地实现农产品的转化增值，扭转当前农产品价格走低、农产品难卖和农民增收困难等问题，而且从长远看，还能加快农业产业化，延长农业产业链，使农业摆脱仅仅提供原料和初级加工品的地位，形成生产、加工、销售有机结合的机制，使农民获得加工、销售等环节的利润，从而有效地提高农业的综合效益。

（五）加强农产品流通体制改革

建立健全农产品的市场流通体系，实行规范运行：① 广开农副产品流通渠道，组织专业合作社等形式进入流通，充分发挥农村供销社、乡镇企业等的作用；② 继续发展多种形式的初级市场，重点在农产品集散地发展区域性或全国性的批发市场，积极探索产销直挂、连锁经营、配送中心等新的流通方式，培育农民自己的流通组织和经纪人，大力发展订单农业，提高农民进入市场的组织化程度；③ 清理阻碍农产品流通的各种关卡和乱收费等现象，保证农产品流通畅通无阻，拓宽其市场空间，保证农产品价值的顺利实现。

（六）加强立法，完善农业保护的法律制度

我国政府一直支持和鼓励农业实行产业化，也给予了一定的政策支持，但目前仍存在诸多的问题，如缺乏足够真正的农业市场主体、缺乏足够的科研开发支持、缺乏相应的农业行业协会团体组织、农产品质量与发达国家差距巨大等，这些问题都逐渐成为我国实现农业产业化的制约因素。在市场经济条件下，经济法在调节市场经济关系中所体现出来的经济功能和制度功能，能够在一定程度上解决我国农业目前存在的诸多问题，理清其内外部关系，提高农产品质量和农业生产效率，实行农产品的产业化。因此，我们认为，应该建立一个独立的农业产业法的体系，作为经济法的一个重要组成部分。同时，进一步落实农业保护政策，作为农业产业法律的补充，从而为最终实现农业的现代化和国家经济的可持续发展提供机制上的动力和保障。

第二节　农业产业法概述

一　农业产业法的概念、特征

（一）农业产业法的概念

人们对"农业"范围有狭义和广义两种理解。狭义的农业范围是指种植业，又称"小农业"；而从广义上来看，农业是以土地、森林、草原、江河湖海等自然资源为劳动对象，利用动植物的生理机能，进行衣食等基本生存资料的生产，凡是具备这些特征的都属于农业而区别于其他产业部门。因此，广义上的农业又被称为"大农业"，本章所使用的是"大农业"的概念，它包括种植业、林业、畜牧业、渔业等。①

农业产业法是调整农事关系的法律规范的总称。这里的农业产业法就是从"大农业"的外延出发，采用广义农业产业法的概念。因此，农业产业法不是指某一部涉及农业的法律，而是一个由所有调整农事关系的规范性法律文件组成的法律体系。它是国家组织、管理、协调农业产业与其他产业的重要手段，是调整农业生产经营的重要准则，是贯彻国家农业政策的重要保证，包括有关调整农业经济的法律、法令、条例、章程、规定、决定、办法等法律、行政法规和规章。

（二）农业产业法的特征

1. 农业产业法是规范和管理农业的强制手段

农业产业法作为管理农业和农村经济的一种手段，与其他管理农业和农村经济的手段相比较，有它自身的特点，即具有以法律手段管理经济的那些共有的特征。概括地说，农业产业法在管理农业和农村经济时的主要特征是：① 以明确的、具体的而又稳定的法律规范形式，规定了人们在农业和农村经济活动中的权利和义务关系；② 以国家强制力来保证其贯彻实施；③ 能建立和维护稳定的农业和农村经济活动的正常秩序，以保证其他各项管理手段的正常运转而发挥各自的作用。农业产业法的这一特征决定了农业产业法与农业政策、农业宣传、农业自律规范以及农业道德、农业传统与文化等其他手段的区别。

2. 农业产业法作为法律兼有公法和私法双重属性

农业产业法作为新兴的应用型的法律分支有别于传统的民法、行政法等学科。农业产业法以调整特定农业和农村经济关系

---

① 朱崇实主编：《经济法》，厦门大学出版社 2002 年版，第 495 页。

为对象；在特定农业和农村经济关系中，农民及农村经济组织在农业经济活动中与其他市场主体发生的关系属于民事或商事关系，由民商法调整，而民商法属私法领域；农业和农村经济活动中的行政管理关系由行政法调整，属公法领域。从涉及经济关系的调整对象上看，私法的调整对象为平权性质的平等经济关系；公法的调整对象是行政性质的不平等经济关系。显然，农业产业法的法律属性具有多元性。本书认为，鉴于农业产业法的公私复合型的特性，把该法律部门归到经济法较为适宜。

3. 农业产业法在调整方法上具有多样性

农业产业法在调整方法上，兼采公法、私法以及刑法的调整方法，具有自身的特点。在经济法与行政法方面，政府可以通过公共投资、农产品补贴以及具体的行政行为等手段对农业经济进行宏观调控和直接干预。在私法方面，政府可以通过对重要农产品的收购调节农业经济。在刑法方面，国家可以通过追究农业经济犯罪刑事责任的方式来确保农业产业法的实施。

4. 农业产业法是综合性的应用性极强的法律领域

农业经济主体的多样性、农业及农村法律关系内容的广泛性、价值取向的多元性以及调整方法的多样性，决定了农业产业法是一个综合性的法律领域。农业产业作为国民经济的重要经济部门，决定了农业产业法是个实践性和应用性很强的法律学科。

二　农业产业法的调整对象

（一）农业产业法以特定的农事关系为调整对象

农业产业法调整特定的农事关系，而不是一切农事关系，更不是农事关系以外的其他社会关系。农事活动所产生的社会关系是多种类的，除农事关系外，还有其他种类的社会关系需要其他法律部门予以调整。归纳起来农事关系主要有以下两类。

1. 农业产业法强制其保护农事活动所引发的农事关系

这类关系涉及农业发展、农业经营者或农民的利益和农村社会稳定的大局，是农业产业法所规范的农事活动，必须使农事主体和农事行为符合农业产业法所规定的模式。显然，这类关系由农业产业法所调整。应当注意，这类农事法律关系的产生必须具备两个条件：一是农业产业法已设定了权利义务的规则，即规定权利义务关系的农业产业法规范是农事法律关系产生的根据；二是具有适用该权利义务规范的法律事实出现。法律行为是产生农事法律关系最主要的法律事实，但是这种法律行为只能是农业产业法预先规定的行为。

2. 农事主体之间在农事活动过程中自行处置而形成的农事关系

这类关系一般是基于农村宗法伦理道德、乡村习俗、村规民约的影响，在农事主体之间的交往与合作过程中，产生了众多的农事行为后引起的，往往要有一个或一个以上的因素与农业、农村和农民中的事实发生联系。一般这类关系只要没有上升到农事法律关系，农业产业法是不予调整的。

（二）农事关系的分类

为了便于研究农事关系的具体内容，可以在农事关系下再依据一定标准划分次一级的类型。在这里，以农业产业法所调整的具体内容为标准，农事关系概括起来主要包括以下几种关系。

1. 农事组织关系

农事组织关系主要是调整农事主体在农事活动过程中所发生的内部关系及经营关系。随着农村体制改革和农业社会化的深入发展，已经出现了许多新的农事组织形式，特别是中国加入WTO后，农业现代化和商品化发展日趋明显，各种农事组织之间以及与其他各种社会组织的联系将日益加强。在这种情况下，国家要支持和保障农事组织的健康成长和发展，就需要从法律上确认这些组织的法律地位，肯定它们的性质，规定它们的活动范围、财产权属、职责权利义务关系以及这些组织产生和终止的程序等。农业产业法正是基于这种发展要求把农事组织关系纳入自己的调整范围之内。

2. 农民权益保护关系

农民权益保护关系主要指在保护农民权益过程中所发生的农事关系，主要体现为国家对农民权益的保护关系、社会对农民权益的保护关系和农事组织对农民权益的保护关系等。农民权益保护问题是农业发展和农民收入的根本问题，事关农业与农村改革、发展、稳定的大局。只有从根本上解决农民权益保护问题，中国农民收入才能实现可持续增长，中国农业发展才能具有国际竞争力，中国农村的小康社会才能真正地落到实处。新《农业法》专门增加了"农民权益保护"一章，对减轻农民负担做了新的规定，进一步规范了各级政府和有关部门、农村集体经济组织以及社会有关方面的行为，赋予农民依法保护自己财产的神圣权利和获得行政、司法救济的权利。

3. 农业资源与环境保护关系

农业资源与环境保护关系主要指农事主体在参与农事活动过程中所产生的同保护和改善农业资源合理开发利用与保护农业环境有关的农事关系。主要包括两个方面：一方面是同保护、合理开发和利用农业资源有关的农事关系；另一方面是同防治农村各种污染物对农业环境的破坏和防治各种农业公害有关的农事关系。农业资源环境是农村社会存在和发展的自然前提，是农业生产和人民生活资料的直接来源，它制约着农业生产部门的分布和发展方向，也可以加速或延缓社会的发展。当前我国农业资源环境状况仍面临严峻形势、耕地质量退化、大量荒地闲置、土地沙化、水土流失严重；草原地区的超载放牧、过度开垦和樵采，山林乱砍滥伐，致使林草植被遭到破坏，生态功能衰退；全国野生动植物种丰富区的面积不断减少；珍稀野生动植物栖息地环境恶化；珍贵药用野生植物数量锐减，生物资源总量下降；渔业资源衰退、水资源污染等问题。这一切都要求农业产业法加强对农业资源环境关系的调整，抓紧有关农业可持续发展与资源环境保护法律法规的制定和修改工作，建立、健全、完善地方农业资源环境保护法规和监管制度。

4. 农业科技教育调控关系

农业科技教育关系主要体现为对农业科技教育发展的宏观协调管理、农业科技教育活动中发生的协作管理以及农业科技教育所产生的权益关系等。农业科学技术的发展与应用，广泛而深刻地影响着农民生活方式和农村社会的组织结构，导致原有农村社会关系发生改变和新的社会关系产生。特别是当代生物技术广泛应用到农业领域，农业科学技术对能源、资源开发、利用的能力进一步增强，使得调整农业科技、创造应用和推广中的一系列关系的法律规范出现，从而引发了农业产业法对农业科技调整的必要。要保护农业科学技术的健康发展，农业教育又起着基础性、全局性的优先地位，这就需要农业产业法对其进行广泛的深入介入，不断扩大对农业科技教育的调整。农业产业法确认和保证农业科技教育关系，旨在确定农业科技教育的法律地位，规范、组织、协调农业科技教育活动，调节农业科技成果应用中产生的利益关系，保证和促进农业科技成果的合理使用和推广，以及农业教育事业的协调有序、合理的发展。

5. 农村社会保障关系

农村社会保障关系是农村社会保障过程中所形成的农事关系，主要体现在农民养老保险、农村合作医疗保障和农村最低生活保障等。农村社会保障关系是一种利益再分配关系，难免产生利益纠纷和利益冲突。为了使农村社会保障所要求的利益再分配和平有序地进行，实现农村社会保障关系常规化、稳定化，必须依法进行调整。相对于已向全国大中小城市及城镇铺开的城镇社会保障体系的逐步建设和完善而言，农村的社会保障改革刚起步，原有的保障措施尤其是养老制度，或者补贴水平过低，或者适用范围狭窄，而失业救济制度则完全为零，根本不能适应大量剩余劳动力出现后，尚未完全转移至其他行业如服务、制造业等的保障需求。这就增加了农业产业法加强对其调整的需要，应依据农村社会保障关系的要求制定有关法律规范，将一套完整的农村社会保障制度上升为法律制度，使之具有普遍性、规范性和稳定性。

三　农业产业法的调整目标

我国《农业法》作为农业产业法的基本法，在其第1条中就表明了立法目的："为了巩固和加强农业在国民经济中的基础地位，深化农村改革，发展农业生产力，推进农业现代化，维护农民和农业生产经营组织的合法权益，增加农民收入，提高农民科学文化素质，促进农业和农村经济的持续、稳定、健康发展，实现全面建设小康社会的目标，制定本法。"《农业法》第3条第2款规定："农业和农村经济发展的基本目标是：建立适应发展社会主义市场经济要求的农村经济体制，不断解放和发展农村生产力，提高农业的整体素质和效益，确保农产品供应和质量，满足国民经济发展和人口增长、生活改善的需求，提高农民的收入和生活水平，促进农村富余劳动力向非农产业和城镇转移，缩小城乡差别和区域差别，建设富裕、民主、文明的社会主义新农村，逐步实现农业和农村现代化。"

　　根据我国的农业产业的发展现状及其重要意义，结合我国《农业法》确定的立法目标，我们认为农业产业法有三大根本目标：① 保障农业在国民经济中的基础地位；② 实现农业可持续发展；③ 实现"三农"现代化。其中保障农业在国民经济中的基础地位是从国民经济产业结构的角度确立的目标，因此可以称为"定位目标"；而农业可持续发展与"三农"现代化目标则是农业产业法的内部目标。同时，后两个目标也是互为目的和手段的。概括地说，就是通过农业可持续发展实现农业、农村和农民的现代化；与此同时，也应当通过"三农"的现代化来实现农业可持续发展。简单地说，就是保障农业基础地位，通过农业持续发展，逐步实现"三农"现代化。①

（一）保障农业在国民经济中的基础地位目标

　　保障农业在国民经济中的基础地位是指国家将巩固和加强农业在国民经济中的基础地位作为一项国家发展战略，农业产业法的制定和实施都应以保障农业的基础地位为出发点。特别是在我国这样的农业人口众多而农业基础薄弱且农业资源稀缺的农业大国，国家把农业发展置于国民经济发展的首位是客观要求决定的。在当前，尤其要首先发展农业，以工业和科技带动农业的发展，这不仅是一个还历史旧账的问题，更是一个全局性的战略调整问题。

　　作为农业基本法的《农业法》明确规定"国家把农业放在发展国民经济的首位"，可以说是国家、社会和个体的共识所在，尤其是在构建和谐社会和以人为本的执政理念的支撑下，各级政府更应当从战略的全局的高度，把握《农业法》对农业在国民经济中的基本地位的定位。

----

　　① 李昌麒、吴越主编：《农业法教程》，法律出版社 2007 年版，第 18 页。

（二）农业可持续发展目标

第二次世界大战后，发达国家先后进入农业现代化阶段，为了进一步扩大财富，更加疯狂地征服自然、掠夺自然，以实现其高水平的农业现代化并逐步发展了"高投入、高产出、高能耗、高污染"的经济发展模式。至于发展中国家，为了生存和发展，仿效发达国家，也大规模地毁林开荒，滥垦滥伐，广种薄收，致使大面积水土流失、土地沙化、耕地盐碱化和荒漠化的出现。通过近 30 年的实践与反思，人类终于悟到了不珍惜自然、不保护环境、一味地征服改造，反受自然之力报复的真谛。在农业、工业化过程中，同样表现出工业文明制约农业发展的征兆与端倪，化肥的长期使用造成了土壤的板结，降低了土壤肥力；石油农业等造成的大气污染，使农作物的产量降低了 5％；被称之为"白色革命"的塑料地膜已积累成严重的"白色污染"；象征文明的烟囱排放的大量废气，不但污染了大气，危害了人体健康，而且形成众多的酸雨，影响农作物的生长；工业废水影响农业生产的事件更是比比皆是；地下水过度开采，造成地下水位下降，以及水资源减少，不仅影响了农业生产的发展，而且造成土地的沙化、盐碱和沉降变形。近半个多世纪以来，农业生产遭受的严重灾害和工业文明有着不可分割的关系。自 1992 年联合国环境发展大会以后，世界各国都在考虑本国的可持续发展问题，其中许多国家相继制订了自己的可持续发展战略，有的制定了本国的《21 世纪议程》。中国始终把发展经济、摆脱贫困、走向富裕作为可持续发展的核心目标，努力寻求一条经济、社会、环境和资源相互协调，兼顾当代人和子孙后代利益的发展道路。

根据国内外学者的研究，可持续发展农业包括三个方面的内容。一是生态农业。即把生态效益和经济效益置于同等重要位置来追求，运用生态经济原理指导和组织农业生产，把人类的农业生产活动纳入生态循环链内，参与生态系统的生物共生、轮流交换和物质循环，建立高产、优质、高效、低耗的现代农业生产体系。二是集约农业。即运用现代科学技术和现代工业来装备农业，利用现代管理手段来管理农业，优化农业产业和产品结构，改进资源利用方式，增加农业投入，持续提高资源产出率和农业综合生产力，实现集约化经营的资源节约型农业。三是高技术农业。即以高新技术为手段，利用有抗病虫害能力的农作物品种；利用生物电子自控综合设施系统，自动控制光、温、水、肥、气等环境条件，调控作物生长发育，获得高额产量，提高劳动生产率；利用现代生物技术，维护生物多样性，保护物种资源、基因资源、生态资源。我国的高技术农业起步虽晚，但发展很快，蓬勃发展的高技术农业不但净化了环境，维系了生态环境良性循环，而且提供了高产量的"洁净"食品，提高了农产品市场竞争力和农业的比较效益。

在我国，除《农业法》外，《土地管理法》、《治沙防沙法》、《基本农田保护条例》、《水土保持法》、《森林法》、《草原法》、《水法》、《畜牧法》、《渔业法》、《野生动物保护法》等一系列法律都体现了农业发展必须与农业资源与生态保护相结合的可持续发展观。

（三）"三农"现代化目标

农村现代化是全面建设小康社会的关键所在，就是要解决长期以来抑制农村发展的因素，释放农村资源的潜力，实现农村经济社会的全面发展。《农业法》第3条确立了逐步实现农业和农村现代化的目标。此外，从农业法的立法精神和相关法律的精神出发，结合当前构建和谐社会以及以人为本的政策要求，我们认为，农业和农村的现代化内在地包含了农村制度现代化和农民现代化。

一是要实现农村社会的现代化。农村社会具有特殊的特点，这些特点对于社会全面进步，有些是有非常重要的作用和影响，有些则不能适应现代进步的要求。现代化农村，就是要实现农村的法制化、民主化、文明化，现代的文明和古老的传统文明共同作用，创造一个既具有文化传统，又有现代气息的现代化农村。

二是要实现农村经济现代化。中国农村在古老的自然经济状态下一直持续了几千年，这种状态下的农村，是自然适应的状态，主要是农业经济。现代经济不再是以农业经济为关键因素，工业和商业服务业成为经济发展和经济现代化的关键。农村经济现代化，要求现代化的农业，也要求现代化的工业和商业服务业。农村与城市最大的不同是土地资源，农村经济现代化与城市现代化也有所不同，土地资源的有效利用和配置是实现农村可持续发展的重要因素。为此，《农业法》第81条第1款规定，县级以上地方人民政府应当根据当地的经济发展水平、区位优势和资源条件，按照合理布局、科学规划、节约用地的原则，有重点地推进农村小城镇建设。

三是制度现代化。制度现代化是现代化农村的保证，没有制度的现代化，现代化农村是不完善的。要在农村建立社会保障制度、公共卫生医疗体系、公共参与体系等，从根本上实现农村的现代化。

四是要实现人的现代化，就是农民的现代化。没有农民的现代化就没有农村的现代化。农民要具有现代化的素质，不再是"脸朝黄土背朝天"的传统意义上的农民，科学知识、技术能力、现代思想应该是组成农民现代化的重要因素。

第三节　国外农业产业立法借鉴

在世界各发达国家中，美国、欧盟各国、加拿大、韩国和日本等国家都有较为完善的农业产业法律体系，坚持依法保护和支持农业。虽然由于各国的经济、政治和社会文化条件不尽相同，从而导致了各国农业产业立法的背景、立法体制和名称有所差异，但农业立法涉及的主要内容差异不大。综合来看，主要涉及农业宏观调控、农业管理机构、农业生产资料管理、农产品质量、农产品销售、动植物检疫、农业合作组织、资源与环境保护、农业灾害防救、农村金融、产业管理和促进等领域。在农业发达的各国中，美国的农业产业化经营是最先进的，它也是农产品生产的超级大国，能够影响国际市场主要农业产品的供求关系；而日本是自然资源相对贫乏，农业条件也比较差，却走上了农业现代化的典型。我们将以美国和日本为例，重点介绍两国的农业产业立法状况。

一　美国农业产业立法概述

美国是世界上最发达的国家，也是世界上农业立法对农业保护最大的国家，美国的农业是建立在资本家私有制的基础上的。因此，美国农业立法最大限度地保护美国的私有农业。从美国的立法上看，美国的国家干预政策和对美国农业的保护是不可忽视的。除了一套完整的农业产业法律体系外，美国的农业政策和法律体系对农业资本家的私人利益和国家利益起着重要的作用。

在美国的农业产业法律体系中，除了基本的《农业调整法》，还有一系列的专项法，构成了农业产业法的完整体系。进入20

世纪 80 年代以来，美国的农业产业法成为一个独立的法律部门，分析原因，除了农业界和法律界的努力和社会的支持以外，美国农业的基础地位和美国农业的大力发展也是一个重要的原因。这其中的原因大体分三方面：行政力量的淡化，必须靠法制和经济手段的调整；农业的基础地位对于国民经济有着重要的作用；农产品的市场贸易行为和市场要求必须实行法制经济。从 1933—2002 年的 70 年间，基于国内外形势的变化，美国农业产业法几经变革，农业产业法律政策可以大致划分为三个阶段。

（一）农业保护时期

20 世纪 30 年代，美国出现了经济大萧条，农产品价格大幅下跌，农产品大量过剩，农业主入不敷出，整个美国农业遭受了重创。1933 年罗斯福新政以来，为了缓和农产品过剩危机，拓展国内和国外市场，美国以 1933 年的《农业调整法》的颁布为起点，相继推行了一整套以价格支持体系为手段的农产品贸易保护政策。从 1933—1985 年间，美国各项农业产业法案以限制农产品播种面积、政府建立农产品储备调节市场供求关系、扩大农产品出口、扩大农产品的工业用途和实行国内的食物分配计划为主要特征，其实质是对国内农产品生产和贸易的一种保护。

（二）农业自由化发展时期

20 世纪 80 年代初期开始，由于供给学派的市场调节理论取代了凯恩斯主义的国家干预理论，使得当时的经济政策朝着市场调节的自由贸易方向发展，农产品贸易政策随之发生相应变革。1985 年的《农业产业法》揭开了美国农产品贸易自由化的篇章，其后 1990 年《农业产业法》、1996 年《农业产业法》尽管出台的背景不同，法案内容也有变化，执行情况也不尽相同，但其出发点都是为了促进农场主加强自由市场竞争，向农产品贸易自由化方向发展。20 世纪 80 年代后期以来，由于联邦政府的财政赤字不断上升，迫使各个部门不得不控制政府财政补贴。此外，这个时期国外对农产品需求依然旺盛，所有这些都导致了美国农产品继续沿着自由化的方向发展。1985 年《农业产业法》的市场导向延续到 1990 年《农业产业法》，该法规定联邦政府将减少农产品的财政补贴，以鼓励农场主通过自由竞争开拓国际农产品市场。20 世纪 90 年代初期以后，因为联邦政府的财政赤字不断攀升，减少农产品补贴已是大势所趋。另外，克林顿政府主张减少国家干预，强调自由市场机制，这对农产品自由贸易产生较大影响。在国际市场，由于食品短缺，俄罗斯和其他独联体国家继续在国际农产品市场进行抢购，这也在较大程度上加速了美国农产品销售的自由化势头。所有这些，最终导致了 1996 年《农业产业法》的出台。1996 年《农业产业法》继 1985 年《农业产业法》及 1990 年《农业产业法》后，更进一步朝市场导向的原则迈进。但该法执行两年以后，情况发生了变化。从 1998 年起，由于国际市场农产品价格普遍下降，再加上美国农业政策刺激了农业的增长，农产品过剩加剧，农产品价格下跌，农民的收入有所下降，原计划的补贴额不够。为此，美国政府又推出两项保障农民收入的政策，即作物收入保险计划和市场损失补助，帮助农民克服市场经营风险和自然风险。

（三）全面加强农业保护时期

2002 年美国总统签署新的农业产业法——《农业安全与农村投资法案》，该法的主要内容就是继续加大农业产品和价格的补贴。它的主要内容如下：实施大的农产品计划，规定农业的特别价格体系和政策，实施直接补贴和保护性收购和差价补贴，对于农产品实施量化规定，加大环境保护和贸易援助，提供信贷和农业支持及农业发展计划，在农业的发展，尤其是农业的基础设施建设方面，提供财政和政策的优惠，加大科研力度，建立新的农业科研项目推广机制，增加投资，确保科研的投入。该法案扩大了受补贴农产品的范围，调整了补贴的标准，补贴金额达到历史最高水平。

美国新农业产业法案规定，在今后 10 年内联邦政府用于农业的拨款将达到 1900 亿美元，至 2007 年为止，财政拨款将比现有的农业产业法案所确定的拨款增加 67％。2002 年美国国会通过的新的《农业产业法》，标志着美国农业补贴政策的重大转变，使美国政府自由市场农业改革大踏步后退，对于世界的经济，尤其是世界经济的自由贸易体系有着严重的影响。2002 年的美国《农业产业法》大幅度提高了对农业的补贴，这与 20 世纪 80 年代以来《农业产业法》致力于削减农业预算、提倡自由贸易的目标不同；2002 年美国农业产业法背离了削减农业补贴的承诺，违背了 WTO 规则下贸易自由化的趋势，遭到了世界各国的批评。这种做法降低了美国农产品的价格，致使其他国家特别是第三世界国家的农产品失去竞争力，拉大了南北贫富差距。

在近百年美国的农业产业法律变迁中，农业产业法的内容由过去早期的农业保护逐渐转向现在全面的农业支持。从其农业产业法律创新的内涵来看，呈现出明显的阶段性特征，那就是一改过去孤立的农业保护立法，转而走向主动而全面的农业支持。法律变迁中，既充分尊重市场运行机制的支撑作用，尊重农业生产发展的内在规律，又强调政府的功能与作用。农业支持中，政府主动设计与农业自主配合有机融合，美国由传统的单一农业保护法律政策体系转向以科技推广、食物安全、贸易促进、资源保护和区域发展为中心的农业支持模式。

二　日本农业立法概述

日本是一个自然资源相对缺乏的国家。明治维新以前，日本

是一个落后的农业国，其后的一段时间内，日本采取了一系列的
政策，如以牺牲农业的原始资本积累的方式，加快现代工业的发
展。日本军国主义的一度盛行，不仅给世界带来了灾难，也给日
本的经济，尤其是农业经济带来影响。战争结束以后，日本的粮
食一度出现危机。随着日本的战败，日本对农业政策做出了相应
的调整，全面改革农村的土地制度，即废除土地地主制度，极大
地调整了农民和土地的关系和矛盾，大大激发了农民的积极性，
保证了粮食供给安全。但是，日本资源的相对短缺和制度的缺陷，
例如土地制度的僵化和农业生产结构的相对的不合理，不能适宜
20 世纪 50 年代的高速发展的现代化建设的需要，尤其是信息科学
和现代工业发展进程的需要，工业和农业的矛盾十分突出。集中
体现在以下几个方面：第一是分配的差距日趋扩大，其根源就是
农业结构的相对不合理和农民经营方式和规模的狭小；第二是社
会收入的增加及现代工业对于粮食农产品的需求增加，导致粮食
的用量增加；第三是贸易的自由化发展趋势和世界资源的共享，
如产品的进口，影响国内农业的生产和发展。第二次世界大战后
日本大规模地调整和改革了农业制度，其农业立法可以划分为两
个时期。

（一）"基本法农政"时期

第二次世界大战后，基于世界形势的要求和日本的国情，日
本政府成立了专门的政府机构和农业问题研究机构，分析存在的
问题和解决方式，该机构于 1960 年向政府提出了《农业的基本
问题和基本对策》的专题报告，开始着力研究农业立法，并于
1961 年 6 月 12 日正式颁布实施《农业基本法》（1978 年 7 月 5
日修改）。该法共 30 条，主要规定和反映国家对农业的基本方针
和政策，具有农业"母法"的性质，是农业宪法，它确立了农业
经济基本制度。《农业基本法》只是宣言性质的立法，它不像具

有实质性事项规定和具体措施规定的各种法律，而是以法律的形式抽象地规定了农政的理念及政策的基本方向，为各种农业政策提出一个基本的方向。其目标是有选择地扩大农业生产，调整和改善农业结构，加速农业现代化进程，保证农业在国民经济中的基础地位和经济的安全，增加农业的投入和产出，求得农业的高速发展，提高农户的收入水平。该法主要内容包括国家关于农业政策目标和措施、农业生产、农产品的价格及流通、农业结构的改善、农业行政机关及农业团体、农政审议会等的规定。

日本农业发展进入"基本法农政"时期后，农业发展取得了很大成就，主要表现在以下四点。① 农业生产率大幅提高。如果人均劳动生产率以 20 世纪 60 年代达 100 计算，制造业 1994 年达到 467，而农业 1994 年已达到 494。② 农业生产能力成倍增加。从农业总产出额看，1960 年是 1 兆 9 千亿日元，1994 年增加到 11 兆 3 千亿日元。③ 生活水平均衡。农户与非农户的差距逐步缩小，甚至已超过非农户，1960 年农户人均收入是非农户的 70%，1972 年后开始超出，1994 年达到 115%。④ 农业结构显著改善。从 1960 年至 1995 年的 35 年当中，都府县的户均经营耕地面积由 0.8 公顷增加到 0.9 公顷，北海道的户均经营耕地面积则由 3.5 公顷增加到 12.6 公顷，且耕地有向大规模经营农户集中的趋势。日本一些农业专家认为，日本农业的发展和农业现代化的实现，应主要归功于 1961 年制定的《农业基本法》，它是促进农业发展的"原动力"。

《农业基本法》制定后，为了适应经济发展及农业形势的变化，日本政府又不断制定了一些新的政策，作为对《农业基本法》的补充。《农业基本法》体系维持了近 40 年，其主要目标在于消除农业与其他产业之间生产和收入的差距，已大致达到。但是必须看到，农户收入的增加完全依靠兼业取得，而不是来自农业本身。至于农业的劳动生产率，由于农业就业人口的大量减少和机械的使用，与制造业相比并不低，但由于其他产业也在不断增长，所以实际仅相当于制造业的 3/10。《农业基本法》适应了"二战"后日本的国内经济发展的需要，其历史使命基本完成，随着新形势下国内国际环境的巨大变化，重新制定新的农业产业法被提上了日程。

（二）新农业法时期

到 20 世纪 90 年代，日本的农业发展与 60 年代相比有了很大变化，主要表现在以下四点。① 食品需求结构变化和食品自给率的下降。随着饮食生活的高质量、多样化，日本主要的农作物水稻消费减少，而畜产品、油脂等大量进口的农产品作为必需的食品消费增加了。这种食品需求结构变化，导致食品自给率一直呈下降趋势。据统计，1996 年日本食物总热量自给率为 42%，谷物自给率为 29%，是主要发达国家中最低的。其中，谷物自给率排在世界第 135 位，即日本食品大多依赖进口农产品，若要维持目前的饮食水平，需要相当于日本国内农地面积 2.4 倍的国外农地。② 农业劳动力不足与高龄化。日本农业劳动力从经济高度成长时期开始减少，这种趋向一直在继续。1995 年，全国农业劳动力为 327 万人，占总劳动力的大约 5%，而且兼业比重很高，特别是以兼业为主的农户超过农户总数的 60%。农业劳动力高龄化严重，比全国平均提前 20 年。1995 年 65 岁以上的农业劳动力已超过 40%，而且预计还会增加。与此同时，农业后备劳动力严重不足。近年虽有从其他行业转入的农业劳动力，但远远满足不了需要。③ 耕地持续减少。由于其他产业占地，加之近年来撂荒地的增加，耕地大幅减少。耕地面积从 1960 年的 607 万公顷，减少到 1995 年的 504 万公顷，其中，撂荒地达到 16.2 万公顷，占耕地总面积的 3.8%。在自然条件较差、农业生产条件不利的山区，耕地撂荒率更高。有限的耕地并未得到有效利用。④ 农村活力下降与国土、环境保护的多方面功能的降低。虽然面临严峻形势，但整个社会对农业、农村的期待高涨，即要求农业发挥保护国土与环境、继承传统文化等功能。

在这样的形势下，1999 年 7 月，日本正式颁布了《食品、农业和农村基本法》，并取代了实施近 40 年的《农业基本法》。这标志着日本适应形势的变化，在新的理念指导下的新农业政策开始登上历史舞台。新农业基本法的目标是：保持国内目前的粮食生产水平，并且不允许粮食自给率进一步下降。为了实现这一目标，新基本法鼓励进一步利用市场机制来提高农业效率。新农业基本法回顾了战后的农业政策，并且按照以下四项基本原则作为制定新农业政策的基础：① 确保稳定的食品供应；② 发挥农业多项功能的作用；③ 保持农业的可持续性发展；④ 加强农村地区的改善。政府明确了日本农业发展的两大主题：一是国家粮食安全要求国内农业生产出最低限度数量的农产品；二是农业具有多项功能，不仅生产粮食和纤维，而且还服务于其他目的，例如环境保护。根据新基本法，政府自 1999 年以来先后宣布实施一系列与以往不同的针对特定产品的计划。从整体上看，这些新计划给生产特定产品的农民提供收入保险补贴，替代了以往政府进行干预以支撑市场价格的作法。

新农业产业法作为新的政策体系，是 21 世纪日本食品、农业、农村的施政纲领，它突破了《农业基本法》只限于生产、流通领域的局限，以更广阔的视野审视有关粮食、农业、农村的一系列问题，谋求达到使全体国民安全、安心，使农业生产者自信和自豪，使生产者和消费者、城市与农村共存的目标。

三　美日两国农业立法对中国的借鉴

美日已经建立了比较完善的农业产业法体系，其内容涉及的领域都相当广泛。尽管具体内容有较大差异，但两国对农业产业法基本内容的界定是相同的，都包括以下几个方面：农业宏观调控法律规范，农业生产主体法律规范，农业生产与收入分配法律规范，农产品流通与价格法律规范，农业投入法律规范，农业教育、科技与推广法律规范，农业资源与环境保护法律规范等。美、日两国农业产业法的目的都是为了巩固农业的基础地位，但两国立法背景有所不同，日本是在工业高速增长，农业相对萎缩，工农业发展严重失调的情况下制定和实施农业产业法的，这种背景和我国当前"三农"问题相类似，对我国具有更强的借鉴意义。综观美日两国的农业发达史，至少可以给我们三点启示。

（一）必须加强农业立法，加大对农业的支持力度

虽然我国一直支持农业实行产业化，并给予了一定的政策支持，但目前仍存在诸多的问题，如缺乏足够真正的农业市场主体，缺乏足够的科研开发支持，农产品质量与发达国家差距巨大，缺乏相应的农业行业协会团体组织等，这些问题都逐渐成为我国实现农业产业化的制约因素。在市场经济条件下，通过大规模的农业立法，使国家对农业的支持体系制度化、法律化，实现依法治农、依法扩农和依法兴农，能够在一定程度上解决我国农业目前存在的诸多问题，理清其内外部关系，提高农产品质量和农业生产效率，实行农产品的产业化，从而最终实现农业的现代化和国家经济的可持续发展。

我国当前主要靠农业政策来调整农业产业，农业政策和农业产业法律在本质上是一致的，它们有共同的价值取向。但农业政策与农业产业法律相比，有以下不足。① 政策的约束力和强制力较法律弱。政策执行不执行，执行得好与不好，除了作为考核干部政绩的依据外，没有明确要负什么责任，也没有追究责任的标准和手段。法律则是国家按法定程序制定和颁布的，并且是以

国家强制力保障其实施的。凡法律规定的，就必须执行，不执行就是违法，谁也不例外。执行与不执行，执行的好坏，直接同相应的法律责任相联系。② 农业政策大都具有易变性，而法律相对稳定，非经法律授权机关依法定程序予以修改或者废除，其法律效力不会改变。③ 政策具有较大的弹性，其界限不如法律界限明确、具体，所以法律的可操作性大大超过政策。为了持续、稳定地坚持党在农村的各项政策，要把实践证明有效的政策和农村改革成果，用法律固定化、条文化，使之长期、稳定地发挥强有力的作用。

（二）必须以农业基本法为龙头，注重不同层次的配套法规建设

农业立法是个宏大的系统工程，涉及面广，农业经济错综复杂，必须通盘考虑，"母法"与"子法"要相得益彰。没有一个"母法"性的农业基本法，其他农业立法会失去方向而往往事倍功半；有了"母法"性的农业基本法，再建立必要的配套法规，依法治农才会成为现实。另外，农业立法必须依国情而定，要注重立法层次性和实施细则的制定。不同的国家有不同的国情，不同的发展时期有不同的农业经济问题和农业发展难点，因此各国农业立法可以相互借鉴但绝不能照搬照抄。从我国来看，我国幅源辽阔，各地区农业生产条件、农业生产力水平、农业自然资源等参差不齐，因此，在农业立法中要注重立法层次性和实施细则的制定，注重实用性和可操作性，还要充分发挥地方立法的优势，加强地方农业立法。这一点在我国的农业立法中应该引起足够的重视。我国必须尽快构建和完善以农业基本法为统帅、有不同级别和层次的农业产业法律体系。

（三）准确定位我国农业立法的原则

在构建我国农业产业立法体系过程中，应该充分考虑我国的

农业发展水平和农业生产条件，在全面建设小康社会和建设社会主义新农村的发展战略的指引下，统筹城乡发展，大胆借鉴发达国家的农业立法精华，尤其是充分吸收与中国情况相似的日本立法经验，对农业产业采取更为积极的财政投入和农业保护，以工业发展的成果反哺农业，逐步提高农业的生产效益，缩小与工业产业的差距。

结合《农业法》中确定的基本原则，我们认为，我国的农业产业立法应遵循以下原则。① 保障农业基础地位的原则。用法律手段保障我国农业国内支持的力度及其运行机制，使之与农业的基础地位相适应，从而最终达到巩固和加强我国农业在国民经济中的基础地位的目的。② 实现农业可持续发展原则。实现农业可持续发原则是指在强调农业发展的同时，重视农业资源的合理开发利用和农业环境保护，使农业既满足当代人的需要又不削弱子孙后代满足其需要之能力的发展。① ③ 推进和保障农村市场经济发展的原则。农业产业法律建设应适应市场经济要求，服务于建立社会主义市场经济体制的目标。对农村改革的成功经验和行之有效的基本政策给予充分肯定和确认，对不符合社会主义市场经济发展要求的规定和作法要予以修正或废止。④ 保护农业生产经营者的原则。农业、农村和农民问题始终是一个关系我们党和国家全局的根本性问题。然而，在发展社会主义市场经济的过程中，农业无论是在产品市场的竞争中，还是在经济资源的竞争中，常常处于软弱和不利的地位，与之相联系，农业生产经营者还是一个人数众多而自我保护能力比较弱的社会阶层。因此，在市场经济条件下，农业产业法制建设的保护对象不仅是农

---

① 艾衍辉：《农业法基本原则探讨》，载《江西农业大学学报》2004 年第 2 期。

业，而且更应该是农业生产经营者。⑤ 社会支持、共同参与原则。社会支持、共同参与原则的基本含义是，在现今和今后相当长的时期内农业基础地位薄弱和农村社会发展滞后的形势下，充分发挥我国政府、社会和个人以及国外的各种资源，共同支持和参与农业和农村的现代化建设。① ⑥ 与国际规则相衔接的原则。加入 WTO 后，我国农业将拥有国内和国际两个市场。我国的农产品贸易体制将融合于世界经贸体制框架中，为充分利用国内国际两个市场、两种资源，特别是利用外资和引进先进农业技术，发展我国农业，我国必须在 WTO 农业协议框架下，按国际规则，给中国农业以有效的法律支持，以期减少相互间摩擦，加强平等合作，共同发展。

第四节　我国农业产业立法的现状和完善

一　我国农业产业的立法状况

（一）基本概况

自新中国成立后，党和国家以法律、法令、条例、规章等规范性文件的形式对以农业为主体的农村经济的各个部门、各个方面都作了许多规定，主要有：在土地制度改革时期的《中华人民共和国土地改革法》，在实现和发展农业合作化过程中的《关于发展农业生产合作社的决议》、《高级农业生产合作社示范章程》、《1956—1967 年全国农业发展纲要》，在人民公社化运动中的《关于人民公社管理体制的若干规定（草案）》、《中共中央关于改变农村人民公社基本核算单位问题的指示》等。但总的说来，国

---

① 李昌麒、吴越主编：《农业法教程》，法律出版社 2007 年版，第 31 页。

家有关农业问题的政策性规定多，法律性规定少。

　　党的十一届三中全会之后，随着经济体制改革的深入发展，我国的法制建设进入了蓬勃发展的新阶段，农业经济立法也逐步受到党和国家的重视。1979 年以来，国家先后制定了一些与保障和促进农业发展有关的法律，国务院、农业主管部门还制定了不少行政法规和规章等规范性文件。可以说，我国农业领域的法律、法规体系框架已经基本形成，主要体现在以下几点。

　　第一，为保障农业在国民经济中的基础地位，发展农村社会主义市场经济，维护农业生产经营组织和农业劳动者的合法权益，促进农业的持续、稳定、协调发展，制定了《农业产业法》。

　　第二，为加强农业资源和环境保护，促进农业可持续发展，制定了《再生能源法》、《固体废物污染环境防治法》、《土地管理法》、《森林法》、《草原法》、《渔业法》、《水法》、《水土保持法》、《野生动物保护法》、《防沙治沙法》、《水污染防治法》等法律，《基本农田保护条例》、《草原防火条例》、《水产资源繁殖保护条例》、《野生植物保护条例》、《森林采伐更新管理办法》、《野生药材资源保护管理条例》、《森林防火条例》、《森林病虫害防治条例》、《陆生野生动物保护实施条例》等行政法规。

　　第三，为促使农业科研成果和实用技术尽快应用于农业生产，实现农业现代化，制定了《农业机械化促进法》、《农业技术推广法》、《农机产品质量认证管理办法》、《植物新品种保护条例》等法律、行政法规。

　　第四，为预防和减少农业自然灾难，保障农业生产安全，制定了《气象法》、《动物防疫法》、《进出境动植物检疫法》、《防沙治沙法》等法律，《农业转基因生物安全管理条例》、《水库大坝安全管理条例》、《防汛条例》、《蓄滞洪区运用补偿暂行办法》、《国家突发重大动物疫情应急预案》等行政法规。

第五，为保护和合理利用种子资源、防治病虫害，制定了《种子法》、《种畜禽管理条例》、《农药管理条例》、《兽药管理条例》、《饲料和饲料添加剂管理条例》等法律、行政法规。

第六，为规范农业生产经营主体，提高农业组织化、专业化水平，保护农民利益，制定了《农民专业合作社法》、《畜牧法》、《渔业法》、《中小企业促进法》、《乡镇企业法》、《村民委员会组织法》、《乡村集体所有制企业条例》、《农民承担费用和劳务管理条例》、《耕地占用税暂行条例》、《国务院关于促进畜牧业持续健康发展的意见》等法律、行政法规。

第七，为规范农产品流通和市场交易，制定了《农产品质量安全法》、《粮食收购条例》、《棉花质量监督管理条例》、《粮食购销违法行为处罚办法》等行政法规。

除这些规范农业领域的专门法律、行政法规外，还有大量的涉及农业、农村或者农民问题的法律、行政法规。总之，经过20多年的努力，我国农业领域基本上做到了有法可依。从总体上来看，这些法律、行政法规对规范、引导和促进农业和农村经济发展，保障农民利益发挥了积极的作用。

（二）我国农业立法的特点

改革开放以后，国家日益重视农业政策的法律化，顺应新时期的国际国内环境变化，我国的农业立法发生了很大转变。新时期我国农业立法具有以下特点。

1. 立法观念从以效率为核心向以可持续发展为核心转变

新中国成立初期的农业立法主要是为了稳定生产关系，尽快恢复和发展生产。改革开放初期，刚经过浩劫的农村经济，首要任务也是要发展生产，解决农产品供应的问题，因此，当时农业立法的主要目标是促进农业的总量增长，在立法观念上，"效率"是核心问题。到20世纪90年代后期，农业资源的最佳配置与人

类的长期发展、有限自然资源的浪费和破坏等问题被提上了议事
日程。农业生产要素的最佳配置和合理使用仅靠生产者自身是难
以实现的，必须依靠法律的引导和强制。在新修订的《农业产业
法》、《草原法》、《渔业法》中，都体现了可持续发展和科学发展
的观念。

2. 立法目标由注重单一的农业内部发展向注重农业和农村
经济整体发展转变

新中国成立初期的农业立法，主要侧重于解决当时农业社会
主义改造中的土地、农民合作等问题，基本上围绕着农民和土地
展开。改革开放以后到 90 年代早期，农业立法也还是主要以关
系到解决温饱问题的农业总量增长为核心。到了 90 年代后期，
我国农产品供给由长期短缺转变到总量基本平衡、丰年有余，农
业和农村经济发展进入了新阶段。农业立法也适应变化了的新形
势，立法目标更加突出质量和效益、更加注重全面发展农业和农
村经济，不但进一步完善农业内部各业发展的相关法律，而且与
农业相关的农村经济社会发展、农业资源保护等方面，都成为新
时期的立法目标。

3. 调整范围由狭义农业向广义农业转变

纵观我国农业立法几十年来的历程，农业产业法律法规所调
整的范围越来越广泛，从一开始的以传统农业为对象向以现代大
农业为对象转变。例如，在对农业的概念界定上，新修订的《农
业产业法》突破了将农业局限于生产环节的窠臼，将种植业、林
业、畜牧业、渔业以及与其直接相关的产前、产中和产后服务纳
入到调整范围中，并且强调了农产品生产、加工和销售等不同环
节之间的有机联系。另一方面，从整个农业立法来看，大农业框
架下农业各业的相关法律不断完善，在种植业、养殖业、林业、
水利、气象、动植物检疫、农业环保、农业科技、乡镇企业等方

面，都有了相应的法律法规。

4. 立法内容从强化行政管理权向尊重和保护主体的民事权利转变

早期的农业立法一般都对农业行政管理部门的权限、行政管理的具体程序、农民和农业生产经营组织的相应义务等规定得比较详细，而对农民和农业生产经营组织的相关权利体现得较少。20 世纪 90 年代以后，农业立法在内容上逐渐显现尊重和保护主体的民事权利的特征。尤其是近年来新颁布和修订的物权法和农业产业法律、法规中，农民和农业生产经营组织的承包经营权、渔民的渔业权等都被赋予了物权的效力，对于农民和农业生产经营组织在具体生产经营活动中的相关权利规定更加具体明确。同时，在立法中，还进一步就这些权利的救济措施做出了原则性的规定，为农民和农业生产经营组织的活动提供了更可靠的法律保障。

（三）我国农业立法存在的不足

从总体上看，我国现阶段农业立法还非常薄弱，还远没有形成种类齐全、层次分明、协调统一的农业产业法律体系。这同实现依法治农、依法兴农的要求和建立农村社会主义市场经济体制、实行农业产业化和现代化的要求，是不相适应的。综观我国现行的农业产业法律，存在下述不足和问题。

1. "重政策，轻法律"的痕迹依然明显

由于历史和体制的原因，我国对农业的指导和管理，长时期内主要是依靠政策和行政手段。在农业和农村工作中一直存在着"重政策，轻法律"的倾向。反映到农业立法上，就是不能科学地将农业政策转化为法律规范，而经常出现"政策搬家"，将政策的原则性和灵活性引入法律，使法律规范缺乏严格的规定性和可操作性。很多重要的农业制度和改革的成果未能及时地写入到法律，导致生活中农业政策的落实不力。

2. 立法滞后现象严重

从法律体系上看，一是农业农村经济发展迫切需要的法律仍有欠缺。例如，农业面临着自然和市场的双重风险，尤其是自然风险往往给农业生产和农民生活带来重大损害，但关于农业保险的法律一直缺位，关于保险机构经营农业保险的目标、原则、组织形式、基金筹集金额和方式、基金管理原则以及政府的支持和监督等，都没有专门的法规来规范。二是配套法规的制定严重滞后。实践中迫切需要的配套法规缺乏，有的法律制定出来以后，一直没有配套的法规规章加以支撑，无法满足实践需要。三是地方农业立法的缺乏。农业具有很强地域性特点，必须按不同地域的特点制定农业与农村发展的规划、政策、技术对策等，农业立法也不例外，但当前我国地方性的农业产业法规比较少，已有的地方性法规也不能体现本区域的实际特点和需求。

3. 农业资金投入尚未走上法制化和规范化的道路

农业资金投入是农业持续、稳定发展的根本保障。对农业这样的弱质产业，世界上许多发达国家都很重视通过完善的农业资金投入法律来加以保护。我国自 1989 年广西、湖南等省区的人大代表团在全国人民代表大会上提交"尽快制定农业投资法"的议案以来，在几次全国人民代表大会期间都有这方面的议案和建议，但这部重要法律至今尚未出台。因而在农业资金投入方面存在的随意性大、投资管理效率不高以及多头管理、资金落实难等问题，迟迟得不到解决。

4. 立法的规范性和可操作性比较差

一方面，由于立法技术、立法力量等方面的局限，加上农业立法起步较晚，农业立法的规范性比较差。另一方面，农业产业法律、法规大都是对现有政策的复制，不符合法律的精确性和规范性，使得农业产业法律法规原则性太强，缺乏现实性与可行性，实践中难以操作。有相当一部分的农业生产经营者根本就不知道有这样一些法律的存在，说明我们的立法在农业生产中没有被真正地利用起来。

二　农业立法体系的合理构建

研究农业产业法律体系框架，要与当前我国的国民经济发展规划和农业发展战略相结合，以科学发展观为指导，以全面建设小康社会和社会主义新农村建设为目标，着眼于农民增收和农民利益保护，在现有法律体系的框架内，构建和完善我国农业产业法律体系。基于此，我国的农业立法体系框架应该由以下七部分组成。

1. 关于农业与农村经济基本制度的立法

目前，已制定的法律有《农业产业法》、《村民委员会组织法》、《农村土地承包法》，还应当制定《农民权益保护法》。《农民权益保护法》应当以保护农民土地权益以外的经济社会权益为主要内容，包括：按照农村税费改革的政策，规范农民负担问题；保护农民劳动和选择职业的权利；促进农村富余劳动力转移的有关规定；有关扶持贫困农民的规定；为建立面向农民的社会保障制度提供法律基础；确保国家财政有关社会发展的新增财力向农村社会发展倾斜的规范等。

2. 关于农业生产经营市场主体的立法

农业和农村的市场主体主要有村集体经济组织、国有农业企业、公司、合伙、独资企业、股份合作、农户、个体经营等多种形式。其中，国有农业企业、公司、个人独资企业、农户、个体经营可以适用有关法律、行政法规，已经制定的法律行政法规有《农民专业合作社法》、《乡镇企业法》和《乡村集体所有制企业条例》。根据农业和农村经济进入新阶段的需要，目前亟待制定《农村集体经济组织法》。

3. 关于促进和保障农业产业化经营和安全生产的立法

这类法律主要规范各类农用资料的生产、质量及使用管理，农业生产安全，农业技术推广等，现已制定《渔业法》、《畜牧法》、《农产品质量安全法》、《农业技术推广法》、《农业机械化促进法》、《肥料法》、《种子法》、《渔港管理条例》。目前需要把林业产权改革的成果及时法律化，制定《林业法》和《农业产业化促进法》。

4. 关于农业保护与农业调控的立法

十五届三中全会决定提出，建立国家对农业的支持保护体系，十六届三中全会决定进一步提出要健全这个体系。这类立法主要规范国家在财政、金融方面对农业的支持，对农产品流通的调控与支持，是国家对农业支持与保护体系的主要内容。今后，应当制定《农业保险法》、《农村合作金融组织法》、《农业投资法》、《农产品批发市场法》、《粮食法》、《农业灾害救助法》。

5. 关于农业可持续发展的立法

这方面的立法在现行的农业与农村经济方面的法律和行政法规中占有相当大的比重。现有《土地管理法》、《水法》、《草原法》、《森林法》、《固体废弃物环境防治法》、《可再生能源法》、《海洋环境保护法》。今后，应当制定《河流法》、《黄河法》、《湿地法》、《森林生态效益补偿基金筹集使用管理办法》等。

6. 关于农业科技与教育方面的立法

科技是第一生产力，只有加大科技因素在农业生产增幅中所占的比重，我国农业才能取得可持续发展。发展农业教育，特别是农业职业教育，提高农民素质也是我国农业生产力进一步发展的关键因素之一。这方面已经制定了《农业技术推广法》、《促进科技成果转化法》，还应当制定《农业职业教育法》，对农业职业教育的经费来源、国家的支持措施、学历教育与农民培训、多渠道办学、绿色证书培训、国家对接受职业教育从事农业生产的青年农民的扶持措施等进行规范。

7. 关于农村社会保障方面的立法

统筹城乡经济社会发展，建设社会主义新农村，完善农村社会保障体系，保护农民的合法权益，逐渐缩小城乡差距，消除对农民的歧视性和限制性的措施，农村社会发展方面的立法不可忽视。这方面应当制定的法律有：《农村合作医疗法》、《扶贫法》、《农民权益保护法》、《小城镇建设促进法》、《农民最低生活保障条例》等。

第十一章　电信产业法

第一节　电信业务及电信业概述

一　电信业务的概念

电信，是指利用有线、无线的电磁系统或者光电系统，传送、发射或者接收语音、文字、数据、图像以及其他任何形式信息的活动。

电信业务，是指电信业务经营者为电信用户提供的迅速、准确、安全、方便和价格合理的电信服务。电信业务分为基础电信业务和增值电信业务。

基础电信业务，是指提供公共网络基础设施、公共数据传送和基本话音通信服务的业务。增值电信业务，是指利用公共网络基础设施提供的电信与信息服务的业务。

二　电信业

电信业是国民经济的领头产业，改革开放以来，我国电信业发展迅速，已经成为国民经济中增长最快、综合效益最好的行业之一。当今社会是信息时代，电信业的发展与其他行业有着密切的联系，它已成为人们生产、生活中不可或缺的重要产业。自

2002 年《电信条例》颁布实施至 2005 年上半年，我国电信业务总量已经达到了 5500 亿元，电话用户总数已从 2000 年的 2 亿增至 7 亿，平均每年增加 1 亿；互联网上网用户总数突破 1 亿，宽带上网人数达到 5300 万人；固定电话普及率从 2000 年的 13 部/百人提高到 26 部/百人；移动电话普及率由 2000 年的 6 部/百人提高到 28 部/百人。电信业务的日趋多样化，使社会公众享受到更多种类、更多选择和更高品质的电信服务。[①]《电信条例》的实施不仅巩固了电信业改革发展的成果，而且也为电信业的改革发展提供了基本的制度基础。电信业改革的成功，从某种意义上讲，能增强其他各行业的信心，诸如保险业、银行业、农业等。

第二节　电信业市场准入制度

一　电信业务许可

《电信条例》第 7 条规定："经营电信业务，必须依照本条例的规定取得国务院信息产业主管部门或者省、自治区、直辖市电信管理机构颁发的电信业务经营许可证。未取得电信业务经营许可证，任何组织或者个人不得从事电信业务经营活动。"国家对电信业务经营按照电信业务分类，实行许可制度。就世界各国而言，对电信经营都实行严格的管制。管制模式可分为静态管制和动态管制。所谓静态管制，是指政府对经营电信业务的经营者实行严格的市场准入制度；动态管制，是指政府对进入电信业的经营者采用"宽进、严管"的模式，这种模式是国际上的通行做

---

① 韩永军：《继往开来再谱新篇——纪念〈电信条例〉实施五周年座谈会综述》，载《人民邮电报》2005 年 9 月 20 日。

法。我国电信业的发展起步较晚,因此,从《电信条例》所规定的"电信业务经营许可制度"来看,属于典型的"静态的严格市场准入制度",但对电信企业经营活动却采用"松弛监管"模式,这与国际通行的"宽进、严管"动态管制模式存在较大区别。显然,后一方式更能够提高电信市场的竞争度,但同时也对电信监管机构的监管水平与能力提出更高的要求。考虑到中国电信市场状况及发展需求,在今后的电信改革中,应降低某些电信业务市场"进入门槛",将"前置审批"变为"后置审批",或者将部分电信业务的"审批制"变为"核准制"。此外,在即将出台的《电信法》中,还应增加"电信业务经营许可标准"透明度的相关规定。

二 业务分类

(一) 基础电信业务

(1) 固定网络国内长途及本地电话业务;

(2) 移动网络电话和数据业务;

(3) 卫星通信及卫星移动通信业务;

(4) 互联网及其他公共数据传送业务;

(5) 带宽、波长、光纤、光缆、管道及其他网络元素出租、出售业务;

(6) 网络承载、接入及网络外包等业务;

(7) 国际通信基础设施、国际电信业务;

(8) 无线寻呼业务;

(9) 转售的基础电信业务。

(10) 第 8、9 项业务比照增值电信业务管理。

(二) 增值电信业务

(1) 电子邮件;

（2）语音信箱；

（3）在线信息库存储和检索；

（4）电子数据交换；

（5）在线数据处理与交易处理；

（6）增值传真；

（7）互联网接入服务；

（8）互联网信息服务；

（9）可视电话会议服务。

三　业务许可的现状及改革方向

我国《电信条例》将电信业务分为基础电信业务和增值电信业务两大类，国家以经营业务的不同来发放不同的许可证。由于业务管制存在诸多弊端，比如基础和增值业务的划分越来越困难，电信新业务不断涌现，根据经营业务的不同来发放许可，已经越来越不能适应电信业的发展，同时基础业务经营许可证和增值业务经营许可证的审查和发放程序有所不同，从而不利于我国电信业的发展，也不利于电信监管机构对电信业的监管。

从国际上对电信管制许可来看，一般是以主体不同来发放许可，这样可以明确管制重点。以主体的不同来实施许可，既符合国际许可制度的潮流，也是电信管制由"事前管制"转向"事前管制和事后管制并重"的需要；同时可以改变过去增值业务经营者不能从事基础话音服务的现状，客观上有利于增强市场竞争，扩大消费者的选择权，也有利于做大整个产业。这是电信业务发展的趋势，因为随着技术和业务的不断融合，在同一技术平台上，既可以承载话音服务，也可以生成增值服务。若从政策上将二者割裂，是一种在电信技术和业务上采取的"鸵鸟政策"，不利于技术、业务的创新和应用。

今后我国电信业务许可改革的方向是：以运营主体的不同来实施许可，即将拥有骨干基础传输网络设施并获得电信经营许可证的，列为第一类经营者；将不拥有骨干传输网络设施的经营者，列为第二类经营者。按照《行政许可法》的规定，对第一类经营者实行特殊许可，骨干传输设施的铺设涉及公共资源的配置和电信稀缺资源的使用，对拥有骨干传输设施的经营者施加严格的事前管制，可以使事后管制的成本相对较低，提高管制的有效性。对第二类经营者实行一般许可。新的许可体制应体现更为开放的管制思路，只有经营骨干传输网络的许可证持有者，才有数量限制，对单纯提供电信服务者没有数量限制要求。另外，无论第一类经营者还是第二类经营者，只要具备能力，都可以提供包括基本话音业务和增值业务等在内的服务。

第三节　电信业市场竞争法律制度

一　电信业市场法制建设现状

一个有序的市场，需要完善的法律制度予以支持，由于我国尚未出台《电信法》，因此，现阶段电信业市场各大运营商竞争的层面越来越高，用技术的、行政的、法律的方式来竞争，例如小灵通等业务就是没有法律定义的。现在各大运营商的纠纷，基本上靠内部调整，其原因之一是缺乏一部统一的《电信法》。可以说，法律缺席的竞争，其实还不是真正的市场竞争。

目前规范电信业市场的法律主要是 2000 年 9 月国务院制定并颁布的《电信条例》。这是规范我国电信业的一部重要法律文件，是迄今为止我国专门规范电信监管和电信运营的第一部综合性的法律文件，它为电信监管和电信运营提供了强有力的法律依据和保障。《电信条例》的公布实施，对于我国电信业的发展和电信法制建设，具有基础性和前导性意义。我国近几年来电信业能够快速、稳定、健康发展，《电信条例》的公布实施是其中至关重要和不可或缺的一个原因。

电信业的健康发展离不开《电信条例》对电信活动的规范和调整。它有力地维护了电信市场的秩序，为多运营商竞争格局下不同电信运营企业的公平竞争提供了公平、明确的市场运行规则，为市场主体之间的公平竞争创造了良好的环境和条件。它的公布实施，有力地保护了电信运营企业的合法权益。对电信业务经营者而言，通过规范和调整电信经营行为，维护和保障合法的电信经营行为，打击和惩处违法的电信经营行为，为电信运营企业的依法经营、维护电信运营企业的合法权益，提供了法律上的保障；对广大的消费者而言，它的公布实施，有力地维护了广大电信用户的权益。维护广大电信用户的合法权利是《电信条例》立法的主要目的之一，《电信条例》第1条规定："为了规范电信市场秩序，维护电信用户和电信业务经营者的合法权益，保障电信网络和信息的安全，促进电信业的健康发展，制定本条例。"

《电信条例》的公布实施，有力地促进了我国"电信大国"目标的实现。《电信条例》巩固了近年来我国电信改革与发展的成果，为政企分开、引入竞争形势下我国电信业的发展，提供了指引和保障，促进了"电信大国"目标的实现。以此为起点，我国的电信法制建设也驶入了"快车道"，在电信立法、执法、执法监督、普法宣传、法制教育培训等各方面都取得了长足的进步。在电信立法方面，我国的电信立法日趋完善，电信法律体系初步形成；在执法方面，我们逐步形成了公正、透明的执法程序和执法制度，进一步加大了通信执法的力度，开展了多项卓有成效的执法活动；在执法监督方面，建立了完善的执法监督机制。

二　完善电信业市场竞争的法律制度

(一)《电信法》的立法宗旨

《电信条例》的实施虽然给电信业市场提供了一定的法律保障，但由于《电信条例》仅为行政法规，其法律位阶比较低，在市场竞争中很难发挥其应有的作用。因此，急需制定《电信法》。

从《电信法》的法律性质分析看，《电信法》是以市场监管为主、市场监管和产业促进兼顾的特别经济法律规范，因此，它的立法宗旨首先就是要通过对电信市场的适当监管，促进电信市场的有效竞争，规范市场竞争秩序，从而为消费者能以较低的价格得到高质量的电信服务，并增加电信使用者的服务选择。其次，《电信法》在一定程度上要考虑电信产业的健康发展，使电信产业得到可持续发展。因此，综合而言，可以把《电信法》的立法宗旨归纳为三个基本方面：保护电信消费者利益、规范电信市场秩序以及促进电信产业发展。从其他国家和地区的《电信法》相关规定看，虽然各有特点也各有侧重，但基本上都反映了这三个方面的内容。

西方发达国家基本是先有法律，再依照法律对电信市场进行管理。一部完整的法律是改革成功的基础和电信市场健康发展的保障。而我国电信业市场的管理基本上是沿袭先改革、后立法的传统。由于立法的滞后，整体性法律架构的缺乏，产生了无法可依、有法难依的问题，部门相互扯皮、企业各自为战、市场秩序混乱等情况时有发生。立法的目的是为了社会的"制度和谐"，而这种"制度不和谐"状态长期存在，无疑影响了我国电信市场的健康发展。

制度之所以重要，就因为它是一个持久而有效的激励和约束机制。正如诺贝尔经济学奖得主经济学家诺思所说："对经济因素起决定作用的是制度因素，而不是技术因素。"要造就我国电信产业的辉煌，就急需制定一部符合客观经济发展的《电信法》。

（二）《电信法》难以出台的原因

一项法律制度的出台，从经济学上来看，是因为"市场"上存在对这项制度的需求。我国电信业在电信条例颁布实施后，有了非常大的发展，《电信条例》所规范的内容已经远不能满足社会和经济的发展，而公众对于电信业市场上的垄断也已经怨声载道，这种种情况都亟待一部正式的国家大法来规范和调整。既然存在对电信法的需求，那为什么"制度供给"又迟迟跟不上呢？究其原因，主要有：

第一，我国电信业管理体制处在转型时期，从计划经济向市场经济过渡；

第二，需要理顺关系，需要培育市场，需要建立竞争机制；

第三，政府管理职能的改革转型。

以上问题都需要时间及实践。除体制改革需要时间、市场经济体制需要逐步完善之外，还有一个重要原因，它涉及方方面面的利益。就实质而言，《电信法》是一部"反垄断法"，它出台的根本目的是要完善市场竞争秩序，促进公平公正，维护大多数公众的权益。对于"电信技术"层面上的立法工作，完全可以随机应变，以相关的立法解释和司法解释来解决。但制度的变革则不是那么简单，它是需要变革成本的。就像一项工程建设，它既需要规划设计、清理现场、拆除旧的建筑物，也需要考虑拆除旧建筑可能存在对他人潜在的损害（比如拆迁问题）。制度的构建也是一样，它也会产生负外部效应，往往会遇到人为的阻力，招致一部分人甚至大部分人的反对。这是因为，制度变革总要改变权力和财富的分配。就我国目前的电信立法而言，主要是由政府发动和组织，是一种典型的"政府主动性变革"。对于由政府主导的制度变革，其所遇到的阻力，一方面来自其他行为主体和利益集团，取决于支持变革的主体和集团与反对变革的主体和集团的力量对比及其变化；另一方面，主要取决于政府的偏好和政府机构的官僚化程度。《电信法》迟迟未能出台，它最大的阻力也就在于此。

三　我国电信法律基本制度

在目前全球电信业的新一轮竞争和立法浪潮中，制订出台《电信法》才能确保我国电信业发展与全球同步而不落伍。近年来，美国、英国、法国、德国、日本等纷纷修改电信法，以适应电信业日新月异的发展趋势。电信法是打造电信强国的法律保障，通过制订电信法，可以进一步巩固我国电信大国的地位，同时为迈向电信强国提供法律保障。

（一）我国电信立法的现状

2000 年《电信条例》实施后，我国电信法制建设，无论立法、执法，还是普法、法制监督等，都取得了重大进展。尤其是立法工作，一批行业规章、规范性文件出台。2002 年 8 月 1 日信息产业部公布实施《中国互联网络域名管理办法》，2004 年 12 月 20 日信息产业部新的《中国互联网络域名管理办法》正式施行，同时废止了 2002 年的《中国互联网络域名管理办法》。为保障和监督税控收款机生产企业资质认定工作，信息产业部颁布实施《税控收款机生产企业资质管理办法》。

除了这两个行政规章外，一批规范性文件也在 2004 年陆续出台。7 月 1 日，信息产业部和国家发展改革委员会联合发布《关于进一步加强电信资费监管工作有关事项的通知》。12 月，信息产业部出台《关于电信监管部门配合开展电信运营企业干部考核与管理工作的意见》，要求各通信管理局对电信运营企业及其领导班子依法经营情况进行年度评价。

2005 年信息产业部发出通知，规范电信业务推广和服务宣传，保障竞争秩序；规范短信息服务，保护用户合法权益不受侵犯；规范互联网、手机等新兴信息传播载体上的信息通信服务行为，为未成年人健康成长创造良好的网络环境。

通信业的飞速发展促使通信法制建设必须与时俱进，成为产业发展的助推力。这些行业规章、规范性文件的出台，正是通信法制加快自身建设步伐、积极回应产业发展需求的外在表现。这将有利于营造更加良好的法制环境和有序的市场氛围，为保障通信业的持续、快速、健康、协调发展发挥法律特有的调整功能，促进通信业进一步发展壮大，为实现电信强国目标提供了坚实的法律保障。

《行政许可法》于 2004 年 7 月 1 日起正式生效。为此信息产业部印发了《关于贯彻实施行政许可法的工作方案的通知》，明确了信息产业部贯彻行政许可法的主要任务、工作分工及时限要求等，为推动这项工作的开展奠定了良好基础。2004 年 6 月 30 日，根据贯彻实施《行政许可法》的要求，信息产业部经过对一百多件规章和规范性文件的清理，决定对已经过时失效或由新的规定代替，以及内容不符合《行政许可法》规定的 23 件文件予以废止，行政许可清理取得重大进展。同时，信息产业部决定启用"信息产业部行政许可专用章"。

《行政许可法》所确立的基本原则和一系列制度、措施，不仅是对行政许可本身的规范和重大改革，也是对整个政府工作的进一步规范，将对全国行政系统产生重大而深远的影响。《行政许可法》对通信领域产生的影响，最直接的是清理以前的行政许可事项。按照《行政许可法》的规定，只有法律、行政法规和国务院有普遍约束力的决定可以依据法定条件设定行政许可，地方性法规和地方政府的规章可以依据法定条件设定行政许可，国务院部门规章以及不享有规章制订权的地方政府和其他机关制订的规范性文件一律不得设定行政许可。信息产业部完成行政许可清理工作，为全面、深入依法行政奠定了良好的基础。

2005 年以来，信息产业部加快电信法起草进程，并取得实质性进展。6 月 9 日，《电信法》（送审稿）由信息产业部第六次部务会审议通过，并决定提请国务院审议。7 月上旬，《电信法》（送审稿）呈交国务院。这不仅标志着我国电信立法工作取得了质的突破，而且也预示着继 2000 年《电信条例》之后，电信立法将进入一个新的快速发展期。2004 年 8 月 28 日，十届全国人大常委会第十一次会议表决通过《电子签名法》，首次赋予可靠的电子签名与手写签名或盖章具有同等的法律效力，并明确了电子认证服务的市场准入制度。该法明确规定："国务院信息产业主管部门依照本法制订电子认证服务业的具体管理办法，对电子认证服务提供者依法实施监督管理。"

《电子签名法》是我国第一部真正意义的电子商务法，是我国电子商务发展的里程碑。《电子签名法》的出台，无疑对我国电信产业具有重大的促进作用。该法实施后，保障和促进了我国电子商务与电子政务的开展，给电信增值业务带来许多新的增长点。一方面，电信行业设立的认证机构可以依法拓展业务，另一方面，在电子签名法的保障下，网络证券、网络彩票等新型的交易形式，将更加促进电信增值业务的扩展甚至促使产业的结构调整、升级。电信业作为电子商务的技术支持者和参与者，要抓住机遇，迎接挑战，在信息化应用中有所作为。

（二）进一步完善我国的电信法律制度

经过不断的改革和发展，我国电信业已实现了跨越式的发展，我国已成为世界公认的电信大国。从规模总量上看，我国网络容量稳居世界第一，全国电话用户总数超过 5 亿，用户规模跃居世界第一；互联网用户达到 8000 万，位居全球第二。① 可见，我国电信业已进入世界大国行列。但与国际先进水平相比，我国电信业在产业结构、核心技术、管理水平、综合效益等方面，还存在很大的差距，如电话普及率不高、地域发展不平衡、企业整体竞争力不强、市场竞争环境尚需进一步规范等，可谓"大"而不强。因此，如何尽快缩小与国际先进水平的差距，尽快实现由电信大国向电信强国的转变，已成为我国电信业在当前和今后相当长一段时期内的奋斗目标和战略任务。

要实现从电信大国向电信强国的转变，关键是要加强法制建设，这是世界各国发展的成功经验之一。因此，尽快出台《电信法》，为我国电信业的全面、协调、可持续发展提供法律保障，是电信业发展的必然要求。目前我国电信业发展态势良好，但在电信立法方面与电信大国的地位不相称。虽然我国电信市场竞争格局已初步形成，但电信法制建设滞后于电信市场发展，缺少一部在宏观上指导整个电信业发展的基本法律——《电信法》。

同时，作为 WTO《基础电信协议》的签字国，我国在加入WTO 之后，电信业出现了新的情况，已有的一些法规条例，如《邮政法》、《电信条例》等存在着一定的缺陷，难以满足电信业跨越式发展要求。因此，建立和完善以《电信法》为核心的电信法律制度体系，为我国电信业发展提供有效法律保障，是电信业发展的客观要求。

要尽快迈向电信强国，一个重要的前提条件就是具有完备的电信法律体系。电信强国是一个系统工程，其基本内涵是：在国际比较中一国的电信产业具有强大的综合竞争实力，在世界电信

---

① 李华：《电信法是打造电信强国的法律保障》，载《通信信息报》2004 年 3 月 2 日。

市场上居于强势地位，能够发挥不可替代的影响力。经专家研究表明，一个电信强国应具备完善的法律体系、管理制度、有效的市场竞争结构，并拥有高效的行业监管机构。

而《2003 年中国电信业国际竞争力发展报告》研究结果显示，2003 年中国电信业其综合竞争力排名略有提升，但与发达国家电信业的制度竞争力相比差距很大，甚至与一些发展中国家相比，差距也很明显。在构成制度竞争力指数的 6 个参评指标中，"电信法律体系"一项得分为 2.833，与阿根廷一起列最后一名。[①] 毋庸置疑，在电信业国际化进程加快的新形式下，提升电信业的国际竞争力，向电信强国迈进，必然要有一个以《电信法》为核心的健全完善的电信法律制度体系的支撑。在《电信法》的支撑下，还需要制定通信监管法、邮政法等，使电信业发展做到有法可依、有法必依、执法必严、违法必究。

第四节　电信普遍服务制度

一　电信普遍服务制度含义及发展

电信普遍服务一词是一个舶来品，其英文全称为 Universal service，是指任何社会成员无论收入高低、居住何地，都有权享受电信服务的公共政策。电信普遍服务来自何处？普遍的观点认为，电信普遍服务源自美国的贝尔公司，也就是后来的美国电话电报公司（AT&T）。1876 年，贝尔公司获得了为期 17 年的电话专利权，成为美国第一家专营电话的公司。之后电话在美国的

---

① 李华：《电信法是打造电信强国的法律保障》，载《通信信息报》2004 年 3 月 2 日。

发展非常迅速，到 1893 年，全国共出现了 6000 多家电话公司。1907 年，贝尔公司为了独家垄断，获得更大的利润，首次提出了 "Universal service"（把天下包了）这一电信史上的著名口号，推动了贝尔公司的进一步发展。1910 年，贝尔公司一举兼并了当时居于电报业垄断地位的西联公司（Western Union），形成了一统天下的新的垄断局面。1913 年，美国司法部在联邦法院对 AT&T 提出了第一次反垄断起诉，要求贝尔公司在美国承担普及电话服务的责任。至此，贝尔公司的 "Universal service" 垄断目标才由口号变成了现实。

1934 年，美国《通信法》指出："电信运营者要以充足的设施和合理的资费，尽可能地对合众国的所有国民提供迅速而高效的有线和无线通信业务。"这是普遍服务最原始的定义。20 世纪 80 年代末，经济合作与发展组织（OECD）对普遍服务进行了重新定义："任何人在任何地点都能以承担得起的价格享受电信业务，而且业务质量和资费标准一视同仁。"1994 年，日本成立了一个专门小组，研究普遍服务及多媒体时代的费率问题。该小组于 1996 年 5 月提出了一份研究报告，将普遍服务分为两类：一是多媒体接入业务，涵盖宽带网业务和网络功能服务；二是多媒体业务，包括多项应用性业务，如远程医疗、远程教育等。总体说来，电信普遍服务具有以下特点：普遍服务是电信业的内在要求，且具体内容在不断演化；普遍服务是政府职能，也是电信运营者的义务；普遍服务的承担不影响运营者作为市场主体的运作。

近百年来，电信普遍服务由小到大，由弱变强，业已成为世界大多数国家的共识。各国相继制定《电信法》，确立了电信普遍服务的内涵，由于各国政治、经济、历史等的差异，对电信普遍服务的内涵理解不尽相同，但伴随着电信私有化、全球化的进程，各国电信管制部门对资费、许可证、频率分配等方面的管制都有逐渐放松的趋势，但对普遍服务的管制却越来越重视，让全体国民享受基本的电信服务已成为各国政府的一项基本国策，这要求担负信息传输重任的电信业承担起普遍服务的义务。

二　我国电信普遍服务的发展现状

《电信条例》第44条规定："电信业务经营者必须按照国家有关规定履行相应的电信普遍服务义务。国务院信息产业主管部门可以采取指定的或者招标的方式确定电信业务经营者具体承担电信普遍服务的义务。电信普遍服务成本补偿管理办法，由国务院信息产业主管部门会同国务院财政部门、价格主管部门制定，报国务院批准后公布施行。"但由于诸多因素，电信普遍服务难以得到贯彻落实。

第一，补偿机制不健全。随着电信体制改革所必须的电信行业的政企分离和电信企业的不断拆分，电信普遍服务成了一个难题。在没有合理补偿机制的条件下，拆分后形成的盈利性企业对原本就已经亏损累累、属于政策性投入的农村电信服务缺乏激情。

第二，多家电信企业的市场格局导致利益难以均衡，又增添了推广的难度。经过几年的衡量，信息产业部在2003年底提出"以分片包干实施电信普遍服务"。具体做法是：将全国每个省区市各视为一个普遍服务地区，也就是假设各地区都存在需要进行补贴的项目，对每个地区按照提供普遍服务的难易程度，进行综合评估打分，得出普遍服务任务量；然后在各运营商之间进行组合分配；运营商所承担的义务大小和在电信业务市场上的收入成正比关系。并依照《电信条例》规定，制订了《农村通信普遍服务——村通工程实施方案》，指定六大电信运营商采取"分片包干"的方式承担电信普遍服务义务。具体任务为：在 2004 年至 2005 年间，要为至少 4 万个行政村开通电话。

第三，区域发展极不平衡。由于我国地域辽阔，地区间经济发展水平差异明显，直接导致我国电信业发展极不平衡。东部地区如福建、上海、江苏等省市，甚至包括中部地区的河南省都已在 2000 年前先后实现了"村村通电话"，而西、南部地区，如青海、贵州等省至今还没有实现"乡乡通电话"，更谈不上"村村通电话"了。

从电话普及率分析，我国不同地区之间的不平衡发展尤为显著。2001 年底，全国平均水平是 25.9%，东部地区为 41.47%，西部地区仅有 16.97%，即使是中部地区，也低于全国平均水平 5.55 个百分点。

我国是一个地域广阔、人口众多的发展中国家，地形多样，人口的地域分布既有集中又有分散的特征，且各地区间的经济发展差距很大。据统计，目前仍有约 7 万行政村还未通电话，电话渗透率很低，造成电信普遍服务任务沉重。

三　中国电信普遍服务存在问题的主要原因

电信普遍服务主要涉及的就是农话问题，而农话的建设和经营对于电信运营公司是既有功劳又有失误的：功劳是得到了政府的一定支持和嘉奖，取得了一定的成效；失误是过去不计成本的杆线进村，占用了大量的资金却没有取得相应的回报，从而使得现在负债累累，究其原因主要有以下三点。

第一，村和落后地区的经济状况和地理环境与城市相比较差。中国工程院副院长邬贺铨说，据测算，采用架杆拉线办法，中国农村安装一部固定电话的平均成本为城市的十倍以上，老少边穷地区的成本就更高。而农村地区的用户通信消费水平较低，通信建设的投资回收期长，甚至可能经营亏损。如果单纯从市场效益考虑，电信运营商发展农村电话是很不利的。

第二，资金欠缺，企业缺乏开展普遍服务的动力。信息产业部科技司副司长张新生认为，中国电信企业由原有的一家，拆分、新增为现在的六家，使得普遍服务义务没有明确的承担者。另外，激烈的市场竞争使电信业不再是原有的高利润行业，各电信运营商不得不将有限的资金用于高利润、高增长趋势的地区和业务，对于普遍服务的投入能力客观上就减少了。

第三，制度上不健全，缺乏有效机制和补偿措施。《电信条例》中涉及普遍服务部分只有一条，没有形成事实上的规范作用；新的《电信法》还未出台，电信普遍服务才刚刚起步，没有形成有效的机制和相应的补偿措施；普遍服务的监管机构也未成立，导致普遍服务开展不力。

四 发达国家电信普遍服务发展及其启示

（一）国外电信普遍服务发展

1. 美国

美国 1996 年新电信法第 254 款对普遍服务进行了重新定义，指"尽可能以合理的资费、完备的设施向美国所有的人提供快速、高效、全国乃至全球范围的有线或无线通信服务，无论种族、肤色、宗教、原籍或性别，都一视同仁"。其目标已不再局限于传统意义上的电话服务，而是"电信服务的演进水平"。这意味着电信普遍服务的概念将随着电信和信息技术及业务的发展而不断更新，呈现出普遍服务目标动态化的特点。1997 年 5 月 7 日，美国联邦通信委员会（FCC）宣布执行普遍电信服务新法令。新法令规定：任何一个合格的能提供普遍电信服务的公司，包括无线业务提供者，不管他们使用的技术如何，只要提供政策规定的普遍电信服务项目，就都有资格接受普遍服务的补贴。其资金支持来自所有的提供州际电信服务的公司。FCC 为此专门成立了普遍电信服务基金管理部门，以便做到补贴资金筹集和分配的公平性和透明化。应该说，这项工作美国完成得相当出色，并成为众多国家效仿的典范。

另外，FCC 还把学校、图书馆和农村医疗部门纳入普遍服务补贴范围；对高成本地区普遍服务补贴标准进行了调整；扩大了对低收入用户的补贴范围，对具体补贴政策也进行了调整等。这些细则的实施也都引起社会的一些争论和异议，可以说，新政策还在实验和完善中。一个不争的事实是，随着电信和信息技术的迅速发展、电信市场竞争新格局的出现以及各界对普遍服务内涵认识的不断深化，普遍服务政策的修订周期将大大缩短，以适应时代发展的需要。

2. 法国

电信普遍服务是法国公共电信服务的重要内容。1996 年 7 月，法国颁布了《电信法》，对电信普遍服务的若干内容进行了规定。在法国，电信普遍服务就是指以负担得起的价格向每个人提供优质服务，包括紧急呼叫的免费接通、号码簿查询服务、印刷与电子版号码簿的提供以及全国范围的公共付费电话。法律还规定了适用于因残疾或收入水平较低而难以享受电话服务的人的资费条件和特定技术。为实现电信普遍服务，法国《电信法》规定了电信普遍服务成本和普遍服务基金。

所谓普遍服务成本，就是指被要求提供普遍服务的运营商为履行提供该服务的义务而承担的净成本。普遍服务义务成本由各电信运营商公平分担，并按照它们的通信量的比例出资。普遍服务成本由五个部分组成：① 过渡性成本，即现行资费结构中的不平衡导致的成本，这一部分是过渡性的，只存在于法国电信资费再平衡期间，② 地域修正成本。即以在任何地方所有用户均可以同样价格享受电话服务的方式覆盖该地区而带来的成本，③ 社会资费。即为低收入或残疾人群提供特殊资费的义务而带来的费用，④ 付费电话。即在全国范围内提供付费电话，⑤ 信息服务，即电话号码簿和相应的信息服务。

1997 年，法国成立了普遍服务基金及其管理委员会。委员会的任务是监督基金，特别是批准为补偿其管理成本而预留的金额。基金的管理成本由运营商分担。运营商在每年固定的日期，即 1 月 20 日、4 月 20 日和 9 月 20 日向普遍服务基金分期支付。第二年，在最终成本评估完成后，最终应付金额最迟在 12 月 20 日调整确定。普遍服务基金为以下三个部分提供资金：付费电话、电话号码簿和信息服务以及社会资费。自 2000 年 1 月 1 日起，该基金还被用来作为地域修正的成本提供资金。

3. 英国

英国是不成文法国家，因此没有专门的电信法，主要是颁布电信法令和电信法案，有关电信方面的立法主要体现在普遍服务的个案、咨询、声明以及政策白皮书等文件之中，如《1981 年电信法令》、《1983 年电信法案》、《1983 年双寡头垄断市场政策》、《2000 年通信白皮书》、《2001 年普遍服务声明》等。

英国电信普遍服务，是指"在合理的服务要求下，社会和经济基本要素之一的基本电话服务应该以可承担的价格与合适的方式提供给每一个公民"。这是英国电信监管机构 Oftel 于 2001 年8 月颁布的有关普遍服务的声明所明确的定义。普遍服务的目标是确保那些低收入的、住在边远地区的残疾人和其他弱势群体能够享受电话所带来的便利。具体目标：一是在 2005 年以前，英国境内要达到因特网的普遍接入；二是在 2005 年以前，英国要成为七国集团中宽带市场覆盖面最广、竞争性最强的国家。

电信普遍服务目前由英国电信（BT）公司和KC公司承担。英国电信管制当局将普遍服务义务附加在两公司的许可证条款中。同时，要求所有运营商提供免费紧急呼叫和名录查询服务。1997年，Oftel在其完成的咨询中确定了1997—2001年期间的普遍服务水平，并形成正式的咨询文件。

Oftel确定电信普遍服务的受益者主要包括：低收入人群、不经常使用电话的人群、短期租赁房屋居住的人群、偏远和农村地区的人群、城市的贫困人群、残疾人以及享受养老金的人群。

（二）发达国家电信普遍服务发展对我国普遍服务政策的启示

1. 普遍服务的目标应是普适性和多层次性的统一

根据普遍服务的阶段发展理论，结合中国国情，本书认为，中国电信普遍服务的目标既要对整体国民具有普遍适应性，以体现公平原则，又要根据不同区域发展的不同状况和确实存在的需求差别，制订灵活的多层次的普遍服务的目标，供各地参考执行，以体现效率原则。除了区域差别的原因外，普遍服务的多层次性还需考虑普遍服务的多功能性。在中国普遍服务承担着多层而非单一的功能：既要保证目前电信服务水平不下降，又能逐步满足未享受电信服务人群对电信业务的基本需求；从战略角度和宏观层面，还要发挥作为国民经济基础性、先导性行业对经济发展的支撑和推动作用，实现其经济效益和社会效益的统一。当然，经济技术的加速度发展、国际先进技术的引进与自发创新、后发优势的呈现等因素的影响都有可能使多层次的普遍服务各目标之间的界限并不分明，甚至是交叉重叠的，但并不意味着普遍服务的目标不存在差异性和多层次性。发展中国家承载着太多的历史责任，既要夯实基础，走好其他国家已走完的成功之路，又要在某些电信高端业务市场实施赶超战略，这是经济全球化以及中国入世后对电信行业的必然要求，也是目前唯一正确的路径选择。唯其如此，才能逐步实现普遍服务目标，才能积极融入国际经济循环，不至于丧失发展机遇和在国际大家庭的话语权。

2. 普遍服务的实现形式呈多样化

实现形式多样化有两个含义，一是普遍服务业务种类的选择要实现多样化。可通过跨越式、超常规发展模式因地制宜地解决普遍服务问题，如采用移动通信、卫星通信等高科技手段，解决草原、沙漠、海岛、深山的电信普遍服务问题，降低一次性投资和运行维护费用，从而以资金投入最小化解决方案来实现农村和偏远地区的电信普遍服务目标。海南成功的案例可供参考。海南移动公司在西沙永兴岛利用卫星通信手段解决多年悬而未决的通信问题，不仅满足了岛上军民目前的基本通信需求，从长远看，还有利于南沙诸岛的长治久安和国防安全。二是在普遍服务提供者的确定上也要实现多样化。在多种可供选择的方案中，众人的意见可谓见仁见智，如有些专家提出，考虑到我国目前电信业市场化程度尚不发达，因而"指定"作为一种过渡性方案在近期可能更具可操作性。但本书认为，考虑到不同技术手段在实现普遍服务中的不同作用，则招标方式可能会优于指定，并且更能体现效率和公平的原则。因此，选择普遍服务的承担者应综合考虑政治体制、市场环境、技术可行、经济合理等各种因素的影响，既大胆借鉴先进经验，又立足本国国情，精心设计具体实施方案。

3. 建立有效的激励机制

在竞争性的市场环境和放松管制的政策环境下，飞速发展的技术环境并不能自发地使以追逐利润为目标的电信企业产生向高成本地区、低收入人群提供电信服务的投资冲动，因为这些地区和群体的总需求不足以补偿电信网络覆盖成本，这就是所谓的

"市场失灵"现象在电信领域的突出表现之一。具有社会福利性质的电信普遍服务作为一种"准公共产品",由政府来承担亦在情理之中。但具体运作最终还要由电信运营商来执行,如何使电信市场上打得"不可开交"、为争得利润赢得份额而忙得"不亦乐乎"的竞争者们,同时也成为相对踊跃投身普遍服务义务的"活雷锋",就必须多管齐下,尤其要采用经济手段,建立各种有效的激励机制和措施,让承担义务的企业尝到甜头,产生内在的自发动力,同时也对其他运营企业产生示范带动效应,真正实现向权利与义务相对等、权力与责任相一致的回归。最重要的激励机制是抓紧出台普遍服务基金征收和管理办法,还要充分完善各种管制手段和环节,如将普遍服务的参与、实施落实情况与市场准入管理中的许可证发放和年检、电信资源配置、行风建设、评优达标,甚至国有企业绩效考察等结合起来,将企业实施普遍服务的外部经济效应内化,从而实现有效激励的目的。

4. 普遍服务应有系统思维的指导

应跳出电信服务的圈子,避免就普遍服务论普遍服务的单一思维模式,将其纳入经济社会发展的总体加以考虑,如将普遍服务与工业化、城市化以及信息化进程的推进等结合起来,与科教兴国战略的实施结合起来,广泛宣传普遍服务的作用与意义,使普遍服务的观念深入人心,成为全社会共同关心、共同扶持的事业。

5. 普遍服务的实现机制

电信普遍服务的推行,需要一部好的《电信法》对普遍服务进行制度设计,比如明确电信普遍服务的范围、电信普遍服务的义务承担者、普遍服务的实现机制、成本补偿原则等。而普遍服务的实现机制,是指建立电信普遍服务基金,而这一基金如何设立和管理、普遍服务具体实施者如何选择、成本补偿的具体计算办法，必须由电信法予以确认。

（三）我国电信普遍服务发展设想

第一，按照国际通行原则，设立普遍服务基金是必由之路，我国有关部门也已着手这方面的研究。但是，并不能认为根据一个公式，计算出企业按收入比例和所需资金总额上缴的普遍服务基金额后就可一劳永逸、万事大吉了。发达国家的经验表明，基金设立后，仍需要补贴、财政支持等多种措施来贯彻普遍服务的目标。

第二，我国现行的交叉补贴虽有弊端，但目前竞争仍不充分，各运营商市场势力悬殊，实现普遍服务目标的资金缺口很大，资费结构不尽合理，这种情况下在短期内完全取消交叉补贴既不合理又会带来较大震荡，也是不现实的。

第三，各国的经验是，普遍服务越来越成为一种社会福利行为、一种国策，我们应抓住开发西部的机遇，利用中央、地方政府的财政支持，通过税收、优惠贷款等政策以求在较短时间内使西部落后地区通信有根本的改观。

第四，合理的费率结构是公平竞争的基础，是由内部补贴的"暗补"向"明补"机制过渡的前提，必须在普遍服务改革过程中开展资费调整的工作。

第五节　电信业监管

一　电信业监管的概念

管制（Regulation）作为政府依法对企业市场活动的直接干预，对企业的生产经营活动，乃至对产业的兴衰产生重要影响。电信产业作为典型的规模经济，因其产业明显的外部性特征和信息严重不对称，而在世界范围内普遍受到政府的管制。

在中国，电信管制的领域十分广泛，包括市场准入、互联互通、价格控制、普遍服务、资源管理、服务质量甚至通信建设、从业人员准入等诸多方面，对电信企业和电信产业产生了重要影响。自 1998 年电信业政企分开以来，电信改革重组不断深入，政府对电信市场的管制也在加强中积极探索创新，但是目前电信市场的矛盾和问题依然严重，比如恶性互联互通事件、各种无效的市场准入、农村通信长期落后、三网融合难以推进等。这表明中国的电信管制仍然不够到位，存在比较严重的管制不力现象。中国以二元结构为显著特征的电信市场和以国有产权为特征的微观经济基础，联合决定了中国电信监管的特殊性。因此，无论是电信政策的制定，还是监管机构的构建，都需要从上述特殊性出发。

二　电信业监管的分类

电信业监管可分为市场机制型和政府监管型。市场机制型指在市场机制下让价格杠杆说话，企业根据市场自己制定适合自己的电信营销价格，企业自己制定网间的结算价格。政府监管指政府必须进行严谨的跟踪管理，政府难免有时会顾此失彼，需要投入太多的精力和财力。

三　电信监管内容

（一）市场准入

第一，监管机构通过发放电信许可证，可以授权一个企业提供电信业务或者从事电信设施的运营。

第二，许可证制度包括三种类型：单个运营商许可、总体授权和无许可证要求（即敞开式市场准入）。

第三，通过向运营商发放许可证，政府和监管机构可以对基础电信业务的提供以及市场结构实行管制，实现对稀缺资源的有效配置，促进网络和业务的发展，在建立良好竞争体系的同时保证普遍服务目标的实现。

第四，监管部门的工作主要包括：对经营电信业务的企业进行审查、审批或备案；对经营电信业务企业的市场行为进行监督管理。

（二）互联互通

第一，对主导运营商上报的互联互通规程进行审批。

第二，对运营商之间的互联互通协议进行备案。

第三，对互联互通协议的执行情况进行监督。

第四，制定互联互通争议仲裁程序，对互联互通争议进行仲裁。

（三）电信资源

第一，制定电信网码号、互联网域名、互联网协议地址的申请、分配和使用的具体管理办法。

第二，会同相关政府机构制定电信资源占用费的收取办法。

第三，对电信网码号的开通、使用、调整、升位等进行审批。

第四，对本国互联网域名资源和互联网协议地址资源的统一管理。

第五，参与协调有关电信资源的国际事务。

（四）电信资费

第一，目的。电信监管机构进行价格管制的主要目的是实现财务、效率和公平三大目标。

第二，方法。价格规制的方法包括传统的自由定价法、回报率定价法和激励规制，目前，各国电信业最常用的价格管制方法是最高限价法。

第三，工作主要内容。包括与政府价格管理部门合作对电信资费进行管理；确定电信资费标准和资费结构，并予以公布；对违反资费政策的行为依法进行处罚；在必要的时候对电信资费予以行政干预。

（五）电信标准

组织制定相关标准并监督标准的实施。主要标准包括：互联互通标准；设备入网标准；电信服务标准和服务规范；电信资费标准。

（六）电信普遍服务

对电信普遍服务进行监督。

第一，目的。促进并维持社会公众能够获取经济上可以承受的电信业务，促进社会公平和和谐发展。

第二，方式。市场化改革、强制服务义务、交叉补贴、接入亏损补偿以及电信业务普及基金等方法。

第三，主要工作。制定电信普遍服务实施管理办法，对电信普遍服务实施情况进行监督管理，等等。

（七）用户权益保护

第一，监督服务标准和服务规范的执行情况。

第二，建立用户纠纷处理机制，处理用户投诉。

（八）网络与信息安全

第一，与国家有关部门建立必要的网络与信息安全沟通机制。

第二，维护网络与信息安全。

第三，建立电信网络安全监测系统。

第四，必要时候根据国家的决定组织实施通信管制。

（九）电信建设与保障

第一，电信监管机构要编制电信行业发展规划。

第二，监督管理电信建设。

第十二章　高新技术产业法

第一节　高新技术产业与高新技术产业法

一　高新技术产业概述

（一）高新技术的出现

人们一般认为高新技术（High — Technology）一词源于美国。早在 20 世纪 60 年代，美国两位女建筑师合写了一本书，名叫《高格调技术》。该书抒发了人们对"高技术"这一新生事物的关注。到了 70 年代，"高技术"的用语逐渐增多，那时的含义主要是泛指一大批新型技术产品和引发出来的一些变革。1981年，美国出现了以"高技术"命名的月刊。1983 年，高技术开始被收入美国出版的《韦氏第三版新国际辞典增补 9000 词》中，作为一个正式的词固定下来。由于高技术是一个发展着的相对概念，加之由于人们所处的社会背景和所持的理论框架不尽相同，因此在认识和使用高技术概念上也不尽一致。① 高新技术企业是知识密集、技术密集的经济实体。高新技术范围的确定将根据国

---

① 辽宁省科技厅科技统计分析中心：《中国高技术统计现状及面临的主要问题》，http://www.sts.org.cn/fxyj/ffyj/documents/ht21.htm。

内外高新技术的不断发展而进行补充和修订，由国家科技部颁布。

我国有关专家学者从 20 世纪 80 年代开始对国外高技术产业发展动态进行了研究，与此同时也引入了"高技术"概念。863 计划中提及的"高技术产业"与发达国家高技术产业的一般概念相近，也是我国高技术产业的初始概念。此后，根据党的十三大提出的"注意发展高技术新兴技术产业"的要求和中央对发展高技术新兴产业的部署，原国家科委从 1988 年 7 月开始实施火炬计划，它与 863 计划的一个显著区别是将"高技术产业"延伸为"高技术、新技术产业"，将"高技术产品"变化为"高技术、新技术产品"。从此，舆论界出现了"高技术产业"与"新技术产业"相提并论的情况，"高技术产业"的概念也已由狭义的一般的高技术产业概念，演变为广义的包括一切新技术领域的高新技术产业概念，"高新技术"的概念也应运而生。它有两个含义，即高技术和新技术。高技术是指在一定时间里水平较高、反映当时科技发展最高水平的技术；新技术是相对原有旧技术而言的，指填补国内空白的技术，它并不一定是高技术。①

对于高新技术的划定范围，根据世界科学技术的发展现状，考虑到我国的客观条件，1991 年国务院确定了 11 个领域的突出新技术：① 微电子和电子信息技术；② 空间科学和航空航天技术；③ 光电子和光机电一体化技术；④ 生命科学和生物工程技术；⑤ 材料科学和新材料技术；⑥ 能源科学和新能源技术；⑦ 生态科学和环境保护技术；⑧ 地球科学和海洋工程技术；⑨ 基本物质科学和辐射技术；⑩ 医药科学和生物医学工程技术及其他在传统

---

① 辽宁省科技厅科技统计分析中心：《中国高技术统计现状及面临的主要问题》，http://www.sts.org.cn/fxyj/ffyj/documents/ht21.htm.

产业基础上应用的新工艺新技术。

1997 年原国家科委颁布《国家高新技术产品目录》共 9 大领域 58 大类 327 小类。高新技术中的一般新兴技术（非高技术），不具备高技术的"制高点"作用，或许是经济发达国家的旧技术，但它对发展中国家的"科技兴国"战略却具有重大意义，尤其是适宜于工业化程度较低的发展中国家。

（二）高新技术产业的形成与发展

美国学者 R. 纳尔逊认为，高新技术产业是指那些投入大量研究与开发资金，以迅速的技术进步为标志的产业。① 在世界各国，对高新技术产业的认识是不尽相同的。在英国，高新技术产业则是一组包含信息技术、生物技术和许多位于科学和技术进步前沿的群体。在法国，则需具备如下条件时，才可以称高新技术产业：新产品使用生产线生产，拥有高素质的劳动力队伍，占有一定市场且已形成分支产业。在我国一般认为，高新技术产业就是由高新技术的研究、开发、生产、推广和应用等所形成的企业群或者企业集团的总称。② 根据我国国家科委于 1991 年 3 月颁布的《国家高新技术产业开发区高新技术企业认定办法》，我们不妨借鉴其对于高新技术企业的界定来对高新技术产业下个定义：高新技术产业是利用高新技术生产高新技术产品、提供高新技术劳务的产业。

事实上之所以观点不同，完全在于对高新技术产业的界定标准不同。

美国商务部提出的判定高新技术产业的主要标准有两个：一

---

① 胡艳，吴新国：《对高新技术产业定义的理解》，载《技术经济》2001 年第3 期。

② 许正中：《高新技术产业：财政政策与发展战略》，社会科学文献出版社2002 年版，第 25 页。

是研发与开发强度,即研究与开发费用在销售收入中所占比重;二是研发人员(包括科学家、工程师、技术工人)占总员工数的比重。根据这一标准,高新技术产业主要包括信息技术、生物技术、新材料技术三大领域。

经济合作与发展组织(OECD)出于国际比较的需要,也用研究与开发的强度定义划分高新技术产业,并于 1994 年选用 R&D 总费用(直接 R&D 费用加上间接 R&D 费用)占总产值比重、直接 R&D 经费占产值比重和直接 R&D 占增加值比重三个指标,重新提出了高新技术产业的四种分类法,即将航空航天制造业、计算机与办公设备制造业、电子与通讯设备制造业、医药品制造业等确定为高新技术产业。这一分法为世界大多数国家所接受。

而加拿大认为高新技术产业的认定取决于由研发经费和劳动力技术素质反映的技术水平的高低。而法国则认为只有当一种新产品使用标准生产线生产,具有高素质的劳动队伍,拥有一定的市场且已形成新分支产业时,才能称其为高新技术产业。澳大利亚则将新工艺的应用和新产品的制造作为判定高新技术产业的显著标志。

中国目前还没有关于高新技术产业的明确定义和界定标准,通常是按照产业的技术密集度和复杂程度来作为衡量标准的。根据 2002 年 7 月国家统计局印发的《高技术产业统计分类目录的通知》,中国高新技术产业的统计范围包括航天航空器制造业、电子及通信设备制造业、电子计算机及办公设备制造业、医药制造业和医疗设备及仪器仪表制造业等行业。

高新技术产业与传统产业相比具有以下特点。① 拥有最重要的智力资源,高素质的高科技人才使知识和科学研究能力高度密集,是高新技术产业的基础。② 需要巨额的资金投入,高新技术产业的研究开发费用始终领先于其他产业，高新技术产业化和普及应用所需投资更是成比例增加。③ 投资风险加大，高新技术产品的时效性强、生命周期短，加上高新技术产业的各种资源流动性大，人员、资本、信息转移速度快，成效不可预见。由于市场竞争激烈，巨大的投资风险决定了竞争的手段必须高人一等、胜人一筹。④ 高新技术产品的附加值高。高新技术产品广泛应用新材料、新技术、新工艺、新能源等，由于原材料的消耗少和节能高效的特点而带来巨大的经济效益和社会效益，高新技术产品的投入产出比例一般会高达 1∶10—1∶20，高额的回报使得其大大高于传统产业的综合效益。①

我国高新技术产业发展成效显著，主要体现为以下几点。

第一，我国高新技术产业规模迅速扩大，成为拉动国民经济增长的重要力量。1991—2001 年，我国高新技术产业的工业产值从 3000 亿元左右增加到 18000 亿元左右，年均增长 20% 以上，超过同期全部工业产值年均增长速度 10 多个百分点，成为我国经济发展中最有活力的部分。

第二，在国民经济构成中所占比例显著提高，有力地促进了经济结构调整。我国高新技术产业产值占工业总产值的比重，已经由十年前的 1% 左右提高到现在的接近 15%。计算机、通信、生物医药、新材料等高新技术产业迅速成长，大大提高了我国产业技术层次。

第三，培育了一大批充满活力的民营中小科技企业。到 2001 年底，全国民营科技企业超过 8 万家，技工贸总收入 15000 亿元，从业人员 500 多万人，其中科学家和工程师 90 万人左右。

---

① 刘辉、余永跃：《各国高新技术产业发展的比较研究》，载《华中农业大学学报》（社科版）2001 年第 2 期。

他们依靠"自愿组合，自主经营，自负盈亏，自我约束"的良好运行机制，为我国经济发展注入了强大活力，也为国有企业改革和发展提供了可资借鉴的经验。

第四，成长起一批知名的高新技术大企业。如通讯领域的大唐、中兴、华为，以及联想、四通、方正、同方、东大阿尔派等，都是近年来发展起来的知名高新技术企业。仅据国家高新区的统计，1991 年高新区内年产值上亿元的企业还只有 7 家，到 2001 年已增加到 1539 家，过十亿元的 185 家，过百亿元的 10 家。

第五，高新技术产业的不断壮大，提高了我国产品的国际竞争力。1993 年我国高新技术产品出口额不到 100 亿美元，占全部产品出口总额的 5％左右，2001 年提高到 465 亿美元，比上年增长 24％，占当年出口增量的 56％，占出口总额的 17％左右。高新技术产品已成为带动外贸发展的重要力量。

第六，建立了一批高新技术产业发展基地。20 世纪 90 年代初开始建设的国家高新技术产业开发区，已经成为我国经济发展中的亮点。到 2001 年，53 个国家高新区内拥有企业 24293 家，从业人员 294 万家。实现技工贸总收入 11928.4 亿元，工业总产值 10116.8 亿元，工业增加值 2621.3 亿元，实际上缴税费 640.4 亿元，净利润 644.6 亿元，出口创汇 226.6 亿美元，分别比上年增长 29.4％、27.4％、32.5％、8％、39.2％、22％。①

二 高新技术产业法概述

（一）高新技术产业法的产生

社会存在决定社会意识，新的社会存在必然会产生新的社会

---

① 《我国高新技术产业发展的现状和对策》，http：//www.cutech.edu.cn/％5Czhonghe％5C000063.asp.

意识。或者从另一个角度讲，经济基础决定上层建筑。做为经济的一部分的高新技术，同样引起新的上层建筑的变动。因此，相关的法律制度也必然出现。

对此，宋伟、杨汉平在《高新技术产业法律保护》一书中有详细的阐述。他们认为，高新技术法产生的必然性在于：

第一，高新技术给人们带来巨大利益的同时也带来了许多不容忽视的问题。① 高新技术使人类对自然界所起作用大为增强，同时也引起了如何保护自然资源及环境等一系列问题。② 高新技术发展引起了如何防止高新技术事故、保障人身财产的安全问题。1979 年美国三里岛的核电事故和 1986 年苏联切尔诺贝利的核电事故至今还在人们头脑中留有阴影。同样，基因技术的出现，如果使用不当，也可能给我们人类带来灾难性的后果。③ 高新技术的发展，使国际间争夺外层空间利用、争夺公海资源开发的斗争日趋激化，引起纠纷的不断发生。④ 高新技术使生产关系复杂化，产生了一系列的新问题。诸如试管婴儿、克隆技术以及计算机犯罪等引起了相关的血缘、婚姻、家庭、财产等一系列的问题。①

第二，高新技术发展的各个环节都必须具有法律保障，都需要制定一系列法律法规。宋伟、杨汉平认为主要抓好以下四个方面来发展高新技术：战略决策、基础与应用研究、高新技术开发与高新技术产业。这四个环节都需要配套的法律法规加以保障。而本书本章则重点探讨高新技术产业法的法律法规问题。②

高新技术产业的飞速发展，出现了大量需要依法进行规范的

---

① 宋伟、杨汉平：《高新技术产业法律保护》，西苑出版社 2001 年版，第 19—20 页。

② 宋伟、杨汉平：《高新技术产业法律保护》，西苑出版社 2001 年版，第 20 页。

行为，现有的法律、法规已远远不能适应。为加快我国高新技术产业发展，推动经济和社会发展，有必要尽快创建有中国特色的高新技术产业法律体系。基于此，南宁国家高新区管委会主任黄焕升代表提出了"关于制定《中华人民共和国高新技术产业法》的议案"。

他认为，世界上成功的科技园区，都有良好的法制环境做保障，新加坡、日本都在设立科技园之前就制定了相关法规。这部法律要把握知识经济特征，遵循市场经济规律。制定该法，既要从国内高新技术产业发展的特点出发，也要借鉴国外高新技术产业的经验，吸收和采纳国际上的通行做法，尽量与国际接轨，作出前瞻性的规定，① 创建有中国特色的高新技术产业法律体系。

对于高新技术产业法的概念界定，我们认为，高新技术产业法就是对于高新技术产业进行规范的法律规范的总称。就目前我国的现状而言，它涉及一系列的法律法规等法律文件。比如《专利法》、《商标法》、《著作权法》、《中华人民共和国科学技术进步法》等等。

（二）高新技术产业法与高新技术产业的关系

我国的高新技术产业发展壮大涉及方方面面的因素，从哲学角度来讲，应当从两个大的方面加以考虑：内因和外因。本书仅就外因加以说明，认为外因中最重要的是法律。或者从一定意义上说只有高新技术产业法的保驾护航，方能使高新技术产业发展壮大。在该问题上，吴敬琏同样认为："我想有两个最重要的推动因素：一个是企业家的创新精神，一个是法治。"②

---

① 邢兆远：《高新技术产业呼唤良好的法制环境》，《光明日报》2004 年 3 月 14日。

② 吴敬琏：《建设法治的市场经济与发展高新技术产业》，http：//www. studa. net/jingjifa/060525/10022459. html.

高新技术产业法与高新技术产业的关系，本书从两个角度来加以阐明：一是法本身与科学技术的关系；二是成功实践证明。

技术的发展，导致新兴立法领域大量出现。第一次技术革命开始后，美、德、法、俄、日本等国家都相继颁布了专利法，成立了专利机构。这是技术推动立法发展的一个重要的初始阶段。第二次技术革命完成后，技术的发展促使更多的国家开始通过立法来干预技术活动，规制技术领域中新的社会关系。而现代技术革命中发展起来的高新技术，更是导致了技术立法领域的拓宽，资源法、环境法、海上交通法、航空法、计算机法、基因技术法、原子能法等诸多高新技术法纷纷登上法制舞台。自从现代航天技术为一些航天大国掌握并应用，特别是 1957 年苏联把第一颗人造地球卫星发射到太空，以及 1969 年美国"哥伦比亚"号宇宙飞船试航成功以后，为了确立宇宙空间的法律秩序，国际社会对宇宙空间法的研究方兴未艾。现代技术立法的大量涌现，使技术法发展到一个新的阶段，技术法有了自己的结构和体系，它从原有的法律体系中脱颖而出，构成了一个独立的部门法。①

科技活动是一种复杂的社会活动，无论是知识的形成与传播，还是科学技术成果的生产与流转，都将在各类科技活动中形成复杂的社会关系。由于这类社会关系客观上的复杂性，不能仅靠行政命令、行政措施和行政政策来解决，还需要建立系统的、专门的法律制度来予以调整。具体表现如下。

科学技术作为生产力中最活跃的要素，所取得的每一次重大突破，都会促进生产力的极大提高，这就必然引起生产关系的变

---

① 顾海波、李吉宁：《论法制中的技术价值》，载《东北大学学报》（社科版）2001 年第 3 期。

革，其结果是产生一系列人类活动的新领域和由此形成的新的社会关系需要法律的调整。所以说，科学技术的发展直接拓展了新的立法领域。计算机法、基因技术法、航空法、原子能法的相继出台，正是法律对科技发展新领域下新型社会关系调整的结果。

科学技术的发展，也引发了一系列法律的真空地带，这是传统的法律所不能调整的新型社会关系。例如，由于现代医学的进步，人工授精、试管婴儿、克隆技术等新技术的成功，使人类已经能够自我控制生殖过程和改变人类生殖方式，这一变化所产生的社会关系显然是传统的婚姻方面的法律所不能解决的，这就必然要对旧的法律领域进行拓宽，以达到调整新的婚姻关系的目的。

科学技术及其研究成果被大量运用到立法领域中，促使法律规范的内容日趋科学化。

总之，法律规范数量的增加过程实际上就是许多新生的科技物质成果使立法不断发展和完善的过程，在以科学技术为标准的量化条件下，这些技术法律规范具有明确的技术准则与标准，有利于人们理解执行，并随着科学技术的发展更加精确和有效。[①]

大量的事实也提供了相关佐证。

造成 20 世纪 70—80 年代美国东部的 128 公路和硅谷地区高新技术产业发展差别的一个重要因素，就是地处加州南部的硅谷地区环境比较宽松自由，而环波士顿的 128 公路地区则受到清教徒的法律规则的规制。第一是规范政府的行为，第二是规范市场参与者的行为。在这套法律规范之下，各就其位，既发扬每个人的个性，又不至于相互侵权，弄得天下大乱。

在我国，为什么说"中关村"就是中国的"硅谷"？原因是

---

① 黄跃庆：《试论科学技术与法律的关系》，载《重庆师院学报》（哲社版）2003 年第 2 期。

与上文相似的。中关村已经制定了一个可以促进高新技术产业发展的法律文件——《中关村条例》。

当然就如同吴敬琏认为的只有"中关村基本法"还是不够的，还"要有与它配套的法规。如果没有配套的法规，'基本法'的执行就会很困难。中关村基本法只是一个次级的法律，是北京市人代会通过的地区性法规，不是母法，还需要有其他配套的法律的跟进"[①]。

第二节　高新技术产业法的相关法律制度

对于高新技术产业的规制，特别是从法律的角度来讲，其层次和方面是很多的。考虑到高新技术本身的特点以及与法律联系的紧密程度，本书在此主要讨论如下的法律制度：高新技术产业知识产权法律制度、高新技术产业管理法律制度和高新技术产业开发区法律制度。

一　高新技术产业知识产权法律制度

知识产权法律制度是生产力和科学技术发展的产物。在人类发展历史上，知识产权法律制度是属于产生较晚的一种法律制度，虽然人类使用商标的历史可达上千年之久，但是作为一种法律制度的出现不过才三百多年的历史。

生产力和科学技术的发展是知识产权法律制度建立和发展的根本动力。科学技术的发展，需要与之发展水平相适应的知识产权保护。知识产权制度是伴随着科学技术的发展而发展的，又随

---

① 吴敬琏：《建设法治的市场经济与发展高新技术产业》，http://www.studa.net/jingjifa/060525/10022459—2.html.

着科学技术的发展不断调整。①

（一）高新技术产业需要知识产权法律制度的保护

第一，高新技术成果相对于一般知识产权保护客体的特殊性，决定了需要给予其有效知识产权保护。首先，高新技术成果和一般知识产权客体一样，都是智力劳动成果，具有知识产权客体的特征。其次，高新技术开发具有投资高、产出高、风险大的特点。如果缺乏有效的知识产权保护，研究开发者的高额投资将无法收回，这将会直接影响高新技术的进一步发展。再次，高新技术产品具有容易复制、仿造，而且成本低廉的特点，这使得高新技术产业发展过程中，知识产权侵权现象相当严重，知识产权制度保驾护航特别重要。

第二，从高新技术产业发展的动态过程看，它符合知识产权制度的法律要求。②

具体来讲，我们可以从四个角度来分析：专利权保护、著作权保护、商业标记权保护以及商业秘密保护。

1. 高新技术产业的专利保护问题

高新技术及其产业的发展引发新的专利问题不断增加、层出不穷，而我国的许多高新技术企业对此缺乏必要的准备和对策。在生物技术、基因技术的专利保护问题上，理论和立法方面尚存在一定欠缺，有待于进一步的论证和研究。③

2. 高新技术企业的著作权保护问题

---

① 李顺德：《高新技术与知识产权保护》，http://dlip.dlinfo.gov.cn/08/lwzz3.htm.

② 郭文姬、冯晓青、冯晔：《论高新技术企业的知识产权保护》（上），载《发明与革新》2000年第9期。

③ 参见郭庆存：《高新技术企业知识产权管理和保护》，载王兵主编《高新技术知识产权保护新论》，中国法制出版社2002年版。

我国著作权法规定，公民为完成法人或者其他组织工作任务所创作的作品是职务作品，著作权归作者个人享有，但法人或者其他组织有权在其业务范围内优先使用。作品完成两年内，未经单位同意，作者不得许可第三人以与单位使用的相同方式使用该作品（作者使用外）。此外，由法律规定的某些特殊的职务作品，比如主要利用单位提供的物质技术条件创作，并由法人或者其他组织承担责任的工程设计、产品设计图纸及其说明、计算机软件、地图等职务作品和法律、行政法规规定或者合同约定著作权由法人或者非法人单位享有的职务作品，作者只享有署名权，而其著作权则属于单位。

3. 高新技术企业的商业标记权保护问题

高新技术企业的商业标记权包括商标权、商号权、域名权等以区分商品和服务为宗旨基于商业标记而依法享有的权利。商业标记具有识别、表彰、保证和广告的独特功能，对于刚刚成立和兴起的高新技术企业抢占市场、打开局面、巩固地位，具有特别重要的意义。

4. 高新技术企业的商业秘密保护问题

商业秘密是指不为公众所知悉、能为权利人带来经济利益、具有实用性并经权利人采取保密措施的技术信息和经营信息。对于高新技术企业来说，技术秘密是商业秘密中最有价值的部分，也是最早被确认为商业秘密并加以保护的。①

（二）如何利用知识产权法律制度对高新技术产业进行保护

关于如何利用知识产权法律制度对高新技术产业进行保护的问题，本书主要从宏观和微观两个角度进行考虑。宏观上讲，主

---

① 朱波尔：《高新技术企业知识产权保护问题研究》，http://www.law-lib.com/lw/lw_view.asp?no=4022。

要应注意以下三点。

第一，加大高新技术知识产权立法的力度，完善高新技术产业发展方面的知识产权法律制度。事实上，与高新技术相配套的知识产权法律的立法是滞后于高新技术的发展的。立法部门应该及时掌握高新技术产业发展的动态和趋势，及时有效地完善相关立法，同时也要不断修改补充。

第二，强化高新技术产业知识产权保护意识。知识产权制度是保护智力劳动成果的一项基本法律制度，是促进技术创新，加速科技成果产业化，增强经济、科技竞争力的重要激励机制。当今世界，在科技、经济和综合国力竞争日趋激烈的国际环境下，知识产权制度在国家中的战略地位进一步增强，成为世界各国发展高科技、增强国家综合竞争能力的战略组成部分和应对经济全球化、争夺科技竞争优势的一个重要手段。①

第三，注意高新技术产业知识产权保护要与国际接轨。随着我国加入 WTO，更多的企业特别是高新技术产业要在国际市场上与外国产业一争高下，而高新技术产业竞争的关键在于知识产权的保护。"高新技术领域国际竞争的日益强烈，各国特别是发达国家对高新技术产业的知识产权保护均表现出高度重视，特别注重知识产权战略的运用。"② 知识产权战略具有十分丰富的内容，我国的高新技术企业必须深谙此道，正确灵活地运用这一战略，才能使自己立于不败之地。

从微观角度来看，知识产权的法律法规主要涉及《专利法》、《商标法》、《著作权法》等法律法规。不同的法律法规保护的对

---

① 陈柳钦：《加强高新技术产业发展的知识产权保护》，载《上海企业》2006年第4期。

② 郭文姬、冯晓青、冯晔：《论高新技术企业的知识产权保护》（下），载《发明与革新》2000年第10期。

象和力度是不同的，对于高新技术产业，相关部门必须结合自身的情况选择一种或者几种法律法规来保护自己的权益。高新技术企业必须要确定采用何种法律法规保护自己的权益。

本书更倾向于朱波尔在其《高新技术企业知识产权保护问题研究》中提到的策略，具体如下。① 考虑取得技术权利的排他性程度。② 考虑知识产权费用的因素。所谓费用是指取得、维持、保护知识产权的费用，即采取保护措施的费用，以及相关的申请费、维持费、审查费、诉讼费等等。在实施的过程中，专利的保护费用最高，其次是商标、技术措施、商业秘密保护。著作权因实行自动获得权利的制度，除了计算机软件外，一般不必支付任何费用。高新技术企业如果采用专利的方法保护知识产权，特别是申请量大的企业，费用也是不得不考虑的问题之一。③ 考虑知识产权的保护期限。我国《商标法》规定，商标权有效期 10 年，但可以续展保护且不限制续展次数。《著作权法》中规定著作权则分著作人身权和著作财产权，著作人身权永远受到法律保护，而著作财产权的保护期限为作者终身加死后 50 年。《专利法》规定，在专利保护期限中，发明专利为 20 年，实用新型专利和外观设计专利为 10 年。对于商业秘密来说，只要其技术秘密和经营信息不公开，维持秘密的状态，就将一直受到保护。①

二　高新技术产业管理法律制度

（一）高新技术产业管理法律制度涉及的问题

本书认为结合我国高新技术产业发展的实际，以及我国的相关法律法规的规定，高新技术产业管理法律制度主要涉及技术创

---

① 朱波尔：《高新技术企业知识产权保护问题研究》，http：//www.law-lib.com/lw/lw view.asp? no=4022.

新法律制度、高新技术人才法律制度、风险投资管理法律制度。

1. 技术创新法律制度

高新技术本身的生命就在于技术，在于技术创新，没有技术创新，高新技术就不会长久发展，高新技术产业也就无从谈起。技术创新本身的科研固然重要，但是没有良好的法律环境，技术创新也就不会在稳定的环境下发展。目前我们国家没有专门的针对高新技术的立法，但是我们国家有与之相关的法律法规。

1993年7月2日第八届全国人民代表大会常务委员会第二次会议通过了《中华人民共和国科学技术进步法》。1996年5月15日正式颁布了《中华人民共和国促进科技成果转化法》。

除了上述法律外，还有一系列法律文件如规定、决定、通知以及批复等。例如《中共中央、国务院关于加速科学技术进步的决定》、《中共中央、国务院关于加强技术创新，发展高科技，实现产业化的规定》、《中华人民共和国促进科技成果转化法》、《国家科学技术奖励条例》、《国务院关于批准国家高新技术产业开发区和有关政策规定的通知》、《国务院关于加快科技成果转化优化出口商品结构问题的批复》、《国务院办公厅转发国家计委国家科委关于进一步推动实施中国21世纪议程意见的通知》、《国务院办公厅转发科学技术部、财政部关于科技型中小企业技术创新基金的暂行规定的通知》、《国务院办公厅转发科技部科学技术奖励制度改革方案的通知》、《国务院办公厅转发科技部等部门关于建立科研机构管理机制改革实施意见的通知》、《国务院办公厅转发科技部等部门关于国家科研计划实施课题制管理规定的通知》、《国家技术创新项目计划管理办法》、《关于以高新技术成果出资入股若干问题的规定》、《关于促进科技成果转化有关税收政策的通知》、《关于促进科技成果转化有关个人所得税问题的通知》、《科学技术部关于印发〈国家高新技术产业开发区高新技术企业认定条件和办法〉的通知》。上述一系列法律法规以及法律文件对于我国高新技术创新法律制度的建立，具有重要意义。

2. 高新技术人才法律制度

高新技术人才，是科技人才的一个重要组成部分，除具备一般科技人才所具备的知识、才能以外，还应具有一般科技人才所不具备的、有关高新技术领域的知识和才能。也就是说，高新技术人才是指具有一定的职业知识和专门技能，从事高新技术领域内的某一专业工作，并掌握本职工作规律的人。实践证明，要更好地发展高新技术产业，就必须在研究高新技术产业的过程中，培养新一代高新技术专家和人才。[①]

高新技术人才具有重要的作用。可以说，没有人才就没有高新技术，就没有高新技术产业的发展。美国是世界人才竞争的最大受惠国。1965 年，美国再一次修改移民法，大量吸引别国的人才。20 世纪 60 年代，几乎所有的南美国家都有数量不等的专业技术人才流向美国，总计数字达到 2.69 万人。70 年代，美国加速引进人才，引进规模达 50 万人，相当于加拿大的 8 倍，英国的 40 倍。这些人才大都来自发展中国家，其中亚洲占一半以上。仅菲律宾、印度、韩国和中国四国就占 42%。据统计，70 年代美国相当于从每个流入的人文专业的人才身上获益约 23 万美元，从每个流入的工程师身上获益约 25.3 万美元，从每个流入的医生身上获益约 64.5 万美元。

20 世纪 70 年代，菲律宾移居美国的专业技术人员约占全国新培养人员总数的 12.3%。印度仅 1971 年就有约 1% 的专业技术人员移居美国。苏丹的外流人才约占国内人才总数的 44%。拉丁美洲每

---

① 宋伟、杨汉平：《高新技术产业法律保护》，西苑出版社 2001 年 8 月，第 46—47 页。

年约有 8%的理工科和 20%的文科大学毕业生流向工业化国家。

因此美国等发达国家的发展，特别是高新技术产业的发展，与高新技术人才的利用有重要关系。当代世界的人才竞争已经到了白热化的地步，这促使各国政府在 21 世纪到来之际，抓紧制定更加坚实有效的人才开发战略。

正因为高新技术人才具有如此的重要性，所以我们要注重对高新技术人才的培养和管理，主要包括以下几点。① 人才观念要开放，不能在人才和学历之间简单地划等号，应该突破学历限制，面向社会、面向全国、面向世界，不拘一格，唯贤是用。② 进一步加大教育培训投入，鼓励民办院校和培训机构的发展，主动利用国际培训资源，加强国际交流，从而促成人才培养主体的多元化；积极培养既有较宽的知识面，又在某一方面有深入研究的人才。③ 人才吸引方向要明确，放开引进紧缺、急需人才，积极引进海外留学人员和国外智力，重点引进高新技术人才和高级经营管理人才。④ 人才国际化要拓展，用人机制、分配机制、管理机制、流动机制等各项人才机制应与国际接轨，人才总量、质量、结构等各项指标应达到与国际大都市相当的水平，真正实现人才素质的国际化。⑤ 人才环境要改善，搭建适宜人才成长发展的政策与市场联动的环境平台和有利于人才集聚的制度平台，营造广纳人才、留住人才、用好人才、鼓励人才创业的城市环境、工作环境、生活环境和文化环境。⑥ 加快人才开发与管理创新。要实施人才资源开发与积累适度优先的战略，加大人才投资的力度，提高人才投资收益率，鼓励个人、家庭、企业参与人才开发投资，为高素质人才成长提供坚实的物质基础。①

---

① 黎志成、丁福浩：《提高经济技术开发区竞争力靠什么》，载《光明日报》2004 年 9 月 13 日。

3. 风险投资管理法律制度

风险投资是指对"损益结局具有不确定性的活动"进行投资。对高新技术产业的研究开发,主要是指对那些不久的将来(3—5年或更长一些时间)有可能开辟市场,而目前仍处于构想阶段的高新技术产品进行研究开发。它通常分为三个阶段:① 实验室研究阶段,以实用技术的应用研究为主,若技术可行,则能得到"实验室样品";② 工艺技术开发研究阶段,以生产工艺的研究为主,如有可行的工艺和设备,则能获得"工业产品",这种工业产品应具有实用的功能,预期的生产成本要与产品功能相适应,若成本过高,就没有市场开发的价值;③ 市场开发研究阶段,在产品功能与生产成本都有可能被市场接受的情况下,开发者必须对市场容量、销售成本和销售量作进一步的调查和预测。还须对成功的产品尽可能作宣传,逐步拓展销售渠道,其目的是要使该产品的生产规模化、产业化。①

高新技术与风险投资的关系如何?

知识经济的发展与高新技术的产业是密不可分的,知识经济发展的基础、发展的客体以及所从事的主体都关联着高新技术,或者说,高新技术产业是知识经济社会中的支柱产业。而高新技术本身并不能直接带来经济效益,完成这一转化的是一种金融工具——风险投资。高科技、知识经济、风险投资三者,高科技是基础,风险投资是手段,知识经济化才是目的。

高科技与风险投资是相伴存在的,只有两者相互结合才能带来经济效益,谁离开谁都会成为孤立的个体,不会被社会接受。高科技只有在风险资本投资的前提下才能迅速产生效益,并进而

---

① 罗鸿:《高新技术产业风险投资模式及有关政策法规(创投期刊第一期)》,http://www.sinovc1st.com/articleview/2006—10—8/article_view_1355.htm.

带动高新技术的产生。风险资本只有用于投资高新技术才能产生更多资本，才能实现资本的增殖。从某种意义上说，风险投资被称为科技发展的发动机，没有风险投资可以说就没有当今高科技的迅速发展和大量实现商品化，也就没有知识经济的兴旺和发达。可以毫不夸张地说，没有风险投资，就没有今天的美国"硅谷"。①

（二）如何构建我国的高新技术产业管理法律制度

1. 构建技术创新法律制度

推动技术创新是一项庞大的系统工程，需要全社会的大力协作才能完成。这是因为技术创新并不是单纯的科学技术问题，也不是简单的经济问题，它是科学技术和经济社会发展有机结合的系统问题。它涉及企业与科研院所、高校的互相作用，涉及与金融、法律、政策以及文化的互相联系、互相融合、互相促进。因此，推动技术创新不能单纯地依靠科技措施，或单纯地依靠经济措施，它需要我们用系统的观点和方法，把这些措施整合起来、集成起来，形成推动技术创新的强大合力，以达到最好的效果。②

中国是充满活力和希望的国家。党的第二代、第三代领导集体为我们的技术创新体系建设指明了方向。邓小平同志指出科学技术是第一生产力。经济建设必须依靠科学技术，科学技术必须面向经济建设。江泽民明确指出"创新是一个民族的灵魂"。在科教兴国战略的总体指导下，我国的技术创新体系建设日趋成熟和完善。借鉴日本技术创新的成功经验，从我国的实际出发，思

---

① 书奇：《从高新技术产业发展看我国风险投资业的发展趋势》，载《云南社会科学》1999 年第 6 期。

② 春潮：《技术创新是一项系统工程》，载《南京社会科学》2000 年第 7 期。

考如下。

第一，要增强技术创新体系建设的紧迫感。同世界先进发达国家相比，现在我们总体上劳动生产率还不高，企业技术装备水平并不先进，国民的文化和教育也有待提高。落后是要挨打的，无论历史还是现实都给我们敲响了警钟。发展经济必须大力推进技术创新体系建设，增强把科教兴国战略转化为全民行动的紧迫感。必须在全社会弘扬尊重知识、尊重人才的优秀传统。每个人创造力的发挥是我们民族振兴、繁荣、富强的希望所在。

第二，要把技术创新体系建设纳入法制的轨道。日本非常重视科技立法，平成七年（1995 年）11 月 15 日日本通过了《科学技术基本法》，共五章 18 条，从法律上明确了地方政府推进技术进步的职责要求，对推进研究开发、科学技术基本计划等重要科技内容从法律上予以保障。但我国仅有单项科技立法，比如《技术合同法》、《环境保护法》等等。我国有必要制定整体推进技术创新体系建设的法律，从制度上保证技术创新事业能长期、稳定的推进。

第三，加大全社会的科技投入。首先，政府要加大对科技的投入，建立从中央到地方的技术创新基金。我国 R&D 的经费与日本的差距很大，R&D 占 GDP 的比重只有 0.3%，而日本占到 3%。虽然各地政府方方面面的建设任务都很重，但政府要把 R&D 经费安排刚性化，要像搞"两弹一星"和 863 计划那样，宁愿少搞一点建设，少出一点"政绩"，也要保证技术创新的经费安排。其次，企业是技术创新的主体，是我国技术创新的主力。国家要从行政的、法律的、经济的手段扶持和推进企业技术进步；企业增加科技投入也是市场经济竞争的必然要求。政府对企业的技术开发资金要加强监督，逐步推行企业技术开发资金的使用高于本企业的经济增长。再次，要动用全社会力量加大科技投入。投入不仅仅是资金的投入，还有其他形态的物质投入和脑力资源投入。要在机制上搞活，让科研单位和高等院校的巨大技术、人才资源释放出来。民营企业有资金，但往往找不到有市场有效益的项目，而科研单位、高校往往是有项目却没有足够的或者是商品化生产的投入资金。二者结合，扬长避短，走股份和联合开发的道路可以加速成果转化，利益共享，风险共担。很多企业在生产经营中有各种技术问题，但本企业技术力量又有限，因此企业要与高校、科研单位联姻联合攻关，把它们的脑力资源转化为现实生产力。

第四，加大技术创新的政策体系建设。市场经济决不是一盘散沙，需要加强宏观产业政策的指导。日本在这方面有成功的范例。我国产业政策在体现扶优限劣上有待完善和强化。另外，由于财政体制和地方保护主义倾向，高科技产业也要避免一哄而上、重复建设。如：我国 VCD 生产一哄而上，已成为高科技产业重复建设的典型。在市场经济条件下，我国高科技产业的发展也需要适度的计划调节，放任自流是不恰当的。当前我国大企业技术中心建设和大量中小企业技术创新，既有待于金融部门的扶持，也有待于在政策上加大扶持力度。当今世界经济国际化日趋明显，借鉴日本"拿来主义"的做法，加强对外技术交流和合作，并从政策上研究如何吸引出国留学人员、海外侨胞力量来发展高新技术产业，无疑是必要的。

美国的国家创新体制强调突破性创新。克林顿为美国提出的新方向之一就是："创造一个能够繁荣技术创新和吸引投资来利用新设想的商业环境。"为此，他继承和新拟定了一系列的重要改革措施。如使研究和实验投资税收减免规定永久化，刺激私营部门增加对研究与实验的投资开支；制定新的法规，鼓励对创办高新技术小企业进行风险投资。在美国，高新技术小企业是新工作岗位创造、经济增长和技术活力的主要源泉；对大企业追加设备投资给予临时税收减免和对小企业的设备投资给予永久税收减免；制定反垄断法，不仅允许企业合资进行开发，而且允许它们合资生产最新产品；责成商务部加强对欧洲和东南亚的科技信息收集，大量翻译与传播非英语科技资料；充分利用计算机和通信网络来传播联邦机构拥有的经济、技术和环境信息；编制技术"行车图"（流程图）以与国外竞争对手相对比，定量评估美国技术部门的素质和表现，以引导联邦政策和计划的制定及帮助工业界明确技术发展目标。①

2. 构建高新技术人才法律制度

北京、上海、深圳三地均从发展战略的高度认识到了高新技术人才的重要性，并纷纷出台多项政策，构建人才高地，争夺发展和促进高新技术产业的第一资源。主要做法如下。

第一，毕业生政策。着力于提供更多的选择机会和发展空间。争夺优秀应届大学毕业生，是三地每年高新技术人才争夺战的一个热点。北京、上海、深圳三地相继出台了针对毕业生的政策，为毕业生的"首选"加码。三地出台的政策有一个共同点：即从多方面着手吸引优秀毕业生。

第二，外省市人才政策。致力于放宽条件，灵活激励，包括宽松的户籍管理和灵活的激励机制。

第三，海外留学人才政策。基本上与国际惯例接轨。海外留学人才是我国宝贵的人才资源，是发展我国经济的一支重要力量，鼓励、吸引留学人员回国工作或以多种形式为国服务，一直是三地实施高新技术人才政策的重点。包括：① 实行"双重国

---

① 张承友、王淑华：《建立激励体系，推动企业技术创新》，载《科学学研究》1999 年第 2 期。

籍"；② 建立激励机制；③ 鼓励回国创业。①

3. 风险投资管理法律制度

风险投资有力地推动了高新技术产业，风险投资要健康发展必须有法律的保护、制约和引导。我国没有专门针对风险投资业的法律，甚至有的法律条文本身就阻碍了风险投资的发展。即便部门规章、地方性法规、地方性规章陆续出台一些对风险投资的鼓励性规定，但它们实际上是笼统的或不完整的或与法律相冲突，法律效力处于模糊状态。也就是说，中国有关风险投资的法律很不健全。如何完善这方面的工作呢？郭晓果、焦璐在其《试论中国风险投资法律制度的完善》一文中有详细的分析，本书认为其观点值得借鉴。

（1）引入有限合伙制法律制度。目前，我国法律中没有有限合伙的规定，但是，我国的许多地区已经在鼓励风险投资的政策法规中，明确了有限合伙制作为企业组织形式的合法性，主要有以下政策法规。第一，1994 年 5 月 1 日起施行的《深圳经济特区合伙条例》规定，本条例所称合伙是指依本条例在特区设立的普通合伙和有限合伙。第二，2001 年 1 月 1 日起施行的北京市《中关村科技园区条例》和 2001 年 2 月 13 日起施行的《有限合伙管理办法》，对有限合伙制度作了大胆探索。第三，《浙江省鼓励发展风险投资的若干意见》规定，风险投资机构主要采取公司制、有限合伙制、基金制等组织形式。

（2）建立完备的资金准入法律制度。目前，中国的风险资本来源主要是政府和银行，中国风险投资的发展尚处于初级阶段，80％的风险资本主要来自政府。另外，由于政府通过行政命令干

---

① 史修礼、汪大海、钟兰芳：《京、沪、深三地高新技术人才政策分析》，载《人才瞭望》2001 年第 5 期。

预银行业务，银行曾经是高新技术企业的重要支持者，但政府和银行资金进入风险投资领域具有阶段性和一定的局限性，为保证后续风险资本的充足，我们应从养老基金、保险资金、产业资本、居民储蓄、外资等领域拓展风险资本的来源。

（3）建立完善的风险资本退出机制。风险投资的退出机制是风险投资体系的核心机制，是风险投资业发展的关键，风险资本进入创业企业的目的不是控制企业，或取得企业的所有权，而是为了获得高额的投资回报，这种追逐利益的热情是风险投资发展的内在动力。如果没有方便、快捷的退出机制，风险投资就无法实现投资增值，就会失去发展的动力；就不能有效吸引社会资金进入风险投资领域，实现风险投资的良性循环。①

三　高新技术产业开发区法律制度

（一）我国高新技术产业开发区发展现状

20 世纪 50 年代初，美国一批科学家萌发了将高科技成果迅速产业化的构想，目的是想以现代自然科学理论和最新的技术手段来建立一批知识密集和技术密集型的企业，以实现巨大的经济效益和社会效益，使科研成果迅速产业化并转化为生产力。20 世纪 70 年代以来，高新技术产业化的构想已在世界许多国家取得重大进展，它的发展已不仅在某些特定的领域，而是波及广泛的社会经济领域，成为推动一个国家和社会的强大动力，于是发展高新技术产业形成潮流，各种科学城、科技园如雨后春笋，成为科技产业化的象征和经济起飞的助推器。目前，在世界上已涌现了一批著名的高新技术产业开发区：美国斯坦福科技园区（俗

---

① 郭晓果、焦璐：《试论中国风险投资法律制度的完善》，载《河北法学》2002 年第 4 期。

称"硅谷")、日本筑波科学城、独联体新西伯利亚高科技区、加
拿大卡尔顿高科技区、德国慕尼黑高科技区。

在我国，1984 年北京市率先建立了中关村电子一条街。根
据中关村电子一条街成功的经验，1988 年国务院、国家科委首
次批准建立北京、天津、武汉和深圳等 5 个高新技术产业园区。
1991 年 3 月，国务院批准了武汉、沈阳、南京、天津、西安、
威海、中山、长春、哈尔滨、长沙、福州、广州、合肥、成都、
重庆、杭州、桂林、郑州、兰州、石家庄、济南、上海、大连、
深圳、厦门、海口、北京等第一批 27 个国家高新技术产业开发
区。1992 年底，国务院又批准了苏州、无锡、常州、佛山、惠
州、珠海、青岛、潍坊、淄博、昆明、贵阳、南昌、太原、南
宁、乌鲁木齐、包头、襄樊、株州、洛阳、大庆、宝鸡、吉林、
绵阳、保定、鞍山等第二批 25 个高新技术产业开发区。在兴办
高新技术产业开发区地点的选择上，主要考虑了以下条件：
① 现有的智力密集区域，如科研所和大学集中的地方；② 工业
技术基础雄厚；③ 基础设施条件比较好；④ 市场经济发达又有
特定的境外联系地点。①

我国创办高新技术开发区的目的，主要是依靠我国自己的科
技力量，促进高新技术成果的商品化、产业化和国际化，促进地
方经济的发展，从而完善和优化我国的产业结构和产品结构，推
动国民经济骨干产业的科技进步，使我国在 21 世纪能跻身于世
界经济大国的行列。具体讲，建立和发展高技区对我国经济产生
如下几方面的动力和作用。

第一，推动高新技术成果迅速转化为生产力。在智力密集区

---

① 曾刚：《我国高新技术产业开发区的现状及发展》，载《地域研究与开发》
1997 年第 1 期。

内或其边缘地带建立高新技术区，是一些发达国家已经走过的成功之路。我国有些高新技术区，基本上也是依托智力密集区建立的，尽管从整体上看我们和国外差距很大，但我们智力密集区可以形成"拳头"，可以集中力量尽快把一些科技成果转向产业化，促进整个国民经济的发展。

第二，促进产业结构调整，带动地方经济发展。目前，我国产业结构中的技术层次比较落后，急需加强高技术的带动作用。据上海 1600 多名专家的预测，近年已经成熟的高技术对 30 多个重点行业的覆盖率约为：微电子 100％，新材料 80％，光纤通讯 46％，激光 38％，生物工程 33％。这些预测数字说明，在未来的发展中，我国不仅需要高技术，而且高技术产品市场的前景十分广阔。同时，我国产业结构中的区域经济活力相当不足，需要进行产业振兴。兴办高新技术开发区，可以有效地带动区域经济的发展，促进产业振兴，因此，许多高技区都注意把发展具有一方特色的支柱产业作为重点，一方面为传统产业注入高新技术，另一方面也使开发区逐步形成自己的优势。①

但是高新技术产业开发区的存在以及良好的发展离不开法律的规制。政府如何在开发区的政策、法律制度供给上实现创新以占领国际竞争制高点，也成为各国在新的时代条件下发展高新技术园区所面临的共同课题。②

世界各国先进的经验值得我们加以借鉴。例如美国、日本、新加坡以及印度等在法律方面都走得比较靠前，它们制定了一系列相关的法律来为高新技术产业开发区的发展保驾护航。

---

① 林汉川：《高新技术产业开发区发展的主要问题与对策研究》，载《社会科学家》1995 年第 5 期。

② 吕忠梅、鄢斌：《高新技术产业开发区过渡型立法研究——以东湖高新技术开发区为例》，载《理论月刊》2001 年第 8 期。

一些国家与地区如日本继《筑波研究学园都市建设法》后，颁布了《高技术工业智密区开发促进法》和《技术城法》，台湾地区颁布实施了《科学工业园区设置管理条例》等。①

（二）如何建立和完善高新技术开发区法律制度

正因为法律对于高新技术开发区具有如此的重要性，所以在学习外国在法律方面的先进经验的同时，应主要结合自身的实践情况，加快我们国家的相关法律制度建设。

迄今为止，全国已有 20 多个高新区纷纷大胆创新，制定符合自身实际的高新区法律法规。但目前还没有一部全国统一的国家高新区大法。相对应的是地方上的高新区法律法规众多，例如《中关村科技园区条例》的颁布实施。

《中关村科技园区条例》正式实施后，出现了四个"全国第一"：第一家不核定经营范围的企业、第一家自然人与外商合资的企业、第一家有限合伙投资机构、第一家以无形资本占注册资本 100％的企业。国外媒体将《中关村、科技园区条例》的出台惊呼为"对知识人才充满敬意的法律"。中关村的企业家说："有法可依比再多的优惠政策更能稳定人心。"《中关村科技园区条例》出台后的两个星期，就有 3000 家企业注册，可见高新技术开发区法律法规的制定和实施对于高新技术产业区的发展具有重要的意义。制定全国高新技术产业开发区法或条例十分必要，现在中国高新区的管理模式、管理体制、优惠政策等等都不一样，各高新区分散立法，如果有一个全国统一的法律，可以使立法成本降低。

十多年的发展已使高新区深深认识到尽快明确高新区法律地

---

①　毕颖：《高新技术产业的政府政策扶持与我国政府的政策取向》，载《河北经贸大学学报》2000 年第 3 期。

位的重要性，全方位为企业营造优化的综合性发展环境将是高新区未来能否持续快速发展的关键性因素。各高新区制定的地方性园区法，无论是从形式还是从内容上，都不大符合园区"基本法"要求，并且在制度的具体设置和条文规定上难以与国际接轨。实施二次创业，要大力推进国家高新区管理体制和运行机制的改革与创新，就需要通过立法来规范和保障建立适应高新区发展的管理体制和政府行为模式。同时，随着高新区二次创业的逐步深入，必然会产生一系列新的经济行为，要求通过立法来规范，用法律的手段来保护创业者、投资者、知识产权所有者和各类组织的创新行为，对各类组织、企业和个人在激励机制、风险投资、技术创新、中介行为及信用评价等方面的改革给予法律的保护。因此，应当制定一个全国统一的法律来规范高新区的发展。在高新区立法的形式上，不求绝对完美，但求相对适用。

制定全国的高新区法律法规，要重点解决地方立法权限不能解决、而高新区发展又必须解决的一些共性问题。目前急需解决的问题主要有如下几点。一是高新区的法律地位问题。要明确高新区管理机构的法律主体地位，以及在区内应有的管理权限。二是解决国家有关专业法律法规和部委行政规章中不利于高新技术产业发展的问题，要对高新区的企业设立条件、企业组织形式、人事和用工制度、分配形式、税收优惠、土地供应、规划建设等制定有别于一般行政区域的法律规定，总体上要降低企业设立门槛，减少前置审批，使企业更多地按照市场规律运作。三是要体现国家对高新区和高新技术产业的支持。要通过立法，为高新区和区内企业营造特殊和宽松的发展环境，地方各级政府和部门要减少对高新区管理机构和区内企业的检查、执法收费等。四是要体现对创新的支持。要对高新区在管理、制度、政策上的创新给予支持，明确凡是法律法规没有明确规定的，允许高新区进行探索和试点，使高新区在实践中行之有效的"特事特办"经验合法化。①

那么一部好的高新技术开发区法律法规应解决哪些问题呢？吕忠梅、鄢斌在其《高新技术产业开发区过渡型立法研究——以东湖新技术开发区为例》一文中进行了宏观的阐述。

本书认为，关于高技术产业开发区的管理体制定位，首先应当明确其管理机构的法律地位，包括行政级别、人员编制、财政预算等；对于管理机构的职权，应明确规定范围，包括法律、法规的实施规划、各项计划的拟定权、规范性法律文件的立法权；对于管理机构的责任，应当明确其与当地人民政府与行业主管部门之间的责任范围等。

第一，关于高技术、高技术产业的规定。应当在相关立法中确定高技术、高技术产业的目录；应当规定高技术企业的认定标准（包括园区内企业与园区之外的企业）。

第二，关于高技术产业资金投入的规定。应当规定政府（中央政府、地方政府）对于高技术产业资金投入的比率或额度；应当规定民间资金投入高技术产业的扶助政策、优惠待遇；应当确定各高技术产业开发区自主确定产业方向的必要权限等。

第三，关于高技术产业开发区的各项优惠政策。应当明确给予高新技术产业区在税收、信贷及其他方面的优惠政策；应当明确各开发区制定优惠政策的权限；应当明确高技术企业在国有资产使用方面的优惠政策等。

第四，关于知识产权的相关规定。现阶段立法应当重点解决关于政府投入形成知识产权的相关问题。包括归属原则上的创

---

① 王新佳：《国家高新区立法出路何在》，载《中国高新技术产业导报》2003年第3期。

新、管理目的与内容的更新、管理主体的明确、管理程序的设计、国家介入权的确定与行使、继续投入与再投入的保障、职务成果的认定等。

第五，关于人力资源管理的规定。包括人才教育培训机构的设立、企业人才培训的扶助政策、科技人才的使用与流动的规定、以利益为核心的人员激励机制、人才中介机构与产业人才市场的规定、政府关于人力资源开发投入的开支比例、经费审核以及责任追究制度等。

第六，关于风险投资的规定。包括风险投资机构的法律地位、高技术企业上市的扶持政策、政府风险投入的规范、风险投资的补偿与政策资助、社会资金创业投资的保护、风险投资机构与风险投资项目的统一管理等。①

---

① 吕忠梅、鄢斌：《高新技术产业开发区过渡型立法研究——以东湖新技术开发区为例》，载《理论月刊》2001 年第 8 期。

第十三章 文化产业法

第一节 文化产业概述

一 文化产业的含义

自 20 世纪 30 年代以来，很多著名学者、专家都对文化产业进行界定，法兰克福学派的阿多诺和霍克海默在 1947 年出版的《启蒙的辩证法》一书中，首次提出了"文化产业"的概念。到了 20 世纪 90 年代，文化产业在西方国家迅速发展起来，许多学者加入了研究文化产业的行列，研究的程度也有了飞速的发展。尤其在进入全球化的今天，许多国家都举起了文化产业的大旗，以英国为例，将文化传媒和体育部称为"创意产业"。英国国务大臣克里斯·史密斯（Chris Smith）认为："文化产业作为创意产业，对知识经济和国民财富的重要性得到了广泛认同——创意产业已经从外围进入中心。"[①]

在探讨文化产业之前，我们先来看看"文化"一词的概念。在中国，"文化"一词最早源于《易经》："观乎天文，以察时变；

---

① ［澳］斯图亚特·坎宁安：《从文化产业到创意产业：理论、产业和政策的涵义》，http://www.lib.hel.fi/ulkkirja/birstonas/index.html.

观乎人文，以化成天下。""文化"一词，有以文教化之意。在西方，"文化"一词源于拉丁语 Cultura，原指耕作、神明祭拜及精神修养等，后引申为对人的培养和教育。"文化"就是通过教育能够获得的东西。

而文化产品，一方面，以意识形态文化为内容的文化产品，具有一定的政治性，必须坚持经济效益与社会效益的统一；另一方面，文化产品也具有人类可以共同享受的自然属性。在市场经济条件下，文化产品在本质上是商品，只有进入市场才能实现其价值；文化产品的社会效益也只有通过市场中介才能更好地发挥出来。文化产品的商品属性决定文化产品必须进入市场，文化市场决定文化必须产业化经营。

我们可以看出文化产业至少包含三层意思。第一，文化产品的创作；第二，文化产品的传播和再生产；第三，文化产品的交易。从以上三点可以看出，为什么文化自古就有，而文化产业却是现代社会的产物。首先，科技的发展为文化产品的大量复制、再生产和传播提供了技术支持。其次，经济发展的全球化使得市场更加广大，市场需求更多，促使了文化产品的大量交易，使其产业化成为了必然。正如北京大学叶朗教授所说："文化产业是时代的产物。随着现代科技的发展，文化艺术产品可大批量地生产和复制，并通过现代传播技术在全世界迅速传播。所以说'文化产业'这个概念有两个重要因素，第一是高科技，第二是面向世界市场。搞文化产业一定要面向世界市场，将商品推到全世界，将全世界的人吸引过来，这才是文化产业。"

综上所述，我们可以试着将"文化产业"定义为：文化产业是经济价值源于其文化价值，为实现经济效益与社会效益的统一，以提高社会生活品质尤其是精神生活品质，面向整个市场而进行的商品和服务的生产以及交易而形成的产业。

二　文化产业的特征

（一）文化产业具有以下本质特征

1. 文化产业的领域与空间呈现出巨大的包容性[①]

全球化和信息化的来临，使得经济与文化的互动加快，文化产业的生产领域和发展空间成为真正的开放性空间。文化产业也是按照资本运行逻辑来进行生产的，所以资本的增值是其本质。而文化产业的运作方式，不仅体现了经济与文化的互动，而且还拓展了"以知识和信息为资本"的生产空间，不仅包容了"以物质资本、经济资本为运转方式"的传统产业，还拓展了"以智力资本、文化资本、数字资本为运营方式"的新的信息文化产业。[②] 文化产业涉及领域之广泛，类型之多样，被学者们戏称为"巨无霸产业"。

2. 文化产业的发展呈现出创新性

文化产业是创意产业，其发展就必须拥有新的思想，"创新"与"创意"是重点。文化产业所面对的市场是千变万化的，人们对文化产品的要求也是不断改变的，这就要求文化产业要有新的思想，并且实践它们，也就是实现创新，才能应对千变万化的市场。同时在人们的物质和精神生活质量不断提升的过程中，文化产业只有不断创新，提升自我，才能实现其社会效益。文化产品已经具有了一般商品的属性，文化产业也必须不断拥有新思想、新方法、新观念来创造财富，提升经济效益，达到经济效益和社会效益的一致性。

3. 文化产业消费方式和生产方式呈现出"全球性"与"地

[①] 林拓、李惠斌、薛晓源主编：《世界文化产业发展前沿报告 2003—2004》社会科学文献出版社 2004 年版，第 7 页。

[②] 同上。

方性"①

20世纪90年代末，美国控制了全球75％的电视节目的生产和制作；美国影片产量占全球影片总产量的6％—7％，但却占据了总放映时间的50％以上。英国的艺术品经营业拥有170亿美元的产业规模，与汽车工业并驾齐驱。在日本，文化产业也是仅次于汽车制造业的第二大产业。易凯资本最新的《中国电影市场研究报告》显示，在2004年中国电影市场41亿元人民币的市场收益中，国内制片公司仅占12亿元。产量高达212部的国产影片和海外电影各占一半。

从电影产业上是最容易看出"全球性"这一特点的，电影的消费方式的确已经呈现了"全球性"，我们可以在国内的影院同步观赏到大量的海外影片，尤其是好莱坞的影片。尤其从最近几年广为流传的"美剧"来看，虽然国内并没有引进，但人们通过网络等平台进行观看，甚至出现了趋之若鹜的趋势，与国内同时期上映的电视节目相比较，人们对"美剧"的热情是让人惊叹的。

这种区域性的生产和全球化的消费方式也是文化产业现今的特征之一。

4. 文化产业潜在的风险性

首先，文化产业的全球化可能会导致某些国家民族文化的削弱，当本民族文化和其他文化交汇时，很可能会被强势一方弱化民族文化的特点。这会影响到一个主权国家的文化和社会安全，而且还会促成一些国家的文化霸权。其次，信息化的飞速发展，使"文化经济的创造性和创新，不仅带有一种强烈的空间模式色

---

① 林拓、李惠斌、薛晓源主编：《世界文化产业发展前沿报告2003—2004》，社会科学文献出版社2004年版，第8页。

彩，而且带有一种强大的短时逻辑性"①。这就会导致盗版的产生以及产品寿命的下降，这为文化产品的生产和传播带来了风险。

（二）文化产业与其他产业对比所具有的标志性特征

1. 娱乐性

文化产业的娱乐性既可以是消遣性、大众性的，也可以是审美性、高雅性的。人们对娱乐性的区分是基于人们的心理和生理的不同需求，还包括个人的生活水平及层次、受教育的程度，以及个人的发展阶段的阶段性需求，两者共同体现了文化产业的娱乐性。例如，一场流行音乐会，吸引来的观众一定是很多的，因为大众喜欢的东西通常是流行的、通俗的。而某位艺术家的一场画展，可能吸引来的多半是相对专业的一些人士，或是钟爱作相关研究的人们，他们需要这些艺术品为他们带来精神内涵。但这并不代表高雅的东西就不能产业化，因为它们同样满足了一部分人的审美需求，当市场有需求时，产业化就是必要的。而通俗性，并不表示低俗。如果单一追求消遣性，就有可能导致社会整体艺术修养和审美能力的下降。我们应该通过政府引导和社会监督，还有文学批评等方式，提高文化的品位，并且要排斥低劣的文化。

尤其在精神文化需求越来越突出的今天，文化产业作为朝阳产业，其对社会的影响力和发展前景是不可忽视的。

2. 意识形态性

意识形态性是指文化产业在运行中可以进行意识形态传输，所以它可以达到宣扬某种意识形态或者抑制某种意识形态的

---

① ［美］阿伦·斯科特：《文化产业：地理分布与创意领域》，载《媒体、文化与社会》总第 21 期。

功能。

文化产业从其本身的文化价值而言，对人们有一种精神引导的作用。尤其它还是一种大众传媒，能提供大量的社会舆论。相比较其他产业而言，文化产业标志性的特征是它能直接起到影响人们思想甚至整个社会思想和精神生活的作用。无论是电影、报刊、电视等，它都向人们传达了它所具有或想要表达的思想感情，而这种思想情感直接影响到人们的主观思维，从而起到了调整人们意识形态的作用。而人们又通过自己的言行表现了这种意识，产生了更加明显的影响。

文化产业对社会意识形态的影响是自发的、无秩序的，这种意识形态的影响有可能是有利于社会发展的，也有可能是与社会发展背道而驰的，所以不能任由文化产业自由、无序的发展。作为经济全球化的一种情况，"文化全球化"成为资本掠夺的一种新的当代形态，而且直接威胁着各民族文化产业的生存与发展以及国家文化的安全。在全球化浪潮的席卷中，文化产业的发展不仅关系到国际竞争力，还关系到一个主权国家的文化和社会安全问题。特别是在西方国家所谓的"文化帝国主义"所构成的威胁下，我们更应该重视文化产业的意识形态作用，在政府的正确引导下，使其构成有针对性的影响，控制其不良发展。

文化产业在体现一个国家综合国力的同时，也应当有效地保护和发展本国的民族文化传统，政治力量的介入就显得非常重要。

3. 价值特殊性

商品是使用价值和价值的统一，所以文化产品也是使用价值和价值的统一。但是文化产品在这两个方面都具有其特殊性：第一，文化产品的使用价值在于满足人们的物质文化需求，尤其是精神生活上的需要，它因为人们的文化背景和观念不同而具有了个性，每个人对它的需求是不同的，所以它体现出来的使用价值也因人而异。第二，文化产品的价值量是难以衡量的。商品的价值是凝结在商品中的无差别的人类劳动。而商品价值量则是用生产商品所需要的社会必要劳动时间来衡量的。文化产品不同于一般商品之处在于，它是人类智慧所产生的精神物品，不能用社会必要劳动时间去衡量，例如毕加索的画，或苏东坡的真迹等，它们的价值就是无法衡量的，它们的临摹品也不可能有原作的精妙，自然价值和价格也就不一样了。

三　文化产业的类别

各国对文化产业的类型都有不同的分类，澳大利亚文化产业委员会列出的类型有：电影与影像制造、节庆礼仪、艺术管理、设计和建筑、文学和出版、博物馆和画廊、音乐表演录音和音乐出版、文化遗产、表演艺术、电视和艺术家及作家的主要创造性工作。

英国的创意产业包括了广告、建筑、艺术和古董市场、手工艺、设计、时尚设计、电影、互动休闲软件、音乐、电视和广播、表演艺术、出版和软件等 13 个门类。

（一）我国文化产业的分类

我国文化产业的类别可以按照《国民经济行业分类 GB/T 4754—2002》的标准，从生产、销售和服务三个环节来划分，具体分为以下几点。

第一，新闻出版业。新闻出版业是文化产业最基础的产业，主要包括新闻业、图书出版业、报纸出版业、期刊出版业、音像制品出版业、电子出版物出版业以及宣传画、明信片、贺卡等出版物出版业。

第二，广播、电影、电视和音像业。包括广播、电视、电影制作与发行、放映，音像制作等。

第三，文艺娱乐演出业。包括文艺创作与表演、群众文化活动、文化艺术经纪代理、室内娱乐活动、游乐园、街头报刊橱窗等文化宣传活动。

第四，文化用品制造、印刷、批发、零售业。包括文化用品制造业、乐器制造业、娱乐用品制造业、工艺美术品制造业、书报印刷装帧业，录音、录象、数据磁带等记录媒体复制业，图书、报刊、音像制品等批发零售业。

第五，图书信息网络文化业。包括图书馆、档案馆、博物馆、纪念馆、展览馆、互联网信息服务、有线广播电视传输服务、无线广播电视传输服务、卫星传输服务、图书、音像等制品出租等。

第六，文化旅游休闲健身业。包括考古、人文景观游、集邮、休闲健身、体育比赛等。

第七，教育培训业。包括各种管理咨询、素质培训、家庭教育、能力辅导、资质培训等。①

（二）从不同角度对文化产业进行的分类

从文化产业的发展成分上看，文化产业可分为重点发展产业和辅助发展产业。重点发展产业具有规模大、市场份额占有量多、科技含量高等特点。以美国为例，电影、电视、音像制品等为其重点发展产业，美国的电影和电视在世界市场的总体占有率达到了80％。非支柱产业则是规模小、市场扩展能力弱、盈利小的产业，如一些单一性的文化产品制造与服务部门。

从文化产业的性质上看，文化产业分为文化生产和文化服

---

① 蒋正华主编：《文化产业——21世纪的潜能产业》，贵州人民出版社 2004 年版，第 54 页。

务。文化生产包括影视制作、报刊发行、图书出版等产业；文化
服务业包括旅游服务、培训服务、咨询服务等产业。

从文化产业的内容来看，文化产业还分为大众文化产业和民
族文化产业。大众型的产业是针对社会大多人的需求而产生的，
它迎合大众口味，而且它的来源也基于社会大众的文化。还有一
些具有民族特色的文化产业，它的产生源于特殊的民族和地域文
化，例如云南的工艺品以及普洱茶文化，就是一种民族文化
产品。

第二节　文化产业的产生及发展

一　文化产业的产生

文化产业产生于西方国家，20 世纪 30 年代左右，由于收音
机、留声机和电影的出现，使得文学艺术作品的表现形式更加多
样化，也使得其存在形式不仅仅局限于舞台，或某种因时间和地
理限制而暂时存在的形式。就如爱迪生所言，电影将会带来一场
社会变革。这一变化，使得更多的人能够欣赏到艺术品，给文化
开辟了广大的天地。从 20 世纪 30 年代到"二战"前，美国、西
欧等国初步形成文化产业的基础和框架；"二战"后，发达国家
文化产业迅猛发展，新兴市场经济国家和地区的文化产业也迅速
崛起。

中国的文化产业产生于改革开放之初，1979 年广州东方宾
馆开设了第一家音乐茶座。随后经营文化活动的场所在各大城市
竞相开展起来。20 世纪 80 年代中期至 90 年代初文化产业化领
域逐步扩大，政府也出台了一些相关政策法规，电影电视业、音
像业、文化娱乐都相继发展起来。国内如北京、上海、广州等地

文化设施建设空前，文化产业初具规模。90年代至今，由于我国国民经济的发展战略的调整，文化产业得到了迅速发展，而且在人们生活中日益占据了重要地位。

二　文化产业的发展

（一）文化产业全球化发展状况

文化市场是经济全球化的一个重要的国际市场，在日益增长的物质文化需求下，文化资本已经是一个国家综合实力组成的重要部分。20世纪中期以来，文化产业获得了飞速发展，主要体现在以下几点。

第一，发达国家的第三产业迅速发展，服务型社会为文化产业发展提供了社会条件。第三产业的发展表明了人们的生活水平已经进入了更高的层次，这就说明人们不仅满足于对物质的需求，而且开始了对精神生活的追求。文化产业成了社会发展的主要产业。

第二，科学技术的进步、科技与经济的结合，为文化产业提供了智力支持。高新技术的使用使得文化产品的生产和传播更为迅速和便捷，各种服务的出现也更加方便了人们的生活，人们对文化产品的需求也日益增多。当人们的生产效率提高后，人类创造了大量物质与精神财富，人们也要求有更多的时间从工作中解脱出来，享受更高层次的精神生活。科技使交通更加便利，人们便可以进行旅游观光，增长知识。文化产业也成为主要的经济增长点，获得飞速发展。

第三，经济的全球化、市场的全球化，为文化产业提供了经济条件和传播媒介。在世界经济日益全球化的今天，不同的文化和文化产品充斥着世界市场，人们可以感受到各种文化带来的冲击，经济的全球化决定了文化产业的全球化，也对文化产业的全球化起到了推波助澜的作用。目前，文化产业已经出现跨国文化企业，其消费方式呈现了前所未有的全球性，其生产和制作方式也越来越多样化，最重要的是它造成的影响也是大面积的。

（二）全球化发展趋势

1. 文化产业成为推动经济和社会发展的主导产业

在新的发展阶段，人们对物质文化生活水平的需求将越来越高，文化产业的地位和作用将越来越重要。随着社会生产力水平和人们自身素质的不断提高，产业结构将逐步向以知识产业为主的方向发展，文化产业将在推动社会经济发展中起主导作用，并逐步上升为主导产业。在一些发达国家，文化产业已经成为其支柱产业。文化产业对于经济和社会的推动表现在以下几方面。第一是创造社会财富，促进社会生产力发展。文化产业成为国民经济的重要产业门类，以 2004 年为例：在美国，文化产业产值已经占到了当年 GDP 的 21％；在日本，文化产业产值已经占当年 GDP 的 18.5％；在韩国，文化产业产值已经占当年 GDP 的 15％。[①] 第二是不断满足人们的精神文化需求。第三是文化服务业提供了广泛的就业机会。

2. 文化产业的科学技术含量将进一步提高

在全球化的今天，文化产品和文化服务中的科技含量越来越高，文化产业的竞争也体现为一种全球性的科学技术竞争。用高科技武装文化产业，是文化产业向更高层次发展的一个条件。

3. 文化产业的经营日益趋向规模化、国际化

随着信息的高速发展，各行业之间的界限也日益模糊，独立是很难发展下去的，强大的市场竞争也使得联合化、规模化的经营成为必然。随着国际贸易的快速增长，国际文化交流和文化贸

---

① 陈少峰主编：《北大文化产业》（第二辑），湖南教育出版社 2006 年版，第 3 页。

易也在快速增长，跨国文化公司在全球文化产业中已居支配地位，以在线时代华纳（网络巨人美国在线公司和传媒巨人时代华纳合并）和迪士尼为代表的全球50多家跨国娱乐公司，已占据当今95％的国际市场。

4. 文化产业的发展呈现出强势与弱势

一些发达国家在文化产业的发展上呈现了"文化帝国"的态势，尤其是美国，它在电影电视、网络、多媒体等方面都称霸世界，而时尚和音乐领域无疑是欧洲的天下。在一些发达国家的文化产业处于优势地位的形势下，发展中国家由于资本实力和科技实力的低下，以及市场机制的落后，更加无法与之抗衡，于是呈现出产业发展的弱势。

（三）文化产业在中国的发展现状

1. 文化产业在中国发展的原因

第一，改革开放启动了中国文化产业的发展。改革开放使得中国的市场真正面向了世界，可以吸收和借鉴他国的发展经验，并逐步与国际市场接轨。改革开放对中国经济发展起到了至关重要的作用，只有人们收入以及生活水平的提高，才能更好促进文化产业的发展。而改革开放对我国的制度上的创新，极大地推动了国民经济的发展。

第二，人民生活水平的提高促进了我国文化产业的发展。我国居民收入水平的提高和消费结构的变化，使得文化产业在我国兴起。人民生活水平达到了一定阶段，更高层次的精神需求是迫切的。随着人们消费水平的提高，人们消费结构中教育和文化消费所占比重越来越大。据有关资料统计，截至1998年底，我国文化市场各类经营单位已达87378家，全年主营营业收入210亿元，经营利润6714亿元。图书出版发行从20世纪80年代初的几十家发展到现在的510多家，报刊杂志有数万种之多，电视剧的生产现在每年都超过 2000 部，计算机已经普及，相应软件以年增长 40％的速度发展。各种文化娱乐场所遍布全国，如歌舞厅、卡拉 OK 厅、健美中心、游乐中心、音乐茶座、影剧院等。1998 年上海市文化产业全年总产值为 1612 亿元，北京市为 12155 亿元，广东省为 1118 亿元。

在教育行业，大学里的科研院所和企业，如北大方正、清华同方等高科技高智力的文化产业，年总产值达数十亿元，实际成为文化产业中的知名产业。

第三，全球化推动了我国文化产业的发展。在经济全球化日益发展的今天，各国无论是产业结构还是需求都产生了变化，全球化浪潮拉动了中国经济的发展。文化产业作为 21 世纪的朝阳产业，未来社会的重要经济成分以及综合国力的竞争要素，对于每一个国家来说都是非常重要的，尤其像中国这样的发展中国家，如何利用自身优厚的资源来创造价值，是发展文化产业的关键。

2. 文化产业的发展现状

我国文化产业的发展起步较晚。随着改革开放的不断深入，一方面，我国建立和发展社会主义市场经济体制，文化市场逐渐兴起，文化的事业性和市场性并存，文化产业得到大力扶持和发展；另一方面，我国积极学习借鉴外国先进的文明成果，拓展了文化贸易。在文化建设中，我国逐步引入产业机制和市场机制，高新技术与文化紧密结合，特别是进入 20 世纪 90 年代以后，我国文化产业逐渐发展壮大，主要体现在以下几个方面。

第一，文化产业已经初具规模。文化产业在一个国家国民经济中的地位，首先体现在其市场的占有率上。据统计，截至 2001 年底，在我国，仅文化部门主管的文化娱乐业、音像分销业、演出经纪与代理业、艺术品经营业等门类的产业单位已达

2213 万个，从业人员近 92 万人，固定资产原价 468 亿元，年上缴各项税金达 2012 亿元，创增加值 11819 亿元；我国现有图书出版单位 500 多家，出版业总资产已达 700 亿元。2002 年，我国城乡居民直接文化消费支出总额大约在 5000 亿元左右，2003 年接近 5830 亿元，显然，我国文化产业的发展前景广阔而美好。但我国文化产业仍与发达国家 20% 的比例还有很大的差距。① 这表现在文化产业在国民经济中所占比例偏低，经济效益不高。

第二，文化产业对外开放力度加大。加入 WTO 对我国文化产业进入国际市场创造了有利条件。一部分文化产业已经迈出国门，积极开拓了海外市场。以电影市场为例，中国电影的市场化和商业化在不断发展。2005 年的贺岁大片《无极》是中国电影商业模式的里程碑大片。《无极》将国际化融资与发行相结合，从制片资金来源上看，大陆投资占八成以上，海外投资主要是发行商提前购买版权，包括北美、中国台湾、日本、韩国等地的投资。由于在融资过程中吸收了几个国家资金，《无极》在这些国家就可以作为出资方自己的年度大片来推广，采取保底分成的方式获得利益。这样就提前开拓了国际市场，同时利用了他们的资源，学习了国外先进的推广发行经验。这种国际化融资与发行相结合，促成了影片国际化策略。

第三，网络文化产业的初步发展。科技的迅速发展，带来了信息化和网络化的世界，信息化和网络化为文化产业的发展开辟了新的天地。以网络文化为核心的网络文化产业，已经逐渐成为各界公认的一个全新的虚拟文化市场或者新的经济文化形态。这种不同于传统文化产业的信息文化产业，是文化产业的一个新的

---

① 袁维海：《文化产业发展问题与对策探析》，载《华东经济管理》2004 年第 1 期。

增长点。

但文化产业在国民经济中所占比例偏低，整体发展不均衡，文化产业基础薄弱，产业结构不合理，是我国文化产业存在的主要问题，只有解决这些问题，才能从根本上促进我国文化产业的发展。

（四）文化产业在我国的发展趋势

1. 文化产业进入高速增长阶段，成为国民经济新的增长点

从当今世界各国文化产业的发展趋势看，文化产业已成为国民经济的支柱产业，这对于我国文化产业的发展是一个实证。文化产业是高新技术的前沿产业，无论从投资还是从消费的角度看，文化产业都是一个新的经济增长点，文化产业占据了生产、技术、投资、市场等方面的优势，文化产业将成为国民经济的支柱产业

2. 产业结构将进一步调整，文化产业将会出现区域性非均衡增长的局面

随着文化体制改革的深化，在市场的导向和政策的指导下，文化产业的调整力度会逐步加大。从区域上看，城市比农村的文化消费水平高，城市文化产业较发达；沿海城市经济发达，基础设施完善，比中西部经济发展相对落后地区的文化消费水平高，文化消费数量大，文化产业也就发展得更为繁荣。但"十一五"期间将会形成东西合作、优势互补、互动发展的区域文化发展格局。但东部、西部地区现有差距很大，这种区域文化产业发展的差距在短期内还不可能缩小，甚至会进一步拉大，这种态势将在"十二五"以后逐渐缩小。

3. 以国有资本为主导、各种所有制共同发展的文化产业格局逐渐形成

2005 年国务院发布了《关于非公有资本进入文化产业的若

干决定》等一系列文件，放宽了对所有制经济的限制。在不久的将来，各种所有制日益融合的步伐会大大加快。目前我国国有文化经济呈现平稳发展态势，在新闻、传媒、广播电视中发挥优势。而民营和外资在电影业中风头更劲，就如华谊兄弟传媒集团，可以称为中国电影业的"大腕"，就是成功的民营企业，也是最早和海外企业合作的电影公司。我国将形成以国有资本为主导，国有和非公有资本共同发展、优势互补的文化产业结构。这种产业结构有利于我国文化产业的健康有序发展。

4. 教育和网络消费将成为文化产业的消费热点

教育对于国民素质的提高是非常重要的，人们对于教育的投入也在明显增加。尤其在子女的教育问题上，大多数家庭都把教育开支作为家庭开支的重要内容。而数字技术的飞速发展为人们带来的更是五彩斑斓的世界，网络成为现代社会的一个缩影。在数字化的今天，网络为人们提供了极大的娱乐空间，网络聊天、网络媒体、网络游戏等；网络也为人们带来了消费空间，网上购物更加便捷、高效；网络最大的贡献在于把这个信息化的世界呈现在我们面前，我们可以获取大量丰富的信息，加快与外界的信息沟通。教育与网络的持续发展将成为文化产业的消费热点。

5. 文化产业市场将进一步国际化

文化产业市场是一个全球化的市场，我国文化产业市场的开发是一种必然趋势。在"十一五"期间，我国要进一步深化文化体制改革，使国内市场与宏观政策进一步与国际接轨。在文化市场改革过程中，要加强国内外资本的结合，共同促进文化产业的发展。鼓励优秀的民族文化的对外发展，积极开拓国际市场。在进一步国际化的同时，要严格控制市场准入，保护国家文化信息的安全。

第三节　文化产业政策

一　文化产业政策概述

文化产业政策的渊源，可以上溯到 200 多年前王室对文化活动的庇护政策。综合国内外专家的研究成果，文化产业政策可以被定义为：政府为了促进本国的经济发展，根据文化产业发展的客观规律，综合运用经济手段、法律手段以及必要的行政手段，调整文化产业关系，维护文化产业运行，促进文化产业发展，达到对社会文化资源的最优配置，重新调整文化产业经济活动的一种政策导向。①

二　西方文化产业政策导向

西方发达国家的文化产业经过了长时间发展，对其政策的研究有利于更好地规划和制定我国的文化产业政策。

1. 政策导向注重创新

在 1998 年，欧盟就将建设"创造性的欧洲"当做自己的战略目标。而"创造性"是英国确定自己文化政策的根本出发点。美国在文化产业方面是世界巨头，但它至今都没有一个官方的文化政策文件，但人们公认美国是第一个进行文化立法的国家。1791 年，美国宪法第一修正案指出："国会不得制定法律剥夺人民的言论和出版自由。"它使得政府和立法机构在文化政策干预上十分谨慎。"创造性"是文化产业区别以往的最大特点，也具

① 刘吉发、岳红记、陈怀平：《文化产业学》，经济管理出版社 2005 年版，第 214 页。

有空前的意义。

2. 政策内容市场化

文化产业要求的是一种以文化为基础的产业，这就要求市场也要呈现这一趋势。在美国，它坚持一种"无为而治"，而市场就成了其文化产业发展的重要操控者。文化产业为美国带来了巨大的财富。在欧洲其他国家，对于文化产业政策的市场化，都是采取相当积极的态度。

3. 政策主体分权化

"分权化"也就是通常所谓的"一臂间隔"，它多指对文化拨款的间接管理模式，但这种模式要求国家采取一种分权的行政管理体制。"一臂间隔"还存在"垂直"和"水平"两种情况。前者指中央政府与其所属行政部门和各地方政府的纵向分权。后者指各级政府与文化方面的非政府组织的横向分权关系。①

三 我国现有文化产业的政策

随着文化产业在我国的发展，我国对待文化产业的政策从无到有，直到这几年，中国政府顺应经济和文化发展的需要，高度重视文化产业的发展，政府正在利用政策法规来保证、促进文化产业的发展。

1988年，文化部、国家工商局联合发布了《关于加强文化市场管理工作的通知》，结束了文化市场管理无章可循的局面，也首次提出了"文化市场"这个词。文化是否能够产业化，它与国民经济和社会发展有何关系，这个问题也经历了一个发展过程。1985年，国务院转发国家统计局《关于建立第三产业统计

---

① 刘吉发、岳红记、陈怀平：《文化产业学》，经济管理出版社2005年版，第228页。

的报告》，正式提出了"文化经济"的概念。1992 年，党的"十四大"报告中明确提到出要"完善文化经济政策"，同年出版了国务院办公厅编著的《重大战略决策——加快发展第三产业》一书，明确使用了"文化产业"的概念，这是中国政府第一次使用"文化产业"的概念。1993 年 12 月 8 日，《中国文化报》发表了文化部领导"在改革开放中发展文化产业"的讲话，这是我国政府文化行政部门领导人首次全面阐述对于文化产业的政策性意见。① 1998 年文化部增设了文化产业司，这一重大举措说明文化产业得到了国家的高度重视。1999 年，国务院发展计划委员会主任曾培炎在《关于 1998 年国民经济和社会发展计划执行情况与 1999 年国民经济和社会发展计划草案报告》中，明确提出要"推进文化……的产业化"，文化产业第一次被正式纳入国家发展计划。2000 年 10 月，中共中央在十五届五中全会通过的《中共中央关于"十五"规划的建议》（以下简称《建议》）中首次提出，"完善文化产业政策，加强文化市场建设和管理，推动有关文化产业发展"，"推动信息产业与文化产业的结合"等，2001 年 3 月这一建议被正式纳入全国"十五"规划纲要。②

《建议》提出的未来五年经济社会发展的指导方针也是文化产业发展的指导方针。文化产业发展也要坚持把发展作为主题，把结构调整作为主线，把改革开放和科技进步作为动力，把提高人民生活水平作为根本出发点，发展文化产业，不断满足人民群众日益增长的文化需求。《建议》在提倡发展有关文化产业的同时，提出要继续实行支持文化事业发展的有关政策，并首次提出

---

① 蒋正华主编：《文化产业——21 世纪的潜能产业》，贵州人民出版社 2004 年版，第 28 页。
② 蒋正华主编：《文化产业——21 世纪的潜能产业》，贵州人民出版社 2004 年版，第 34—35 页。

要增加对重要新闻媒体和公益文化事业的投入。重要新闻媒体承担着公众舆论导向的公益文化职能，因而具有事业文化性质，需要公共财政投入；新闻媒体同时又有广告的功能，因而具有产业文化的性质。《建议》的这一论述对于区分文化产业和文化事业的关系具有重要的指导意义。

2002 年 11 月 8 日，江泽民同志在第十六次全国代表大会上所做的报告中专辟一章，论述"积极发展文化事业和文化产业，继续深化文化体制改革"的问题，他指出："发展文化产业是市场经济条件下繁荣社会主义文化，满足人民群众精神文化需求的重要途径"，因此要"完善文化产业政策，支持文化产业发展，增强我国文化产业的整体实力和竞争力"。党的十六大报告明确提出了发展中国文化产业的战略构想。2002 年 11 月，中共十六届三中全会再次重申了这一发展战略，提出要"促进文化事业和文化产业的协调发展"。以十六大报告为契机，我国的文化产业将取得长足发展。2006 年 10 月 11 日，中共十六届六中全会通过公报，对中国当前和今后一个时期构建社会主义和谐社会做出五方面具体部署，其中第一条重点强调要"加快发展文化事业和文化产业，加强环境治理保护"。

进入"十一五"之后党中央、国务院出台了《"十一五"时期文化发展规划纲要》（以下简称《"十一五"纲要》）和《关于深化文化体制改革的若干意见》（以下简称《意见》），文化部还制定了《2003-2010 年文化市场发展纲要》。《"十一五"纲要》指出"十一五"时期是全面建设小康社会、加快推进社会主义现代化建设的关键时期，也是文化发展的重要阶段，要进一步繁荣发展社会主义文化，推动文化与经济、政治、社会的协调发展。《意见》强调了进一步深化改革，推动文化产业发展，使文化产业发展呈现出良好势头。2007 年 3 月 5 日，国务院总理温家宝在第十届全国人大五次会议上作政府工作报告时强调要加快发展文化事业和文化产业。我国文化产业面临新的发展机遇。据有关专家统计，2005 年，我国人均 GDP 已经达到 1703 美元，估计到"十一五"末可达 2500 美元左右，"十二五"末达 3500 美元左右，这正是一个从"小康"迈向"富裕"的阶段，人们的精神需求和文化消费也将随之增长，可以推动文化产业的快速发展。"十一五"规划已经把文化产业作为调整经济结构的重要举措，从中央到地方出台了一系列鼓励文化产业发展的政策措施。文化部明确提出在今后五年文化产业要实现年均 15％的增长。北京、上海、浙江、广东、云南、重庆、四川、河南、山西等省市都提出"建设文化大省、文化强省"的目标，在规划中都提出"文化产业要高于 GDP 的增长速度"。①

　　除了政策指导以外，国家和各地政府还积极发展了文化产业研究中心。1999 年初，北京大学成立了文化产业研究所，整合北京大学文化产业相关研究资源，旨在深化文化产业理论和政策的研究，培养高级经营管理人才，促进产、学、研一体化。2000年 11 月该研究所与时代华纳联合举办"21 世纪的文化产业学术研讨会"，由时代华纳每年提供 2 万美元资助人才培养计划，研究所负责培训项目的实施，双方合作培训人才，为期 10 年。2002 年 6 月，文化部在该研究所建立国家级基地——"国家文化产业创新与发展研究基地"，为推动文化产业研究、开发和人才培养提供了新的空间。1999 年 12 月，上海交通大学成立"国家文化产业创新与发展研究基地"，召开"21 世纪中国文化产业论坛"和"中、日、韩国际文化产业论坛"等会议，组织编写每

---

① 陈少峰主编：《北大文化产业第二辑》，湖南教育出版社 2006 年版，第 141页。

年一辑的《中国文化产业蓝皮书》，为文化产业中高级人才的培养创造了良好的条件。此后，云南大学等院校也成立了文化产业研究所，云南大学文化产业研究所是在党和国家提出大力发展文化产业，满足人民群众精神文化需求的大背景下成立的研究实体。中国高等院校的这些举措，为文化产业中高级人才的培养提供了摇篮。

四　文化产业政策的制定导向

文化产业政策不同于以往的文化经济政策，它是市场经济条件下政府对文化进行宏观调控的重要手段。文化产业在中国的发展尤其需要政策的支持，制定一整套科学、完备的文化产业政策，明确总体发展政策和保障措施，对于扶持和引导文化产业稳定、健康、有序地发展，是十分重要的。

文化产业的政策导向应该集中在以下几点。第一，文化产业在投资方面存在着投资渠道不畅通、投资方式不合理等现象，文化产业的投资不足问题，影响了文化产业的发展进程。这就要求创造宽松的金融环境，鼓励多种经济成分共同经营，指定科学的投资政策。第二，宏观政策适当向文化产业倾斜。有关方面要把文化产业列为优先发展的产业，政府要把文化产业纳入经济和社会发展规划中，在税收等政策上要体现扶持作用。第三，要制定规范文化产业市场的政策，要对文化产业实行保护与开放的政策。

五　民族文化产业政策的制定导向

我国是一个多民族的国家，对于我国的民族文化产业的发展，有针对性的政策导向是非常重要的。以云南为例，云南的特色经济都带有民族文化的烙印，云南的经济与文化是密不可分的。因此，发展文化产业是经济发展的必然，而体制改革也是顺应文化产业发展而产生的，所以宏观政策适当向文化产业倾斜是非常必要的。文化强省也是民族文化大省发展的必然。

第四节　加强我国文化产业的立法

一　国外立法状况

（一）美国

美国文化产业是世界各国文化产业发展最为成熟的，1917年美国联邦税法就规定对非营利性的文化团体和机构免征所得税，并减免资助者税额。1965 年美国通过了《国家艺术及人文事业基金法》，保证了国家每年都有相当的资金投入文化事业。美国的义娱版权法等都推动了文化产业的发展。

（二）加拿大

加拿大各种文化组织机构都是先立法后成立的。加拿大迄今颁布了《国家电影法》、《国家图书馆法》、《国家艺术中心法》、《加拿大多元文化法》、《电影发展公司法》等。像《版权法》、《广播法》等法规是随着社会发展在不断完善的。

（三）日本

日本主管文化的部门有很多，他们对文化产业的发展都给予了大量支持。在其制定的发展、保护文化产业的法律法规中，最具代表性的有 1970 年颁布的《著作权法》，迄今修改了 20 次。与之配套的法律还有《著作权中介业务法》。2001 年，日本又实行了《著作权管理法》，这些法律使得日本文化产业得到了健康有序的发展。

二　加强我国文化产业的立法

文化产业是 21 世纪最具潜能的朝阳产业，文化资本成为综合实力竞争的一个重要因素，在市场经济的条件下社会主义文化产业只有在法治轨道上运行，才能保证其稳定、健康、有序的发展。健全的文化产业法律体系是规范市场、企业有序运行的根本保证。

自新中国成立以来，我国先后制定了广泛涵盖艺术、电影、出版、文物、社会文化、对外文化交流等 12 个门类的方针政策和法律法规。在这些方针政策和法律法规中，方针政策行政规章多而文化法律少是一个最大的问题。由于我国文化产业立法起步较晚，基础薄弱，至今在文化产业领域的法律法规体系尚不健全，严重制约了文化产业的发展。因此，如何强化文化产业立法，努力创造文化产业发展的法律环境，已是当务之急。

（一）我国文化产业立法存在的问题

第一，法律不健全。一些对发展文化产业必不可少的法律如"新闻法"、"电影法"、"广播电视法"，以及专门的"文化产业法"等都有待于制定。第二，法律太滞后，文化产业是新兴产业，而我们的立法却远远落后于现实需要，等到问题出现再去解决问题，可能滋生腐败，或是引发规章混乱。第三，重审批、轻保障。有些法规偏重于管理、限制、义务和处罚内容的设定，而对发展、保障和服务不够重视。第四，法规规章设置重复或抵触。一些法规设置相互交叉形成多重审批、处罚等问题，而一些规章、"红头文件"相互抵触，造成了执法难的问题。

（二）文化产业立法的实质

文化产业立法的实质就是将文化产业政策法制化。政策法制化的意思就是：第一，依法确定哪些机关、组织、团体有权参加文化产业政策的制定，哪些机构有权监督文化产业政策的实施；

第二，依法对文化产业政策的行为主体以及主体的权力、义务进行规定，来明确行为主体行为范围和行为方式，使权利在受到法律制约的同时也得到法律保障；第三，实施手段的法律化，文化产业政策和市场经济下所有其他产业一样受到法律手段、经济手段和行政手段的调节，而法律手段是行政手段和经济手段的规范和补充，但法律手段不能干扰经济手段的灵活性；第四，从内容上看，一般的文化立法中具体的权利、义务规定比较多，由于文化产业政策的规定大多是指导性和提倡性的，使得以它为调整对象的法律规范多为任意性、授权性的规范，而禁止性、义务性规范较少。这是文化产业政策法律责任的一个特点。

（三）文化产业立法应重视的问题

1. 重视文化产业的意识形态性

由于文化产品是一种精神产品，文化产业活动中贯穿着特定的意识形态和思想价值取向。文化产品的价值不能用通用的方法去衡量，因此，文化产品的某些因素也不能完全依靠市场的调节。现实中的任何一个国家都不可能任由市场对文化产业进行调节与操作，而必须由政府介入，对文化产业进行必须的引导和管理。市场调节与政府调控的管理体制既要求有活跃的市场，也要求政府"适度"的干预。这是立法上要考虑的因素。

2. 重视文化产业的广泛性

文化产业是一种覆盖面广，行业体系日益规模化、国际化的产业。文化产业覆盖面广的特性，体现了文化本身具有多元性、复杂层次的特征。如果我们的法治管理模式是采取一个笼统形式的话，对文化产业这一特殊行业是不合适的。尤其我国是个多民族的国家，丰富的民族文化有着各自不同的特点，这种多元化决定了我们的政策与立法应当是有针对性、有层次性的。我们在立法方面应该注意这些特性，采取多层次的法治管理模式，才能更为科学地协调文化产业的发展。

3. 重视文化产业与现有法律法规政策的系统性

文化产业涉及的范围广泛，包含了社会各方各面。它在受经济、政治以及社会其他方面影响的同时，又反过来对上述方面产生较大影响。文化产业发展的关联性很强，这决定了其政策法规体系是一个以宪法为核心，以文化法为主要内容，横跨行政法、民法、商法、经济法、社会法、刑法和诉讼法等多部门、多层次的规范体系。

因此，文化产业立法还应当注意与现有法律法规政策的衔接、配合。加快文化产业立法，制定包括税收制度、价格杠杆和优惠规则在内的一系列法律，将文化资源进行合理配置，实现文化市场的开发、控制。如在文化企业设立程序方面，应遵照《公司法》、《企业法》的有关规定，再进一步进行相关规定。如《行政许可法》并没有将文化事项纳入行政许可的范围，文化产业法的立法应当与《行政许可法》相衔接，以便维护法制的统一性。

4. 重视文化产业的国际性

加入WTO以后，我国文化法制建设面临着挑战与机遇并存的局面。为了适应客观形势的需要，行政法律法规必须进行必要的调整。首先，在制定和修改文化市场法律和法规方面，我们要注意与相关国际规则的衔接。现有规定与WTO规则相抵触的，都应当进行修改。同时，加入WTO后，我们就能参与国际文化贸易规则的制定和新一轮的多边贸易谈判，全面参与制定21世纪国际文化市场的竞争规则，扭转自身的被动局面。WTO为了促进发展中国家贸易和经济的发展，在很多多边贸易规则上都明确给予发展中国家以优惠待遇。我们应当充分利用这些优惠待遇，积极、合理地利用WTO的文化例外条款，促进文化法制发展，加强文化安全立法建设。但在国际化趋势下，对于一个国家的文化利益，尤其是涉及国家安全和民族文化传统的内容要实施必要的保护，这同样也是 WTO 的原则。因此，在文化产业呈现全球性的今天，我们必须充分、合理地利用这些条件，一方面促进我国文化产业发展，另一方面加强我国文化法制建设，实现与国际接轨，建立科学的国家文化安全预警体系，并且把它作为一项重要内容纳入法制化轨道。这是文化产业立法的一个重点。

5. 重视市场对文化产业的调节性

法律、政策、法规的目的是指导、保证、维护和促进文化产业发展，是文化产业健康发展的前提和基础，但政策法规不能代替文化产业的市场机制。过去几十年，我国文化的发展主要是依靠统一的管理和调配，政策对文化的发展统得太死，文化的发展缺乏活力，而对于一个把"创新"、"创意"作为生命的产业来说，在这样的政策下，根本谈不上文化的产业化。现在，在制定法律的同时，我们要充分考虑到市场的重要性，把市场机制引进文化生产的领域，各级行政管理部门，不能以政策来代替、抑制文化发展的市场机制，要积极建立和完善社会主义市场经济体制，加速培育文化市场，让文化经营单位按市场机制进行运作，利用市场的活力来推动文化产业的正确发展。

三　文化产业立法的意义

20 世纪 90 年代以来，文化产业被公认为 21 世纪全球经济一体化时代的朝阳产业。但是，我国的文化产业起步较晚，尚处于初创阶段，与国外相比还有很大差距。因此文化产业的立法对于现阶段和将来我国文化产业的发展都有着十分重大的意义。

（一）文化产业立法促进行政审批制度改革

中共十六届三中全会提出了建立完善的社会主义市场经济体

制的目标，要求文化行政管理部门进一步转变职能，依法行政，逐步实现文化产业管理的法制化、规范化。《行政许可法》的实施，要求文化行政管理部门适应行政审批改革趋势，提高监管和服务的水平。2004 年以来，国家文化行政部门认真贯彻《国务院关于贯彻实施〈中华人民共和国行政许可法〉的通知》，抓紧做好有关行政许可规定的清理工作，凡与行政许可法不一致的规定，自行政许可法施行之日起一律停止执行。国家广电总局共清理、废止有关法规文件 8 项，新闻出版总署共清理、废止法规和政策性文件 70 余项，有力地推动了文化行政审批改革，推动了文化产业立法进程。①

（二）文化产业立法有利于深化文化管理体制改革

随着以体制机制创新为突破口的文化体制改革的不断深化，文化交易活动达到一定规模，刺激各种企业重新配置资金、人才和技术资源，现代化的文化市场蓬勃发展。外资、社会民营资本办文化产业的机会增多，文化产业的社会化程度越来越高。文化市场的立法有助于推动文化管理体制的改革。文化市场是文化资源配置的基础方式，以市场机制为主导配置文化资源，把有限的人力、物力和财力等优先投向最有效益的生产项目和文化产品上去，有助于提高文化生产力，更好地满足公众的文化需求。这就要求政府要逐步做到以法律手段为主，辅之以必要的行政手段，实行依法管理。

（三）文化产业立法有利提高文化产业的科技含量

文化产业是知识密集、信息密集、技术密集的领域，各种高科技正与文化整合成高新文化产业形态。世界范围的"文化内容

---

① 明立志：《加强我国文化产业立法的几点思考与建议》，《今日中国论坛》2005 年第 12 期。

革命"正逐步展开，在信息技术飞速发展的情况下，文化产业立法有助于我国市场经济体制的转变和改革，促进我国产业发展与管理和国际接轨，还可以吸引各方投资和人才引进，从而鼓励和推动文化资源，运用高新技术推动文化产业升级，提高文化产品和服务的科技含量，这对文化产业和国民经济具有巨大的经济意义。

（四）文化产业立法有利于保障和实现公民文化利益

我国已进入小康社会新的发展阶段，人民群众物质生活水平有了很大提高，文化消费能力大大增强，更加渴望满足精神文化方面的需求。文化产业成为了人们生活和发展的重要方面，发展文化产业是实现广大人民群众文化利益的重要途径。文化产业立法的根本目的和内容就是用法律法规保障公民享有的文化利益，促进文化产业的蓬勃发展。保障公民文化利益，既要保护公民文化消费和参与权利，也要保护公民创造文化的权利，调动公民参与文化产业发展的积极性和创造性。这就要求我们在文化产业立法过程中，既要对公民享有的文化服务、文化消费权利予以明确规定，又要对公民参与文化产业发展与创造的权利依法予以保障。

（五）文化产业立法有利于多方资金投入

无论是文化产业结构调整，还是文化产业技术创新，都少不了资金的投入。因此，文化产业立法就是要通过财政、物价、税收等多种方式来提高文化产业的融资能力，鼓励和保护文化产业的发展。通过政策和法律的调整可以改善投资环境，积极鼓励非公有资本投资文化产业，改变文化产业过分依赖于国家财政的状况。相关法律法规还可以给民间资本和外资以同等的待遇，推动文化产业的发展。文化产业可以直接向社会融资，积极吸引国际金融资金，使文化产业打入国际市场。加入 WTO 后，大量的外资涌进国内，这是文化产业发展的一个新的机遇，因此，我们要加快文化产业立法，更好地适应文化产业资本国际化的发展。

　　总之，文化产业政策与法律的制定和实施，重点是在于制定国家文化产业发展战略和文化体制改革的总体方案；在于理顺国家文化宏观管理体制，进一步完善文化市场体制的结构；在于积极推进文化产业投融资体制改革，积极组建文化产业基金，为文化的发展提供足够的资金；在于保护和发展文化产业在国民经济中的地位，从而推进文化产业的快速发展，为新时期我国的文化建设和发展，提供法律保障和政策支持。

参考文献

一、著作类

1. 汪同三、齐建国：《产业政策法与经济增长》，社会科学文献出版社 1996 年版。

2. 董进宇主编：《宏观调控法学》，吉林大学出版社 1999 年版。

3. 漆多俊：《经济法学》，武汉大学出版社 2004 年版。

4. 夏大慰主编：《产业组织：竞争与规制》，上海财经大学出版社 2002 年版。

5. 王雅莉、毕乐强主编：《公共规制经济学》，清华大学出版社 2005 年版。

6. 杨小卿、吴艳霞主编：《微观经济学》，西北大学出版社 2003 年版。

7. 续俊旗：《法治电信》，北京邮电大学出版社 2004 年版。

8. 史忠良主编：《产业经济学》（第二版），经济管理出版社 2005 年版。

9. 李悦、李平主编：《产业经济学》，东北财经大学出版社 2002 年版。

10. 范金、郑庆武、梅娟主编：《应用产业经济学》，经济管理出版社 2004 年版。

11. 蒋昭侠：《产业结构问题研究》，中国经济出版社 2005

年版。

12. 蒋选：《面向新世纪的我国产业结构政策》，中国计划出版社 2003 年版。

13. 贾晓峰：《中国产业结构研究》，南京师范大学出版社 2004 年版。

14. 宋泓明：《中国产业结构高级化分析》，中国社会科学出版社 2004 年版。

15. 毛健：《产业结构变动与产业政策选择》，中国财政经济出版社 1999 年版。

16. 庄卫民编著：《产业发展与技术进步》，立信会计出版社 2003 年版。

17. 张建华：《创新、激励与经济发展》，华中理工大学出版社 2000 年版。

18. 安国良、王国生、刘志彪编著：《现代产业经济分析》，南京大学出版社 2001 年版。

19. 陈仲常编著：《产业经济理论与实证分析》，重庆大学出版社 2005 年版。

20. 张耀辉：《技术创新与产业组织演变》，经济管理出版社 2004 年版。

21. 张道宏主编：《技术经济学》，西安交通大学出版社 2000 年版。

22. 国家计委规划司、科技司产业技术政策课题组：《产业技术政策的国际比较研究》（1998 年）。

23. 李悦：《产业经济学》，中国人民大学出版社 1998 年版。

24. 简新华、魏珊：《产业经济学》，武汉大学出版社 2001 年版。

25. 邱风：《产业经济学案例》，浙江大学出版社 2005 年版。

26. 邬义钧、邱钧：《产业经济学》，中国统计出版社 1997年版。

27. 于春晖：《产业经济学教程与案例》，机械工业出版社 2006 年版。

28. 戴伯勋、沈宏达：《现代产业经济学》，经济管理出版社 2001 年版。

29. 陈晓华、张红宇主编：《推进农业结构调整与建设现代农业》，中国农业出版社 2005 年版。

30. 石扬令、常平凡等编著：《产业创新与农村经济发展》，中国农业出版社 2004 年版。

31. 李昌麒、吴越主编：《农业法教程》，法律出版社 2007年版。

32. 朱崇实主编：《经济法》，厦门大学出版社 2002 年版。

33. 赵济生等编著：《农业政策法规教程》，法律出版社 2005年版。

34. 陶和谦主编：《经济法学》，群众出版社 2004 年版。

35. 丁关良、林辉主编：《农业法教程》，科学普及出版社 1994 年版。

36. 钟甫宁主编：《农业政策学》，中国农业大学出版社 2000年版。

37. 王伟：《农业经济法学》，安徽人民出版社 2005 年版。

38. 林拓、李惠斌、薛晓源主编：《世界文化产业发展前沿报告 2003－2004》，社会科学文献出版社 2004 年版。

39. 蒋正华主编：《文化产业——21 世纪的潜能产业》，贵州人民出版社 2004 年版。

40. 陈少锋主编：《北大文化产业第二辑》，湖南教育出版社 2005 年版。

41. 刘吉发、岳红记、陈怀平：《文化产业学》，经济管理出版社 2005 年版。

42. 李昌麒主编：《经济法学》，法律出版社 2007 年版。

二、论文类

1. 刘文华等：《论产业法的地位》，载《法学论坛》2001 年第 6 期。

2. 王先林：《产业政策法初论》，载《中国法学》2003 年第 3 期。

3. 关世杰：《把握世界文化发展趋势寻求中国文化发展对策》，载《国际新闻界》2002 年第 1 期。

4. 王健：《产业政策法若干问题研究》，载《法律科学》2002 年第 1 期。

5. 彭春凝：《我国产业政策立法的路向选择》，载《淮北煤炭师范学院学报》（哲学社会科学版），2005 年第 26 卷第 6 期。

6. 郭万明、李胜利：《经济全球化背景下竞争法、产业法与反倾销法的冲突与协调》，载《法学》2006 年 4 月第 21 卷第 2 期。

7. 李国平：《浅析产业政策法与外资法的关系》，载《企业家天地》（理论版）2006 年第 9 期。

8. 马晓燕、骆玲：《基于支柱产业理论体系构建的研究》，载《财经科学》2005 年第 5 期。

9. 卢炯星：《论宏观金鸡法中产业调节法理论体系的完善》，载《政府论坛》2004 年第 1 期。

10. 韩立华、刘幸：《建立健全衰退产业调整援助政策探析》，载《学术交流》2005 年第 11 期。

11. 朱秀君：《衰退产业识别指标选择及要素退出援助机制

的构建》，载《商业经济与管理》2004 年第 12 期。

12. 由园园：《我国农业产业结构现状分析及其调整政策》，载《甘肃农业》2003 年第 8 期。

13. 黄廷安：《农业产业结构调整的几点认识》，载《铜仁地委党校学报》2006 年第 2 期。

14. 陆兵、陈建军：《关于当前农业产业发展化的几点思考》，载《上海农业科技》2006 年第 6 期。

15. 徐世平：《浅议美国的农业立法》，载《人大研究》2006 年第 6 期。

16. 李长健、伍文辉：《论实现农业产业化的经济法支持》，载《广西社会科学》2005 年第 8 期。

17. 陈锡文、程国强：《美国新农业法对中国的影响和建议》，载《经济导刊》2003 年第 4 期。

18. 王惠：《日本农业法体系的变化——从〈农业基本法〉到〈食品、农业、农村基本法〉》，载《农业经济问题》2001 年第 6 期。

19. 艾衍辉：《农业法基本原则探讨》，载《江西农业大学学报》2004 年第 3 卷第 2 期。

20. 李进章：《加强农业立法思考》，载《河北经贸大学学报》1999 年第 6 期。

21. 袁维海：《文化产业发展问题与对策探析》，载《华东经济管理》2004 年 2 月第 1 期。

22. 明立志：《加强我国文化产业立法的几点思考与建议》，载《今日中国论坛》2005 年第 12 期。

23. 郭玉兰：《建立健全文化产业的法律体系》，载《理论探索》2004 年第 5 期。

24. 刘克：《论当前文化立法的紧迫性》，载《南都学坛》

2001 年第 7 期。

25. 王卫：《文化产业的位置及其政策导向》，载《河南科技》1999 年第 11 期。

26. 周亮：《文化产业立法问题初探》，载《科技情报开发与经济》2005 年第 4 期。

27. 王中桥：《论新的发展阶段中国文化产业的发展》，载《理论月刊》2001 年第 2 期。

28. 胡惠林：《国家文化安全：经济全球化背景下中国文化产业发展策论》，载《学术月刊》2000 年第 2 期。

29. 万里：《关于〈文化产业〉定义的一些思考》，载《湖南第一师范学报》2001 年第 5 期。

30. 聂瑞平：《关于 21 实际中国文化产业发展战略的思考》，载《河北学刊》2002 年第 7 期。

后　记

　　产业政策法对调整我国产业结构、提高产业组织素质和产业技术水平，从而推进经济增长方式的转变具有积极作用。但是从法律的角度看，在我国不少领域最大的问题就是产业政策的法律化程度不高，现有的很多产业政策并没有纳入到严格的法律调整中来，难以收到法律调整的效果。为此，本书着重对于产业政策各组成部分法律制度进行详细阐述，在分析我国产业政策法律化现状的基础上，注意借鉴国外产业政策法律化的先进经验，完善或构建我国的产业政策法律制度体系，希望能对我国的产业政策法律制度调整提供一些有益的建议。

　　本书的撰写过程是全体作者不断挑战自我和战胜自我的过程，产业政策法属于经济法学的重要分支之一，对于涉及的很多专业经济学术语、经济学理论需要作者们去深入学习和消化，所以本书也是在不断的学习、反复的推敲中完成的，虽历时已久，但收获颇多。

　　本书由姜昕、杨临宏负责策划并拟定写作提纲，有许多老师和研究生参与，是集体智慧的产物，具体分工如下：

　　第一章　刘红春；

　　第二章、第三章　仇永胜；

　　第四章　丁爱微；

　　第五章　刘江鹏；

第六章　朱晓云；

第七章　雷红莉；

第八章　向勇；

第九章　卜婉筠；

第十章　耿华东；

第十一章　李宾华；

第十二章　刘仰朝；

第十三章　原媛。

全书最后由姜昕、杨临宏统稿。囿于水平所限，书中错误、疏漏之处在所难免，敬请读者指正为盼！

2008 年 7 月于云南大学英华园